MEURTRIERS SANS VISAGE

Henning Mankell, né en 1948 dans le Härjedalen, vit entre le Mozambique et la Suède. Écrivain multiforme, il est l'un des maîtres incontestés du roman policier suédois. Sa série centrée autour de l'inspecteur Wallander, et pour laquelle l'Académie suédoise lui a décerné le Grand Prix de littérature policière, décrit la vie d'une petite ville de Scanie et les interrogations inquiètes de ses policiers face à une société qui leur échappe.

Henning Mankell

MEURTRIERS SANS VISAGE

ROMAN

Traduit du suédois
par Philippe Bouquet

Christian Bourgois éditeur

TEXTE INTÉGRAL

TITRE ORIGINAL
Mördare utan ansikte

© original : 1991, Henning Mankell

ISBN 2-02-055554-9
(ISBN 2-267-01105-0, 1ʳᵉ publication
ISBN 2-267-01605-2, 2ⁿᵈᵉ édition)

© Christian Bourgois éditeur,
1994 et 2001 pour la traduction française

www.seuil.com

A Kari

I

Il a oublié quelque chose, il le sait avec certitude en se réveillant. Il a rêvé de quelque chose au cours de la nuit. Il faut qu'il se souvienne de quelque chose.

Il tente de se rappeler. Mais le sommeil ressemble à un trou noir. Un puits qui ne révèle rien de ce qu'il contient.

Je n'ai pourtant pas rêvé des taureaux, se dit-il. Dans ce cas-là, je serais en sueur, comme si j'avais eu pendant la nuit un accès de fièvre se traduisant par des douleurs. Cette nuit, les taureaux m'ont laissé en paix.

Il reste couché dans l'obscurité, sans bouger, et tend l'oreille. La respiration de sa femme est si faible, à côté de lui, qu'il la perçoit à peine.

Un matin, je la retrouverai morte près de moi sans que je m'en sois aperçu, se dit-il. Ou bien l'inverse. Il faudra bien que l'un de nous meure avant l'autre. Un jour, l'aube impliquera que l'un des deux est désormais seul.

Il regarde le réveil posé sur la table, près du lit. Ses aiguilles phosphorescentes indiquent cinq heures moins le quart.

Pourquoi me suis-je réveillé? se demande-t-il. D'habitude, je dors jusqu'à six heures et demie. Ça fait plus de quarante ans que c'est ainsi. Pourquoi est-ce que je suis réveillé à cette heure-là?

Il tend l'oreille dans le noir et soudain il est parfaitement conscient.

Il y a quelque chose qui a changé. Quelque chose n'est plus comme d'habitude.

Il étend prudemment la main jusqu'à toucher le visage de sa femme. Du bout des doigts, il sent la chaleur de son corps. Ce n'est donc pas elle qui est morte. Aucun des deux n'a encore laissé l'autre seul.

Il tend l'oreille dans le noir.

La jument, se dit-il. Elle ne hennit pas. C'est pour cette raison que je me suis réveillé. D'habitude, elle pousse des cris, pendant la nuit. Je l'entends sans me réveiller et, dans mon subconscient, je sais que je peux continuer à dormir.

Il se lève avec précaution de ce lit qui grince. Cela fait quarante ans qu'il dort dedans. C'est le seul meuble qu'ils aient acheté en se mariant. C'est aussi le seul lit qu'ils utiliseront pendant toute leur vie.

En traversant la chambre pour gagner la fenêtre, il ressent une douleur au genou gauche.

Je suis vieux, se dit-il. Vieux et usé. Chaque matin, en me réveillant, je m'étonne toujours autant d'avoir déjà soixante-dix ans.

Il regarde à l'extérieur, dans cette nuit hivernale. C'est le 8 janvier 1990 et il n'a pas encore neigé, cet hiver-là, dans cette province méridionale de la Suède qu'est la Scanie. La lampe située au-dessus de la porte de la cuisine éclaire le jardin, le châtaignier dénudé et, au-delà, les champs. Il plisse les yeux pour regarder en direction de la ferme voisine, celle des Lövgren. Le long bâtiment blanc et bas est plongé dans l'obscurité. Une lampe jaune pâle brille au-dessus de la porte de l'écurie, qui forme un angle droit avec la maison d'habitation. C'est là que se trouve la jument, dans son box, et c'est là qu'elle se met soudain à hennir d'inquiétude, chaque nuit.

Il tend l'oreille dans le noir.

Brusquement, le lit se met à grincer derrière lui.

– Qu'est-ce que tu fais? marmonne sa femme.

– Dors, répond-il. Je me dégourdis les jambes.

– Tu as mal?

– Non.

– Eh bien, viens dormir! Ne reste pas là à attraper froid.

Il l'entend se retourner dans le lit et se mettre sur le côté.

Jadis, nous nous aimions, se dit-il. Mais il écarte aussitôt cette pensée. Aimer, c'est un trop grand mot. Il n'est pas fait pour des gens comme nous. Quelqu'un qui a été paysan pendant quarante ans, toujours plié en deux sur cette lourde argile de Scanie, n'utilise pas le mot amour pour parler de sa femme. Dans notre vie, l'amour a toujours été quelque chose de bien différent...

Il observe la maison des voisins, plisse les yeux, essayant de percer les ténèbres de cette nuit d'hiver.

Hennis donc, pense-t-il. Hennis dans ton box, afin que je sache que tout est en ordre. Et que je puisse aller me recoucher un moment. La journée de l'agriculteur en retraite tout perclus de douleurs est déjà bien assez longue et pénible comme ça.

Soudain, il s'aperçoit qu'il est en train d'observer la fenêtre de la cuisine des voisins. Quelque chose n'est pas comme d'habitude. Cela fait des années qu'il jette de temps en temps un coup d'œil à cette fenêtre. Or, tout d'un coup, voici qu'il y a quelque chose qui n'a plus son aspect normal. A moins que ce ne soit l'obscurité qui lui brouille la vue? Il ferme les yeux et compte jusqu'à vingt pour les reposer. Puis il regarde de nouveau la fenêtre et maintenant il est certain qu'elle est ouverte. Une fenêtre qui a toujours été fermée, la nuit, se trouve brusquement ouverte. Et la jument n'a pas henni...

Elle n'a pas henni parce que le vieux Lövgren n'a pas fait son petit tour nocturne habituel dans l'écurie, lorsque sa prostate se rappelle à son bon souvenir et le tire de son lit bien chaud...

C'est le fait de mon imagination, se dit-il à lui-même. J'ai la vue basse. Tout est comme d'habitude. Qu'est-ce qui pourrait arriver, à vrai dire, dans ce coin perdu? Dans le petit village de Lenarp, juste au nord de Kadesjö, au beau milieu de la Scanie, sur la route du magnifique lac de Krageholm? Il ne se passe rien, par ici. Le temps reste immobile, dans cette bourgade où la vie s'écoule comme un ruisseau sans énergie ni volonté. Il n'est habité que par un petit nombre de vieux paysans qui ont vendu leurs terres ou les ont affermées. Il n'est habité que par nous autres, qui attendons l'inévitable...

Il regarde de nouveau cette fenêtre de cuisine et se dit que ni Maria ni Johannes Lövgren n'oublieraient de la fermer. Avec l'âge, on devient de plus en plus craintif, on installe de plus en plus de serrures. Vieillir, c'est être en proie à l'inquiétude. L'inquiétude envers tout ce qui vous faisait peur quand on était enfant revient quand on est vieux...

Je n'ai qu'à m'habiller et aller voir, se dit-il. Traverser le jardin en clopinant, avec le vent d'hiver dans le nez, et avancer jusqu'à la clôture qui sépare nos terres. Comme ça, je verrai de mes propres yeux que j'ai la berlue.

Mais il décide de ne pas bouger. Johannes ne va pas tarder à se lever pour faire chauffer le café. Il commencera par allumer la lampe des toilettes, puis celle de la cuisine. Tout sera comme à l'accoutumée...

Soudain, il sent qu'il a froid, là, près de la fenêtre. C'est le froid de la vieillesse qui s'insinue en vous, même dans la pièce la plus surchauffée. Il pense à Maria et à Johannes. On a formé une sorte de ménage avec eux également, se dit-il, comme voisins et comme cultivateurs. On s'est prêté main-forte, on a partagé la peine et les mauvaises années. Mais aussi les bons côtés de la vie. On a fêté la Saint-Jean et pris le repas de Noël ensemble. Nos enfants allaient d'une ferme à l'autre comme si elles ne faisaient qu'une. Et maintenant, on partage cette longue vieillesse qui n'en finit pas...

Sans savoir pourquoi, il ouvre la fenêtre. Prudemment, afin de ne pas tirer Hanna de son sommeil. Il tient fermement la crémone pour que les bourrasques ne la lui arrachent pas des mains. Mais, en fait, il n'y a pas le moindre souffle de vent et il se souvient que la météo n'a pas annoncé de tempête ou quoi que ce soit de ce genre sur la plaine de Scanie.

Le ciel étoilé est dépourvu de nuages et il fait très froid. Il s'apprête à refermer la fenêtre lorsqu'il a l'impression d'entendre un bruit. Il écoute et tend l'oreille gauche vers l'extérieur. Sa bonne oreille, l'autre ayant souffert de tout ce temps passé dans une cabine de tracteur étouffante et pleine de vacarme.

C'est un oiseau, se dit-il. Un oiseau de nuit qui lance son cri.

Puis il prend peur. Venue de nulle part, l'angoisse s'empare soudain de lui.

On dirait des cris humains. Les cris de quelqu'un qui tente désespérément de se faire entendre.

Une voix qui sait qu'il faut qu'elle perce de gros murs de pierre pour éveiller l'attention des voisins...

C'est le fait de mon imagination, se dit-il de nouveau. Il n'y a personne qui crie. Qui est-ce que ça pourrait bien être?

Il referme la fenêtre si brusquement qu'un pot de fleurs vacille et que Hanna se réveille.

– Qu'est-ce que tu fais? demande-t-elle d'une voix irritée, il l'entend bien.

Au moment de répondre, il en est tout à coup certain.

Sa peur n'a rien d'imaginaire.

– La jument ne hennit pas, dit-il en s'asseyant sur le bord du lit. Et la fenêtre des Lövgren est ouverte. Et puis il y a quelqu'un qui crie.

Elle se met sur son séant.

– Qu'est-ce que tu dis?

Il ne veut pas répondre, mais maintenant il est sûr que ce qu'il a entendu, ce n'est pas un oiseau.

– C'est Johannes ou Maria, dit-il. C'est l'un des deux qui est en train d'appeler au secours.

Elle sort du lit et va jusqu'à la fenêtre. Elle est là, imposante, dans sa chemise de nuit, et regarde dans le noir.

– La fenêtre de la cuisine n'est pas ouverte, dit-elle à voix basse. Elle a été fracassée.

Il va la rejoindre et, maintenant, il tremble véritablement de froid.

– Il y a quelqu'un qui appelle au secours, dit-elle d'une voix mal assurée.

– Qu'est-ce qu'on fait? demande-t-il.

– Va voir, dit-elle. Dépêche-toi!

– Mais c'est peut-être bien dangereux?

– Il faut tout de même aller aider nos meilleurs amis, s'il leur est arrivé quelque chose, non?

Il s'habille en toute hâte, prend la lampe de poche dans l'armoire de la cuisine, à côté des bouchons et de la boîte à café. Sous ses pieds, la terre est gelée. En se retournant, il entrevoit la silhouette de Hanna, à la fenêtre.

Arrivé à la clôture, il s'arrête. Tout est calme. Il voit bien, maintenant, que la fenêtre de la cuisine des Lövgren a été fracassée. Il enjambe prudemment la petite clôture et s'approche du bâtiment blanc. Mais aucune voix ne l'appelle.

C'est le fait de mon imagination, se dit-il une fois de plus. Je suis vieux et je ne suis même plus capable de me rendre compte de ce qui se passe véritablement. J'ai peut-être rêvé des taureaux, cette nuit, après tout? Ce vieux rêve que je faisais étant enfant, ces taureaux qui se précipitaient dans ma direction et qui me faisaient comprendre que je mourrais un jour...

A ce moment précis, il entend de nouveau le cri. Une sorte de plainte très faible. C'est Maria.

Il avance jusqu'à la fenêtre de la chambre à coucher et regarde prudemment par l'interstice entre le rideau et le carreau.

Tout à coup, il sait que Johannes est mort. Il braque sa lampe de poche vers l'intérieur de la chambre et ferme très fort les yeux, avant de se forcer à regarder.

Maria est assise sur le sol, recroquevillée sur elle-même et attachée à une chaise. Elle a le visage en sang et son dentier gît, en morceaux, sur sa chemise de nuit maculée.

Puis il voit l'un des pieds de Johannes. Mais seulement le pied. Le reste de son corps est caché derrière le rideau.

Il revient vers sa maison en boitillant et enjambe de nouveau la clôture. Son genou lui fait mal, tandis qu'il avance ainsi, en titubant de désespoir, sur cette terre durcie par le gel.

Il commence par appeler la police.

Puis il sort son pied-de-biche d'une penderie qui sent l'antimite.

— Reste là, dit-il à Hanna. Tu n'as pas besoin de voir ça.

— Qu'est-ce qui s'est passé? demanda-t-elle, avec des larmes de peur dans les yeux.

— Je ne sais pas, dit-il. Mais je suis absolument certain d'une chose : c'est que je me suis réveillé parce que la jument n'a pas henni, cette nuit.

C'est le 8 janvier 1990.

L'aube est encore loin.

II

A la police d'Ystad, l'appel téléphonique fut enregistré à cinq heures treize. Il fut reçu par un agent à bout de forces qui avait été de service de façon presque ininterrompue depuis la veille du Nouvel An. Le fonctionnaire avait écouté cette voix bégayante, au bout du fil, et s'était dit que ce n'était qu'un vieux bonhomme qui n'avait plus tous ses esprits. Mais quelque chose avait malgré tout éveillé sa méfiance et il s'était mis à lui poser des questions. Une fois la communication terminée, il avait réfléchi un instant avant de décrocher de nouveau et de composer ce numéro qu'il connaissait par cœur.

Kurt Wallander dormait. Il avait veillé beaucoup trop longtemps, la nuit précédente, à écouter ces enregistrements de Maria Callas qu'un de ses amis lui avait envoyés de Bulgarie. Il avait passé plusieurs fois de suite sa *Traviata* et il était près de deux heures quand il était enfin allé se coucher. Au moment où la sonnerie du téléphone l'arracha au sommeil, il était au beau milieu d'un rêve très puissamment érotique. Comme pour s'assurer qu'il ne s'agissait que d'un rêve, il étendit le bras pour tâter la couverture. Mais il était bien seul dans le lit.

Aucune trace ni de son épouse légitime, qui l'avait d'ailleurs quitté trois mois plus tôt, ni de cette femme de couleur avec laquelle il était en train de se livrer à un coït passionné.

Il regarda l'heure tout en tendant la main pour prendre le combiné. Un accident de voiture, pensat-il fugitivement. Du verglas et quelqu'un qui va trop vite et qui quitte la route sur la E 14. Ou bien des histoires avec des étrangers débarqués du ferry-boat du matin en provenance de Pologne.

Il se mit péniblement sur son séant et colla l'écouteur à sa joue, sur laquelle ses poils de barbe le démangeaient.

– Wallander, à l'appareil.

– J'espère que je ne te réveille pas ?

– Non, non. Je le suis déjà.

Pourquoi mentir ? s'interrogea-t-il. Pourquoi ne pas dire les choses comme elles sont ? A savoir que je ne demande qu'une chose : pouvoir me rendormir et retrouver ce rêve envolé qui avait la forme d'une femme nue ?

– Je me suis dit qu'il fallait que je t'appelle.

– Un accident de voiture ?

– Non, pas vraiment. Je viens d'avoir un coup de téléphone d'un vieux paysan qui dit s'appeler Nyström et habiter Lenarp. Il affirme qu'une de ses voisines est ligotée sur le sol de sa chambre et que quelqu'un est mort.

Il réfléchit très rapidement, afin de se rappeler où se trouvait Lenarp. Pas très loin du château de Marsvinsholm, dans une région très accidentée pour la Scanie.

– Ça avait l'air sérieux. Alors je me suis dit qu'il valait mieux que je t'appelle tout de suite.

– Qui est de service, en ce moment, là-bas ?

– Peters et Norén sont partis à la recherche de quelqu'un qui a cassé un carreau au Continental. Tu veux que je les rappelle?

– Dis-leur de se rendre au carrefour qui se trouve entre Kadesjö et Katslösa et d'attendre que j'arrive. Donne-leur l'adresse exacte. Quand as-tu reçu cet appel?

– Il y a quelques minutes.

– Tu es sûr que ce n'est pas un bobard d'ivrogne?

– Je n'ai pas eu cette impression, à l'entendre.

– Bon. Très bien.

Il s'habilla rapidement, sans prendre de douche, se versa une tasse de café tiède de ce qui restait dans la thermos et regarda par la fenêtre. Il habitait Mariagatan, dans le centre d'Ystad, et la façade de la maison qui se trouvait devant sa fenêtre était grise et fendillée. Il se demanda très rapidement s'il allait vraiment neiger en Scanie, cet hiver-là. Il espérait bien que non. Les tempêtes de neige, dans cette région, entraînaient toujours de nombreuses complications : accidents de voiture, femmes sur le point d'accoucher se trouvant bloquées par la neige, vieillards coupés du monde et lignes électriques endommagées. Les tempêtes de neige, c'était le chaos et il se dit qu'il serait bien en peine de faire face à cela, cet hiver-là. Il n'était pas encore vraiment remis du choc que lui avait causé le départ de sa femme.

Il suivit Regementsgatan en direction de la pénétrante portant le nom d'Österleden. Au carrefour de Dragongatan, il dut s'arrêter au feu rouge et en profita pour mettre la radio, afin d'écouter les nouvelles. Une voix encore sous le coup de l'émotion parlait d'un avion qui venait de s'écraser sur un continent lointain.

Il est un temps pour vivre et un temps pour mou-

21

rir, se dit-il en se frottant les yeux pour en extraire les restes de sommeil. C'était une façon d'exorciser le sort qu'il avait adoptée bien des années auparavant. Il était alors jeune policier affecté au maintien de l'ordre dans les rues de sa ville natale de Malmö. Un jour, un ivrogne avait soudain tiré un grand couteau, alors qu'ils s'apprêtaient à l'embarquer, dans Pildammsparken. Et il le lui avait enfoncé profondément dans le corps, juste à côté du cœur. Quelques millimètres de plus et c'était la mort, une mort bien inattendue. Il avait alors vingt-trois ans et avait ainsi été efficacement instruit des risques du métier. Cette phrase était donc une façon de conjurer le sort en éloignant de lui ce souvenir tellement cuisant.

Il sortit de la ville, passa devant la toute récente grande surface de meubles située juste à l'entrée et aperçut un petit coin de mer, derrière. Elle était grise, mais d'un calme étrange si l'on pensait qu'on était en plein cœur de l'hiver. Très loin à l'horizon, il distingua un navire qui se dirigeait vers l'est.

Les tempêtes de neige arrivent, se dit-il.

On ne va pas tarder à les avoir sur le dos.

Il éteignit la radio et s'efforça de se concentrer sur ce qui l'attendait.

Que savait-il, au juste?

Une vieille femme ligotée sur le sol? Quelqu'un qui disait l'avoir vue par la fenêtre? Une fois passé le carrefour de la route de Bjäresjö, il accéléra et se dit que ce n'était peut-être qu'un vieil homme qui était victime d'un accès de sénilité foudroyante. Au cours des nombreuses années qu'il avait passées dans la police, il avait eu plus d'une fois l'occasion d'avoir affaire à des vieilles personnes de ce genre, coupées de tout, qui n'avaient plus que la police comme ultime recours contre la solitude.

La voiture de police l'attendait en effet au carrefour menant à Kadesjö. Peters en était sorti et était en train de contempler un lièvre bondissant en tous sens dans un champ.

Lorsqu'il vit Wallander arriver dans sa Peugeot bleue, il leva la main en un geste de salut et s'installa au volant.

La terre battue gelée crissait sous les pneus. Kurt Wallander suivit la voiture de police. Ils franchirent le croisement de la route menant à Trunnerup, montèrent et descendirent quelques côtes assez raides et furent bientôt arrivés à Lenarp. Là, ils s'engagèrent sur un chemin de terre très étroit se réduisant presque à la trace des roues d'un tracteur. Au bout d'un kilomètre, ils parvinrent à destination. Deux fermes l'une à côté de l'autre, deux longs bâtiments blanchis à la chaux entourés de jardins entretenus avec amour.

Un homme d'un certain âge vint à leur rencontre. Kurt Wallander nota qu'il boitait légèrement, comme s'il avait mal à un genou.

En sortant de sa voiture, il s'aperçut que le vent s'était levé. Peut-être la neige s'annonçait-elle déjà?

Il n'eut pas plus tôt vu ce vieil homme qu'il comprit que quelque chose de très désagréable l'attendait. Dans les yeux de ce paysan luisait une peur qui ne pouvait être imaginaire.

– J'ai enfoncé la porte, répéta-t-il plusieurs fois de suite, très agité. J'ai enfoncé la porte, parce qu'il fallait bien que je voie ce qui s'était passé. Mais elle est presque morte, elle aussi.

Ils pénétrèrent dans la maison par la porte qu'il avait enfoncée. Kurt Wallander sentit aussitôt une âcre odeur de vieilles personnes monter vers lui. La tapisserie était bien vieille, elle aussi, et il dut plisser les yeux pour distinguer quelque chose dans l'obscurité.

– Eh bien, qu'est-ce qui s'est passé? demanda-t-il.

– C'est là, répondit le vieil homme.

Puis il se mit à pleurer.

Les trois policiers se regardèrent.

Kurt Wallander ouvrit la porte du bout du pied.

Ce qu'il vit dépassa tout ce qu'il avait pu imaginer. Et de loin. Par la suite, il devait dire que c'était ce qu'il avait vu de pire dans sa vie. Et pourtant, il en avait vu pas mal.

La chambre à coucher du vieux couple était maculée de sang. Il y en avait même qui avait giclé jusque sur l'abat-jour en porcelaine suspendu au plafond. Un vieil homme était étendu à plat ventre sur le lit, le haut du corps dénudé et son caleçon long baissé sur ses chevilles. Son visage avait été maltraité au point d'être méconnaissable. On aurait dit que quelqu'un avait essayé de lui arracher le nez. Ses mains étaient attachées derrière le dos et son fémur gauche était cassé. On voyait la tache blanche de l'os au milieu de tout ce rouge.

– Oh, merde, entendit-il Norén gémir derrière lui et, pour sa part, il se sentit pris de nausées.

– Une ambulance, dit-il. Vite, vite...

Puis il se pencha sur la femme qui était affalée sur le sol, attachée à une chaise. Celui qui l'avait ligotée avait passé un nœud coulant formant lacet autour de son cou décharné. Elle respirait faiblement et Kurt Wallander cria à Peters d'aller chercher un couteau. Ils sectionnèrent la cordelette, qui avait profondément entaillé ses poignets et son cou, et ils l'étendirent sur le sol avec beaucoup de précautions. Kurt Wallander garda sa tête sur ses genoux.

Il regarda Peters et comprit qu'ils pensaient la même chose, tous les deux.

Qui pouvait avoir été assez cruel pour passer ainsi un lacet au cou d'une vieille femme?

– Attendez-nous dehors, dit Kurt Wallander au vieil homme en larmes qui se tenait sur le pas de la porte. Attendez-nous dehors et, surtout, ne touchez à rien.

Il fut surpris d'entendre sa propre voix : il hurlait, au lieu de parler.

Si je crie aussi fort, c'est que j'ai peur, se dit-il. Dans quel monde vivons-nous?

L'ambulance se fit attendre une vingtaine de minutes. La respiration de la femme était de plus en plus saccadée et Kurt Wallander commençait à avoir peur que la voiture n'arrive trop tard.

Il reconnut son conducteur, qui s'appelait Antonsson.

L'accompagnateur était un jeune homme qu'il n'avait encore jamais vu.

– Salut, dit Wallander. L'homme est mort, mais la femme ne l'est pas encore. Essayez de la maintenir en vie.

– Qu'est-ce qui s'est passé? demanda Antonsson.

– J'espère qu'elle pourra nous le dire, si elle ne meurt pas avant. Alors, faites vite!

Lorsque l'ambulance se fut éloignée le long du chemin de terre, Kurt Wallander et Peters sortirent de la maison. Norén s'essuya le visage avec un mouchoir. L'aube s'était lentement rapprochée. Kurt Wallander regarda sa montre : sept heures vingt-huit.

– On se dirait à l'abattoir, dit Peters.

– C'est peu dire, répliqua Wallander. Demande qu'on nous envoie tout le personnel disponible. Dis à Norén d'interdire l'accès du secteur. Moi, je vais parler au voisin, pendant ce temps-là.

25

Au moment où il prononçait ces paroles, il entendit quelque chose qui ressemblait à un cri. Il sursauta et alors le cri se renouvela.

C'était celui d'un cheval.

Ils allèrent ouvrir la porte de l'écurie. Tout au fond, dans l'obscurité, un cheval frappait le sol avec son sabot, inquiet. Cela sentait le fumier encore chaud et l'urine.

— Donne-lui de l'eau et du foin, dit Kurt Wallander. Il y a d'ailleurs peut-être d'autres bêtes, quelque part par là.

En sortant de l'écurie, il fut pris de frissons. Dans un arbre solitaire, au milieu d'un champ, des oiseaux noirs croassaient. Il respira profondément l'air frais de la nuit et constata que le vent avait forci.

— Vous vous appelez Nyström, dit-il à l'homme, qui avait maintenant cessé de pleurer. A présent, il va falloir que vous me racontiez ce qui s'est passé. Si je comprends bien, vous habitez la maison juste à côté.

L'homme se contenta d'un hochement de tête.

— Qu'est-ce qui s'est passé? demanda-t-il d'une voix qui tremblait.

— J'espère que vous allez pouvoir nous le dire, lui répondit Kurt Wallander. On pourrait peut-être rentrer chez vous?

Dans la cuisine, une femme vêtue d'une robe de chambre démodée était effondrée sur une chaise, en train de pleurer. Mais, dès que Kurt Wallander se fut présenté, elle se leva et alla faire chauffer du café. Ils s'assirent tous trois à la table de la cuisine. Wallander observa les décorations de Noël qui étaient encore accrochées à la fenêtre. Devant celle-ci était également couché un vieux chat qui le regardait sans se lasser. Il tendit la main pour le caresser.

– Attention, il mord, dit Nyström. Il n'est pas habitué aux gens. Il ne connaît que Hanna et moi.

Kurt Wallander pensa à sa femme qui l'avait quitté et se demanda par quel bout commencer. Un meurtre sauvage, se dit-il. Dans le pire des cas, il pourrait même bientôt s'agir de deux.

Soudain, il eut une idée. Il alla frapper au carreau pour appeler Norén.

– Excusez-moi un instant, dit-il en se levant.

– Inutile de donner du foin et de l'eau au cheval, dit Norén. Il en avait déjà. Il n'y a pas d'autres bêtes.

– Envoie quelqu'un à l'hôpital, dit Kurt Wallander. Pour le cas où elle reprendrait conscience et dirait quelque chose. Elle a forcément vu ce qui s'est passé.

Norén acquiesça d'un signe de tête.

– Qu'ils choisissent quelqu'un qui a l'oreille fine. Et même de préférence quelqu'un qui sait lire sur les lèvres.

En revenant dans la cuisine, il ôta son manteau et le posa sur le canapé.

– Alors, je vous écoute, dit-il. Racontez-moi tout, n'omettez surtout aucun détail. Prenez tout le temps qu'il vous faudra.

Au bout de deux tasses de café, il comprit que ni Nyström lui-même ni sa femme n'avaient grand-chose d'important à raconter. Tout ce qu'il avait obtenu, c'était le récit de la vie des deux victimes et quelques indications quant à l'heure qu'il était.

Deux points restaient à éclaircir.

– Savez-vous s'ils gardaient de grosses sommes d'argent chez eux? demanda-t-il.

– Non, dit Nyström. Ils déposaient tout à la banque. Y compris le montant de leur retraite.

D'ailleurs, ils n'étaient pas bien riches. Quand ils ont vendu leurs terres, les machines et les bêtes, ils ont tout donné à leurs enfants.

L'autre question lui parut parfaitement stupide, mais il la posa tout de même. Étant donné les circonstances, il n'avait pas vraiment le choix.

– Savez-vous s'ils avaient des ennemis? demanda-t-il.

– Des ennemis?

– Oui, des gens qui pourraient avoir des raisons de faire ça?

Nyström ne parut pas comprendre ce qu'il voulait dire par là.

Il répéta donc sa question.

Les deux vieux le regardèrent d'un air de stupéfaction.

– Les gens comme nous n'ont pas d'ennemis, répondit le mari, et Wallander remarqua au ton de sa voix qu'il était quelque peu froissé. Bien sûr, on se dispute parfois un peu. A propos de l'entretien d'un chemin de terre ou bien de limites de propriété. Mais on ne se tue pas pour des raisons pareilles.

Wallander accepta cette réponse d'un hochement de tête.

– Je ne tarderai pas à reprendre contact avec vous, dit-il en se levant, le manteau à la main. Si vous vous rappelez tout d'un coup quelque chose d'autre, n'hésitez pas à téléphoner à la police. Demandez à me parler. Je m'appelle Kurt Wallander.

– Et s'ils reviennent? demanda la vieille femme.

Kurt Wallander secoua la tête.

– Vous n'avez aucune crainte à avoir. Ceux qui se livrent à ce genre d'agression ne sont pas assez fous pour revenir au même endroit. Vous n'avez pas besoin d'avoir peur.

Il se dit qu'il devrait bien leur dire quelque chose d'autre pour les rassurer. Mais quoi? Comment pourrait-il rassurer deux personnes qui venaient de voir leur voisin le plus proche assassiné dans de pareilles conditions? Et qui avaient pour toute perspective le décès probable de sa femme?

– Le cheval, dit-il. Qui est-ce qui lui donne son foin?

– C'est nous, dit le vieil homme. Je vais m'en occuper.

Wallander sortit dans le petit matin glacial. Le vent avait forci et il gagna sa voiture penché en avant. A vrai dire, il aurait dû rester sur place pour prêter main-forte aux policiers arrivés en vue de procéder aux constatations d'usage. Mais il se sentait trop mal, avait trop froid et n'avait nulle envie de rester là plus longtemps qu'il n'était strictement nécessaire. D'ailleurs, il avait vu par la fenêtre que c'était Rydberg qui était arrivé dans la voiture d'intervention. Cela voulait dire que l'équipe technique ne quitterait pas l'endroit avant d'avoir retourné et examiné chaque motte de terre sur les lieux du crime. Rydberg, qui approchait de l'âge de la retraite, était un policier épris de son métier. Même s'il pouvait parfois paraître un peu pédant et flegmatique, c'était une garantie de sérieux quant aux constatations sur place.

Rydberg avait des rhumatismes et marchait avec une canne. Il traversa la cour de la ferme dans sa direction, en boitant légèrement.

– Ce n'est pas beau à voir, dit-il. On se dirait vraiment à l'abattoir.

– Tu n'es pas le premier à avoir cette impression, dit Kurt Wallander.

Rydberg avait l'air grave.

— Est-ce qu'on a une piste?

Kurt Wallander secoua négativement la tête.

Rien du tout? ajouta Rydberg, presque sur le ton de la supplication.

— Les voisins n'ont rien vu ni entendu. Je crois qu'il s'agit d'un banal vol à main armée.

— Tu appelles ça banal? Une pareille démence et sauvagerie?

Rydberg avait l'air scandalisé et Kurt Wallander regretta le choix de ses termes.

— Je voulais dire par là qu'on a bien sûr affaire à des types particulièrement abjects. Mais du genre qui se spécialisent dans l'attaque des fermes isolées habitées par de vieilles personnes.

— Il faut absolument qu'on leur mette la main dessus, dit Rydberg. Avant qu'ils ne remettent ça.

— Oui, répondit Kurt Wallander. Même si c'est les seuls qu'on doit prendre cette année, il ne faut pas qu'ils nous échappent, ceux-là.

Il se mit au volant et quitta les lieux. Sur le petit chemin de terre, il faillit entrer en collision avec une voiture qui arrivait en face à toute allure. Il reconnut le conducteur au passage. C'était un journaliste travaillant pour l'un des grands quotidiens nationaux, auquel on faisait appel lorsque quelque chose d'extraordinaire se produisait dans la région d'Ystad.

Wallander fit plusieurs fois le tour de Lenarp au volant. Il y avait de la lumière aux fenêtres, mais personne dans les rues.

Qu'est-ce qu'ils vont penser, quand ils vont apprendre ça? se demanda-t-il.

Le spectacle de la vieille femme avec ce lacet autour du cou ne le laissait pas en paix et il éprouvait un malaise indescriptible. Qui pouvait bien avoir commis un acte d'une pareille barbarie? Pourquoi ne pas lui avoir assené un coup de hache sur la tête, afin d'en finir tout de suite? Pourquoi un tel supplice?

Tout en parcourant les rues de ce village à faible allure, il s'efforça d'organiser mentalement les recherches auxquelles il allait falloir procéder. Au carrefour de la route de Blentarp, il s'arrêta, monta le chauffage de la voiture pour lutter contre le froid qui le gagnait et resta ensuite absolument immobile, les yeux fixés sur l'horizon.

Il savait que ce serait à lui de diriger ces recherches. Il n'y avait guère d'alternative. Après Rydberg, il était celui, parmi les inspecteurs de la criminelle d'Ystad, qui avait le plus d'expérience, bien qu'il n'eût encore que quarante-deux ans.

Une bonne partie de tout cela serait du travail de pure routine. Les constatations sur place, les questions à poser aux gens de Lenarp et aux personnes habitant le long de l'itinéraire supposé des assassins, après le meurtre. Avaient-ils remarqué quoi que ce soit de suspect? D'inhabituel? Les questions résonnaient déjà dans sa tête.

Mais il savait aussi par expérience que les affaires d'attaque à main armée à la campagne étaient souvent bien difficiles à résoudre.

Son principal espoir, pour l'instant, était que la femme de la victime survive.

Elle avait vu. Elle savait.

Mais, si elle mourait, ce double crime serait bien difficile à tirer au clair.

Il était inquiet.

En général, le sentiment de révolte intérieure avait sur lui un effet stimulant. Étant donné que

31

c'était la condition première de tout travail policier, il s'était fixé pour but de bien faire son métier. Mais, en ce moment précis, il se sentait las et dépourvu de confiance en lui.

Il se força à passer la première. La voiture avança de quelques mètres. Mais il s'arrêta de nouveau.

Il eut l'impression qu'il venait seulement de se rendre compte de ce dont il avait été témoin en ce matin d'hiver, sous la morsure du gel.

L'indicible sauvagerie de l'agression dont avaient été victimes ces deux vieillards sans défense le glaçait soudain de peur.

Il s'était passé quelque chose qui n'aurait jamais dû se produire.

Il regarda par la vitre de la voiture. Le vent sifflait autour des portières, qu'il secouait violemment.

Il faut que je m'y mette, se dit-il.

Rydberg a parfaitement raison.

Il faut absolument qu'on mette la main sur ceux qui ont commis une chose pareille.

Il se rendit tout droit à l'hôpital d'Ystad et prit l'ascenseur menant aux urgences. Dans le couloir, il vit aussitôt le jeune Martinson, encore en cours de formation, assis sur une chaise devant une porte.

Kurt Wallander sentit la moutarde lui monter au nez.

N'avait-on vraiment personne d'autre à envoyer à l'hôpital que ce jeune homme sans expérience? Et pourquoi était-il assis à l'extérieur de la chambre? Pourquoi pas au chevet de la vieille femme, prêt à recueillir le moindre murmure qui pourrait s'échapper de ses lèvres?

– Salut, dit Kurt Wallander. Où en est-on?

– Elle n'a toujours pas repris conscience, répondit Martinson. Les médecins n'ont pas l'air d'être trop optimistes.

– Pourquoi est-ce que tu n'es pas à l'intérieur de la chambre?

– Ils me feront signe s'il se passe quelque chose.

Kurt Wallander nota que Martinson perdait de son assurance.

Je dois avoir l'air d'un vieux prof grincheux, se dit-il.

Il poussa prudemment la porte et passa la tête par l'entrebâillement. Divers appareils étaient en marche, chacun avec son bruit caractéristique, dans cette antichambre de la mort. Des tuyaux couraient le long des murs, semblables à de longs vers de terre transparents. Au moment où il ouvrit la porte, une infirmière était précisément en train de consulter un diagramme.

– On n'entre pas, lui dit-elle sèchement.

– Je suis de la police, répondit timidement Kurt Wallander. Je voulais simplement savoir comment elle va.

– On vous a déjà dit d'attendre à l'extérieur, répondit l'infirmière.

Avant que Kurt Wallander ait eu le temps de dire quoi que ce soit d'autre, un médecin pénétra brusquement dans la chambre. Il le trouva étonnamment jeune.

– Les personnes qui ne sont pas du service n'ont rien à faire ici, dit le jeune docteur en voyant Kurt Wallander.

– Je m'en vais. Je voulais simplement savoir dans quel état elle est. Je m'appelle Wallander et je suis de la police. De la criminelle, précisa-t-il sans être bien sûr que cela dirait quelque chose au médecin. C'est moi qui suis chargé de retrouver celui ou ceux qui ont commis ça. Comment va-t-elle?

– Le plus étonnant, c'est qu'elle soit encore en vie, dit le médecin en lui faisant de la tête signe de le suivre jusqu'au bord du lit. Mais sa gorge est en très mauvais état. On dirait que quelqu'un a tenté de l'étrangler.

– C'est bien ce qui s'est passé, dit Kurt Wallander en regardant le peu que l'on apercevait de ce visage décharné, entre les draps et les tuyaux.

– Elle devrait être morte, dit le médecin.

– J'espère qu'elle va survivre, dit Kurt Wallander. C'est le seul témoin dont nous disposions.

– Pour notre part, nous espérons que tous nos malades vont survivre, répondit le médecin d'un ton un peu sec en se mettant à regarder de près un écran sur lequel des lignes vertes dessinaient des sortes de vagues ininterrompues.

Après avoir entendu le médecin lui dire qu'il ne pouvait pas se prononcer, Kurt Wallander quitta la pièce. L'issue était incertaine. Maria Lövgren pouvait décéder sans avoir repris connaissance. Personne ne pouvait savoir.

– Sais-tu lire sur les lèvres? demanda-t-il à Martinson.

– Non, répondit celui-ci, tout étonné.

– Dommage, dit Kurt Wallander en s'éloignant.

De l'hôpital, il regagna directement, au volant de sa voiture, l'hôtel de police aux murs bruns situé à la sortie est de la ville.

Il s'assit à son bureau et regarda par la fenêtre le vieux château d'eau en briques, en face.

Peut-être notre époque nécessite-t-elle une nouvelle sorte de policiers? pensa-t-il. Des gens capables de pénétrer dans un abattoir humain de la campagne du sud de la Suède, un petit matin de janvier, sans réaction particulière. Des policiers qui ne soient pas en proie à des doutes et à des tourments moraux, comme moi.

Le fil de ses pensées fut interrompu par la sonnerie du téléphone.

L'hôpital, pensa-t-il en un éclair.

Ils m'appellent pour me dire que Maria Lövgren est morte.

Mais a-t-elle pu reprendre conscience un instant? A-t-elle dit quelque chose?

Il fixa du regard ce téléphone toujours en train de sonner.

Merde de merde, pensa-t-il.

Tout, mais pas ça.

Mais, quand il décrocha, ce fut la voix de sa fille qui résonna dans le combiné. Il sursauta au point de manquer de faire tomber l'appareil par terre en tirant sur le fil.

— Papa, dit-elle.

Il entendit le bruit que faisaient les pièces en tombant dans le réceptacle de l'appareil.

— Salut, dit-il. D'où appelles-tu?

Pourvu que ce ne soit pas de Lima. Ou de Katmandou. Ou encore de Kinshasa.

— Je suis à Ystad.

Quel bonheur. Cela voulait dire qu'ils allaient se voir.

— Je suis venue pour te voir, dit-elle. Mais j'ai changé d'avis. Je suis à la gare et je vais prendre le train. Alors je voulais simplement te dire que j'avais au moins eu l'intention de venir te dire bonjour.

A ce moment-là, la liaison fut interrompue et il resta interdit, les yeux rivés sur ce combiné qu'il tenait toujours à la main.

Quelque chose de mort au bout de son bras, quelque chose qui avait été tranché.

– Sale gosse, pensa-t-il. Pourquoi se comporte-t-elle comme ça?

Sa fille s'appelait Linda et avait dix-neuf ans. Jusqu'à l'âge de quinze ans, les choses s'étaient bien passées entre eux. C'était à lui, et non pas à sa mère, qu'elle venait confier ses difficultés, ou bien qu'elle s'adressait quand elle désirait quelque chose sans vraiment l'oser de sa propre initiative. Il l'avait vue changer: l'enfant bien dodu s'était transformé en une jeune femme à la beauté rebelle. Avant l'âge de quinze ans, elle n'avait pas donné l'impression d'être possédée par ces démons secrets qui devaient, à un moment, l'inciter à mener cette existence énigmatique, sans cesse en mouvement.

Un jour de printemps, juste après son quinzième anniversaire, elle avait soudain effectué une tentative de suicide, sans le moindre signe annonciateur. Cela s'était passé un samedi après-midi. Kurt Wallander était en train de réparer une chaise de jardin et sa femme de nettoyer les carreaux. Pris d'une soudaine angoisse, il avait posé son marteau et était rentré dans la maison. Elle gisait sur son lit, la gorge et les deux poignets tailladés au moyen d'une lame de rasoir. Par la suite, une fois les choses rentrées dans l'ordre, le médecin lui avait dit que s'il était arrivé quelques instants plus tard et n'avait pas eu la présence d'esprit de lui faire des pansements à l'aide de compresses absorbantes, elle ne serait plus parmi eux.

Il ne s'était jamais remis de ce choc. La confiance entre eux était brisée. Elle était rentrée dans sa coquille et il n'était jamais parvenu à comprendre ce qui avait pu la pousser à cet acte. Elle avait interrompu ses études et avait pris divers petits boulots, disparaissant parfois pendant de longues périodes. A deux reprises, sa femme l'avait obligé à lancer un avis de recherches. Ses collègues avaient constaté à quel point il souffrait de devoir mener ainsi une enquête à propos de sa propre fille. Mais, un beau jour, elle était revenue sans rien dire et ce n'est qu'en fouillant dans ses poches en cachette et en feuilletant son passeport qu'il avait pu se faire une idée des endroits où elle avait pu aller.

Bon sang, se dit-il. Pourquoi ne restes-tu pas? Pourquoi as-tu changé d'avis?

Le téléphone sonna de nouveau et il empoigna le combiné.

— C'est papa, dit-il sans réfléchir.

— Comment ça, papa? demanda son propre père. C'est la nouvelle façon de répondre, à l'hôtel de police?

— Je n'ai pas le temps de te parler, pour l'instant. Est-ce que je peux te rappeler un peu plus tard?

— Non, impossible. Qu'est-ce qu'il y a de si important?

— Il s'est passé quelque chose de grave, ce matin. Je t'appellerai par la suite.

— Qu'est-ce qui est arrivé?

Son vieux père l'appelait presque quotidiennement. Il avait déjà, à plusieurs reprises, donné ordre au standard de ne pas lui passer ses appels. Mais son père avait fini par s'en apercevoir et s'était mis à indiquer de fausses identités et à déformer sa voix pour donner le change.

Kurt Wallander ne voyait donc plus qu'une possibilité de se débarrasser de lui.

— Je viendrai te voir ce soir, dit-il. Comme ça, on pourra parler.

Son père se laissa fléchir bien à regret.

– Viens à sept heures. J'aurai du temps à te consacrer, à ce moment-là.

– Bon, je serai là à sept heures. A tout à l'heure.

Il raccrocha et demanda au standard de ne plus lui passer de communications jusqu'à nouvel ordre.

L'idée lui traversa l'esprit de prendre sa voiture et de partir chercher sa fille à la gare. De lui parler, de tenter de redonner vie à cette ancienne complicité disparue de façon tellement énigmatique. Mais il savait bien qu'il ne le ferait pas. Il ne voulait pas risquer de perdre sa fille pour toujours.

La porte s'ouvrit et Näslund passa la tête.

– Salut, dit-il. Est-ce que je le fais rentrer?

– Qui ça?

Näslund regarda sa montre.

– Il est neuf heures. Hier, tu as dit que tu voulais avoir Klas Månson dans ton bureau à cette heure-là pour l'interroger.

– Klas Månson? Qui c'est?

Näslund le regarda d'un air incrédule.

– Celui qui a attaqué la boutique d'Österleden. Tu l'as oublié?

Cela lui revint brusquement à l'esprit. En même temps qu'il s'avisait que Näslund n'était apparemment pas au courant du meurtre commis pendant la nuit.

– Il va falloir que tu te charges toi-même de Månson, dit-il. Il y a eu un meurtre, cette nuit, à Lenarp. Peut-être même deux. Un couple de personnes âgées. Alors, je vais être obligé de te laisser Månson. Mais pas tout de suite. Il faut d'abord qu'on organise les recherches dans le secteur de Lenarp.

– L'avocat de Månson est déjà là, dit Näslund. Si je le renvoie, il va faire un raffut de tous les diables.

– Procède à un interrogatoire préliminaire, dit Kurt Wallander. Si l'avocat fait du potin ensuite, eh bien tant pis. Mais convoque une séance de travail dans mon bureau à dix heures. Je veux que tout le monde soit là.

Soudain, il se retrouvait. Il était de nouveau dans son rôle de policier. Le reste, sa fille et sa femme, ce serait pour plus tard. Pour l'instant, il fallait lancer la chasse au meurtrier, tâche bien laborieuse.

Il débarrassa son bureau de tous les papiers traînant dessus, déchira une grille de loto sportif que, de toute façon, il n'aurait pas le temps de remplir, puis alla se servir une tasse de café dans la cantine.

A dix heures, tout le monde était dans son bureau. On avait rappelé Rydberg, qui était assis sur une simple chaise, près de la fenêtre. La pièce était remplie de policiers, au nombre de sept au total, tant debout qu'assis. Wallander appela l'hôpital et réussit péniblement à obtenir une réponse quant à l'état de la vieille femme : celui-ci était toujours aussi critique.

Puis il expliqua ce qui s'était passé au cours de la nuit.

– C'était pire que tout ce que vous pouvez imaginer, dit-il. N'est-ce pas, Rydberg ?

– Exact, répondit Rydberg. On se serait cru dans un film américain. Ça sentait même le sang. En général, ça ne va pas jusque-là.

– Il faut absolument mettre la main sur ceux qui ont fait ça, dit Kurt Wallander pour conclure son exposé. Impossible de laisser en liberté des fous furieux de cette espèce.

Le silence se fit dans la pièce. Rydberg se mit à tambouriner avec les doigts sur le dossier de sa chaise. Dans le couloir, on entendit une femme éclater de rire.

Kurt Wallander fit le tour de son bureau du regard. Tous ceux qui étaient là étaient ses collaborateurs. Il n'était l'intime d'aucun d'entre eux en particulier. Mais ils formaient tous une équipe.

– Eh bien, dit-il, qu'est-ce qu'on fait? Il faut se mettre au boulot.

Il était onze heures moins vingt.

III

A quatre heures moins le quart, Kurt Wallander sentit qu'il avait faim. Il n'avait pas eu le temps de déjeuner, ce jour-là. Après la séance de travail qui s'était tenue dans son bureau, le matin, il avait consacré tout son temps au lancement de la chasse aux meurtriers de Lenarp. En fait, il pensait toujours à eux au pluriel, car il avait du mal à imaginer qu'une personne seule ait pu causer un pareil bain de sang.

L'obscurité était déjà tombée quand il se laissa choir dans son fauteuil, derrière son bureau, pour tenter de rédiger un communiqué de presse. Devant lui étaient posés une foule de petits morceaux de papier rédigés par l'une des standardistes et portant le nom de personnes l'ayant appelé. Après avoir vainement cherché celui de sa fille parmi eux, il les mit tous en tas dans la corbeille destinée au courrier venant d'arriver. Afin de s'éviter le pénible devoir de parler devant les caméras des actualités régionales pour dire que la police ne disposait pour l'instant d'aucun indice pouvant la mettre sur la piste des criminels qui avaient commis le meurtre barbare venant d'être perpétré à Lenarp, il avait demandé à

Rydberg de bien vouloir s'en charger. Mais encore fallait-il rédiger le communiqué. Il sortit une feuille de papier du tiroir de son bureau. Mais que dire? Le bilan de cette journée de travail se réduisait presque à une série de questions sans réponse.

La journée s'était passée à attendre. Au service des urgences de l'hôpital, la vieille femme étranglée luttait toujours contre la mort.

Sauraient-ils jamais ce qu'elle avait vu au cours de cette nuit d'horreur, dans cette ferme isolée? Ou bien mourrait-elle sans avoir eu le temps de le leur dire?

Kurt Wallander scruta les ténèbres par la fenêtre.

Au lieu d'un communiqué de presse, il se mit à rédiger un résumé de ce qui avait été fait au cours de la journée et de ce dont disposait la police comme base de travail.

Autant dire rien, soupira-t-il, quand il en eut terminé. Deux vieilles personnes auxquelles on ne connaît pas d'ennemis et qui n'ont pas d'argent caché chez elles sont abattues et torturées de la façon la plus cruelle. Les voisins n'ont rien entendu. Ce n'est qu'une fois les auteurs du crime envolés qu'ils s'aperçoivent qu'une fenêtre a été fracassée et qu'ils entendent les cris de leur voisine appelant au secours. Rydberg n'a pas encore trouvé le moindre indice. C'est tout.

Les vieilles personnes vivant dans des fermes isolées ont de tout temps été exposées à des attaques à main armée. Et il est arrivé qu'elles soient ligotées, tabassées, parfois même assassinées.

Mais ceci est tout différent, se dit Kurt Wallander. Un nœud coulant, cela laisse supposer des sentiments violents, de la haine, voire de la vengeance.

Il y avait dans toute cette histoire quelque chose de bizarre.

Il ne restait plus qu'à espérer. Au cours de la journée, plusieurs patrouilles de police avaient interrogé les habitants de Lenarp. Quelqu'un avait-il vu quoi que ce soit? Il était fréquent que les auteurs de ce genre d'attaques sur de vieilles personnes procèdent, avant de frapper, à des tournées de reconnaissance. Et peut-être Rydberg finirait-il pas découvrir certains indices sur le lieu du crime?

Kurt Wallander regarda sa montre.

Quand avait-il appelé l'hôpital pour la dernière fois? Trois quarts d'heure auparavant? Une heure?

Il décida d'attendre d'avoir rédigé son communiqué de presse.

Il enfonça dans ses oreilles les écouteurs de son petit magnétophone à cassettes et en inséra une de Jussi Björling. Le bruit de fond typique des enregistrements datant des années 30 ne parvenait pas à gâcher l'harmonie de la musique de *Rigoletto*.

Le communiqué de presse tint finalement en huit lignes. Kurt Wallander alla le porter à l'une des secrétaires et lui demanda de le taper à la machine et d'en faire des copies. Puis il relut le texte d'un questionnaire qui devait être expédié par la poste à tous ceux qui résidaient dans le voisinage de Lenarp. Quelqu'un avait-il vu quoi que ce soit d'inhabituel? Quelque chose qui puisse avoir un rapport avec cette sauvage agression? Il ne pensait pas que ce formulaire puisse servir à autre chose qu'à leur faire perdre du temps. Il savait que le téléphone allait se mettre à sonner sans discontinuer et qu'il faudrait affecter deux hommes exclusivement à l'écoute de messages qui ne mèneraient nulle part.

Et pourtant, impossible de faire autrement, se dit-il. A défaut d'autre chose, on aura peut-être ainsi la certitude que personne n'a rien vu.

Il regagna son bureau et appela l'hôpital. Mais il n'y avait aucun changement. La vieille femme était toujours entre la vie et la mort.

Au moment où il raccrochait, Näslund pénétra dans son bureau.

— J'avais raison, dit-il.

— Raison?

— L'avocat de Månson est furieux.

Kurt Wallander haussa les épaules.

— S'il n'y avait que ça.

Näslund se gratta le front et demanda où on en était.

— Nulle part, pour l'instant. On a lancé les recherches. C'est tout.

— J'ai vu que les conclusions provisoires de l'autopsie sont arrivées.

Cette fois, c'est les sourcils que Kurt Wallander haussa.

— Pourquoi est-ce qu'elles ne m'ont pas été communiquées?

— Elles étaient chez Hanson.

— Elles n'ont rien à faire là-bas, bon sang!

Kurt Wallander se leva et sortit dans le couloir. Toujours la même chose, se dit-il. Les papiers n'arrivent jamais là où il faut. Même si une partie de plus en plus grande du travail de la police est maintenant mise sur ordinateur, les papiers les plus importants ont toujours tendance à s'égarer.

Hanson était au téléphone, lorsque Kurt Wallander pénétra dans son bureau après avoir frappé à la porte. Il vit que la table était jonchée de tickets de PMU et de programmes des divers hippodromes du pays, le tout bien mal dissimulé. A l'hôtel de police, il était de notoriété publique que Hanson passait le plus clair de son temps à téléphoner à certains entraîneurs d'écuries de courses afin de leur extorquer les derniers tuyaux. Quant à ses soirées, il les passait à imaginer des combinaisons ingénieuses devant lui assurer des gains considérables. La rumeur faisait également état, de temps en temps, de certaines petites fortunes qu'il aurait ainsi gagnées. Mais personne ne savait rien avec certitude. Et Hanson ne vivait pas sur un grand pied.

Lorsque Kurt Wallander entra, Hanson posa la main sur le microphone.

– Le rapport d'autopsie, dit Kurt Wallander. Où est-ce qu'il est?

Hanson le sortit de dessous le programme d'un meeting de trot de Jägersro.

– J'allais justement te le porter.

– Je te conseille le numéro quatre dans la septième, dit Kurt Wallander en prenant sur la table la chemise en plastique.

– Qu'est-ce que tu veux dire?

– C'est un tuyau de première.

Kurt Wallander sortit, laissant derrière lui Hanson bouche bée. Une fois dans le couloir, il constata qu'il lui restait une demi-heure avant la conférence de presse. Il retourna dans son bureau et lut attentivement le rapport d'autopsie.

La sauvagerie de ce meurtre apparaissait plus clairement encore, si possible, à la lecture de ce document que sur les lieux mêmes, ce matin-là, à Lenarp.

Le médecin légiste avait été incapable, lors de ce premier examen du cadavre, de déterminer avec certitude la cause du décès.

Il y en avait tout simplement trop entre lesquelles choisir.

Le cadavre portait la trace de huit coups portés

avec un objet à la fois long et denté. Le médecin émettait l'hypothèse qu'il pût s'agir d'une scie à main. En outre, le fémur droit était cassé, de même que l'humérus et le poignet gauches. Il portait aussi des traces de brûlures, les bourses étaient enflées et l'os du front enfoncé. La cause exacte du décès était encore impossible à établir.

En marge du rapport officiel, le médecin légiste avait ajouté une annotation manuscrite :

« C'est l'œuvre d'un dément », écrivait-il. « La victime a été l'objet d'actes de violence suffisants pour causer la mort de cinq ou six personnes. »

Kurt Wallander posa le rapport.

Il se sentait de plus en plus mal à l'aise.

Il y avait quelque chose de bizarre, dans cette affaire.

Les voleurs qui attaquent ainsi les vieilles personnes sont rarement motivés par la haine. Ce qui les intéresse, c'est l'argent.

Pourquoi donc un tel déchaînement de violence ?

Quand il eut compris qu'il ne pourrait jamais obtenir une réponse satisfaisante à cette question, il relut le résumé qu'il avait rédigé. N'avait-il rien oublié ? N'aurait-il pas négligé un détail quelconque qui pourrait s'avérer important par la suite ? Même si le travail de la police consistait, pour l'essentiel, à rechercher patiemment des faits qu'il serait ensuite possible de rapprocher les uns des autres, l'expérience lui avait également enseigné que la première impression laissée par le lieu du crime n'était pas moins importante. Surtout lorsque la police était parmi les tout premiers à arriver sur place.

Il y avait, dans ce résumé qu'il avait rédigé, quelque chose qui le laissait pensif. N'avait-il vraiment oublié aucun détail ?

Il resta longtemps assis sur son fauteuil sans pouvoir réussir à trouver de quoi il pouvait s'agir.

La secrétaire ouvrit la porte et déposa sur son bureau le texte du communiqué de presse dactylographié et tiré en plusieurs exemplaires. En se rendant à la salle où il devait faire face aux journalistes, il s'arrêta aux toilettes et se regarda dans la glace. Il nota qu'il était grand temps qu'il aille chez le coiffeur. Ses cheveux bruns dépassaient dans tous les sens, autour de ses oreilles. Et il serait bon qu'il perde du poids, également. Au cours des trois mois qui s'étaient écoulés depuis le départ précipité de sa femme, il avait pris sept kilos. Dans sa solitude et son désarroi, il n'avait rien mangé d'autre que des pizzas, des hamburgers nageant dans la graisse, des petits pains et autres spécialités de la restauration rapide.

– Espèce de gros lard, se dit-il tout haut à lui-même. Tu tiens vraiment à avoir l'air d'un vieux chnoque tout avachi?

Il décida de modifier immédiatement ses habitudes alimentaires. Au cas où ce serait nécessaire pour maigrir, il faudrait également qu'il envisage de recommencer à fumer.

Il se demanda à quoi cela tenait, au juste. Le fait qu'un policier sur deux divorce. Que les femmes de policiers aient une telle propension à quitter leur mari. En lisant un roman policier, peu de temps auparavant, il avait constaté avec un soupir que ce n'était pas mieux dans la fiction que dans la réalité.

Les policiers étaient divorcés. Un point c'est tout...

La salle dans laquelle la conférence de presse devait se dérouler était pleine à craquer. Il connaissait déjà la plupart des journalistes. Mais il y avait également des têtes inconnues et une jeune fille au visage boutonneux le dévorait des yeux tout en installant une bande dans son magnétophone.

Kurt Wallander distribua son squelettique communiqué de presse et alla s'asseoir sur une petite estrade, à l'une des extrémités de la pièce. En fait, le chef de la police d'Ystad aurait dû être présent, également, mais il se trouvait pour l'instant en vacances d'hiver en Espagne. Rydberg avait promis de venir, s'il en avait fini à temps avec la télévision. Kurt Wallander était donc seul, au moins pour commencer.

— Vous avez pu prendre connaissance du communiqué, dit-il. En fait, je n'ai rien de plus à vous dire, pour l'instant.

— Est-ce qu'on peut poser des questions? demanda un journaliste en qui Kurt Wallander reconnut le correspondant local d'*Arbetet* *.

— C'est pour ça que je suis ici, répondit Kurt Wallander.

— Si je peux me permettre de dire le fond de ma pensée, je trouve que ce communiqué de presse est une véritable caricature, dit le journaliste. Vous ne pouvez pas vous contenter de ça.

— Nous ne disposons d'aucun indice pouvant nous permettre d'identifier les auteurs de ce crime, dit Kurt Wallander.

— Ils étaient donc plusieurs?

— Probablement.

— Qu'est-ce qui vous fait croire ça?

— Nous le pensons. Mais nous n'en sommes pas certains.

Le journaliste fit une grimace et Kurt Wallander

* *Le Travail*, journal socialiste de Malmö, à l'époque. *(N.d.T.)*

un signe de tête en direction d'un autre journaliste de sa connaissance.

— Comment est-il mort?

— Des suites des violences qui lui ont été infligées.

— Ça peut vouloir dire tout un tas de choses différentes!

— Nous ne savons encore rien sur ce point. L'autopsie est en cours. Il faudra attendre un ou deux jours pour être en possession des conclusions définitives.

Le journaliste avait d'autres questions à poser, mais la jeune boutonneuse au magnétophone lui coupa la parole. Kurt Wallander put voir sur le couvercle de celui-ci qu'elle était envoyée par la station de radio locale.

— Qu'est-ce que les voleurs ont emporté?

— Nous ne le savons pas, répondit Kurt Wallander. Nous ne savons même pas s'il s'agit vraiment d'un vol à main armée.

— De quoi d'autre pourrait-il s'agir?

— Nous ne le savons pas.

— Est-ce que quelque chose s'oppose à ce que ce soit un vol à main armée?

— Non.

Wallander s'aperçut qu'il commençait à être en nage, dans cette petite pièce bondée. Il se souvint qu'étant jeune policier il avait rêvé de tenir un jour des conférences de presse. Mais jamais, dans ses rêves, la salle n'avait été aussi petite et il n'avait eu aussi chaud.

— Je vous ai posé une question, entendit-il l'une des personnes situées tout au fond de la pièce dire d'une voix forte.

— Je ne l'ai pas entendue, répondit Kurt Wallander.

— La police considère-t-elle que cette affaire est importante? demanda le journaliste.

Wallander fut étonné d'une pareille question.

– Bien sûr qu'il est important que nous parvenions à tirer ce meurtre au clair. Je ne vois pas pourquoi ce ne le serait pas.

– Allez-vous demander des renforts?

– Il est encore trop tôt pour se prononcer sur ce point. Nous espérons, bien entendu, une solution rapide. Je crains de ne pas très bien comprendre la question.

Son auteur, un jeune homme à grosses lunettes, se fraya un chemin vers le devant de la salle. Kurt Wallander ne l'avait encore jamais vu.

– Je veux dire ceci : en Suède, aujourd'hui, personne ne se soucie plus des personnes âgées.

– Nous nous en soucions, nous, répondit Kurt Wallander. Nous allons faire tout ce qui est en notre pouvoir pour mettre la main sur les auteurs de ce crime. En Scanie, bien des vieilles personnes seules vivent dans des fermes isolées. Elles doivent être certaines que nous faisons, pour notre part, tout ce que nous pouvons.

Il se leva.

– Nous vous préviendrons quand nous disposerons d'autres informations, dit-il. Je vous remercie d'avoir bien voulu vous déplacer.

Alors qu'il s'apprêtait à quitter la salle, la jeune fille de la radio lui barra le passage.

– Je n'ai rien d'autre à déclarer, dit-il.

– Je connais Linda, ta fille, dit-elle.

Kurt Wallander se figea sur place.

– Ah bon? Comment ça?

– On s'est rencontrées plusieurs fois. A droite et à gauche.

Kurt Wallander essaya de se souvenir s'il l'avait déjà vue. Avaient-elles été camarades de classe?

Elle secoua négativement la tête, comme si elle lisait dans ses pensées.

– Nous ne nous sommes jamais vus, dit-elle. Tu ne me connais pas. Linda et moi avons fait connaissance à Malmö.

– Ahah, dit Wallander. Très intéressant.

– Je l'aime beaucoup. Est-ce que je peux encore te poser quelques questions?

Kurt Wallander répéta dans son micro ce qu'il avait déjà dit. Il aurait préféré de beaucoup aborder le sujet de Linda, mais il ne put se résoudre à le faire.

– Dis-lui bonjour de ma part, dit la jeune fille en rangeant son magnétophone. Je m'appelle Cathrin. Ou Cattis.

– Je n'y manquerai pas, dit Kurt Wallander.

En regagnant son bureau, il ressentit des tiraillements à l'estomac. Était-ce la faim ou bien l'inquiétude?

Il faut que je cesse de m'en faire, se dit-il. Il faut que j'admette que ma femme m'a quitté. Il faut que j'admette que je ne peux pas faire grand-chose d'autre qu'attendre que Linda reprenne contact avec moi. Il faut que j'admette que la vie est vraiment telle qu'elle se présente...

Juste avant six heures, il convoqua une nouvelle réunion. Aucune nouvelle en provenance de l'hôpital. Kurt Wallander établit rapidement un roulement, sur place, pour la nuit à venir.

– Est-ce que c'est vraiment nécessaire? demanda Hanson. Il n'y a qu'à laisser un magnétophone làbas. La première infirmière venue n'aura qu'à le mettre en marche si la vieille se réveille.

– C'est nécessaire, répondit Wallander. J'assurerai moi-même la garde de minuit à six heures. Est-ce que je peux avoir un volontaire avant ça?

Rydberg accepta d'un signe de tête.

– Je peux aussi bien être à l'hôpital qu'ailleurs, dit-il.

Kurt Wallander fit le tour de la pièce des yeux. A la lueur des néons du plafond, tout le monde avait la mine assez pâle.

– Est-ce qu'on a avancé? demanda-t-il.

– On en a terminé avec Lenarp, dit Peters, qui avait été chargé du porte-à-porte. Tout le monde dit ne rien avoir vu. Mais, en général, il faut leur laisser au moins un jour de réflexion. Mais ce n'est pas marrant, là-bas. Les gens ont peur. Il n'y a presque que des personnes âgées. Et une jeune famille polonaise terrorisée qui est sans doute en situation illégale. Mais je les ai laissés tranquilles. On continuera demain.

Kurt Wallander opina de la tête et regarda Rydberg.

– J'ai trouvé un tas d'empreintes digitales, dit-il. Ça nous fournira peut-être quelque chose. Mais j'en doute. A part ça, ce qui m'intéresse, c'est surtout un nœud.

Kurt Wallander le regarda, l'air étonné.

– Un nœud?

– Le nœud coulant qui a servi de lacet.

– Qu'est-ce qu'il a de particulier?

– Il n'est pas comme les autres. Je n'en ai encore jamais vu comme ça.

– Tu en as déjà vu beaucoup? demanda Hanson sur le pas de la porte, impatient de partir.

– Oui, répondit Rydberg, pas mal. On verra bien ce que celui-ci pourra nous fournir comme indications.

Kurt Wallander savait que Rydberg ne désirait pas en dire plus. Mais si vraiment ce nœud l'intéressait tellement, ce ne pouvait être que parce qu'il risquait de revêtir une certaine importance.

— Demain matin, j'irai de nouveau voir les voisins, dit Wallander. Au fait, est-ce qu'on a retrouvé la trace des enfants des Lövgren?

— C'est Martinson qui en était chargé, dit Hanson.

— Je croyais que Martinson était à l'hôpital? s'étonna Kurt Wallander.

— Il a permuté avec Svedlund.

— Où est-ce qu'il est maintenant?

Personne ne savait où se trouvait Martinson. Kurt Wallander appela le standard et s'entendit répondre qu'il était parti une heure plus tôt.

— Appelez-le chez lui, dit Kurt Wallander.

Puis il regarda sa montre.

— Nouvelle réunion demain à dix heures, dit-il. Je vous remercie pour aujourd'hui. A bientôt.

On venait de le laisser seul dans son bureau lorsque le standard lui passa Martinson au téléphone.

— Toutes mes excuses, dit Martinson. J'ai oublié qu'il y avait une réunion.

— Et les enfants?

— Je me demande si Richard n'a pas attrapé la varicelle.

— Je voulais parler des enfants des Lövgren. Leurs deux filles.

Martinson répondit, tout étonné :

— Tu n'as pas reçu mon message?

— Je n'ai rien reçu.

— J'ai passé la commission à l'une des standardistes.

— Je verrai ça. Pour l'instant, je t'écoute.

— L'une des filles a cinquante ans et habite au

Canada. A Winnipeg, paraît-il, je n'ai aucune idée de l'endroit où ça se trouve. Et je n'ai pas pensé au décalage horaire, ce qui fait que je l'ai réveillée au beau milieu de la nuit. Elle a d'abord refusé de me croire. Ce n'est que quand son mari a pris la communication qu'ils ont commencé à comprendre ce qui s'était passé. Il a d'ailleurs été dans la police. Tu sais : la fameuse police montée canadienne. Ils doivent nous donner de leurs nouvelles demain matin. Mais elle prend l'avion pour venir, c'est sûr. L'autre fille a été plus difficile à localiser, bien qu'elle vive en Suède. Elle a quarante-sept ans et elle est préposée au buffet au restaurant *Le Rubis*, à Göteborg. Apparemment, elle entraîne une équipe de handball qui est actuellement à Skien, en Norvège. Mais ils m'ont promis qu'ils allaient la prévenir de ce qui est arrivé. J'ai laissé au standard toute une liste des autres membres de la famille Lövgren. Il y en a une bonne quantité. La plupart vivent en Scanie. Il y en a peut-être d'autres qui se manifesteront demain, quand ils auront lu les journaux.

– Bien, dit Kurt Wallander. Est-ce que tu peux venir me relayer à l'hôpital demain matin à six heures? Du moins si elle n'est pas morte avant.

– J'y serai, répondit Martinson. Mais est-ce que c'est vraiment une bonne idée que tu passes la nuit là-bas?

– Pourquoi pas?

– C'est toi qui mènes l'enquête. Tu as besoin de dormir.

– Je tiendrai bien le coup une nuit, répondit Vallander, avant de mettre fin à la communication.

Il resta absolument immobile, à regarder droit devant lui.

Est-ce qu'on va y arriver? se demanda-t-il.

Ou bien ont-ils déjà trop d'avance?

Il enfila son manteau, éteignit sa lampe de bureau et quitta la pièce. Le couloir menant à la réception était désert. Il passa la tête dans la cage de verre où la standardiste de service était en train de feuilleter un journal. Il vit que c'était un programme de meeting de trot. On dirait que tout le monde joue aux courses, de nos jours, se dit-il.

– Martinson m'a dit qu'il avait laissé des papiers à mon intention, dit-il.

La standardiste, qui s'appelait Ebba et était dans la police depuis plus de trente ans, hocha gentiment la tête et montra du doigt le comptoir.

– On a une petite nouvelle qui nous a été envoyée par le bureau de placement des jeunes. Elle est gentille et très mignonne, mais totalement incompétente. Elle a peut-être oublié de te les donner.

Wallander hocha la tête.

– Je m'en vais, dit-il. Je pense que je serai chez moi dans deux heures. S'il se passe quelque chose d'ici là, appelle-moi chez mon père.

– Tu penses à cette pauvre femme qui est à l'hôpital, dit Ebba.

Kurt Wallander hocha la tête.

– Quelle horreur.

– Oui, dit Kurt Wallander. Il y a des moments où je me demande ce que va devenir ce pays.

Lorsqu'il franchit les portes vitrées de l'hôtel de police, il prit le vent en pleine face. Celui-ci était glacial et il dut marcher plié en deux pour gagner sa voiture, sur le parking. Pourvu qu'il ne neige pas, pensa-t-il. Pas avant que nous ayons mis la main sur ceux qui sont venus en visite à Lenarp.

Il se glissa rapidement dans sa voiture et fouilla longuement parmi les cassettes qu'il conservait dans la boîte à gants. Sans en avoir vraiment décidé ainsi, il enfonça le *Requiem* de Verdi dans l'appareil. Il avait fait installer de coûteux haut-parleurs et des notes majestueuses montèrent vers lui. Il tourna à droite et descendit Dragongatan en direction d'Österleden. Des feuilles tourbillonnaient dans la rue, çà et là, et un cycliste peinait pour avancer, le vent dans le nez. La faim s'empara de lui et il traversa la voie principale pour aller se garer près de la cafétéria de la station-service des Coopérateurs. En ce qui concerne mes habitudes alimentaires, je verrai demain, se dit-il. Si je suis chez mon père à sept heures une minute, je vais encore m'entendre dire que je l'ai abandonné.

Il prit un hamburger garni et le mangea tellement vite qu'il fut pris de coliques.

Une fois sur le siège, il s'avisa qu'il était grand temps qu'il change de slip.

Soudain, il se rendit compte à quel point il était fatigué.

Ce n'est qu'après avoir entendu cogner à la porte qu'il se leva.

Il fit le plein et prit la direction de l'est, traversa le bois de Sandskogen et prit la route de Kåseberga. Son père habitait une petite maison perdue au milieu des champs, entre la mer et Löderup.

Il était sept heures moins quatre lorsqu'il vint se ranger devant la maison, dans la cour gravillonnée.

Cette cour avait été l'occasion de la dernière en date et la plus longue des disputes entre le père et le fils. Auparavant, il y avait à cet endroit un beau revêtement en pierres rondes, aussi ancien que la maison dans laquelle logeait son père. Un beau jour, celui-ci s'était mis dans la tête de le recouvrir de gravier. Lorsque Kurt Wallander lui avait fait part de ses regrets, le père avait explosé :

– Je n'ai pas besoin de toi pour savoir ce qu'il faut que je fasse!

– Mais pourquoi tiens-tu absolument à abîmer ta belle cour en pierres rondes? avait demandé Kurt Wallander.

Après cela, ils s'étaient disputés.

Et maintenant la cour était recouverte d'un gravier gris qui crissait sous les pneus de la voiture.

Il vit qu'il y avait de la lumière dans la remise.

La prochaine fois, ça pourrait très bien être le tour de mon père, pensa-t-il soudain.

Des meurtriers du clair de lune qui le repéreraient comme une proie facile pour une agression et qui n'hésiteraient peut-être même pas à le tuer.

Personne ne l'entendrait appeler au secours. Pas avec un vent pareil et à cinq cents mètres du voisin le plus proche. Qui est lui aussi un vieillard.

Il écouta la fin du *Dies Irae* avant de descendre de voiture et de s'étirer.

Il poussa la porte de la remise, qui servait d'atelier à son père. C'est là qu'il peignait ses tableaux, comme il l'avait toujours fait.

C'était l'un des plus anciens souvenirs d'enfance de Kurt Wallander. Cette odeur de térébenthine et d'huile qui s'attachait à son père. Et cette façon de se tenir tout le temps devant son chevalet poisseux, en bleu de travail foncé et bottes de caoutchouc au bout sectionné.

Ce n'est que lorsque Kurt Wallander avait atteint l'âge de cinq ou six ans qu'il avait compris que son père ne peignait pas toujours le même tableau, année après année.

Mais le sujet de ces tableaux, lui, était toujours le même.

Il peignait un paysage d'automne mélancolique,

au milieu duquel figurait invariablement un lac lisse comme un miroir; au premier plan un arbre tourmenté aux branches dénudées, et, au loin, à l'horizon, on apercevait des chaînes de montagnes entourées de nuages luisant sous les rayons d'un soleil vespéral aux couleurs un peu trop agressives pour être vraies.

De temps en temps il ajoutait un coq de bruyère, perché sur une souche, tout à fait sur le bord gauche du tableau.

A intervalles réguliers, leur foyer recevait la visite de messieurs en costume de soie et portant au doigt de lourdes bagues en or. Ils arrivaient au volant de vieilles camionnettes rouillées ou de voitures américaines aux chromes rutilants et achetaient les tableaux, avec ou sans coq de bruyère.

C'est ainsi que son père avait peint le même tableau pendant toute sa vie. Ceux qu'il arrivait à écouler sur les marchés ou lors de ventes aux enchères leur avaient procuré de quoi vivre.

Ils avaient vécu à Klagshamn, près de Malmö, dans une vieille forge transformée. C'est là que Kurt Wallander avait grandi avec sa sœur, Kristina, et leur enfance avait baigné dans cette odeur tenace de térébenthine.

Ce n'est que lorsque son père était devenu veuf qu'il avait vendu la vieille forge et était allé habiter à la campagne. Kurt Wallander n'avait jamais compris pourquoi, à vrai dire, étant donné que son père n'arrêtait pas de se plaindre de la solitude.

Il ouvrit la porte de la remise et vit qu'il était occupé à peindre un tableau sur lequel il n'y avait pas de coq de bruyère. En ce moment précis, il se consacrait à l'arbre, au premier plan. Il marmonna un salut et continua à manier le pinceau.

Kurt Wallander se versa une tasse de café à la cafetière sale posée sur un réchaud à alcool qui empestait.

Il regarda son père, petit homme trapu qui avait près de quatre-vingts ans mais rayonnait d'énergie et de volonté.

Est-ce que je serai comme lui, quand je serai vieux? se demanda-t-il.

Quand j'étais petit, je ressemblais à ma mère. Maintenant, je ressemble à mon grand-père maternel. Peut-être finirai-je par ressembler à mon père, en vieillissant?

– Prends une tasse de café, dit le père. J'ai fini tout de suite.

– C'est déjà fait, dit Kurt Wallander.

– Eh bien, reprends-en une, alors, dit le père.

Il est de mauvais poil, se dit Kurt Wallander. Ses changements d'humeur sont vraiment insupportables. Pourquoi est-ce qu'il m'a fait venir, au juste?

– J'ai beaucoup à faire, dit Kurt Wallander. A vrai dire, je vais travailler toute la nuit. J'ai cru comprendre que tu avais quelque chose à me dire.

– Pourquoi est-ce que tu dois travailler toute la nuit?

– Il faut que je sois de garde à l'hôpital.

– Pourquoi ça? Qui est-ce qui est malade?

Kurt Wallander poussa un soupir. Malgré les centaines d'interrogatoires auxquels il avait déjà procédé, il serait incapable de parvenir au degré d'obstination dont son père faisait preuve lorsqu'il lui posait des questions. Et ceci bien qu'il ne s'intéressât pas le moins du monde à son métier de policier. Kurt Wallander savait que son père avait été profondément déçu lorsque, à l'âge de dix-huit ans, il lui avait fait part de sa décision d'entrer dans la police. Mais il n'avait jamais réussi à déterminer quelles espérances exactes son père avait placées en lui.

Il avait tenté d'en parler, mais n'avait jamais réussi à le faire.

Les rares fois où il avait eu l'occasion de rencontrer sa sœur, qui était établie à Stockholm comme coiffeuse pour dames, il avait essayé de lui poser la question, car il savait que leur père et elle s'entendaient très bien. Mais elle ne connaissait pas la réponse, elle non plus.

Il but ce café tiède et se dit que son père avait peut-être espéré qu'un jour il reprendrait son pinceau et continuerait à peindre le même tableau pendant une génération de plus.

Soudain, le vieil homme posa son instrument et s'essuya les mains à un chiffon sale. Quand il s'approcha de lui pour se verser une tasse à son tour, Kurt Wallander s'aperçut qu'il sentait le linge sale et qu'il ne devait pas se laver beaucoup non plus.

Comment dire à son propre père qu'il sent mauvais? se demanda-t-il.

Peut-être qu'il est maintenant trop vieux pour prendre vraiment soin de lui-même?

Que faire, dans ce cas-là?

Impossible de le prendre chez moi, on finirait par en venir aux mains.

Il observa son père, en train de s'essuyer le nez avec une main, tout en sirotant son café.

— Ça fait un bout de temps que tu n'es pas venu me voir, dit ce dernier d'un ton de reproche.

— Mais je suis venu avant-hier!

— Une demi-heure!

— Je suis tout de même venu.

— Pourquoi est-ce que tu ne veux pas me voir?

— Ce n'est pas vrai! Mais, tu sais, il y a des moments où j'ai vraiment beaucoup à faire.

Le père s'assit sur un de ces vieux traîneaux dont les gens se servent pour faire leurs courses et celui-ci grinça sous son poids.

— Je voulais simplement te dire que ta fille est venue me voir hier.

Kurt Wallander resta interloqué.

— Linda est venue ici?

— Tu n'entends pas ce que je te dis?

— Pourquoi ça?

— Elle voulait un tableau.

— Un tableau?

— Elle n'est pas comme toi, elle apprécie ce que je fais, elle.

Kurt Wallander avait du mal à en croire ses oreilles.

Linda ne s'était jamais intéressée à son grand-père paternel, sauf lorsqu'elle était toute petite.

— Qu'est-ce qu'elle voulait?

— Je viens de te le dire : un tableau. Mais tu n'écoutes jamais ce qu'on te dit.

— Mais si, j'écoute! D'où venait-elle? Où allait-elle? Comment est-ce qu'elle a bien pu faire pour venir ici? Est-ce qu'il va falloir que je t'arrache tout ça mot par mot?

— Elle est venue en voiture, dit le père. C'est un jeune homme au visage noir qui conduisait.

— Qu'est-ce que tu veux dire par là? Un Noir?

— Tu n'as jamais entendu parler des nègres? Il était très poli et parlait très bien suédois. Je lui ai donné son tableau et ils sont partis. Je me suis dit que tu serais content de le savoir, étant donné que vous vous entendez tellement mal.

— Où sont-ils partis?

— Comment est-ce que je pourrais le savoir?

Kurt Wallander comprit que ni l'un ni l'autre ne

savait où elle habitait. Il lui arrivait de passer la nuit chez sa mère. Mais ensuite elle ne tardait pas à reprendre ses chemins bien particuliers, connus d'elle seule.

Il faut que j'en parle à Mona, se dit-il. Divorcés ou pas, il faut que nous parlions. Ça ne peut plus continuer comme ça.

— Tu veux prendre un petit verre? demanda son père.

Kurt Wallander ne voulait surtout pas boire d'alcool. Mais il savait également qu'il ne servait à rien de dire non.

— Oui, merci, dit-il.

La remise était reliée par un couloir à la maison d'habitation, qui était basse de plafond et meublée de façon sommaire. Kurt Wallander vit immédiatement que c'était sale et en désordre.

Il ne le remarque pas, se dit-il. Et pourquoi ne me suis-je aperçu de rien?

Il faut que j'en parle à Kristina. Il ne peut pas continuer à habiter là tout seul.

Au même moment, le téléphone se mit à sonner. Son père alla répondre.

— C'est pour toi, dit-il, sans faire le moindre effort pour dissimuler sa contrariété.

Linda, se dit-il. C'est certainement elle.

En réalité, c'était Rydberg qui appelait de l'hôpital.

— Elle est morte, dit-il.

— Elle n'a pas repris connaissance?

— En fait, si. Pendant dix minutes. Les médecins pensaient que le pire était passé. Mais ensuite elle est morte.

— Est-ce qu'elle a dit quelque chose?

Rydberg répondit de façon extrêmement pensive.

– Je crois qu'il vaut mieux que tu rentres en ville.

– Qu'est-ce qu'elle a dit?

– Quelque chose qui ne te fera pas plaisir à entendre.

– Je te rejoins à l'hôpital.

– Je préfère au commissariat. N'oublie pas qu'elle est morte.

Kurt Wallander raccrocha.

– Il faut que je m'en aille, dit-il.

Son père le regarda d'un œil méchant.

– Tu te fiches pas mal de moi, dit-il.

– Je reviendrai demain, répondit Kurt Wallander tout en se demandant ce qu'il allait bien pouvoir faire pour remédier au laisser-aller dans lequel vivait son père. Je te promets que je reviendrai demain. On aura le temps de bavarder. On pourra faire un peu de cuisine. Et même jouer au poker, si tu veux.

Bien que jouant fort mal aux cartes, Kurt Wallander savait que cette perspective ne manquerait pas de radoucir son père.

– Je viendrai à sept heures, dit-il.

Puis il reprit la route d'Ystad.

A huit heures moins cinq, il poussa les mêmes portes vitrées qu'il avait franchies en sens inverse deux heures auparavant. Ebba l'accueillit d'un petit signe de tête.

– Rydberg t'attend à la cantine, dit-elle.

Il y était en effet, penché sur une tasse de café. Lorsque Kurt Wallander vit sa tête, il comprit qu'il avait quelque chose de désagréable à son intention

IV

Kurt Wallander et Rydberg étaient seuls dans la cantine. Dans les profondeurs du bâtiment, on entendait le vacarme que faisait un ivrogne protestant très vertement contre le fait qu'on l'ait amené là. Mais, à part cela, le silence régnait. On entendait tout juste le petit sifflement des radiateurs.

Kurt Wallander vint s'asseoir en face de Rydberg.

– Enlève ton manteau, dit celui-ci, sans ça tu vas geler quand tu sortiras de nouveau dans cette tempête.

– Je veux d'abord savoir ce que tu as à me dire. Ensuite, je déciderai si je dois enlever mon manteau ou non.

Rydberg haussa les épaules.

– Elle est morte, dit-il.

– Je sais.

– Mais elle a repris conscience un moment, juste avant de décéder.

– Et elle a parlé?

– Ce serait trop dire. Elle a murmuré quelque chose. Ou plutôt laissé échapper quelques paroles entre ses dents.

– Tu les as enregistrées sur le magnéto?

Rydberg secoua la tête.

– Ça n'aurait pas marché, dit-il. Il était déjà presque impossible d'entendre ce qu'elle disait. C'était une sorte de délire. Mais j'ai noté ce que je suis certain d'avoir compris.

Il sortit de sa poche un carnet de notes à moitié déchiré. Il était maintenu par un large ruban en caoutchouc et un crayon était inséré entre ses pages.

– Elle a prononcé le nom de son mari, dit Rydberg. Je crois qu'elle voulait savoir comment il allait. Ensuite, elle a marmonné quelque chose d'incompréhensible. A ce moment-là, j'ai essayé de lui demander : qui est-ce qui est venu, cette nuit? Est-ce que vous les connaissiez? Comment étaient-ils? Voilà ce que je lui ai demandé. J'ai répété ces questions pendant tout le temps où elle a été consciente. Et je crois vraiment qu'elle a compris ce que je lui demandais.

– Et qu'est-ce qu'elle t'a répondu?

– Je n'ai réussi à comprendre qu'une seule chose. Le mot « étranger ».

– « Étranger »?

– Oui, c'est ça. « Étranger. »

– Elle voulait dire que ceux qui les ont tués, elle et son mari, étaient étrangers?

Rydberg hocha la tête.

– Tu es sûr?

– Est-ce que j'ai l'habitude d'avancer des choses dont je ne suis pas certain?

– Non.

– Eh bien. Comme ça on sait que son dernier message au monde était le mot « étranger ». En réponse à la question de savoir qui avait commis cet acte de démence.

Wallander ôta son manteau et alla chercher une tasse de café.

– Qu'est-ce qu'elle peut bien avoir voulu dire, bon sang? marmonna-t-il.

– J'ai passé mon temps à me le demander tout en t'attendant, répondit Rydberg. C'est peut-être parce qu'ils n'avaient pas l'air suédois. Peut-être parce qu'ils parlaient une langue étrangère. Ou bien parce qu'ils parlaient suédois avec un accent. Il y a pas mal d'explications possibles.

– Qu'est-ce que c'est que quelqu'un qui n'a pas l'air suédois? demanda Kurt Wallander.

– Tu sais ce que j'en pense, répondit Rydberg. Ou plus exactement : on peut avoir une idée de ce qu'elle pensait ou voulait dire.

– Ça peut donc être imaginaire?

Rydberg hocha la tête.

– C'est tout à fait possible.

– Mais pas particulièrement vraisemblable?

– Pourquoi aurait-elle mis à profit les tout derniers instants de sa vie pour dire quelque chose qui n'était pas vrai? Les vieilles personnes ne mentent pas, en général.

Kurt Wallander but quelques gorgées de café tiède.

– Ça veut dire qu'il va falloir qu'on se lance sur la piste d'un ou plusieurs étrangers. J'aurais préféré qu'elle dise quelque chose d'autre.

– C'est vrai que c'est pas marrant.

Ils gardèrent le silence un certain temps, chacun plongé dans ses pensées.

L'ivrogne s'était calmé, au fond du couloir.

Il était maintenant neuf heures moins dix-neuf.

– Tu imagines un peu ça, dit Kurt Wallander au bout d'un moment : « Le seul indice dont dispose la police, après le double meurtre de Lenarp, est le fait que ses auteurs sont probablement des étrangers. »

– J'imagine encore bien pire que ça, répondit Rydberg.

Kurt Wallander comprit ce qu'il voulait dire.

A vingt kilomètres de Lenarp se trouvait un grand camp de réfugiés qui avait déjà à plusieurs reprises été l'objet d'attentats xénophobes. On avait mis le feu à des croix, dans la cour, au milieu de la nuit, on avait jeté des pierres dans les carreaux et tracé des slogans à la bombe sur les murs. De violentes protestations s'étaient élevées, dans les communes avoisinantes, contre l'installation de ce camp de réfugiés dans le vieux château de Hageholm. Et elles s'élevaient toujours.

L'hostilité envers les réfugiés ne faisait que croître.

Kurt Wallander et Rydberg savaient en outre quelque chose que le public ignorait.

Certains de ces demandeurs d'asile avaient été pris en flagrant délit alors qu'ils se rendaient coupables d'un cambriolage dans une entreprise de location de matériel agricole. Heureusement, le propriétaire ne faisait pas partie des opposants les plus féroces à l'accueil des étrangers, et la chose avait donc pu être passée sous silence. Les deux coupables ne se trouvaient d'ailleurs plus sur le sol suédois, leur demande d'asile ayant été rejetée.

Mais Kurt Wallander avait déjà eu l'occasion d'évoquer ce qui aurait pu se passer si la nouvelle avait été divulguée.

– J'ai du mal à croire que des demandeurs d'asile puissent commettre un meurtre, dit Kurt Wallander.

Rydberg le regarda d'un air pensif.

– Tu te souviens de ce que je t'ai dit à propos du lacet? demanda-t-il.

– Le nœud, c'est ça?

- Je n'ai pas réussi à l'identifier. Et pourtant, je m'y connais pas mal en matière de nœuds, depuis l'époque de ma jeunesse, où je passais mon temps à faire du bateau, l'été.

Kurt Wallander dévisagea Rydberg.

- Où veux-tu en venir? demanda-t-il.

- Je veux en venir au fait qu'un tel nœud peut difficilement avoir été fait par quelqu'un qui a été membre des scouts de Suède.

- Ce qui veut dire...?

- Qu'il a été fait par un étranger.

Avant que Kurt Wallander ait eu le temps de répondre, Ebba pénétra dans la cantine pour chercher une tasse de café.

- Allez vous coucher, si vous en avez encore la force, dit-elle. Je vous signale d'ailleurs que les journalistes n'arrêtent pas d'appeler pour avoir une déclaration de votre part.

- A quel sujet? demanda Kurt Wallander. Le temps qu'il fait?

- Ils ont l'air d'avoir déjà été informés que la femme est morte.

Kurt Wallander regarda Rydberg, qui secoua la tête.

- On ne dira rien ce soir, dit-il. On attend jusqu'à demain.

Kurt Wallander se leva et alla jusqu'à la fenêtre. Le vent avait encore forci, mais le ciel était toujours dégagé. La nuit promettait d'être froide, de nouveau.

- On ne peut pas vraiment éviter de dire ce qu'il en est, fit-il observer. A savoir qu'elle a parlé avant de mourir. Et si on admet qu'elle a parlé, on sera bien obligés de révéler ce qu'elle a dit. Et alors, ça va faire du chambard.

– On pourrait essayer que ça ne sorte pas de la maison, dit Rydberg en se levant et en mettant son chapeau. En invoquant les nécessités de l'enquête.

Kurt Wallander le regarda, surpris.

– Et risquer que ça se sache et qu'on se fasse ensuite taper sur les doigts pour avoir caché à la presse une information de toute première importance ? Pour avoir sciemment fait le jeu de meurtriers étrangers ?

– Ça risque de retomber sur bien des innocents, dit Rydberg. Qu'est-ce que tu crois qu'il va se passer là-bas, dans le camp de réfugiés, quand on saura que la police recherche des étrangers ?

Kurt Wallander savait que Rydberg avait raison.

Il sentit soudain toute son assurance s'envoler.

– La nuit porte conseil, dit-il. On en discutera demain matin, rien que toi et moi, à huit heures. Et alors on prendra une décision.

Rydberg approuva d'un hochement de tête et se dirigea vers la sortie en boitillant. Arrivé près de la porte, il s'arrêta et se retourna vers Kurt Wallander.

– Il ne faut pas oublier une éventualité que nous avons un peu trop tendance à négliger. Que ce soient vraiment des réfugiés demandeurs d'asile qui aient fait le coup.

Kurt Wallander alla rincer sa tasse à café et la posa sur l'égouttoir.

A vrai dire, c'est à espérer, se dit-il. J'espère vraiment que les meurtriers se trouvent dans ce camp de réfugiés. Ça contribuerait peut-être à mettre un terme à cette habitude laxiste et irresponsable de laisser n'importe qui franchir la frontière suédoise pour n'importe quelle raison.

Mais il n'avait bien sûr pas l'intention de dire cela à Rydberg. C'était une opinion qu'il avait bien l'intention de garder pour lui.

Il dut affronter de nouveau la tempête pour reprendre sa voiture.

Malgré sa fatigue, il n'avait pas envie de rentrer chez lui.

Chaque soir, la solitude se rappelait à son bon souvenir.

Il mit le contact et changea de cassette. Cette fois, c'est l'ouverture de *Fidelio* qui retentit dans la voiture plongée dans l'obscurité.

Le départ inopiné de sa femme l'avait pris totalement au dépourvu. Mais, au fond de lui-même, il se rendait bien compte, même s'il avait du mal à l'admettre, qu'il aurait dû s'en aviser longtemps auparavant. Comprendre qu'il menait une vie conjugale qui était en train de succomber à sa propre inanité. Ils s'étaient mariés très jeunes et avaient compris bien trop tard qu'ils s'éloignaient l'un de l'autre au fil des ans. Peut-être était-ce Linda qui, des trois, avait réagi le plus vivement à ce vide au milieu duquel ils évoluaient?

Lorsque, ce soir d'octobre, Mona lui avait dit son désir de divorcer, il s'était dit qu'en fait il s'y attendait. Mais, comme cette idée recelait une menace, il l'avait écartée, prétextant toujours qu'il avait trop à faire. Il avait compris trop tard qu'elle avait préparé son départ dans les moindres détails. Le vendredi soir, elle lui disait qu'elle voulait divorcer et le dimanche elle le quittait pour aller vivre dans cet appartement de Malmö qu'elle avait pris la précaution de louer. Le fait d'être ainsi abandonné l'avait rendu furieux et l'avait rempli d'un sentiment de honte. Impuissant face à elle, dans cet enfer où tout son univers affectif était paralysé, il l'avait frappée au visage.

Après cela, il n'y avait plus eu que le silence. Elle

était revenue chercher certaines de ses affaires au cours de la journée, pendant son absence. Mais elle en avait laissé la plus grande partie et il avait été profondément froissé par le fait qu'elle semblait disposée à échanger son passé contre un avenir dans lequel il ne figurerait même pas à l'état de souvenir.

Il l'avait appelée au téléphone. Certains soirs, tard, leurs voix s'étaient croisées. Fou de jalousie, il avait tenté de savoir si elle l'avait quitté pour un autre homme.

– Une autre vie, avait-elle rectifié. Une autre vie, avant qu'il ne soit trop tard.

Il avait fait appel à ses sentiments. Il avait tenté de faire celui qui s'en fichait. Il lui avait demandé pardon pour toute cette attention dont il n'avait pas su faire preuve envers elle. Mais rien de ce qu'il avait dit n'avait pu la faire revenir sur sa décision.

Deux jours avant la veille de Noël, la notification du divorce était arrivée par la poste.

Quand il avait ouvert la lettre et compris que tout était terminé, quelque chose s'était brisé en lui. Il avait tenté de fuir en se mettant en congé de maladie pendant la période de Noël et en partant à l'aventure pour un voyage qui l'avait conduit au Danemark. En Seeland du Nord, une tempête soudaine l'avait empêché de sortir et il avait passé Noël dans une chambre glaciale de pension de famille, près de Gilleleje. Là, il lui avait écrit de longues lettres qu'il avait ensuite déchirées et jetées à la mer en un geste symbolique du fait qu'il avait, malgré tout, commencé à accepter ce qui s'était passé.

Deux jours avant le Nouvel An, il était rentré à Ystad et avait repris son service. Il avait passé la soirée de la Saint-Sylvestre à démêler une histoire de femme battue à Svarte, et il avait soudain eu la révélation qu'il aurait très bien pu se trouver lui-même dans la peau de ce mari qui frappait sa femme...

La musique de *Fidelio* s'interrompit soudain avec un bruit affreux.

La bande magnétique s'était emmêlée.

La radio prit automatiquement le relais et il comprit que c'était un reportage de match de hockey.

Il quitta le parking et décida de rentrer chez lui, dans Mariagatan.

Pourtant, il prit la direction opposée et longea la côte en direction de Trelleborg et de Skanör. En passant devant l'ancienne prison, il accéléra. Conduire l'avait toujours distrait...

Soudain, il se rend compte qu'il arrive à Trelleborg. Un grand ferry-boat est en train d'entrer dans le port et, pris d'une impulsion soudaine, il décide de s'arrêter.

Il sait que certains anciens policiers d'Ystad sont maintenant préposés au contrôle des passeports à l'arrivée des ferry-boats, à Trelleborg. Il se dit que l'un d'entre eux est peut-être de service, ce soir-là.

Il traverse à pied la zone portuaire, baignée dans une lumière jaune pâle. Un gros camion passe près de lui dans un grand fracas, semblable à un animal préhistorique un peu fantomatique.

Mais, lorsqu'il pousse la porte sur laquelle il est indiqué que l'accès est interdit aux personnes étrangères au service, il constate qu'il ne connaît ni l'un ni l'autre des deux collègues...

Kurt Wallander salua d'un signe de tête et se présenta. Le plus âgé des deux policiers portait une barbe grise et une cicatrice en travers du front.

— Sale histoire, ce qui vient de vous arriver, dit-il. Est-ce que vous avez mis la main dessus?

— Pas encore, dit Kurt Wallander.

La conversation fut interrompue par l'arrivée des passagers débarquant du ferry-boat. Il s'agissait essentiellement de Suédois étant allés passer les fêtes du Nouvel An à Berlin. Mais il y avait également quelques Allemands de l'Est qui mettaient à profit leur liberté toute récente pour venir en Suède.

Au bout de vingt minutes, il ne restait plus que neuf passagers. Tous s'efforçaient d'expliquer de façon différente qu'ils demandaient l'asile en Suède.

— Ce soir, c'est calme, dit le plus jeune des deux policiers. Mais il arrive qu'on ait une centaine de demandeurs d'asile par ferry. Tu imagines un peu.

Cinq de ces réfugiés étaient membres de la même famille éthiopienne. Un seul d'entre eux détenait un passeport et Kurt Wallander se demanda comment ils avaient pu accomplir un aussi long voyage et franchir toutes ces frontières avec un seul passeport. Outre cette famille éthiopienne, deux Libanais et deux Iraniens étaient toujours retenus au contrôle.

Kurt Wallander eut du mal à déterminer si ces neuf réfugiés paraissaient pleins d'espoir ou bien s'ils avaient peur.

— Qu'est-ce qui va se passer, maintenant? demanda-t-il.

— Malmö va venir les chercher, répondit le plus âgé des deux policiers. C'est eux qui sont de permanence, ce soir. On est avertis par radio, depuis le ferry, du nombre de passagers sans passeport qu'il y a à bord. Et il arrrive qu'on soit obligés de demander des renforts.

— Qu'est-ce qui va se passer, à Malmö? demanda Kurt Wallander.

— Ils vont finir par se retrouver sur l'un des bateaux qui sont ancrés dans le port pétrolier. Et ils y resteront en attendant d'être expédiés ailleurs. S'ils obtiennent le droit de rester dans le pays.

— Quel est ton avis, en ce qui concerne ceux-là?

Le policier haussa les épaules.

— Ils vont sans doute pouvoir rester, répondit-il. Tu veux du café? Le prochain ferry n'est pas pour tout de suite.

Kurt Wallander secoua la tête.

— Une autre fois. Il faut que je m'en aille.

— J'espère que vous allez mettre la main sur ces types.

— Oui, dit Kurt Wallander. Je l'espère bien, moi aussi.

Sur le chemin du retour à Ystad, il tua un lièvre qui traversait la route. Lorsqu'il l'aperçut dans la lumière de ses phares, il freina brusquement, mais l'animal heurta la roue avant gauche avec un bruit sourd. Il ne lui vint même pas à l'idée de s'arrêter pour voir si l'animal était encore vivant.

Qu'est-ce qui m'arrive? se demanda-t-il.

Cette nuit-là, il dormit d'un sommeil agité. Peu après cinq heures, il se réveilla en sursaut. Il avait la bouche sèche et avait rêvé que quelqu'un était en train de chercher à l'étrangler. Quand il eut compris qu'il ne parviendrait pas à se rendormir, il se leva pour aller faire chauffer du café.

Le thermomètre fixé à l'extérieur de la fenêtre de la cuisine indiquait qu'il faisait $-6°$. Le réverbère se balançait dans le vent. Il s'assit à la table et repensa à la conversation qu'il avait eue avec Rydberg la veille au soir. Ce qu'il avait redouté était arrivé. La femme était morte avant de pouvoir leur fournir une piste. Le mot « étranger » qu'elle avait prononcé était beaucoup trop vague. Il se rendait bien compte qu'ils ne disposaient d'aucun indice véritable.

A six heures et demie, il s'habilla et chercha longtemps avant de trouver le gros chandail qu'il désirait
mettre.

Il sortit dans la rue, sentit que le vent était toujours aussi violent et glacial et s'installa au volant. Il
gagna la pénétrante et, une fois arrivé là, prit la
direction de Malmö. Avant de retrouver Rydberg, à
huit heures, il voulait rendre une nouvelle visite aux
voisins du vieux couple assassiné. Il ne parvenait pas
à se débarrasser de l'impression qu'il y avait quelque
chose de bizarre dans cette affaire. Les attaques de
vieilles personnes seules sont rarement le fait du
hasard. Elles sont généralement précédées de
rumeurs sur un magot caché quelque part. Et même
si ces attaques sont parfois perpétrées de façon assez
sauvage, elles sont rarement marquées par le genre
de barbarie méthodique qu'il avait pu constater
cette fois-ci.

A la campagne, les gens se lèvent tôt le matin, se
dit-il en s'engageant sur le chemin de terre menant à
la maison des Nyström. Ils ont peut-être eu le temps
de réfléchir?

Il arrêta sa voiture et coupa le moteur. Au même
instant, il vit la lumière s'éteindre à la fenêtre de la
cuisine.

Ils ont peur, se dit-il. Ils s'imaginent peut-être que
ce sont les meurtriers qui reviennent sur le lieu du
crime.

Il laissa ses phares allumés, en descendant de voiture, et traversa la cour en direction du perron.

Il devina plutôt qu'il ne vit la flamme qui jaillit du
canon d'une arme, depuis un bosquet situé sur le
côté de la maison. La violence du bruit l'incita à se
jeter à plat ventre. Une pierre vint ricocher contre sa
joue et, pendant un moment, il crut qu'il avait été
touché.

– C'est la police, bon sang! Ne tirez pas! Vous m'entendez?

La lumière d'une lampe de poche vint lui éclairer le visage. La main qui la tenait n'était pas très assurée et le cercle de lumière bougeait dans tous les sens. C'était Nyström qui était là, devant lui, une vieille carabine à la main.

– Ah, c'est vous? dit-il.

Wallander se mit debout et secoua la poussière de ses vêtements.

– Qu'est-ce que tu visais? demanda-t-il.

– J'ai tiré en l'air, répondit Nyström.

– Tu as un permis de port d'arme? demanda Wallander. Sinon, tu pourrais avoir des ennuis.

– J'ai passé toute la nuit à faire le guet, dit Nyström.

Kurt Wallander comprit à quel point cet homme avait dû être ébranlé.

– Je vais éteindre les lumières de ma voiture, dit-il. Ensuite, on va causer, toi et moi.

Dans la cuisine, deux boîtes de cartouches étaient posées sur la table. Sur le divan, il y avait un pied-de-biche et une grosse masse. Le chat noir était toujours couché devant la fenêtre et il le regarda d'un air menaçant lorsqu'il entra. La femme de Nyström était devant la cuisinière, en train de s'occuper de la cafetière.

– Je ne pouvais pas savoir que c'était la police, moi, dit Nyström d'un ton un peu embarrassé. A cette heure-ci.

Kurt Wallander poussa légèrement la masse afin de s'asseoir.

– La femme de votre voisin est morte hier soir. J'ai préféré venir vous annoncer la nouvelle moi-même.

Chaque fois que Kurt Wallander était ainsi obligé de venir annoncer la mort de quelqu'un, il éprouvait le même sentiment d'irréalité. Il était impossible de dire, en conservant toute la dignité voulue, à des inconnus qu'un enfant ou un parent avait soudain disparu. Les décès qu'il revenait à la police de faire connaître étaient toujours inattendus, le plus souvent cruels et le résultat de la violence. Quelqu'un prend sa voiture pour aller faire des courses et ne revient pas. Un enfant à bicyclette est renversé par une voiture en rentrant d'un terrain de jeux. Une autre personne est victime d'une attaque à main armée, se suicide ou bien se noie. Quand la police est sur le pas de la porte, les gens refusent d'accepter la nouvelle.

Les deux vieillards restaient sans rien dire, pour leur part. La femme tournait quelque chose dans la cafetière à l'aide d'une cuiller. Le mari, lui, tournait sa carabine entre ses mains et Wallander s'écarta discrètement de sa ligne de tir.

Alors elle est partie, comme ça, Maria, dit-il lentement.

— Les médecins ont fait ce qu'ils ont pu.

— C'est peut-être aussi bien comme ça, dit la femme, près de la cuisinière. Qu'est-ce qu'elle aurait fait sur terre, puisqu'il n'est plus là, lui?

Le mari posa sa carabine sur la table de la cuisine et se leva. Wallander nota qu'il avait mal à un genou.

— Je vais donner du foin à la jument, dit-il en mettant une vieille casquette à visière.

— Est-ce que ça te gêne si je t'accompagne? demanda Kurt Wallander.

— Pourquoi est-ce que ça me gênerait? demanda l'homme en ouvrant la porte.

Quand ils pénétrèrent dans l'écurie, la jument se

mit à hennir. Cela sentait le fumier chaud et, d'une main experte, Nyström lança une botte de foin dans le box.

– Je viendrai nettoyer plus tard, dit-il en passant la main sur la crinière de la jument.

– Pourquoi gardaient-ils un cheval? demanda Wallander.

– Pour un vieux paysan qui a l'habitude d'avoir des bêtes, un box vide c'est comme une morgue, répondit Nyström. C'était une compagnie.

Kurt Wallander se dit qu'il pouvait aussi bien commencer à poser ses questions dans l'écurie.

– Tu as fait le guet, cette nuit, dit-il. Tu as peur et je te comprends. Tu as dû te demander : pourquoi est-ce eux qui ont été attaqués? Tu as dû te dire : pourquoi eux et non pas nous?

– Ils n'avaient pas d'argent, dit Nyström. Et rien d'autre de valeur, non plus. En tout cas, rien n'a disparu. Je l'ai dit au policier qui est venu hier. Il m'a demandé de bien chercher partout. La seule chose qui a peut-être disparu, c'est une vieille pendule murale.

– Peut-être?

– Il peut bien se faire que l'une des filles l'ait emportée. On ne peut pas se souvenir de tout.

– Pas d'argent, dit Wallander. Et pas d'ennemis.

Une pensée le frappa soudain.

– Est-ce que tu as de l'argent chez toi? demandat-il. Est-il pensable que ceux qui ont fait ça se soient trompés de maison?

– Ce qu'on a est à la banque, répondit Nyström. Et on n'a pas d'ennemis non plus.

Ils rentrèrent dans la maison et prirent du café. Kurt Wallander vit que la femme avait les yeux rouges, comme si elle avait saisi l'occasion de leur absence temporaire pour pleurer.

– Avez-vous remarqué quelque chose d'inhabituel, ces derniers temps? demanda-t-il. Par exemple des gens qui seraient venus voir Lövgren et que vous ne connaissiez pas.

Les deux vieux se regardèrent et secouèrent ensuite négativement la tête.

– Quand leur avez-vous parlé pour la dernière fois?

– On est allés prendre le café chez eux avant-hier, dit Hanna. Ça n'avait rien d'extraordinaire. On prenait le café les uns chez les autres tous les jours. Depuis plus de quarante ans.

– Est-ce qu'ils avaient l'air d'avoir peur?

– Johannes était enrhumé, dit Hanna. A part ça, tout était comme d'habitude.

Aucun espoir. Kurt Wallander ne savait plus quelle question poser. Chacune des réponses qu'il obtenait lui faisait l'effet d'une porte qui se refermait.

– Avaient-ils des connaissances qui étaient des étrangers? demanda-t-il.

Le mari haussa les sourcils.

– Des étrangers?

– Oui, des gens qui n'étaient pas suédois, précisa Wallander.

– Il y a quelques années, des Danois sont venus planter leur tente sur leur terrain, à la Saint-Jean.

Kurt Wallander regarda la pendule. Bientôt sept heures et demie. Il devait retrouver Rydberg à huit heures et tenait à ne pas être en retard.

– Cherchez bien, dit-il. Tout ce que vous pourrez trouver est susceptible de nous aider.

Nyström l'accompagna jusqu'à sa voiture.

– J'ai un permis de port d'arme, dit-il. Et je n'ai pas visé. Je voulais simplement faire peur.

– Tu y as parfaitement réussi, répondit Wallander. Mais je trouve que, la nuit, tu devrais dormir. Ceux qui ont fait ça ne reviendront pas.

– Tu pourrais dormir, toi? demanda Nyström. Tu pourrais dormir, alors que tes voisins viennent d'être abattus comme des bêtes de boucherie?

Incapable de trouver une bonne réponse à cette question, Kurt Wallander préféra garder le silence.

– Merci pour le café, se contenta-t-il de dire, avant de s'installer au volant et de quitter la ferme.

Cela ne va pas du tout, pensa-t-il. Pas le moindre indice, absolument rien. Uniquement ce nœud bizarre, selon Rydberg, et le mot « étranger ». Un vieux couple qui n'a pas d'argent caché dans son matelas ni de vieux meubles de valeur est assassiné d'une façon qui laisse penser qu'il y a derrière cela d'autres mobiles que la simple convoitise. La haine ou bien la vengeance.

Il doit bien y avoir quelque chose, se dit-il encore. Quelque chose qui sorte de l'ordinaire, à propos de ces deux vieux.

Si seulement la jument avait pu parler!

Cette jument le tourmentait d'ailleurs un peu. Il éprouvait quelque chose qui n'était qu'une vague intuition. Et pourtant, il avait trop l'expérience de son métier pour négliger un tel sentiment. Il y avait quelque chose à propos de cette jument!

A huit heures moins quatre, il vint ranger sa voiture devant l'hôtel de police d'Ystad. Le vent avait encore forci et soufflait maintenant en rafales. Pourtant, la température donnait l'impression de s'être réchauffée de quelques degrés.

Pourvu qu'on n'ait pas de neige, se dit-il. Il fit un petit signe de tête à l'intention d'Ebba, fidèle au poste à la réception.

– Rydberg est arrivé? demanda-t-il.

– Il est dans son bureau, répondit Ebba. Ils ont tous déjà commencé à appeler. Les journaux, la radio, la télé. Même le patron de la police du département.

– Fais-les patienter encore un peu, dit Wallander. Il faut d'abord que je parle à Rydberg.

Il accrocha sa veste dans son bureau avant d'aller retrouver Rydberg, dont le bureau était situé quelques portes plus loin dans le couloir. Quand il frappa, un grognement lui répondit.

Rydberg était debout à la fenêtre, en train de regarder à l'extérieur. Wallander vit tout de suite qu'il n'avait pas l'air d'avoir beaucoup dormi.

– Salut, dit Wallander. Je vais te chercher du café?

– Je veux bien. Sans sucre. Ça fait un certain temps que je n'en prends plus.

Wallander alla chercher deux gobelets en plastique de café et revint vers le bureau de Rydberg.

Devant la porte, il s'immobilisa brusquement.

Quelle ligne vais-je adopter? se demanda-t-il. Dissimuler les dernières paroles de cette femme au nom de ce que nous avons coutume d'appeler les nécessités de l'enquête? Ou bien alors les rendre publiques? Quel est mon point de vue?

Je n'en ai pas le moindre, constata-t-il avec amertume en poussant la porte avec le bout de sa chaussure.

Rydberg était maintenant assis derrière son bureau et peignait le peu de cheveux qu'il lui restait. Wallander se laissa tomber dans l'un des fauteuils destinés aux visiteurs, dont les ressorts étaient un peu fatigués.

– Tu devrais t'offrir un fauteuil neuf, dit-il.

– Y a pas d'argent pour ça, répondit Rydberg en rangeant son peigne dans l'un des tiroirs de son bureau.

Kurt Wallander posa sa tasse à café par terre, à côté de son fauteuil.

– Je me suis réveillé vachement tôt, ce matin, dit-il. Alors je suis allé de nouveau trouver les Nyström. Le vieux était à l'affût derrière un buisson et m'a accueilli à coups de carabine.

Rydberg montra du doigt la marque sur sa joue.

– Non, ce n'est pas un plomb. Je me suis jeté à plat ventre. Il affirme qu'il a un permis de port d'arme. J'aimerais bien savoir si c'est vrai.

– Est-ce qu'ils avaient du nouveau à t'annoncer?

– Rien. Rien d'inhabituel. Pas d'argent, rien. A supposer qu'ils disent la vérité.

– Pourquoi mentiraient-ils?

– Oui, en effet.

Rydberg se mit à siroter son café en grimaçant.

– Savais-tu que le personnel de police est particulièrement sujet au cancer de l'estomac? demanda-t-il.

– Non, je l'ignorais.

– Si c'est vrai, ça vient sûrement de tout le mauvais café qu'on boit.

– C'est un gobelet de café à la main que nous résolvons nos énigmes.

– En ce moment, par exemple?

Wallander secoua la tête.

– De quoi disposons-nous? De rien.

– Tu n'as pas assez de patience, Kurt.

Rydberg le regarda tout en se frottant le nez.

– Excuse-moi si je prends des allures de vieux prof, poursuivit-il. Mais, dans le cas qui nous occupe, je crois qu'il va falloir faire preuve de patience.

Ils examinèrent de nouveau la situation. Les services techniques étaient en train de recueillir les empreintes digitales et de les comparer avec le fichier central. Hanson, lui, passait en revue tous les auteurs connus d'attaques sur de vieilles personnes, pour savoir s'ils étaient en prison ou avaient des alibis. Le porte-à-porte allait se poursuivre dans le voisinage de Lenarp et le questionnaire qui allait être envoyé par la poste pourrait peut-être donner quelque chose, lui aussi. Rydberg et Wallander savaient tous deux que la police d'Ystad s'acquittait de sa tâche de façon méthodique et scrupuleuse. Tôt ou tard, quelque chose se présenterait. Une piste, un fil à dérouler. Tout ce qu'il fallait, c'était attendre. Travailler méthodiquement et attendre.

– Le mobile, s'obstina à dire Wallander. Si ce n'est pas l'argent. Ou bien des on-dit faisant état d'argent caché quelque part. Qu'est-ce que ça peut bien être, alors? Et puis ce nœud coulant? Tu t'es certainement fait la même réflexion que moi. Ce double meurtre est une affaire de haine ou de vengeance. Peut-être même les deux.

– Imaginons deux ou trois voleurs suffisamment à bout de ressources. Supposons qu'ils aient été à peu près sûrs que les Lövgren avaient de l'argent caché quelque part. Supposons qu'ils aient été suffisamment à bout de ressources et indifférents à la vie humaine. A ce moment-là, il n'y a plus bien loin jusqu'à la torture.

– Qui peut être poussé à bout à ce point?

– Tu sais aussi bien que moi qu'il y a tout un tas de drogues, de nos jours, qui mettent ceux qui en prennent dans un tel état de dépendance qu'ils sont prêts à n'importe quoi pour s'en procurer.

Wallander ne l'ignorait pas. Il avait vu de près la

montée des actes de violence et, presque toujours, il y avait derrière cela la drogue et la dépendance. Même si le district de police d'Ystad n'était que rarement affecté par des manifestations visibles de cette violence croissante, il ne se faisait aucune illusion à ce sujet : elle ne cessait de se rapprocher sournoisement.

Maintenant, plus personne n'était à l'abri. La meilleure preuve, c'était ce petit village de Lenarp.

Il se redressa sur ce fauteuil si peu confortable.

– Qu'est-ce qu'on fait? demanda-t-il.

– C'est toi qui commandes, répondit Rydberg.

– Ça ne m'empêche pas de désirer connaître ton point de vue.

Rydberg se leva et alla jusqu'à la fenêtre. Avec le bout du doigt, il tâta la terre d'un pot de fleurs. Elle était toute sèche.

– Si tu veux savoir ce que j'en pense, je vais te le dire. Mais il faut que tu saches que je ne suis absolument pas certain d'avoir raison. J'ai en effet l'impression que, quelle que soit la ligne de conduite que nous adoptions, ça va faire du bruit. Mais, malgré tout, on ferait peut-être bien de garder ça pour nous pendant quelques jours. On peut toujours suivre certaines pistes, pendant ce temps-là.

– Lesquelles?

– Les Lövgren avaient-ils des étrangers parmi leurs connaissances?

– J'ai posé la question ce matin. Il est possible qu'ils aient connu des Danois.

– Tu vois bien.

– Je ne crois quand même pas que des campeurs danois aient pu commettre ce meurtre.

– Pourquoi pas? De toute façon, il faut examiner ça. Et puis, il y a d'autres voisins à interroger. Si j'ai bien compris ce que tu as dit hier soir, les Lövgren ne manquaient pas de famille.

Kurt Wallander comprit que Rydberg avait raison. Les nécessités de l'enquête motivaient parfaitement que la police ne fasse pas savoir qu'elle recherchait une ou plusieurs personnes d'origine étrangère.

— Qu'est-ce qu'on sait au juste sur les étrangers qui commettent des crimes en Suède? dit-il. Existe-t-il des fichiers particuliers, à la police nationale?

— Il y a des fichiers sur tout, répondit Rydberg. Tu n'as qu'à mettre quelqu'un au travail sur un ordinateur et le brancher sur les fichiers criminels centraux. On verra bien ce que ça donnera.

Kurt Wallander se leva. Rydberg le regarda, surpris.

— Tu ne me poses pas de question au sujet du nœud coulant? demanda-t-il.

— C'est vrai, j'oubliais.

— Il paraît qu'il existe à Limhamn un vieux voilier qui sait tout sur les différentes sortes de nœuds. J'ai lu un article sur lui dans un journal, l'année dernière. Je me suis dit qu'un jour je prendrais le temps d'aller le voir. Je ne sais pas si ça peut nous être utile. Mais on ne risque rien.

— Je veux que tu sois présent à la réunion de ce matin, dit Kurt Wallander. Ensuite, tu pourras aller à Limhamn.

A dix heures, tout le monde était réuni dans le bureau de Kurt Wallander.

Celui-ci fit brièvement le résumé de la situation. Il rapporta ce que la vieille femme avait dit avant de mourir. Il précisa également que cette information allait pour le moment rester confidentielle. Personne ne sembla avoir quoi que ce soit à objecter.

Martinson fut mis à l'œuvre sur l'ordinateur, avec

mission de recenser les criminels d'origine étrangère. Les policiers chargés de poursuivre le porte-à-porte à Lenarp s'en allèrent. Wallander confia à Svedberg le cas particulier de cette famille polonaise qui séjournait probablement de façon illégale dans le pays. Il voulait savoir pourquoi elle s'était installée à Lenarp. A onze heures moins le quart, Rydberg partit pour Limhamn afin de s'entretenir avec ce voilier.

Une fois seul, de nouveau, dans son bureau, Kurt Wallander resta un moment debout à regarder la carte fixée au mur. D'où étaient venus les meurtriers ? Quel itinéraire avaient-ils emprunté, une fois leur forfait accompli ?

Après cela, il s'assit à son bureau et demanda à Ebba de lui passer de nouveau les coups de téléphone qu'elle avait jusque-là bloqués au standard. A la suite de cela, il s'entretint pendant plus d'une heure avec différents journalistes. Mais la jeune fille de la radio locale ne se manifesta pas.

A midi et quart, Norén frappa à sa porte.

— Tu n'es pas à Lenarp ? demanda Kurt Wallander, tout surpris.

— Si, dit Norén. Mais j'ai pensé à autre chose.

Il s'assit sur le bord extrême d'un fauteuil, car il était mouillé. Il avait commencé à pleuvoir. La température était remontée à un degré au-dessus de zéro.

— Il se peut bien que ça n'ait aucune importance, dit Norén. C'est simplement une idée qui m'est venue, comme ça.

— La plupart des choses n'ont aucune importance, dit Wallander.

— Tu te souviens de la jument ? demanda Norén.

— Bien sûr que je m'en souviens.

– Tu m'as dit de lui donner du foin.

– Et de l'eau!

– De l'eau et du foin. Mais je ne lui en ai pas donné.

Kurt Wallander fronça les sourcils.

– Pourquoi pas?

– Ce n'était pas nécessaire. Elle avait déjà du foin. Et de l'eau.

Kurt Wallander resta un moment sans rien dire, à observer Norén.

– Continue, dit-il ensuite. Tu m'as dit qu'une idée t'était venue.

Norén haussa les épaules.

– Quand j'étais petit, on avait un cheval, dit-il. Quand il était à l'écurie et qu'on lui amenait du foin, il mangeait tout ce qu'on lui donnait. Ce que je veux dire, c'est que quelqu'un à dû lui donner du foin, à cette jument. Peut-être pas plus d'une heure avant notre arrivée.

Wallander tendit la main en direction du téléphone.

– Si tu as l'intention de téléphoner à Nyström, c'est inutile, dit Norén.

Kurt Wallander laissa retomber sa main.

– Je lui ai posé la question avant de venir ici. Et il dit qu'il n'a pas donné de foin à la jument.

– Les morts ne donnent pas à manger à leurs chevaux, dit Kurt Wallander. Qui l'a fait, alors?

Norén se leva.

– C'est bizarre, dit-il. On commence par tuer quelqu'un. Puis on passe un nœud coulant autour du cou de quelqu'un d'autre. Et ensuite on s'en va dans l'écurie donner du foin à sa jument. Qui est-ce qui peut bien se comporter de façon aussi bizarre?

– En effet, dit Kurt Wallander. Qui?

— Ça n'a peut-être aucune importance, dit Norén.

— Ou bien le contraire, répondit Wallander. Tu as bien fait de venir me parler de ça.

Norén salua et sortit.

Kurt Wallander resta assis à réfléchir à ce qu'il venait d'entendre.

Cette idée qui le tracassait s'était bel et bien avérée exacte. Cette jument avait en effet quelque chose de particulier.

Il fut interrompu dans ses pensées par la sonnerie du téléphone.

C'était à nouveau un journaliste qui voulait lui parler.

A une heure moins le quart, il quitta l'hôtel de police. Il avait l'intention de rendre visite à un vieil ami qu'il n'avait pas vu depuis bien des années.

V

Kurt Wallander quitta la E 14 à l'endroit où un panneau indiquait la direction des ruines du château de Stjärnsund. Il descendit de voiture et se mit à uriner. A travers le vent, il entendait le bruit des réacteurs des avions en train de décoller de l'aérodrome de Sturup. Avant de remonter dans son véhicule, il gratta la boue qui collait à la semelle de ses chaussures. Le temps avait changé très brusquement. Le thermomètre fixé sur sa voiture indiquait une température extérieure de + 5°. Lorsqu'il reprit la route, il vit dans le ciel des lambeaux de nuages filant à vive allure.

Juste après les ruines du château, la route de terre battue bifurquait : il prit la branche de gauche. Il n'était encore jamais venu par là, mais il était certain que c'était la bonne direction. Cela faisait près de dix ans qu'on lui avait décrit cette route et pourtant il s'en souvenait dans les moindres détails. Son cerveau était peut-être programmé tout particulièrement pour se souvenir des paysages et des itinéraires.

Au bout d'environ un kilomètre, la route commença à devenir vraiment mauvaise. Il n'avançait plus que très lentement, maintenant, et se demandait comment de gros camions pouvaient bien réussir à passer par là.

Soudain, il parvint au sommet d'une côte très raide et vit en dessous de lui une grande ferme aux vastes dépendances. Il ne s'arrêta qu'une fois parvenu au centre de la cour. Lorsqu'il descendit de voiture, il entendit un vol de corbeaux croasser au-dessus de sa tête.

La ferme paraissait étrangement abandonnée. Une porte d'écurie battait au vent. Un bref instant, il se demanda s'il ne se serait pas trompé de chemin, malgré tout.

Le désert, se dit-il.

La Scanie hivernale avec ses bandes d'oiseaux noirs au cri sinistre.

La glaise qui colle à vos chaussures.

Tout à coup, une jeune fille blonde sortit de l'un des bâtiments. Il eut fugitivement l'impression qu'elle ressemblait à Linda. Elle avait les mêmes cheveux, la même maigreur, les mêmes mouvements saccadés lorsqu'elle se déplaçait. Il l'observa attentivement.

Elle empoigna une échelle donnant accès au grenier de l'écurie.

En le voyant, elle lâcha l'échelle et s'essuya les mains sur sa culotte de cheval grise.

— Bonjour, dit Wallander. J'espère que je ne me suis pas trompé. Je cherche quelqu'un du nom de Sten Widén.

— Tu es de la police? demanda la jeune fille.

— Oui, répondit Kurt Wallander, tout étonné. Comment le sais-tu?

— Ça s'entend à la voix, dit la jeune fille en se mettant de nouveau à tirer sur l'échelle, qui semblait s'être coincée.

– Est-ce qu'il est ici? demanda Kurt Wallander.

– Tu ne veux pas m'aider? dit-elle.

Il vit alors que l'un des barreaux de l'échelle était pris dans le revêtement en bois du mur du bâtiment. Il la saisit et la tourna jusqu'à ce que le barreau se décroche.

– Merci, dit la jeune fille. Sten doit être dans son bureau, à cette heure-ci.

Elle lui montra de la main un bâtiment en briques, à une certaine distance de là.

– Tu travailles ici? demanda Kurt Wallander.

– Oui, dit-elle en commençant à escalader lestement l'échelle. Attention à toi!

Avec une facilité étonnante, elle se mit à jeter de grosses bottes de foin par l'ouverture du grenier. Kurt Wallander se dirigea vers l'endroit qu'elle lui avait indiqué. Au moment précis où il allait cogner à la grosse porte, un homme tourna le coin du bâtiment, monté sur un cheval.

Cela faisait dix ans qu'il n'avait pas vu Sten Widén. Pourtant, celui-ci ne semblait pas avoir changé le moins du monde. Il avait toujours les cheveux en bataille, le visage émacié et cette tache rouge d'eczéma près de la lèvre inférieure.

– Ça, c'est une surprise, dit l'homme en éclatant de rire. J'attendais le maréchal-ferrant et c'est toi qui arrives. On peut vraiment dire que ça ne date pas d'hier.

– Ça fait onze ans, dit Kurt Wallander. Depuis l'été 1979.

– L'été qui a vu la ruine de tous nos rêves, dit Sten Widén. Tu veux du café?

Ils pénétrèrent dans le bâtiment en briques. Kurt Wallander sentit une forte odeur d'huile qui émanait des murs. Dans la pénombre, il aperçut une vieille moissonneuse-batteuse toute rouillée. Sten Widén ouvrit une seconde porte, dérangeant au passage un chat qui s'écarta d'un bond, et Kurt Wallander pénétra dans une pièce qui semblait servir à la fois de bureau et de lieu d'habitation. Le long de l'un des murs se trouvait un lit défait. Mais il y avait également un poste de télévision et un magnétoscope ainsi que, posé sur une table, un four à micro-ondes. Des vêtements avaient été jetés à la hâte, en tas, sur un vieux fauteuil. Sten Widén alla prendre la thermos qui se trouvait près d'un fax, dans le renfoncement de l'une des fenêtres, et leur versa du café.

Kurt Wallander pensa aux ambitions que Sten Widén avait jadis nourries de devenir chanteur d'opéra. Il se souvint qu'à la fin des années 70, ils avaient tous deux imaginé un avenir que ni l'un ni l'autre ne devait parvenir à réaliser. Kurt Wallander voulait devenir imprésario et la voix de ténor de Sten Widén devait retentir sur la scène des opéras du monde entier.

A cette époque-là, il était dans la police. Onze ans après, il l'était encore.

Lorsque Sten Widén avait compris qu'il n'avait aucune chance, avec la voix qu'il possédait, il avait repris le haras de son père, qui avait connu des jours meilleurs mais se chargeait toujours de l'entraînement des chevaux de course. Leur ancienne amitié n'avait pas résisté à une déception pourtant partagée. Alors qu'ils se voyaient jadis quotidiennement, leur dernière rencontre datait maintenant de onze ans. Et pourtant, ils n'habitaient qu'à cinquante kilomètres l'un de l'autre.

— Tu as grossi, dit Sten Widén en débarrassant une chaise de la pile de journaux qui était posée dessus.

– Mais pas toi, répondit Kurt Wallander en s'apercevant soudain de sa contrariété.

– Mon métier ne s'y prête pas beaucoup, dit Sten Widén en partant de nouveau de ce rire nerveux qui était le sien. Il n'est bon ni pour le tour de taille ni pour le portefeuille. Sauf pour les gens célèbres, comme les Khan ou les Strasser. Eux, ils s'engraissent – à tous les sens du terme.

– Comment ça va? demanda Kurt Wallander en s'asseyant sur la chaise.

– Ni bien ni mal, répondit Sten Widén. On ne peut pas dire que j'aie réussi, mais pas que j'aie échoué non plus. J'ai toujours un cheval, dans le tas, qui fait un peu parler de lui. On m'en confie de temps en temps des jeunes à dresser et, l'un dans l'autre, je m'en tire. Mais, à dire la vérité...

Il s'interrompit brusquement au beau milieu de sa phrase.

Puis il tendit le bras et ouvrit un tiroir d'où il sortit une bouteille de whisky à moitié vide.

– Tu en veux? demanda-t-il.

Kurt Wallander secoua la tête en signe de refus.

– Dans mon métier, ça fait mauvais effet de se faire pincer pour ivresse au volant. Pourtant, ça arrive, de temps en temps.

– A la tienne quand même, dit Sten Widén en buvant à la bouteille.

Il sortit une cigarette d'un paquet tout froissé et fouilla sur sa table, parmi les papiers et les programmes de réunions hippiques, avant de trouver son briquet.

Comment va Mona? demanda-t-il. Et Linda? Et ton père? Et puis ta sœur? Comment s'appelle-t-elle, déjà? Kerstin?

– Kristina.

– Ah oui, c'est vrai. Kristina. Je n'ai jamais eu une très bonne mémoire, comme tu le sais.

– Sauf en ce qui concerne la musique.

– Tu crois?

Il but une nouvelle gorgée directement au goulot et Kurt Wallander s'aperçut alors qu'il y avait quelque chose qui le tourmentait. Peut-être n'aurait-il pas dû venir le trouver chez lui? Peut-être ne souhaitait-il pas trop s'entendre rappeler certaines choses?

– Mona et moi sommes séparés, dit-il. Et Linda vit de son côté. Mon père, lui, est toujours le même. Il peint son éternel tableau. Mais je commence à croire qu'il est un peu atteint de sénilité. Je ne sais vraiment plus quoi faire de lui.

– Est-ce que tu savais que je suis marié? demanda Sten Widén.

Kurt Wallander eut à ce moment le sentiment que son ami n'avait pas du tout écouté ce qu'il lui disait.

– Non, dit-il.

– Comme tu le sais, j'ai repris ce fichu haras. Quand mon père a fini par comprendre qu'il était trop vieux pour continuer à s'occuper de chevaux, il s'est mis à boire pour de bon. Auparavant, il était malgré tout capable de se rendre compte de ce qu'il ingurgitait. Pour ma part, je me suis alors aperçu que je ne les supportais plus, lui et ses copains de beuveries. Et j'ai épousé une des filles qui travaillaient ici. Je crois que c'était surtout parce qu'elle avait le chic avec lui. Elle le traitait comme un vieux canasson. Elle le laissait faire ce qu'il voulait mais tout en lui imposant certaines limites. Quand il était un peu trop dégoûtant, elle prenait le jet d'eau pour le nettoyer. Mais quand il est mort, on aurait dit qu'elle se mettait à puer comme lui. Alors, j'ai divorcé.

Il but une nouvelle gorgée et Kurt Wallander nota que l'influence de la boisson commençait à se faire sentir.

— Tous les jours, je me dis que je vais vendre cet endroit. Ce qui m'appartient, c'est le terrain et les bâtiments. Je crois que je pourrai en tirer un million. Une fois mes dettes payées, il m'en restera peut-être quatre cent mille. Alors je m'achèterai un camping-car et je ficherai le camp.

— Où ça?

— C'est ça le problème. Je n'en ai aucune idée. Il n'y a aucun endroit qui m'attire.

Ces paroles mirent Kurt Wallander mal à l'aise. Même si Sten Widén était apparemment toujours le même que dix ans auparavant, il semblait avoir beaucoup changé en profondeur. La voix qui lui parlait était celle d'un fantôme, elle était brisée et désespérée. Dix ans auparavant, Sten Widén était toujours de bonne humeur et le premier à vouloir faire la fête. Maintenant, il semblait avoir perdu toute son ancienne joie de vivre.

La jeune fille qui avait demandé à Kurt Wallander s'il était dans la police passa à cheval devant la fenêtre.

— Qui est-ce? demanda-t-il. Elle a tout de suite vu que j'étais dans la police.

— Elle s'appelle Louise, répondit Sten Widén. Elle t'a certainement identifié à l'odeur. Depuis l'âge de douze ans, elle a fait pas mal de séjours dans divers établissements de redressement. Elle est ici sous tutelle. Elle a vraiment le chic avec les chevaux. Mais elle ne peut pas encaisser les flics. Elle dit qu'il y en a un qui l'a violée, une fois.

Il but une nouvelle gorgée et fit un geste en direction du lit défait.

– Elle couche avec moi, de temps en temps, dit-il. C'est du moins l'impression que ça me fait : que c'est elle qui couche avec moi et non pas l'inverse. C'est peut-être répréhensible?

– Pourquoi ça? Elle n'est quand même plus mineure?

– Elle a dix-neuf ans. Mais les tuteurs n'ont peut-être pas le droit de coucher avec les personnes dont ils ont la garde?

Kurt Wallander crut comprendre, au ton de sa voix, qu'il commençait à devenir hargneux.

Soudain, il regretta d'être venu.

Même s'il pouvait justifier cette visite par les besoins de son enquête, il se demandait maintenant si ce n'était pas plutôt un prétexte. Ne serait-il pas venu voir Sten Widén pour parler de Mona? Pour chercher un peu de réconfort?

Il ne savait plus où il en était.

– Je suis venu pour te parler de chevaux, dit-il. Je suppose que tu as entendu parler par les journaux du double meurtre de Lenarp, l'autre nuit?

– Je ne lis pas les journaux, répondit Sten Widén. Je ne lis que les programmes des réunions hippiques et la liste des partants. C'est tout. Ce qui se passe par ailleurs dans le monde, je m'en fiche pas mal.

– Eh bien, reprit Kurt Wallander, deux vieilles personnes qui habitaient pas très loin d'ici ont été assassinées. Et elles avaient un cheval.

– Il a été assassiné, lui aussi?

– Non. Mais j'ai des raisons de penser que les meurtriers lui ont donné du foin avant de quitter les lieux. Et c'est la question que je voulais te poser : combien de temps met un cheval à manger une brassée de foin?

Cette fois, Sten Widén vida la bouteille, avant d'allumer une nouvelle cigarette.

– C'est une plaisanterie? demanda-t-il. Tu ne vas pas me dire que tu es venu ici pour me demander combien de temps met un cheval pour manger son picotin?

Kurt Wallander sentit qu'il commençait à perdre patience et prit rapidement sa décision :

– En fait, j'avais l'intention de te demander si tu ne pourrais pas venir voir ce cheval avec moi.

– Je n'ai pas le temps, dit Sten Widén. Je te l'ai dit : j'attends le maréchal-ferrant. Il faut que je fasse administrer des vitamines à seize de mes pensionnaires.

– Et demain?

Sten Widén le regarda avec des yeux que l'alcool rendait brillants.

– C'est rémunéré? demanda-t-il.

– Oui, répondit Kurt Wallander.

Sten Widén inscrivit son numéro de téléphone sur un morceau de papier défraîchi.

– Peut-être, dit-il. Appelle-moi demain matin.

Lorsqu'ils sortirent dans la cour, Kurt Wallander nota que le vent avait forci.

La jeune fille passa de nouveau sur son cheval.

– Belle bête, dit-il.

– Elle s'appelle Masquerade Queen, dit Sten Widén. Je peux te jurer qu'elle ne gagnera pas une seule course dans toute son existence. C'est une femme qui est pleine aux as qui en est propriétaire, la veuve d'un entrepreneur de Trelleborg. J'ai même eu l'honnêteté de lui suggérer de la vendre à une école d'équitation. Mais la bonne femme est persuadée qu'elle gagnera un jour. Et elle me paie pour l'entraîner. Mais ça ne sert strictement à rien.

Ils se séparèrent près de la voiture.

– Tu sais comment mon père est mort? demanda soudain Sten Widén.

– Non.

– Une nuit d'automne, il est parti dans les ruines du château, à moitié ivre. Il avait l'habitude d'aller picoler là-bas. Mais ce jour-là, il est tombé dans la douve sans le faire exprès et s'est noyé. Il y a tellement d'algues qu'on n'y voit rien, sous l'eau. Tout ce qui est remonté à la surface, c'est sa casquette. Tu sais ce qui était marqué sur la visière ? « Jouissez de la vie. » C'est de la réclame pour une agence de voyages qui organise des croisières du sexe à Bangkok.

– Je suis content de t'avoir revu, dit Kurt Wallander. Je t'appelle demain matin.

– Comme tu veux, dit Sten Widén en s'éloignant en direction de l'écurie.

Kurt Wallander prit le volant. Dans le rétroviseur, il vit Sten Widén en train de s'entretenir avec la jeune fille montée sur le cheval.

Pourquoi est-ce que je suis venu ici ? se demanda-t-il de nouveau.

Jadis, il y a bien longtemps de ça, on était amis. On partageait un rêve irréalisable. Et quand ce rêve s'est dissipé, il n'est plus rien resté. C'est peut-être vrai qu'on aimait l'opéra, tous les deux. Mais peut-être n'était-ce aussi que le fait de notre imagination ?

Il conduisait vite, comme si la pression de son pied sur l'accélérateur était fonction de la vivacité de ses sentiments.

Au moment où il s'arrêtait au stop situé au croisement de la route principale, le téléphone de bord se mit à sonner. La liaison était tellement mauvaise qu'il eut bien du mal à comprendre que c'était Hanson qui était au bout du fil.

– Il faudrait que tu rentres tout de suite, s'égosilla Hanson. Tu entends ce que je dis ?

– Qu'est-ce qui se passe? demanda Kurt Wallander en criant lui aussi de toutes ses forces.

– J'ai ici un paysan de Hagestad qui me dit qu'il sait qui a assassiné les deux vieux, hurla Hanson.

Kurt Wallander sentit les battements de son cœur s'accélérer.

– Qui ça? s'écria-t-il. Qui?

La communication fut brutalement interrompue et il n'entendit plus dans l'écouteur que divers sifflements et bruits bizarres.

– Merde! se dit-il tout haut.

Il rentra à Ystad sans trop attacher d'importance aux limitations de vitesse. Si Norén et Peters avaient été de service, aujourd'hui, j'aurais été bon pour un PV, se dit-il.

Au milieu de la descente menant vers le centre de la ville, le moteur se mit soudain à tousser.

Panne d'essence.

Le voyant lumineux qui aurait dû le mettre en garde était apparemment en panne, lui aussi.

Il réussit malgré tout à gagner la station-service en face de l'hôpital juste avant que le moteur ne s'arrête définitivement. Au moment d'insérer des billets dans le distributeur automatique, il s'aperçut qu'il n'avait pas d'argent sur lui. Il alla donc jusque chez le serrurier installé dans le même bâtiment et emprunta vingt couronnes à cet homme qui le reconnut aussitôt pour avoir eu affaire à lui lors d'une enquête à propos d'un cambriolage, deux ou trois ans auparavant.

Il se rangea sur la place de parking qui lui était réservée et pénétra précipitamment dans l'hôtel de police. Ebba tenta de lui dire quelque chose au passage, mais il lui fit signe de la main qu'il n'avait pas le temps.

La porte du bureau de Hanson était entrouverte et il entra sans frapper.

Mais c'était vide.

Dans le couloir, il se trouva face à face avec Martinson, qui arrivait avec un bloc de listings informatiques à la main.

— Ah, c'est toi que je cherchais, dit Martinson. J'ai réussi à dénicher des informations qui pourraient t'intéresser. On dirait bien qu'il pourrait s'agir de Finlandais, bon sang.

— Quand on ne sait pas de qui il s'agit, on dit toujours que c'est eux qui ont fait le coup, remarqua Kurt Wallander. Je n'ai pas le temps pour l'instant. Sais-tu où est Hanson?

— Tout le monde sait qu'il ne sort jamais de son bureau.

— Alors, il va falloir lancer un avis de recherches, parce qu'il n'y est pas en ce moment.

Il alla jeter un coup d'œil dans la cantine, mais il n'y avait qu'une dactylo en train de se faire cuire une omelette.

Où pouvait-il bien être passé, ce fichu Hanson? se demanda-t-il en ouvrant brutalement la porte de son propre bureau.

Personne par là non plus. Le mieux était d'interroger Ebba, au standard.

— Où est Hanson? demanda-t-il.

— Si tu n'avais pas été aussi pressé, je te l'aurais dit quand tu es arrivé, répondit Ebba. Il m'a demandé de te dire qu'il descendait à la Föreningsbanken.

— Qu'est-ce qu'il peut bien avoir à faire à cette banque? Est-ce qu'il était accompagné?

— Oui. Mais je ne sais pas par qui.

Kurt Wallander reposa brutalement le combiné.

Qu'est-ce que Hanson pouvait bien être en train de faire?

Il décrocha de nouveau le téléphone.

— Trouve-moi Hanson, dit-il à Ebba.

— A la Föreningsbanken?

— Eh bien oui, puisque tu me dis que c'est là qu'il est.

Il lui arrivait très rarement de demander à Ebba de l'aider à trouver la personne qu'il cherchait à joindre. Il n'avait encore pas réussi à s'habituer à l'idée d'avoir une secrétaire. S'il avait quelque chose à faire, c'était à lui de s'en charger et à personne d'autre. Il lui était déjà arrivé de penser que c'était une mauvaise habitude qu'il avait contractée dès ses jeunes années. Seuls les riches et les gens haut placés envoient les autres faire le boulot ingrat. Être incapable de trouver un numéro dans l'annuaire ou de le composer soi-même lui semblait être le signe d'une paresse inadmissible...

Il fut interrompu dans ses pensées par la sonnerie du téléphone. C'était Hanson qui appelait justement de la Föreningsbanken.

Je pensais que je serais revenu avant toi, dit Hanson. Tu te demandes peut-être ce que je fais ici.

— Parbleu!

— On est venus jeter un coup d'œil sur les comptes en banque des Lövgren.

— Qui ça : on?

— Il s'appelle Herdin. Mais il vaut mieux que tu lui parles toi-même. On sera là dans une demi-heure au plus.

En fait, il s'écoula près d'une heure et quart avant que Kurt Wallander puisse parler au dénommé Herdin. C'était un homme sec et maigre mesurant près de deux mètres. Lorsque Kurt Wallander lui prit la

main, il eut le sentiment d'être en train de dire bonjour à un géant.

— Ça a été un peu long, dit Hanson. Mais loin
d'être inutile. Herdin va te dire ce qu'il sait. Et puis
ce qu'on a découvert à la banque.

Herdin était là, sur sa chaise, aussi muet qu'il
était grand.

Kurt Wallander eut l'impression qu'il s'était mis
sur son trente et un pour venir trouver la police.
Même s'il ne s'agissait guère, en l'occurrence, que
d'un costume élimé et d'une chemise au col râpé.

— Eh bien, commençons par le commencement,
dit Kurt Wallander en prenant un carnet de notes.

Herdin regarda Hanson, l'air étonné.

— Il faut que je répète tout ce que j'ai déjà dit?
demanda-t-il.

— Je crois que ce sera mieux ainsi, dit Hanson.

— Ça va être assez long, dit Herdin d'une voix
hésitante.

— Si tu veux bien me dire comment tu t'appelles,
ce sera déjà une bonne entrée en matière, dit Kurt
Wallander.

— Lars Herdin. J'ai une ferme de quarante
arpents à Hagestad. Je tente de survivre en élevant
des animaux de boucherie. Mais j'ai bien du mal à y
arriver.

— J'ai tout son état civil, coupa Hanson.

Kurt Wallander se dit que son collègue était sans
doute pressé d'aller retrouver son activité favorite.

— Si je comprends bien, tu es venu ici parce que
tu considères que tu disposes d'informations sur le
meurtre des époux Lövgren, dit Kurt Wallander,
regrettant de ne pas s'exprimer plus simplement.

— Bien sûr que c'était pour l'argent, dit Lars Herdin.

– Quel argent?

– Tout l'argent qu'ils avaient!

– Est-ce que tu pourrais t'exprimer un peu plus clairement?

– L'argent allemand.

Kurt Wallander regarda Hanson, qui répondit par un discret haussement d'épaules qu'il interpréta comme une incitation à la patience.

– Je crois qu'il va falloir qu'on rentre un peu dans les détails, dit-il. Est-ce que tu ne pourrais pas être un peu plus explicite?

– Lövgren et son père ont gagné de l'argent pendant la guerre, dit Lars Herdin. Ils élevaient des bestiaux en cachette dans la forêt, là-bas, dans le Småland. Et puis ils achetaient des chevaux qui étaient sur le point de crever et qu'ils revendaient ensuite en douce en Allemagne. Et ils ont gagné une petite fortune, comme ça, je peux vous le dire. Mais personne ne les a jamais pincés. Il était malin, Lövgren, et près de ses sous. Il les a placés là où il fallait et, depuis le temps, ils ont fait pas mal de petits.

– Tu veux parler du père de celui qui vient d'être assassiné?

– Non, lui il est mort juste après la guerre. C'est de Lövgren qu'il s'agit.

– Alors, selon toi, les Lövgren étaient riches?

– Pas tous les deux. Lui seulement. Elle, elle ne savait pas qu'ils avaient de l'argent.

– Tu veux dire qu'il avait caché à sa femme la fortune dont il disposait?

Lars Herdin opina d'un signe de tête.

– Il y a pas beaucoup de gens qui ont été autant menés en bateau que ma sœur, ajouta-t-il.

Kurt Wallander haussa les sourcils, tout étonné.

– Maria Lövgren était ma sœur, reprit Lars Herdin. Elle a été tuée parce que son mari avait dissimulé une fortune.

Kurt Wallander ne put manquer de noter l'amertume mal dissimulée avec laquelle il prononçait ces paroles. C'était donc peut-être bien une affaire de haine, pensa-t-il.

— Et cet argent, il le conservait chez lui?

— Seulement de temps en temps, répondit Lars Herdin.

— De temps en temps?

— Quand il procédait à un retrait important.

— Est-ce que tu pourrais me donner un peu plus de précisions?

Soudain, l'homme au costume élimé donna l'impression de se laisser aller à des sentiments longtemps refrénés.

— Johannes Lövgren était un salaud, dit-il. Je suis bien content qu'il soit mort. Mais ce que je ne pourrai jamais pardonner, c'est que Maria ait été tuée, elle aussi...

L'explosion de colère de Lars Herdin survint de façon tellement inattendue que ni Hanson ni Kurt Wallander n'eurent le temps de réagir : saisissant un gros cendrier en verre posé sur la table, à côté de lui, il le jeta de toutes ses forces contre le mur, juste à côté de la tête de Kurt Wallander. Les éclats de verre fusèrent à la ronde et ce dernier sentit que l'un d'entre eux l'atteignait à la lèvre supérieure.

Le silence qui suivit cette explosion fut assourdissant.

Hanson s'était levé de son siège et semblait prêt à se jeter sur Lars Herdin, malgré la différence de taille. Mais Kurt Wallander leva la main pour le tempérer et il se rassit aussitôt.

— Je vous prie de m'excuser, dit Lars Herdin. Si

vous avez une pelle et une brosse, je vais nettoyer ça. Et, naturellement, je paierai les dégâts.

– Les femmes de ménage s'en chargeront, dit Kurt Wallander. Je préfère que nous poursuivions notre conversation.

Lars Herdin paraissait de nouveau tout à fait calme.

– Johannes Lövgren était un salaud, répéta-t-il. Il faisait semblant d'être comme tout le monde. Mais il ne pensait à rien d'autre qu'à tout cet argent que son père et lui avaient gagné malhonnêtement pendant la guerre. Il n'arrêtait pas de se plaindre que tout coûtait tellement cher et que les paysans n'avaient pas d'argent. Mais le sien, il se multipliait, bien à l'abri.

– A la banque?

Lars Herdin haussa les épaules.

– A la banque, en actions, en obligations, est-ce que je sais, moi.

– Mais pourquoi en conservait-il parfois chez lui?

– Johannes Lövgren avait une maîtresse, dit Lars Herdin. Pendant les années 50, il a eu un enfant avec une femme de Kristianstad. Maria n'en a rien su. Ni en ce qui concerne l'enfant ni en ce qui concerne la femme. Je crois bien qu'il dépensait plus d'argent chaque année pour cette femme qu'il n'en a donné à Maria pendant toute sa vie.

– De combien s'agissait-il?

– Vingt-cinq, trente mille. Deux ou trois fois par ans. Il le sortait en liquide. Et puis après il trouvait un bon prétexte pour aller à Kristianstad.

Kurt Wallander réfléchit un moment à ce qu'il venait d'entendre.

Il s'efforça d'établir une priorité parmi les questions qu'il désirait poser. Il faudrait des heures pour tirer au clair tous les détails.

– Qu'est-ce qu'ils ont dit, à la banque? demanda-t-il à Hanson.

– A moins d'avoir un mandat en bonne et due forme, la banque ne vous dit jamais rien, répondit Hanson. Je n'ai même pas pu jeter un coup d'œil sur la situation de ses comptes. Mais j'ai quand même pu obtenir une réponse à une question. Quand j'ai demandé s'il était venu ces derniers temps.

– Et cette réponse était positive?

Hanson hocha la tête de haut en bas.

– Jeudi dernier. Trois jours avant qu'on l'assassine dans les conditions qu'on connaît.

– C'est certain?

– L'une des caissières le connaissait bien de vue.

– Et il a retiré une grosse somme d'argent?

– Ça, ils n'ont pas vraiment voulu me le dire. Mais la caissière m'a fait un signe affirmatif de la tête une fois que le directeur de la banque a eu le dos tourné.

– Il faudra qu'on en parle au procureur quand on aura mis ce témoignage noir sur blanc. Comme ça on pourra examiner sa situation financière et nous faire une idée d'ensemble.

– Cet argent, il a été gagné de façon criminelle, dit Lars Herdin.

Kurt Wallander se demanda un instant s'il n'allait pas de nouveau se mettre à expédier des projectiles à la ronde.

– Il subsiste bien des questions, dit-il. Mais, pour le moment, il y en a une qui est beaucoup plus importante que toutes les autres. Comment se fait-il que tu sois au courant de toutes ces choses-là? Tu dis toi-même que Johannes Lövgren les cachait à sa femme. Mais toi, tu en es informé?

Lars Herdin ne répondit pas à cette question.

Il resta assis, fixant le sol des yeux sans rien dire.

Kurt Wallander regarda Hanson, qui secoua la tête.

— Je crois que tu vas être obligé de répondre à cette question, reprit Wallander.

— Pas du tout, répondit Lars Herdin. Ce n'est pas moi qui les ai tués. Vous croyez que je serais capable de tuer ma propre sœur?

Kurt Wallander tenta de revenir sur ce point d'une autre façon.

— Combien de personnes sont au courant de ce que tu viens de me dire? demanda-t-il.

Toujours le même mutisme.

— Ce que tu nous diras ne sortira pas de cette pièce, reprit Kurt Wallander.

Lars Herdin gardait les yeux fixés sur le plancher.

Kurt Wallander comprit instinctivement qu'il valait mieux attendre.

— Tu veux bien aller nous chercher un peu de café? demanda-t-il à Hanson. Profites-en pour voir s'il n'y aurait pas quelque chose à grignoter, par la même occasion.

Hanson s'éclipsa.

Lars Herdin continua à fixer le sol et Kurt Wallander à attendre.

Hanson revint avec du café et un petit gâteau sec que mangea Lars Herdin.

Kurt Wallander se dit que le moment était venu de poser de nouveau sa question.

— Tôt ou tard, tu seras obligé de répondre, dit-il.

Lars Herdin leva alors la tête et le regarda droit dans les yeux.

— Dès leur mariage, j'ai compris que Johannes Lövgren n'était pas celui qu'il faisait semblant d'être, bien gentil et pas bavard. Je l'ai tout de suite trouvé fourbe. Maria était ma petite sœur. Je voulais qu'elle soit heureuse. Mais j'ai eu des soupçons envers Johannes Lövgren depuis le jour où il a mis les pieds chez nous pour la première fois afin de demander la main de Maria. Il m'a fallu trente ans pour savoir vraiment qui il était. Quant à la façon dont je m'y suis pris, ça ne vous regarde pas.

— Est-ce que tu as dit à ta sœur tout ce que tu avais appris?

— Je ne lui en ai pas touché un seul mot.

— Et à quelqu'un d'autre? A ta propre femme?

— Je ne suis pas marié.

Kurt Wallander regarda l'homme qui était assis en face de lui. Il y avait en lui quelque chose de dur et d'inflexible. Comme chez quelqu'un ayant appris à se contenter de très peu dans la vie.

— Une dernière question, pour l'instant, dit Kurt Wallander. On sait maintenant que Johannes Lövgren avait pas mal d'argent. Il est également possible qu'il ait eu une grosse somme chez lui le jour où il a été assassiné. On finira bien par le savoir. Mais qui pouvait bien être au courant? Qui d'autre que toi?

Lars Herdin le regarda. Kurt Wallander vit tout à coup la peur briller dans ses yeux.

— Je n'en savais rien, répondit Lars Herdin.

Kurt Wallander hocha la tête.

— Restons-en là pour l'instant, dit-il en repoussant le bloc sur lequel il n'avait pas cessé de prendre des notes. Mais on aura certainement encore besoin de ton aide, à l'avenir.

— Est-ce que je peux m'en aller? demanda Lars Herdin en se levant.

— Oui, répondit Kurt Wallander. Mais je te prie de ne pas quitter ton domicile sans nous en informer au préalable. Et si tu repenses à d'autres détails, ne manque pas de nous le faire savoir.

Sur le pas de la porte Lars Herdin s'arrêta, comme s'il s'apprêtait à ajouter quelque chose.

Puis il ouvrit la porte et sortit.

— Dis à Martinson de fouiller un peu dans le passé de ce type, dit Kurt Wallander à Hanson. Ça ne donnera certainement rien. Mais il vaut mieux être sûr.

— Qu'est-ce que tu penses de ce qu'il nous a dit? demanda Hanson.

Kurt Wallander réfléchit longuement avant de répondre.

— Je l'ai trouvé assez convaincant. Je ne crois pas qu'il mente, qu'il se fasse des idées ou bien qu'il ait inventé tout ça. Je pense qu'il a découvert que Johannes Lövgren menait une double vie. Et je crois qu'il cherchait vraiment à protéger sa sœur.

— Tu penses qu'il est possible qu'il soit impliqué?

La réponse de Kurt Wallander fut dépourvue de toute espèce de doute.

— Ce n'est pas Lars Herdin qui les a tués. Je ne crois pas non plus qu'il sache qui a commis ces meurtres. Je pense qu'il est venu nous voir pour deux raisons. Il désire nous aider à retrouver une ou plusieurs personnes qu'il a de bonnes raisons de remercier tout en ayant envie de leur cracher au visage. Ceux qui ont tué Johannes et qui, selon lui, ont fait une bonne action. Et ceux qui ont tué Maria et qui, toujours selon lui, devraient être décapités en public.

Hanson se leva.

— Je vais faire ta commission à Martinson. Est-ce qu'il y a quelque chose d'autre, pour l'instant?

Kurt Wallander regarda sa montre-bracelet.

— On se réunit dans mon bureau dans une heure. Essaie de voir si tu peux mettre la main sur Rydberg. Il devait aller à Malmö pour parler à quelqu'un qui répare des voiles.

Hanson le regarda, l'air de ne rien comprendre.

– Le lacet, dit Kurt Wallander. Le nœud. Tu saisiras plus tard.

Hanson sortit et il resta seul.

Un premier indice, se dit-il. Toutes les enquêtes criminelles qui aboutissent passent par une phase où on a l'impression de traverser un mur. On ne sait pas vraiment ce qu'on va découvrir. Mais la solution doit se trouver quelque part derrière.

Il alla jusqu'à la fenêtre et regarda le crépuscule qui tombait, au-dehors. Un vent glacial filtrait sous les fenêtres mal jointes et il put constater, en voyant un réverbère se balancer, qu'il avait encore forci.

Il pensa à Nyström et à sa femme.

Ils avaient passé toute une vie auprès d'un être qui n'était absolument pas celui qu'il faisait semblant d'être.

Comment réagiraient-ils en apprenant la vérité?

Refuseraient-ils de la croire? Se montreraient-ils amers? Étonnés?

Il regagna son bureau et s'y assit. Le sentiment de soulagement qu'entraînait le fait de trouver un premier indice, dans le cadre d'une enquête criminelle, était en général bien fugace. Mais au moins, il disposait maintenant d'un mobile plausible, le plus banal entre tous : l'argent. Cependant, aucune main secourable ne pointait encore l'index dans une direction quelconque.

Il n'avait toujours pas de coupables.

Kurt Wallander jeta de nouveau un coup d'œil à sa montre. En se dépêchant, il aurait le temps de faire un saut en voiture jusqu'au kiosque, près de la gare, où on vendait des saucisses grillées, et de manger une miette avant le début de la réunion. Ce ne serait pas encore ce jour-là qu'il remédierait à ses mauvaises habitudes alimentaires.

Il se préparait à enfiler sa veste lorsque la sonnerie du téléphone retentit.

Au même moment, on frappa à la porte.

Sa veste glissa par terre tandis qu'il saisissait le combiné tout en criant :

— Entrez!

C'est Rydberg qui poussa la porte, tenant à la main un volumineux sac en plastique.

Au téléphone, c'était la voix d'Ebba.

— La télé veut absolument te voir, dit-elle.

Mais il décida rapidement de parler tout d'abord avec Rydberg avant d'affronter de nouveau les mass media.

— Dis que je suis en réunion et que je ne serai libre que dans une demi-heure.

— Juré?

— Quoi?

— Que tu leur parleras dans une demi-heure. La télévision suédoise n'aime pas beaucoup attendre. Ils ont plutôt l'habitude que les gens se mettent à genoux devant eux, quand ils arrivent quelque part.

— Moi, je ne me mettrai pas à genoux devant eux. Mais je peux leur parler dans une demi-heure.

Il raccrocha.

Rydberg s'était installé dans le fauteuil près de la fenêtre. Il était en train de s'essuyer les cheveux avec une serviette en papier.

— J'ai de bonnes nouvelles, dit Kurt Wallander.

Rydberg continuait à se sécher les cheveux.

— J'ai des raisons de penser qu'on tient le mobile. L'argent. Et je pense que les assassins sont à chercher dans l'entourage des Lövgren.

Rydberg jeta la serviette trempée dans la corbeille à papiers.

– J'ai passé une sale journée, dit-il. Les bonnes nouvelles sont les bienvenues.

Kurt Wallander consacra cinq minutes à lui raconter la visite de Lars Herdin. Rydberg observa d'un œil sombre les éclats de verre qui gisaient encore sur le sol.

– Étrange histoire, dit-il lorsque Kurt Wallander en eut terminé. Elle est suffisamment étrange pour être parfaitement vraie.

– Je vais essayer de résumer la situation, poursuivit Kurt Wallander. Quelqu'un savait que, de temps en temps, Johannes Lövgren avait une grosse somme d'argent chez lui. Ce qui permet de penser que le vol était le mobile originel de ce crime. Mais le simple vol s'est changé en meurtre. Si ce que Lars Herdin dit de Lövgren est vrai, à savoir que c'était quelqu'un qui était très près de ses sous, on peut supposer qu'il a refusé de révéler où il avait caché son argent. Et Maria, qui n'a pas dû comprendre grand-chose à ce qui lui arrivait en cette dernière nuit de sa vie, l'a accompagné dans son dernier voyage. Toute la question est donc de savoir qui d'autre que Lars Herdin était au courant de ces retraits d'argent irréguliers mais importants. Si on trouve la réponse à cette question, je crois qu'on ne tardera pas à avoir le fin mot de toute cette histoire.

Lorsque Kurt Wallander eut fini de parler, Rydberg resta un moment plongé dans ses pensées.

– Est-ce que j'ai oublié quelque chose? demanda Wallander.

– Je pense à ce qu'elle a dit avant de mourir, répondit Rydberg. Le mot « étranger ». Et puis je pense à ce que je ramène dans ce sac.

Il se leva et en vida le contenu sur le bureau.

Il consistait en un tas de morceaux de corde. Chacun d'entre eux était noué d'une façon bien particulière.

— J'ai passé quatre heures en compagnie d'un vieux voilier dans un appartement qui empestait bien au-delà de ce que tu peux imaginer, dit Rydberg en faisant une grimace. Il s'est avéré que cet homme avait près de quatre-vingt-dix ans et se trouvait à un stade de sénilité déjà assez avancé. C'est au point que je me demande si je ne devrais pas avertir les services locaux. Il avait tellement perdu la tête, ce pauvre homme, qu'il m'a pris pour son propre fils. L'un de ses voisins m'a dit que ce fils est mort depuis trente ans. Mais, en ce qui concerne les nœuds, il a encore toute sa tête, le vieux. Quand j'ai enfin pu partir, ça faisait quatre heures que j'étais là. Et ces bouts de corde, c'est un cadeau.

— Est-ce que tu as obtenu le renseignement que tu étais venu chercher ?

— Le vieux a regardé le lacet et a dit qu'il trouvait le nœud très laid. Ensuite, j'ai bien mis trois heures à lui faire dire quelque chose d'autre sur le sujet. Il est vrai qu'il a dormi un peu, entre-temps.

Rydberg remit les morceaux de corde dans son sac en plastique en ajoutant :

— Tout d'un coup, il s'est mis à me parler de ses années en mer. Et alors il m'a dit qu'il avait vu ce genre de nœud coulant en Argentine. Les marins argentins s'en servaient pour faire tenir leurs chiens tranquilles.

Kurt Wallander hocha la tête.

— Tu avais donc raison, dit-il. Il est bel et bien étranger, ce nœud. Toute la question est maintenant de savoir quel rapprochement on peut opérer avec ce que nous a dit Lars Herdin.

Ils sortirent dans le couloir. Rydberg disparut dans son bureau, tandis que Kurt Wallander allait retrouver Martinson pour examiner avec lui ses listings. Il s'avérait qu'il existait des statistiques étonnamment bien tenues sur les ressortissants étrangers ayant commis des crimes sur le territoire suédois ou seulement suspectés d'en avoir commis. Martinson avait également eu le temps de consulter les fichiers ayant trait aux agressions sur des personnes âgées. Au cours de l'année venant de s'écouler, il y avait au moins quatre personnes ou bandes qui avaient attaqué des vieillards vivant à l'écart, rien qu'en Scanie. Mais, toujours d'après Martinson, ils étaient tous pour l'instant en train de purger une peine dans différents établissements pénitentiaires. Il attendait maintenant le dernier renseignement demandé : à savoir si l'un ou l'autre d'entre eux avait bénéficié d'une autorisation de sortie au moment des faits.

L'une des dactylos ayant proposé de passer l'aspirateur dans le bureau de Kurt Wallander, la réunion se tint en définitive dans celui de Rydberg. Le téléphone n'arrêta guère de sonner, mais elle ne s'en soucia pas.

La réunion traîna en longueur. Tout le monde fut d'accord pour considérer que ce qu'avait dit Lars Herdin constituait un élément de toute première importance. Ils disposaient maintenant d'une direction dans laquelle mener leurs investigations. On passa ensuite de nouveau en revue tout ce qui était ressorti des conversations avec les gens de Lenarp ainsi qu'avec ceux qui avaient appelé la police au téléphone ou bien avaient répondu au questionnaire envoyé par la poste. Il fut en particulier fait état d'une voiture ayant traversé à toute allure un village situé à quelques kilomètres seulement de Lenarp, tard dans la nuit du dimanche. Un chauffeur de camion partant pour Göteborg à trois heures du matin l'avait croisée dans un virage assez serré et avait bien failli entrer en collision avec elle. Après avoir entendu parler du double meurtre, le chauffeur avait repensé à cet incident et avait appelé la police. Sans oser être très affirmatif et après avoir passé en revue toute une série de photos de voitures, il avait cru reconnaître une Nissan.

— Il ne faut pas oublier les voitures de location, fit remarquer Kurt Wallander. Ces types-là ne prennent pas de risques. Il leur arrive tout aussi souvent de louer la voiture avec laquelle ils se livrent à leurs agressions que de la voler.

Il était déjà six heures lorsque la réunion se termina. Kurt Wallander comprit que tous ses collaborateurs étaient maintenant passés à l'offensive. La visite de Lars Herdin avait nettement fait remonter le moral de ses troupes.

Il regagna son bureau et mit au propre les notes qu'il avait prises au cours de l'entretien avec Lars Herdin. Hanson lui avait remis les siennes et il put donc les comparer. Il vit tout de suite que les propos du frère de Maria Lövgren ne souffraient d'aucune ambiguïté. Les deux versions concordaient parfaitement.

Juste après sept heures, il mit ses papiers de côté. Il se souvenait tout à coup que la télévision ne s'était pas manifestée de nouveau. Il appela le standard et demanda si Ebba n'aurait pas laissé un mot avant de rentrer chez elle. La personne qui lui répondit était une remplaçante.

— Je ne vois rien, dit-elle.

Poussé par une inspiration qu'il ne comprit pas vraiment lui-même, il alla allumer le poste qui se

115

trouvait dans la cantine. C'était justement l'heure des informations régionales. Il s'appuya sur une table et regarda ce qu'elles avaient à dire sur le mauvais état des finances municipales de Malmö.

Il pensa à Sten Widén.

Et à Johannes Lövgren, qui avait vendu de la viande aux nazis allemands, pendant la guerre.

Puis il pensa à lui-même et à son tour de taille un peu trop imposant à son gré.

Il s'apprêtait à éteindre le poste lorsque la speakerine aborda le sujet du double meurtre de Lenarp.

Il eut alors la stupéfaction d'entendre que la police concentrait ses recherches sur des ressortissants étrangers dont l'identité était encore inconnue. Mais elle était désormais convaincue que les meurtriers étaient d'origine étrangère. On ne pouvait pas exclure, non plus, qu'il s'agisse de réfugiés demandeurs d'asile.

Pour terminer, la speakerine parla de lui.

En dépit de tous les efforts, il avait été impossible d'obtenir une déclaration quelconque de la part des responsables de l'enquête quant à ces révélations de source anonyme mais certainement bien informée.

En arrière-plan, on pouvait voir une grande photo de l'hôtel de police d'Ystad.

Puis vint l'heure des prévisions météorologiques. Celles-ci annonçaient l'arrivée d'une tempête en provenance de l'ouest. Le vent allait encore forcir. Mais il n'y avait aucun risque de neige. La température devait rester supérieure à zéro.

Kurt Wallander éteignit alors le poste.

Il avait du mal à savoir s'il était en colère ou simplement fatigué. A moins qu'il n'eût tout simplement faim.

Quelqu'un, à l'hôtel de police, avait donc mangé le morceau.

Peut-être même moyennant espèces sonnantes et trébuchantes, car il avait entendu dire que cela arrivait.

La télévision d'État disposerait-elle de fonds secrets pour ce genre de tractations?

Qui? se demanda-t-il.

Ce pouvait être n'importe qui, à part lui.

Et pourquoi?

Pouvait-il y avoir d'autres explications que l'argent?

Le racisme? La peur des réfugiés?

Il regagna son bureau et, alors qu'il était encore dans le couloir, il entendit le téléphone sonner.

La journée avait été longue. Il n'avait pas de désir plus ardent que de pouvoir rentrer chez lui et se faire un peu à manger. Il poussa un soupir en s'asseyant dans son fauteuil et en tirant l'appareil vers lui.

Il n'y a plus qu'à s'y mettre, se dit-il. Se mettre à démentir les informations données par la télévision.

Et espérer que de nouvelles croix de bois ne vont pas brûler un peu partout au cours des jours à venir.

VI

Au cours de la nuit, une tempête balaya la Scanie. Kurt Wallander resta dans son appartement en désordre à écouter le vent tenter d'arracher les tuiles du bâtiment. Il était en train de boire un whisky et d'écouter un enregistrement allemand d'*Aïda* lorsque, brusquement, le noir et le silence se firent autour de lui. Il alla jusqu'à la fenêtre pour regarder au-dehors. Le vent hurlait et, quelque part, une enseigne cognait contre un mur.

Les aiguilles phosphorescentes de sa montre-bracelet indiquaient trois heures moins dix. Curieusement, il ne se sentait pas du tout fatigué. La veille au soir, il n'avait pas réussi à quitter l'hôtel de police avant onze heures et demie. La dernière personne à l'appeler au téléphone avait refusé de décliner son identité. Cet homme avait suggéré que la police fasse cause commune avec les mouvements nationalistes locaux et chasse pour de bon tous les étrangers du pays. Il avait essayé un instant d'écouter ce que cette voix anonyme avait à lui dire. Mais il avait fini par raccrocher brutalement, appeler le standard et dire qu'on cesse désormais de lui passer les appels. Il avait éteint la lumière dans son bureau, enfilé le couloir désert et était rentré directement chez lui. En ouvrant la porte de son appartement, il avait pris la décision de tenter de savoir qui était à l'origine de cette fuite. A vrai dire, ce n'était pas à lui de le faire. En cas de conflit interne, c'était au supérieur hiérarchique de la police d'intervenir. Dans quelques jours, Björk serait de retour de ses vacances d'hiver et ce serait à lui de faire en sorte que la vérité éclate.

Mais, après avoir bu son premier whisky, Kurt Wallander avait déjà compris que Björk ne ferait rien. Même si chaque membre de la police était tenu au secret professionnel, il était difficile de considérer comme particulièrement délictueux le fait, pour l'un d'entre eux, d'appeler quelqu'un de connaissance à la télévision suédoise et de lui dire de quoi il avait été question au cours d'une réunion de l'équipe chargée de l'enquête. Sans doute serait-il impossible de prouver quoi que ce soit, même dans le cas où cet informateur discret aurait été rémunéré. Kurt Wallander se demanda soudain si une ligne budgétaire spéciale était affectée à ce genre de dépenses, à la télévision.

Puis il se dit que Björk ne devait guère avoir envie de se mettre à sonder la loyauté de chacun au beau milieu d'une enquête criminelle qui s'avérait difficile.

En dégustant son second verre de whisky, il se demanda de nouveau qui pouvait être à l'origine de cette fuite. Mis à part lui-même, il ne lui semblait guère pouvoir exclure avec certitude que Rydberg. Mais pourquoi était-il tellement sûr de ce dernier? Qu'est-ce qui lui permettait de penser qu'il voyait plus clairement en lui qu'en tous les autres?

C'est alors que la tempête avait coupé le courant, le plongeant dans l'obscurité.

La pensée du couple assassiné, de Lars Herdin et de cet étrange nœud coulant se mêlait à d'autres ayant trait à Mona, à Linda et à son vieux père. Quelque part au fond de l'obscurité, une sorte d'immense absurdité lui faisait signe. Un visage ricanant qui se moquait ouvertement de ses vains efforts en vue de prendre sa vie en main..

Le rétablissement du courant le réveilla. En regardant sa montre, il put constater qu'il avait dormi plus d'une heure. Le disque tournait à vide sur la platine. Il vida son verre et alla se coucher pardessus les draps de son lit.

Il faut que je parle à Mona, se dit-il. Il faut que je lui parle de tout ce qui s'est passé. Et il faut que je parle à ma fille. Il faut que j'aille rendre visite à mon père et voir ce que je peux faire pour lui. Mais, au milieu de tout ça, il faut surtout que je mette la main sur un meurtrier...

Il avait dû somnoler de nouveau. Lorsque le téléphone sonna, il se crut à son bureau. A moitié réveillé seulement, il gagna la cuisine d'un pas mal assuré et décrocha. Qui pouvait bien l'appeler à quatre heures et quart du matin?

Avant de répondre, il eut le temps de souhaiter que ce soit Mona.

La voix qu'il entendit lui parut tout d'abord ressembler un peu à celle de Sten Widén.

— On vous laisse trois jours pour vous racheter, dit l'homme.

— Qui êtes-vous? demanda Kurt Wallander.

— Aucune importance, répondit l'homme. Je suis l'un des Dix Mille Libérateurs.

— Je refuse de parler à quelqu'un qui ne veut pas me dire son nom, répliqua Kurt Wallander, désormais tout à fait réveillé.

– N'aggrave pas ton cas, dit l'homme. On vous laisse trois jours pour vous racheter d'avoir tenté de soustraire des criminels étrangers à la justice. Trois jours, pas un de plus.

– Je ne comprends pas de quoi tu parles, dit Kurt Wallander, plein de dégoût envers cette voix inconnue.

– Trois jours pour mettre la main sur les coupables et les présenter au public, dit l'homme. Sans ça, c'est nous qui nous en chargerons.

– Vous charger de quoi? Qui ça : nous?

– Trois jours. Pas plus. Après, ça va brûler.

La communication fut coupée.

Kurt Wallander alluma la lampe de la cuisine et s'assit à la table. Il prit note de cette conversation sur un vieux carnet que Mona utilisait jadis pour faire ses courses. Tout en haut, il y avait marqué « pain ». Mais ce qui était écrit en dessous était illisible.

Ce n'était pas la première fois depuis son entrée dans la police que Kurt Wallander recevait des menaces anonymes. Quelques années auparavant, un homme qui considérait avoir été condamné à tort pour voies de fait l'avait accablé de lettres fielleuses et d'appels téléphoniques nocturnes. C'était alors Mona qui avait fini par se lasser et par exiger qu'il réagisse. Il avait donc envoyé Svedberg trouver cet homme et le menacer à son tour d'une lourde peine s'il ne mettait pas fin à ses procédés. Une autre fois, quelqu'un avait crevé les pneus de sa voiture.

Mais, cette fois-ci, il s'agissait de quelque chose de différent.

Ça allait brûler, avait-il dit. Mais quoi? Dans l'esprit de Kurt Wallander, il pouvait s'agir de n'importe quoi, depuis des camps de réfugiés jusqu'à des restaurants, en passant par des logements occupés par des étrangers.

Trois jours. Peut-être trois jours et trois nuits. C'est-à-dire jusqu'à vendredi, ou au plus tard le samedi 13.

Il alla de nouveau s'étendre sur son lit et essaya de se rendormir.

Le vent secouait toujours les murs de l'immeuble.

Comment pourrait-il dormir alors que, en fait, il n'attendait qu'une seule chose : que cet homme l'appelle de nouveau ?

A six heures et demie, il était de retour à l'hôtel de police. Il échangea quelques mots avec ceux qui étaient de service et s'entendit répondre que cette nuit de tempête avait, malgré tout, été calme. Un poids lourd s'était bien renversé à l'entrée d'Ystad et un échafaudage avait été emporté par le vent à Skårby, mais c'était tout.

Il alla chercher du café et revint dans son bureau. A l'aide d'un vieux rasoir qu'il conservait dans l'un des tiroirs de son bureau, il rendit ses joues à peu près présentables. Puis il sortit acheter les journaux du matin. Mais, plus il les feuilletait, plus il sentait la colère monter en lui. Bien qu'il soit resté très tard, la veille, à parler au téléphone à divers journalistes, les démentis à propos de l'information selon laquelle la police concentrait ses recherches sur des ressortissants étrangers étaient vagues et incomplets. On aurait dit que les journaux n'acceptaient la vérité qu'à contrecœur.

Il décida donc de convoquer une nouvelle conférence de presse au cours de l'après-midi et de procéder à un bilan des investigations en cours. De plus, il ferait état des menaces anonymes dont il avait été l'objet au cours de la nuit.

Il prit un dossier qui se trouvait sur une étagère, derrière son dos. Il contenait des informations sur les divers lieux d'hébergement pour réfugiés existant dans la région. Mis à part le grand camp qui se trouvait sur le territoire de la commune d'Ystad elle-même, le dossier faisait état d'un certain nombre d'unités de plus petite taille disséminées aux alentours.

Mais qu'est-ce qui prouvait, au juste, que cette menace visait précisément un camp de réfugiés de la région d'Ystad? Rien. En outre, elle pouvait parfaitement avoir pour objet un restaurant ou même une résidence particulière. Combien de pizzerias existait-il, par exemple, dans le secteur d'Ystad? Une quinzaine? Peut-être même plus.

Une seule chose était certaine, à ses yeux. Il fallait prendre au sérieux cette menace proférée nuitamment. Au cours de l'année qui venait de s'écouler, il était survenu bien trop d'événements confirmant l'existence, dans le pays, de forces plus ou moins organisées n'hésitant pas à avoir ouvertement recours à la violence à l'égard de ressortissants étrangers ou de réfugiés demandeurs d'asile.

Il regarda sa montre. Huit heures moins le quart. Il décrocha le téléphone et composa le numéro personnel de Rydberg. Au bout de dix sonneries, il raccrocha. Rydberg était certainement déjà en route.

Martinson passa la tête par la porte.

— Salut, dit-il. A quelle heure est-ce qu'on se réunit, aujourd'hui?

— A dix heures, répondit Kurt Wallander.

— Quel temps!

— Du moment qu'il ne neige pas, le vent peut bien souffler autant qu'il veut, en ce qui me concerne.

Tout en attendant Rydberg, il chercha le morceau

de papier sur lequel Sten Widén avait inscrit son numéro. Après la visite de Lars Herdin, il se disait qu'après tout il n'était peut-être pas si étrange que ça que quelqu'un ait donné du foin à la jument pendant la nuit. Si les assassins se trouvaient parmi les connaissances de Johannes et Maria Lövgren – ou peut-être même parmi les membres de leur famille – ils étaient naturellement au courant de l'existence de l'animal. Peut-être savaient-ils également que Johannes avait l'habitude de se rendre à l'écurie pendant la nuit?

Il ne voyait plus très bien quelle autre information Sten Widén pourrait lui fournir. Peut-être l'appelait-il essentiellement pour ne pas perdre de nouveau contact avec lui?

Il laissa sonner pendant plus d'une minute, mais personne ne répondit. Il raccrocha et décida d'essayer encore un peu plus tard.

D'ailleurs, il y avait quelqu'un d'autre qu'il espérait toucher avant l'arrivée de Rydberg. Il composa le numéro et attendit.

– Bureau du procureur, répondit une voix de femme assez enjouée.

– Kurt Wallander à l'appareil. Est-ce que je pourrais parler à Åkeson?

– Je regrette, mais il est en congé, cette saison, répondit la standardiste.

C'est vrai, il avait oublié. L'idée que Per Åkeson, le procureur de la ville, était en congé de formation permanente lui était sortie de la tête. Et pourtant, ils avaient dîné ensemble quelques semaines auparavant, à la fin du mois de novembre.

– Mais je peux vous passer la personne qui le remplace, ajouta la standardiste.

– Volontiers, merci.

A sa grande surprise, c'est une femme qui répondit.

— Anette Brolin.

— Je désirais parler au procureur, dit Kurt Wallander.

— Eh bien, c'est moi, répondit la femme. De quoi s'agit-il?

Kurt Wallander se rendit compte, à ce moment, qu'il ne s'était pas présenté. Il déclina donc son identité et poursuivit :

— C'est à propos du double meurtre de Lenarp. Il m'a semblé que le moment était venu d'informer le procureur de l'état de l'affaire. J'avais oublié que Per Åkeson était en congé.

— Si je n'avais pas reçu cet appel, ce matin, c'est moi qui aurais appelé, dit la femme.

Kurt Wallander crut discerner une pointe de reproche dans le ton de sa voix. Ce n'est quand même pas une bonne femme qui va m'apprendre ce que je dois faire en pareille circonstance, pensa-t-il.

— C'est que, en fait, nous ne disposons pas de beaucoup d'éléments, dit-il, s'avisant de ce que le ton de sa propre voix pouvait avoir de distant.

— Peut-on s'attendre à une arrestation?

— Non. Je voulais surtout informer le procureur de la situation.

— Très volontiers, dit la femme. Disons à onze heures dans mon bureau. Je dois procéder à une incarcération à dix heures et quart. Je serai de retour à onze heures.

— Je serai peut-être un peu en retard. Nous avons une réunion à dix heures pour faire le point sur l'enquête. Il se peut que cela traîne un peu en longueur.

— Disons tout de même onze heures.

Elle raccrocha et il resta le combiné à la main, un peu interloqué.

La collaboration entre la police et les services du procureur n'était pas toujours des plus simples. Mais, avec Per Åkeson, Kurt Wallander avait réussi à établir des relations de confiance permettant de procéder de façon non bureaucratique. Il leur arrivait de s'appeler au téléphone pour se demander conseil. Et il était très rare que leurs avis divergent en matière d'incarcération ou de mise en liberté.

– Anette Brolin, qui c'est ça, bon sang? se dit-il tout haut.

A ce moment, il perçut, dans le couloir, le bruit très aisément reconnaissable du clopinement de Rydberg. Il passa la tête par la porte et lui demanda de venir dans son bureau. Rydberg portait une veste de fourrure d'un modèle tout à fait démodé et un béret basque. Il s'assit en faisant la grimace.

– Ça fait mal? demanda Kurt Wallander en montrant sa jambe.

– La pluie, ça va, dit Rydberg. Le froid aussi et même la neige. Mais ce qu'elle ne supporte pas, cette foutue jambe, c'est le vent. Qu'est-ce que tu veux?

Kurt Wallander lui raconta le coup de téléphone anonyme de la nuit.

– Qu'est-ce que tu en penses, dit-il une fois qu'il eut terminé. C'est sérieux ou pas?

– Sérieux. De toute façon, on est obligés de faire comme si ça l'était.

– J'ai envie de tenir une conférence de presse, cet après-midi. On fera le point de l'enquête en insistant sur ce que nous a dit Lars Herdin. Sans citer son nom, bien entendu. Ensuite, je parlerai de ces menaces. Et je préciserai que tout ce qu'on a pu dire à propos d'étrangers est sans fondement.

– Tu envisages de mentir froidement? demanda pensivement Rydberg.

– Qu'est-ce que tu veux dire?

– La femme a quand même bien dit ce qu'elle a dit. Et puis le nœud coulant est peut-être argentin.

– A ton avis, comment peut-on concilier ça avec le fait que ce double meurtre a sans doute été commis par des gens connaissant très bien Johannes Lövgren?

– Je ne sais pas encore. Je crois qu'il est trop tôt pour tirer des conclusions. Tu ne trouves pas?

– Des conclusions provisoires, dit Kurt Wallander. En matière de police, tout l'art est de procéder à des déductions. Pour mieux les rejeter ou les affiner par la suite.

Rydberg changea sa jambe de position.

– Qu'est-ce que tu comptes faire à propos de cette fuite? demanda-t-il.

– J'ai l'intention de pousser un coup de gueule au cours de notre réunion, dit Kurt Wallander. Ensuite, ce sera à Björk de faire ce qu'il jugera bon, quand il reviendra de vacances.

– Qu'est-ce que tu penses qu'il fera?

– Rien.

– C'est bien mon avis.

Kurt Wallander écarta les bras.

– Autant l'admettre tout de suite. Celui qui est allé cafarder à la télé ne va pas se faire tordre les oreilles. Au fait, combien crois-tu qu'ils donnent pour ce genre d'information?

– Probablement beaucoup trop, répondit Rydberg. C'est pour ça qu'ils n'ont plus assez d'argent, ensuite, pour faire de bonnes émissions.

Rydberg se leva.

– N'oublie pas une chose, dit-il, la main sur le

bouton de la porte. Un flic qui cafarde le fait rarement une seule fois.

– Qu'est-ce que tu veux dire?

– Il peut très bien continuer à affirmer que les indices dont nous disposons mettent en cause des étrangers. Après tout, ce n'est jamais que la vérité, n'est-ce pas?

– On ne peut pas vraiment parler d'indices, dit Kurt Wallander. C'est seulement le dernier mot prononcé par une vieille femme à l'agonie et qui n'avait plus toute sa tête à elle.

Rydberg haussa les épaules.

– Fais comme tu voudras, dit-il. A tout à l'heure.

La réunion se déroula aussi mal qu'une assemblée de ce genre peut raisonnablement se dérouler. Kurt Wallander avait décidé de commencer par parler de la fuite et des conséquences qu'elle pourrait avoir. Puis il se proposait d'évoquer le coup de téléphone anonyme de la nuit et ensuite de recueillir les avis sur ce qu'il convenait de faire avant l'expiration du délai imparti. Mais lorsqu'il regretta, en termes très vifs, que l'un des présents ait pu être assez déloyal pour divulguer une information confidentielle et peut-être même accepter de l'argent en échange, il fut accueilli par un tonnerre de protestations. Plusieurs de ses hommes firent remarquer que la fuite pouvait aussi bien être le fait du personnel de l'hôpital. Est-ce que des médecins et des infirmières n'étaient pas présents lorsque la vieille femme avait prononcé ses dernières paroles?

Kurt Wallander tenta de réfuter ces objections, mais les protestations ne firent que redoubler. Lorsqu'il put enfin aborder la question de l'enquête proprement dite, l'atmosphère n'était pas vraiment au beau fixe dans la pièce. L'optimisme de la veille avait fait place à un certain scepticisme et à un manque total d'idées. Kurt Wallander comprit alors qu'il avait pris les choses par le mauvais bout.

Les recherches entreprises pour tenter d'identifier la voiture avec laquelle le chauffeur de camion avait failli entrer en collision n'avaient encore donné aucun résultat. Afin de conférer un surcroît d'efficacité à cette mesure, un homme supplémentaire fut affecté à cette tâche.

L'examen du passé de Lars Herdin était en cours. Une première vérification n'avait rien laissé apparaître. Lars Herdin n'avait jamais été condamné et ne semblait pas crouler sous les dettes.

— Il ne faut pas s'arrêter là, dit Kurt Wallander. Il faut absolument que nous sachions tout ce qu'il y a à savoir sur son compte. J'ai rendez-vous avec le procureur, tout à l'heure. Je vais lui demander les autorisations nécessaires pour avoir accès aux informations bancaires dont nous avons besoin.

Celui qui avait la nouvelle la plus sensationnelle à annoncer, ce jour-là, c'était Peters.

— Johannes Lövgren disposait de deux coffres, dit-il. L'un à la Föreningsbanken et l'autre à la Handelsbanken. Je l'ai appris en examinant d'un peu plus près son trousseau de clés.

— Très bien, dit Kurt Wallander. On ira voir ce qu'ils contiennent dans le courant de la journée.

On devait également continuer à sonder la famille, proche et lointaine, ainsi que les amis des Lövgren.

On décida de confier à Rydberg celle des filles qui habitait au Canada et qui allait arriver à Malmö par l'aéroglisseur de Copenhague, peu après trois heures de l'après-midi.

— Où est l'autre fille? demanda Kurt Wallander. Celle qui joue au handball?

— Elle est arrivée, dit Svedberg. Pour l'instant, elle est chez des membres de la famille.

— Je te la confie, dit Kurt Wallander. Est-ce qu'il y a d'autres pistes à suivre? Ah oui : demandez aux deux filles si leurs parents leur ont donné une horloge, à l'une ou à l'autre.

Martinson avait fait le tri des renseignements recueillis. Tout ce qui parvenait à la connaissance de la police était ensuite mis sur ordinateur. A partir de là, Martinson procédait à un premier tri. Les informations les plus farfelues ne sortaient pas des listings.

— Hulda Yngveson a appelé de Vallby pour dire que c'était Dieu qui avait frappé pour punir des pécheurs, dit Martinson.

— Ce n'est pas la première fois qu'elle nous le dit, soupira Rydberg. A chaque fois qu'on signale un veau égaré, elle y voit également la main de Dieu.

— Je l'ai classée F.A.L., répondit Martinson.

L'atmosphère se détendit un peu lorsqu'il expliqua que F.A.L. voulait dire « fous à lier ».

Aucun renseignement qu'il fût urgent d'exploiter n'était parvenu. Mais tout serait examiné en temps voulu.

Il ne resta plus, finalement, que la question de cette liaison que Johannes Lövgren entretenait à Kristianstad et de l'enfant qu'il avait eu avec cette femme.

Kurt Wallander fit le tour de la pièce des yeux. Dans un coin était assis Thomas Näslund, policier de trente ans qui faisait rarement parler de lui mais qui était très sérieux dans son travail. Il tirait sur sa lèvre inférieure tout en écoutant.

— Toi, tu vas venir avec moi, dit Kurt Wallander. Mais, d'abord, tu vas faire un peu de travail ingrat.

Tu vas appeler Herdin et tâcher de tirer de lui tout ce qu'il sait sur cette femme de Kristianstad. Et sur son fils, bien entendu.

La conférence de presse fut convoquée pour quatre heures. D'ici là, Kurt Wallander et Thomas Näslund auraient le temps d'aller faire un tour à Kristianstad. S'ils étaient retardés, Rydberg promit de tenir la conférence de presse à la place de Wallander.

– Je me charge de rédiger le communiqué, dit celui-ci. S'il n'y a rien d'autre, vous pouvez disposer.

Il était déjà onze heures vingt-cinq lorsqu'il frappa à la porte du bureau du procureur, à l'autre bout de l'hôtel de police.

La femme qui vint lui ouvrir était aussi belle qu'elle était jeune. Kurt Wallander ne put s'empêcher de la dévisager longuement.

– Vous avez terminé? demanda-t-elle finalement. Vous avez presque une demi-heure de retard.

– Je vous avais prévenue que la réunion pouvait traîner un peu en longueur, répondit-il.

Il eut bien du mal à se reconnaître, en pénétrant dans le bureau. Le lieu de travail de Per Åkeson, assez froid et terne, était méconnaissable : des rideaux de couleur étaient accrochés aux fenêtres et des grandes plantes en pot avaient été disposées le long des murs.

Il ne put s'empêcher de la suivre du regard lorsqu'elle regagna sa place, derrière le bureau. Il se dit qu'elle ne pouvait pas avoir plus de trente ans. Elle était vêtue d'un tailleur rouille dont il avait tout lieu de penser qu'il était de bonne qualité mais qu'il avait également coûté son prix.

– Asseyez-vous, dit-elle. Je remplace Per Åkeson pendant toute la durée de son congé. Nous allons donc sans doute avoir pas mal affaire l'un à l'autre.

Il lui tendit la main et s'aperçut alors qu'elle portait une alliance. A son propre étonnement, il constata que cela le décevait fort.

Elle avait les cheveux châtain foncé, coupés court et très près du visage. Une boucle un peu plus blonde courait le long de l'une de ses oreilles.

– Je vous souhaite la bienvenue à Ystad, dit-il. Je dois avouer que j'avais totalement oublié que Per était en congé.

– Je propose que nous nous tutoyions, dit-elle. Je m'appelle Anette.

– Et moi Kurt. Est-ce que tu te plais à Ystad?

Elle écarta cette question au moyen d'une réponse assez évasive.

– Je ne sais pas encore. Les Stockholmois comme moi ont toujours un peu de mal à se faire au flegme des Scaniens.

– Leur flegme?

– Une demi-heure de retard.

Kurt Wallander sentit la moutarde lui monter au nez. Était-ce une plaisanterie? Ou bien était-elle vraiment incapable de comprendre qu'une réunion de ce genre n'est pas facile à limiter dans le temps? Considérait-elle vraiment tous les Scaniens comme « flegmatiques ».

– Je ne crois pas que nous soyons plus paresseux que les autres, dit-il. Tous les Stockholmois ne sont pas grands et gros, n'est-ce pas?

– Pardon?

– Rien.

Elle se rejeta en arrière sur son fauteuil. Il s'aperçut qu'il avait du mal à soutenir son regard.

– Eh bien, où en êtes-vous? demanda-t-elle alors.

Kurt Wallander s'efforça d'être aussi concis que possible. Il se rendait bien compte que, sans vraiment le vouloir, il était sur la défensive.

Il s'abstint de mentionner cette histoire de fuite.

Elle lui posa quelques questions précises auxquelles il répondit. Il comprit que, malgré sa jeunesse, elle ne manquait pas d'expérience professionnelle.

— Il faut absolument que nous puissions examiner les comptes en banque des Lövgren, dit-il. Ainsi que voir ce qu'il y a dans leurs deux coffres.

Elle rédigea aussitôt les autorisations demandées.

— Est-ce qu'il ne faut pas également obtenir l'aval d'un juge? demanda Kurt Wallander lorsqu'elle les lui tendit.

— Nous verrons ça par la suite, dit-elle. Pour ma part, je te serais reconnaissante de me faire parvenir une copie de tous les documents de l'enquête.

Il opina de la tête et se prépara à partir.

— Il y a aussi ce dont la presse a fait état, dit-elle. A propos d'étrangers qui pourraient être impliqués.

— Des rumeurs, répondit Kurt Wallander. Tu sais ce que c'est.

— Ah bon? dit-elle.

Une fois sorti de son bureau, il constata qu'il était en sueur.

Quelle femme, se dit-il. Comment une femme pareille peut-elle devenir procureur? Passer sa vie à mettre en taule des petits voyous et à veiller à ce que l'ordre règne dans les rues de la ville?

Il resta debout dans le grand hall de l'hôtel de police, incapable de décider quoi faire.

Déjeuner, finit-il par conclure. Si je ne mange pas maintenant, je n'aurai jamais le temps après. Je vais rédiger le communiqué de presse tout en déjeunant.

Il faillit être renversé par le vent, en sortant du bâtiment. La tempête n'avait pas faibli.

Il se dit que le mieux serait de rentrer chez lui et

de se préparer une salade toute simple. Il n'avait encore presque rien pris, depuis le matin, et pourtant il avait l'estomac ballonné et lourd. Mais il ne put résister à la tentation de descendre jusqu'au restaurant *Le Joueur de cor*, sur la place du marché, au lieu de cela. Ce ne serait pas encore ce jour-là qu'il commencerait à mettre pour de bon de l'ordre dans ses habitudes alimentaires.

A une heure moins le quart, il fut de retour à l'hôtel de police. Mais, comme il avait mangé trop vite, il fut pris de coliques et dut gagner précipitamment les toilettes. Une fois son ventre calmé, il remit le communiqué de presse à l'une des dactylos et poussa ensuite jusqu'au bureau de Näslund.

– Impossible de toucher Herdin, dit celui-ci. Il est parti pour une marche organisée par une association de protection de la nature, pas très loin d'ici.

– Eh bien alors, il va falloir qu'on y aille nous aussi, dit Kurt Wallander.

– Je me suis dit que je pourrais peut-être m'en charger tout seul, pendant que tu t'occupes des coffres. Si tout ce qui concerne cette femme et son enfant est tellement secret, les papiers qui ont trait à eux sont peut-être en lieu sûr. Comme ça, on perdrait moins de temps.

Kurt Wallander opina de la tête. Näslund avait raison. Il fonçait tête baissée, sans réfléchir.

– D'accord, dit-il. Si on n'a pas le temps aujourd'hui, on ira à Kristianstad demain matin.

Avant de prendre place dans sa voiture pour se rendre à la banque, il tenta une nouvelle fois de joindre Sten Widén au téléphone. Mais de nouveau en vain.

Il laissa le numéro à Ebba, à la réception.

– Tu auras peut-être plus de chance que moi,

dit-il. Vérifie que c'est le bon numéro. Il s'agit d'un certain Sten Widén. Ou bien d'une écurie de chevaux de galop dont je ne connais pas le nom.

– Hanson saura bien, dit Ebba.

– J'ai dit : de galop. Pas de trot.

– De toute façon, il joue sur tout ce qui court, dit Ebba avec un sourire.

– S'il y a quelque chose d'important, je suis à la Föreningsbanken, dit Wallander.

Il laissa sa voiture sur la place, devant la librairie. La violence du vent faillit lui arracher des mains le ticket de parking, une fois qu'il eut mis les pièces nécessaires dans la machine. La ville paraissait abandonnée. La tempête ne devait guère inciter aux promenades.

Il s'arrêta devant la boutique de matériel audiovisuel qui se trouvait sur la place. Il lui était venu l'idée de s'acheter un magnétoscope, afin d'atténuer la solitude de ses soirées. Il consulta les prix et s'efforça de calculer s'il avait vraiment les moyens de se l'offrir ce mois-ci. A moins d'investir plutôt dans une nouvelle chaîne stéréo. Malgré tout, la musique restait sa grande consolation, quand il se retournait dans son lit sans pouvoir trouver le sommeil.

Il s'arracha à la contemplation de la vitrine et prit la rue piétonnière, au coin du restaurant chinois. La succursale de la Föreningsbanken était tout près de là. Il n'y avait qu'un seul client dans le petit hall, quand il poussa les portes de verre. C'était un cultivateur un peu dur d'oreille qui se plaignait hautement et amèrement du coût du crédit. Sur la gauche, s'ouvrait une porte donnant sur un bureau dans lequel était assis un homme plongé dans la consultation d'un écran d'ordinateur. Il eut l'impression que c'était là qu'il fallait qu'il s'adresse. Lorsqu'il fut sur le pas de la porte, l'homme se leva d'un bond, comme si Kurt Wallander était venu là dans la ferme intention de dévaliser son établissement.

Il entra et se présenta.

– Votre visite n'est pas de celles qu'on affectionne, dit l'homme derrière son bureau. Depuis que je suis ici, nous n'avons encore jamais eu la visite de la police.

Ce genre d'accueil ne plut pas beaucoup à Kurt Wallander. La Suède était maintenant un pays où les gens semblaient redouter avant toute chose d'être dérangés. Ils ne voulaient surtout pas s'écarter de leur routine.

– On n'y peut rien, dit Kurt Wallander en sortant les papiers que lui avait remis Anette Brolin.

L'homme les parcourut attentivement.

– C'est vraiment indispensable? demanda-t-il ensuite. Les coffres bancaires sont justement faits pour mettre à l'abri des regards indiscrets.

– C'est indispensable, dit Kurt Wallander. Et mon temps est compté.

L'homme se leva en poussant un soupir. Kurt Wallander comprit qu'il s'était préparé à cette visite.

Ils franchirent une grille et pénétrèrent dans la salle des coffres. Celui de Johannes Lövgren était situé dans un coin, tout en bas. Kurt Wallander l'ouvrit, sortit la boîte qu'il contenait et la posa sur une table.

Puis il ôta le couvercle et se mit à examiner les papiers qui s'y trouvaient. Il y avait là des attestations de concessions à perpétuité, les titres de propriété de la ferme de Lenarp. Ainsi que de vieilles photographies et une enveloppe défraîchie contenant de vieux timbres. C'était tout.

Rien, se dit-il. Rien de ce que j'espérais.

Le banquier l'observait. Kurt Wallander nota rapidement les noms et les numéros figurant sur les divers documents. Puis il referma la boîte.

— C'est tout? demanda le banquier.

— Pour l'instant, répondit Kurt Wallander. Maintenant, j'aimerais voir les comptes qu'il détenait chez vous.

En quittant la salle des coffres, une idée lui vint brusquement à l'esprit.

— Quelqu'un d'autre que Johannes Lövgren avait-il accès à ce coffre? demanda-t-il.

— Non, répondit le banquier.

— Savez-vous s'il y est venu récemment? demanda Kurt Wallander.

— J'ai consulté sa fiche et je peux vous dire que ça fait bien des années qu'il n'a pas ouvert ce coffre, répondit le banquier.

Lorsqu'ils revinrent dans le hall, le cultivateur était toujours là à se plaindre. Il était maintenant lancé sur le chapitre de la baisse des cours des céréales.

— J'ai tous les chiffres dans mon bureau, dit le banquier.

Kurt Wallander s'assit et parcourut deux feuilles entières de listing. Johannes Lövgren disposait de quatre comptes différents. Deux d'entre eux étaient également au nom de Maria Lövgren. Le montant total de ces deux comptes était de quatre-vingt-dix mille couronnes *. Aucun mouvement n'avait été enregistré sur l'un ou l'autre d'entre eux depuis bien longtemps. Seuls les intérêts venaient d'y être por-

---

* A peu de choses près, autant de francs à l'époque. (*N.d.T.*)

tés. Le troisième compte datait de l'époque d'avant la retraite de Johannes Lövgren. Il se montait à 132 couronnes et 97 centimes.

Il ne restait plus qu'un compte, également au seul nom de Johannes Lövgren. Le montant en était bien plus considérable, puisqu'il s'élevait à près d'un million. Le 1er janvier, des intérêts d'un montant de quatre-vingt-dix mille couronnes y avaient été portés. Le 4 janvier, Johannes Lövgren était venu retirer vingt-sept mille couronnes.

Kurt Wallander leva les yeux vers l'homme qui était assis de l'autre côté du bureau.

— Jusqu'où est-il possible de remonter, en ce qui concerne ce compte ? demanda-t-il.

— En principe, les dix dernières années. Mais, naturellement, ça prendra du temps. Il va falloir faire procéder à des recherches dans les fichiers informatiques.

— Commencez par l'année dernière. Je veux voir tous les mouvements enregistrés sur ce compte au cours de l'année 1989.

Le banquier se leva et quitta la pièce. Kurt Wallander se plongea dans la lecture de l'autre feuille. Elle faisait apparaître que Johannes Lövgren disposait de près de sept cent mille couronnes placées dans différents comptes en actions que la banque gérait pour lui.

Jusque-là, Lars Herdin est dans le vrai, pensa-t-il.

Il se souvenait de sa conversation avec Nyström, qui l'avait assuré que son voisin n'avait pas d'argent.

On ne connaît pas toujours très bien son voisin, se dit-il.

Au bout d'environ cinq minutes, l'homme revint du hall de la banque. Il tendit à Kurt Wallander une nouvelle feuille de sortie d'imprimante.

Par trois fois au cours de l'année 1989, en janvier, juillet et septembre, Johannes Lövgren avait procédé à des retraits d'argent d'un montant total de soixante-dix-huit mille couronnes.

· Est-ce que je peux garder ces feuilles? demanda Kurt Wallander.

Le banquier hocha affirmativement la tête.

– J'aimerais bien parler à la caissière qui a donné son argent à Johannes Lövgren la dernière fois, reprit Kurt Wallander.

– Elle s'appelle Britta-Lena Bodén. Je vais la faire appeler.

La femme qui pénétra dans le bureau était très jeune, elle devait avoir à peine plus de vingt ans.

– Elle sait de quoi il s'agit, dit le banquier.

Kurt Wallander la salua d'un petit signe de tête.

– Je vous écoute, dit-il.

– Ça faisait vraiment beaucoup d'argent, dit la jeune femme, autrement je ne m'en serais certainement pas souvenue.

– Avait-il l'air inquiet, nerveux?

– Pas que je me rappelle.

– Comment désirait-il avoir son argent?

– En billets de mille.

– Uniquement en billets de mille?

– Je lui en ai aussi donné quelques-uns de cinq cents.

– Dans quoi a-t-il mis l'argent?

La jeune femme avait bonne mémoire.

– Dans une serviette de couleur brune. Un de ces vieux modèles qui ferment au moyen d'une courroie.

– Pourrais-tu la reconnaître, si tu la voyais?

– Peut-être. La poignée était abîmée.

– Comment ça: abîmée?

– Le cuir était fendu.

Kurt Wallander hocha la tête. Elle avait vraiment excellente mémoire.

– Autre chose?

– Non, une fois qu'il a eu son argent, il est parti.

– Et il était seul.

– Oui.

– Est-ce que quelqu'un l'attendait à l'extérieur?

– On ne peut pas le voir de la caisse.

– Quelle heure était-il?

Elle dut réfléchir un instant avant de répondre.

– Je suis partie déjeuner pas longtemps après. Il devait donc être environ midi.

– Je te remercie de ton aide. Si tu te souviens de quelque chose d'autre, ne manque pas de nous le faire savoir.

Wallander se leva et sortit dans le hall. Il s'arrêta un moment et se retourna. La jeune femme disait vrai. De la caisse, il était impossible de voir si quelqu'un attendait à l'extérieur.

Le cultivateur qui entendait mal n'était plus là et d'autres clients étaient arrivés. Quelqu'un qui parlait une langue étrangère était en train de changer de l'argent à l'une des caisses.

Kurt Wallander sortit. La succursale de la Handelsbanken se trouvait non loin de là, dans Hamngatan.

L'employé qui l'accompagna dans la salle des coffres était nettement plus aimable. Mais, lorsqu'il ouvrit la boîte métallique, il fut tout aussi déçu que la première fois. Elle ne contenait absolument rien.

Dans ce cas également, Johannes Lövgren était le seul à avoir accès à son coffre. Il en avait fait l'acquisition en 1962.

– Quand y est-il venu pour la dernière fois? demanda Kurt Wallander.

La réponse le fit sursauter.

– Le 4 janvier, répondit l'employé après avoir consulté la fiche. A treize heures quinze pour être précis. Il est resté vingt minutes.

Kurt Wallander interrogea tout le personnel de la banque, mais personne ne fut en mesure de lui dire si Johannes Lövgren avait quelque chose avec lui quand il avait quitté les lieux. Personne ne se souvenait de sa serviette non plus.

Dans toutes les succursales de banque il faudrait une personne comme celle de la Föreningsbanken, se dit-il.

Une fois dehors, il affronta la tempête pour gagner, par les petites rues, une cafétéria où il prit une tasse de café accompagnée d'un petit pain à la cannelle.

J'aimerais bien savoir ce que Johannes Lövgren a fait entre midi et une heure et quart, se dit-il. Qu'est-ce qu'il a bien pu faire entre sa première et sa seconde visite à la banque? Comment est-il venu à Ystad? Et comment en est-il reparti? Puisqu'il n'avait pas de voiture.

Il sortit son bloc-notes et écarta quelques miettes du revers de la main, sur la table. Au bout d'une demi-heure il avait dressé un tableau complet des questions auxquelles il fallait, d'urgence, obtenir une réponse.

En regagnant sa voiture, il entra au passage dans un magasin d'habillement et acheta une paire de chaussettes. Il eut un choc quand on lui en annonça le prix, mais il l'acquitta sans sourciller. Jusque-là, c'était Mona qui achetait ses vêtements. Il chercha dans sa mémoire la dernière fois où il avait acheté lui-même une paire de chaussettes.

Quand il arriva à sa voiture, un papillon de contravention était glissé sous l'un des essuie-glaces.

Si je ne la paie pas, je serai traîné en justice, pensa-t-il. Et le procureur Anette Brolin sera obligée de venir au tribunal me rappeler à mes devoirs.

Il jeta le papillon dans la boîte à gants et se dit de nouveau qu'elle était très belle. Belle et séduisante. Puis il pensa au petit pain qu'il venait de manger.

Thomas Näslund ne se manifesta pas au téléphone avant trois heures de l'après-midi. Kurt Wallander avait déjà pris la décision de reporter au lendemain le voyage à Kristianstad.

– Je suis trempé, dit Näslund au téléphone. Ça fait des kilomètres que je marche dans la boue.

– Tire-lui les vers du nez, répondit Kurt Wallander. Ne lui fais pas grâce. Il faut absolument qu'on sache tout ce dont il a connaissance.

– Est-ce qu'il faut que je l'amène? demanda Näslund.

– Raccompagne-le chez lui. Il aura peut-être plus de facilité à parler s'il est assis à sa table de cuisine.

La conférence de presse débuta à quatre heures. Kurt Wallander chercha Rydberg, mais personne ne savait où il était passé.

La salle était comble. Kurt Wallander nota la présence de la jeune femme de la radio locale et prit très vite la décision de s'informer de ce qu'elle savait sur Linda, au juste.

A ce moment, il ressentit une douleur au ventre.

Je ne me laisse pas assez aller, se dit-il. Et tout ce que je n'ai pas le temps de faire. Je suis à la poursuite des meurtriers de gens qui sont morts et je n'ai pas le temps de me consacrer aux vivants.

L'espace d'une brève seconde, il n'eut plus conscience que d'un seul désir.

Partir. Prendre la fuite. Disparaître. Commencer une autre vie

Puis il monta sur la petite estrade et souhaita la bienvenue à tous ceux qui s'étaient donné la peine de venir assister à cette conférence de presse.

Au bout de cinquante-sept minutes, ce fut terminé. Kurt Wallander eut l'impression d'avoir assez bien réussi à démentir toutes les informations selon lesquelles la police recherchait des ressortissants étrangers, dans le cadre de l'enquête sur le double meurtre de Lenarp. On ne lui avait pas posé de questions le mettant vraiment dans l'embarras. Il était donc assez content de lui en descendant de l'estrade.

La jeune fille de la radio locale voulut bien attendre que la télévision ait fini de l'interviewer. Comme toujours quand on braquait sur lui une caméra, il perdit un peu contenance et les mots se bousculèrent dans sa bouche. Mais le reporter se déclara satisfait et ne demanda pas à refaire la prise.

— Vous devriez mieux choisir vos informateurs, dit Kurt Wallander quand tout fut terminé.

— Peut-être, répondit le reporter avec un sourire.

Une fois l'équipe de la télévision partie, Kurt Wallander proposa à la jeune fille de la radio locale de l'accompagner dans son bureau.

Le micro de la radio l'impressionnait moins que la caméra de télévision.

L'interview terminée, elle éteignit son magnétophone. Kurt Wallander allait se mettre à lui parler de Linda lorsque Rydberg frappa à la porte et entra.

— On a fini tout de suite, dit Kurt Wallander.

— On a déjà fini, dit la jeune fille en se levant.

Kurt Wallander la regarda partir d'un air penaud. Il n'avait pas eu le temps de lui dire un seul mot au sujet de Linda.

— Ça ne s'arrange pas, dit Rydberg. On vient de nous appeler de l'accueil des réfugiés, en ville, pour

143

nous dire qu'une voiture avait pénétré dans la cour et qu'on avait jeté un sac de betteraves pourries à la tête d'un vieux Libanais.

— Merde alors, dit Kurt Wallander. Raconte un peu.

— Il est maintenant à l'hôpital pour se faire soigner. Mais le directeur est inquiet.

— Est-ce qu'on a pu relever le numéro de la voiture?

— Non, ça s'est passé trop vite.

Kurt Wallander réfléchit un instant.

— Pour le moment, on ne bouge pas. Demain, il devrait y avoir des démentis très énergiques, dans toute la presse, à propos de cette histoire d'étrangers. Et dès ce soir à la télévision. On peut espérer que les esprits se calmeront un peu, après ça. Mais on peut toujours demander à la patrouille de nuit de surveiller discrètement le camp de réfugiés.

— Je vais passer la consigne, dit Rydberg.

— Ensuite, reviens ici pour qu'on fasse le point, dit Kurt Wallander.

Il était huit heures et demie lorsque Kurt Wallander et Rydberg se préparèrent à se quitter.

— Qu'est-ce que tu en penses? demanda Kurt Wallander lorsqu'ils rangèrent leurs papiers.

Rydberg se gratta le front.

— Bien sûr que ce que nous a confié Herdin est précieux, dit-il. Mais encore faut-il mettre la main sur cette femme cachée et sur cet enfant. Il est certain que ça a beaucoup fait progresser les choses et que la solution n'est sans doute plus très loin, maintenant. Tellement près de nous qu'on a du mal à la voir. Mais, en même temps...

Il s'interrompit au milieu de sa phrase

— En même temps?

– Je ne sais pas, poursuivit-il. Il y a quelque chose de curieux dans tout ça. En particulier en ce qui concerne ce nœud coulant. Je ne saurais pas dire quoi exactement.

Il haussa les épaules et se leva.

– On continue demain matin, dit-il.

– Est-ce que tu te rappelles avoir vu chez Lövgren une vieille serviette de couleur brune? demanda Kurt Wallander.

Rydberg secoua la tête.

– Pas que je me souvienne, dit-il. Mais les placards étaient pleins de vieilles saletés. Je me demande bien pourquoi les vieilles personnes se transforment en écureuils.

– Envoie quelqu'un là-bas, demain matin, chercher une vieille serviette brune. La poignée est abîmée.

Rydberg partit. Kurt Wallander vit que sa jambe lui faisait mal. Il se dit alors qu'il fallait qu'il demande à Ebba si elle avait pu toucher Sten Widén. Mais il laissa la chose en plan pour le moment. Au lieu de cela, il chercha l'adresse personnelle d'Anette Brolin dans un répertoire administratif. A sa grande surprise, il découvrit qu'ils étaient presque voisins.

Je pourrais l'inviter à dîner, se dit-il.

C'est alors qu'il se rappela l'alliance qu'elle portait.

Il rentra chez lui dans la tempête et prit un bain. Puis il s'étendit sur son lit, par-dessus les draps, et se mit à feuilleter un livre sur la vie de Giuseppe Verdi.

Le froid le réveilla en sursaut, quelques heures plus tard.

Sa montre-bracelet indiquait minuit moins quelques minutes.

Il était furieux de s'être réveillé. Maintenant il n'allait pas pouvoir se rendormir.

Poussé par ce sentiment de découragement, il s'habilla, se disant qu'il pouvait aussi bien aller terminer la nuit dans son bureau.

En sortant dans la rue, il remarqua que le vent avait faibli. Il faisait déjà un peu plus froid.

La neige, se dit-il. Elle ne va plus tarder.

Il tourna dans Österleden. Un taxi solitaire se dirigeait en sens inverse. Il traversa lentement la ville déserte.

Soudain, il décida de passer devant le camp de réfugiés situé à l'entrée ouest de la ville.

Celui-ci était constitué d'une certain nombre de baraquements alignés les uns à côté des autres, au milieu d'un champ. De gros projecteurs illuminaient ces sortes de boîtes peintes en vert.

Il rangea sa voiture sur le parking et en descendit. Non loin de là, il entendait le ressac de la mer.

Il observa l'ensemble du camp.

Il aurait suffi de l'entourer d'une clôture de fil de fer barbelé et il aurait fait un magnifique camp de prisonniers, se dit-il.

Il allait remonter en voiture quand il entendit un léger cliquetis.

Juste après retentit une petite explosion.

Puis de grandes flammes commencèrent à s'élever de l'un des baraquements.

VII

Il aurait été incapable de dire combien de temps il
était resté paralysé par ces flammes qui s'élevaient
dans la nuit d'hiver. Peut-être quelques minutes,
peut-être quelques secondes seulement. Mais
lorsqu'il parvint à secouer sa torpeur, il eut la présence d'esprit de se précipiter sur son téléphone de
bord pour donner l'alerte.

La liaison était très mauvaise, mais il entendit
tout de même une voix d'homme lui répondre.

— Le camp de réfugiés d'Ystad est en train de
brûler, s'écria Kurt Wallander. Il faut faire donner
tous les moyens de lutte contre l'incendie! Le vent
est très violent.

— Qui est à l'appareil? demanda l'homme de permanence.

— Kurt Wallander, de la police d'Ystad. Je passais par hasard à côté quand le feu s'est déclaré.

— Quel numéro matricule? demanda la voix, sans
se laisser démonter.

— Merde alors! 47 11 21! Faites vite!

Il raccrocha, afin de s'éviter d'autres questions du
même genre. Il savait en outre que ce service chargé
de centraliser les appels d'urgence était parfaite-

ment en mesure d'identifier les policiers en service dans le secteur.

Puis il traversa la route en courant, en direction du baraquement en train de brûler. Le vent attisait le bûcher. Il eut le temps de se demander ce qui se serait passé si cet incendie s'était déclaré la veille au soir, au plus fort de la tempête. Mais les flammes étaient déjà en train de se communiquer au baraquement voisin.

Pourquoi personne ne donne-t-il l'alerte? se demanda-t-il. En fait, il ne savait même pas si tous les bâtiments de ce camp étaient habités. Quand il alla cogner à la porte de celui qui n'était encore qu'effleuré par les flammes, il sentit sur son visage la chaleur de l'incendie.

Le baraquement où le feu avait pris n'était maintenant plus qu'un brasier. Il tenta de s'approcher de la porte, mais les flammes le repoussèrent. Il fit rapidement le tour du bâtiment. De l'autre côté se trouvait une seule fenêtre. Il frappa au carreau et tenta de regarder à l'intérieur, mais la fumée était si épaisse qu'il ne vit rien d'autre qu'une sorte de brume blanche. Il chercha des yeux un objet avec lequel frapper, mais ne trouva rien. Il ôta alors sa veste, en entoura l'un de ses avant-bras et donna un grand coup de poing dans le carreau. Il retint son souffle pour éviter d'inhaler de la fumée, tout en cherchant à tâtons la poignée de la crémone. A deux reprises il dut reculer pour reprendre sa respiration, avant de parvenir à ouvrir la fenêtre.

– Sortez! cria-t-il dans le brasier. Sortez vite!

A l'intérieur, il distingua deux rangées de lits superposés. Il se hissa sur le rebord de la fenêtre et sentit des éclats de verre lui pénétrer dans la cuisse. Les couchettes du haut étaient vides. Mais sur l'une de celles du bas il vit une forme humaine.

Il cria de nouveau, mais n'obtint pas de réponse. Il sauta alors à l'intérieur par la fenêtre et se cogna la tête à une table en se recevant sur le sol. La fumée commençait déjà à l'étouffer, tandis qu'il avançait à tâtons vers la couchette. Il crut d'abord que ce qu'il touchait était un corps sans vie. Mais il comprit très vite que ce qu'il avait pris pour un être humain n'était en fait qu'un matelas roulé sur lui-même. Au même instant, sa veste prit feu et il se jeta dehors la tête la première. Au loin, il entendit un bruit de sirènes et, en s'éloignant d'un pas chancelant du baraquement en feu, il constata qu'autour des autres cela grouillait de personnes à moitié habillées. Le feu s'était maintenant communiqué à deux des autres bâtiments. Il en ouvrit brutalement les portes et vit qu'ils étaient habités. Mais ceux qui dormaient là étaient déjà en sécurité à l'extérieur. Il ressentait une douleur à la tête et une autre à la cuisse et était pris de nausées du fait de toute la fumée qu'il avait inhalée. C'est alors qu'arriva la première voiture de pompiers, suivie de près par l'ambulance. Il vit que c'était Peter Edler, un homme de trente-cinq ans consacrant ses loisirs au cerf-volant, qui était en charge de la lutte contre le feu. Il n'avait entendu dire de lui que du bien, car il n'hésitait jamais sur les mesures à prendre. Il alla le rejoindre d'un pas mal assuré et s'aperçut en même temps qu'il était brûlé à l'un des bras.

— Tu as vraiment l'air mal en point, dit Peter Edler. Je crois qu'on va réussir à éviter que le feu se propage aux autres baraquements.

Les pompiers étaient déjà en train d'arroser ceux qui se trouvaient le plus près. Kurt Wallander entendit Peter Edler demander un engin en mesure de tracter ceux qui brûlaient, afin d'isoler ces foyers d'incendie du reste du camp.

La première voiture de police arriva alors, gyrophare allumé, dans un grand bruit de sirène et de pneus. Kurt Wallander vit que c'était Peters et Norén. Il alla les trouver en clopinant.

– Comment ça va? demanda Norén.

– Ça va aller, répondit Kurt Wallander. Mettez des barrages en place et demandez à Edler s'il a besoin d'aide.

Peters le dévisagea.

– Tu as vraiment une sale mine, dit-il. Comment es-tu arrivé ici?

– Je me baladais, répondit Kurt Wallander. Allez, faites ce que je vous ai dit.

L'heure qui suivit fut placée à la fois sous le signe de la pagaille et d'une lutte efficace contre le feu. Le directeur du camp errait en tous sens, complètement déboussolé, et Kurt Wallander dut se fâcher un peu pour obtenir de lui le nombre des réfugiés hébergés dans le camp et ensuite pour qu'il soit procédé au dénombrement des présents. A sa grande surprise, il s'avéra que le service de l'Immigration n'avait pas une idée très précise du nombre de réfugiés se trouvant à Ystad et que les données dont il disposait étaient très difficiles à interpréter. Le directeur du camp ne fut pas non plus d'un grand secours sur ce point. Pendant ce temps, un tracteur éloignait les baraquements en train de brûler et bientôt les pompiers furent maîtres de la situation. Seules quelques personnes durent être évacuées sur l'hôpital en ambulance. La plupart d'entre elles étaient simplement choquées. Mais un petit Libanais s'était également cogné la tête contre une pierre en tombant.

Peter Edler entraîna Kurt Wallander à l'écart.

– Va te faire soigner, dit-il.

Kurt Wallander acquiesça d'un signe de tête. Son

bras le brûlait et lui faisait mal et il sentait que l'une de ses jambes était gluante de sang.

— Je n'ose pas penser à ce qui serait arrivé si tu n'avais pas été là pour donner l'alerte au moment même où le feu a éclaté, dit Peter Edler.

— Comment peut-on être assez bête pour disposer des baraquements aussi près les uns des autres? demanda Kurt Wallander.

Peter Edler secoua la tête.

— Le vieux m'a l'air de commencer à être dépassé par les événements. Mais tu as raison, c'est vrai qu'ils sont beaucoup trop rapprochés.

Kurt Wallander alla trouver Norén qui finissait juste de mettre en place les barrages.

— Je veux voir ce directeur dans mon bureau demain matin, dit-il.

Norén enregistra cet ordre d'un signe de tête.

— Tu as vu quelque chose? demanda-t-il.

— J'ai entendu quelque chose cliqueter. Et puis le baraquement qui explosait. Mais je n'ai vu personne, aucune voiture, rien. Si c'est un incendie criminel, ils ont dû utiliser un détonateur à retardement.

— Tu veux que je te ramène chez toi ou bien à l'hôpital?

— Je n'ai pas besoin d'aide. Mais je m'en vais, maintenant.

Au service des urgences de l'hôpital, il comprit qu'il était nettement plus atteint qu'il ne le pensait. L'un de ses avant-bras portait une grosse trace de brûlure, il avait une plaie à l'aine et à la cuisse causée par des éclats de verre et, au-dessus de l'œil droit, s'étalaient une grosse bosse ainsi que des écorchures assez profondes. En outre, il s'était apparemment mordu la langue sans s'en rendre compte.

Il était près de quatre heures du matin lorsqu'il

quitta l'hôpital. Ses pansements le gênaient un peu et il avait toujours légèrement mal au cœur de toute cette fumée.

Au moment où il sortait de l'hôpital, l'éclair d'un flash se déclencha tout près de son visage. Il reconnut le photographe de l'un des grands journaux du matin de Scanie. Lorsqu'une silhouette sortit de l'obscurité et s'approcha de lui, de toute évidence pour l'interviewer, il agita la main en signe de refus.

Il fut très étonné de sentir qu'il avait sommeil. Il se déshabilla et se glissa sous les couvertures. Il était tout endolori et des flammes dansaient dans sa tête. Pourtant, il s'endormit aussitôt.

A huit heures, il se réveilla avec l'impression que quelqu'un lui assenait de grands coups sur la tête. Une fois les yeux ouverts, il sentit que c'était ses tempes qui battaient. Il avait de nouveau rêvé de cette femme de couleur qui avait déjà hanté ses nuits. Mais, quand il avait tendu la main vers elle, Sten Widén s'était soudain interposé, sa bouteille de whisky à la main, et la femme lui avait tourné le dos et avait suivi Sten à la place.

Il resta allongé sans bouger, essayant de se rendre compte dans quel état il était. Il avait le bras et le cou qui lui brûlaient et la tête qui lui faisait mal. Un instant, il fut tenté de se retourner contre le mur et de se rendormir. Oublier toutes ces enquêtes et ces flammes qui brûlaient dans la nuit.

Il n'eut pas le temps de prendre une décision. Il fut interrompu dans ses pensées par la sonnerie du téléphone.

Je n'ai pas envie de répondre, se dit-il.

Puis il se tira péniblement de son lit et gagna la cuisine en trébuchant.

Une surprise l'attendait.

— Kurt, dit la voix au bout du fil. C'est Mona.

Il fut soudain envahi par un sentiment de joie profonde.

Mona, pensa-t-il. Mon Dieu! Mona! Comme tu m'as manqué.

— Je t'ai vu en photo dans le journal, dit-elle. Comment vas-tu?

Il se souvint alors de ce photographe, devant l'hôpital, au milieu de la nuit. L'éclair de ce flash qui fusait devant lui.

— Bien, dit-il. J'ai seulement un peu mal.

— C'est sûr?

Soudain, sa joie s'évanouit. Le mal le reprenait, cette fois sous la forme de cette violente douleur au ventre.

— Tu t'inquiètes vraiment de ma santé?

— Et pourquoi pas?

— Tu veux dire : pourquoi?

Il entendait la respiration de Mona dans son oreille.

— Je te trouve brave, dit-elle. Je suis fière de toi. Le journal dit que tu as sauvé des vies humaines sans penser à la tienne.

— Je n'ai sauvé personne. Qu'est-ce que c'est que ces bêtises?

— Je voulais m'assurer que tu n'étais pas blessé.

— Qu'est-ce que tu aurais fait, dans ce cas-là?

— Qu'est-ce que j'aurais fait?

— Oui : si j'avais été blessé. Si j'étais mourant? Qu'est-ce que tu aurais fait?

— Pourquoi es-tu en colère?

— Je ne suis pas en colère. Je te pose une simple question. Je veux que tu reviennes. Ici. Vivre avec moi.

— Tu sais bien que ce n'est pas possible. Tout ce que je souhaite, c'est qu'on puisse se parler.

– Mais tu ne donnes jamais de tes nouvelles! Comment est-ce qu'on pourrait se parler, alors?

Il l'entendit soupirer. Cela le rendit furieux. Ou bien lui fit peur.

– Bien sûr qu'on peut se voir, dit-elle. Mais pas chez moi. Ni chez toi.

Il prit soudain une décision. Ce qu'il avait dit n'était pas totalement vrai. Mais pas totalement faux non plus.

– Il y a un certain nombre de choses dont il faudrait qu'on parle, dit-il. Des détails d'ordre pratique. Je peux venir à Malmö, si tu veux.

Elle ne répondit pas immédiatement.

– Pas ce soir, dit-elle. Mais demain, c'est possible.

– Où ça? Tu veux qu'on mange ensemble? Les seuls endroits que je connaisse, c'est le *Savoy* et le buffet de la gare.

– Le *Savoy*, c'est très cher.

– Eh bien, le buffet de la gare, alors. A quelle heure?

– Huit heures.

– J'y serai.

Ils en restèrent là. Il regarda son visage tuméfié dans la glace de l'entrée.

Était-il content? Ou bien inquiet?

Il n'arrivait pas à se déterminer. Soudain, ses pensées étaient devenues très confuses. Au lieu de rencontrer Mona, il se voyait tout à coup au *Savoy* en compagnie d'Anette Brolin. Et celle-ci s'était brusquement changée en négresse, sans pour autant cesser d'occuper les fonctions de procureur à Ystad.

Il s'habilla, négligea de prendre son café et rejoignit sa voiture. Le vent était maintenant totalement tombé. Il faisait de nouveau un peu plus chaud Une légère brume montait de la mer, assez humide.

En arrivant à l'hôtel de police, il fut accueilli par des hochements de tête amicaux et des tapes dans le dos. Ebba, pour sa part, le prit même dans ses bras et lui fit cadeau d'une boîte de confitures de poires. Il en fut à la fois un peu gêné et secrètement flatté.

Il aurait fallu que Björk soit là pour voir ça, se dit-il.

Qu'il soit ici, et non pas en Espagne.

Parce que c'est ce dont il rêve : des policiers qui soient en même temps des héros.

A neuf heures et demie, tout était redevenu normal. Il avait déjà eu le temps de tancer vertement le directeur du camp de réfugiés pour la façon assez négligente dont il tenait le compte des occupants de ses baraquements. Ce dernier, un petit homme tout rond respirant la paresse et le manque de volonté, s'était défendu énergiquement en faisant observer qu'il avait appliqué scrupuleusement les instructions du service de l'Immigration.

— C'est le rôle de la police de garantir la sécurité, dit-il afin d'essayer d'embrouiller les choses.

— Comment pourrait-on garantir quoi que ce soit si vous ne savez même pas le nombre et l'identité de ceux qui logent dans vos foutus baraquements?

En sortant du bureau de Kurt Wallander, le directeur était rouge de colère.

— Je me plaindrai, dit-il. C'est à la police de garantir la sécurité des réfugiés.

— Tu peux te plaindre à qui tu voudras : au roi, au Premier ministre, à la Cour européenne, je m'en fous. Mais, à partir de maintenant, je veux qu'il y ait des listes exactes des personnes résidant dans ce camp, avec leur nom et le baraquement dans lequel elles logent.

Juste avant la réunion qui devait se tenir pour

faire le point de l'enquête, Peter Edler l'appela au téléphone.

— Alors, comment va le héros du jour? demanda-t-il.

— Arrête tes conneries, répondit Kurt Wallander. Avez-vous trouvé quelque chose?

— Ça n'a pas été bien difficile, répondit Peter Edler. Un petit détonateur habilement agencé qui a mis le feu à des chiffons imbibés d'essence.

— Tu es certain?

— Bien sûr que oui! Tu vas avoir tout ça noir sur blanc dans quelques heures.

— Il va falloir qu'on essaie de mener cette enquête-là en plus de celle sur le double meurtre. Mais, s'il arrive encore quelque chose, il faudra absolument que je fasse venir des renforts de Simrishamn ou de Malmö.

— Il y a encore de la police, à Simrishamn? Je croyais qu'on l'avait supprimée.

— Ce sont les pompiers volontaires qui ont été supprimés. En fait, on dit même qu'on va obtenir quelques postes supplémentaires, par ici.

Kurt Wallander ouvrit la réunion en faisant part de ce que Peter Edler venait de lui apprendre. Il s'ensuivit une brève discussion sur le point de savoir qui pouvait être à l'origine de cet attentat. Tout le monde tomba d'accord pour penser qu'il s'agissait probablement là de gamineries plus ou moins bien organisées. Mais la gravité de l'affaire ne fut contestée par personne.

— Il faut absolument qu'on leur mette la main dessus, dit Hanson. C'est aussi important que les meurtriers de Lenarp.

— Ce sont peut-être les mêmes que ceux qui ont jeté le sac de raves à la tête de ce vieux bonhomme? dit Svedberg.

Kurt Wallander crut percevoir un rien de mépris dans sa voix.

— Va l'interroger. Il pourra peut-être nous fournir un signalement.

— Je ne parle pas arabe, dit Svedberg.

— Les interprètes, c'est pas fait pour les chiens! explosa Kurt Wallander. Je veux absolument savoir d'ici ce soir ce qu'il a dit.

Cette fois, la réunion ne s'éternisa pas. L'enquête était maintenant parvenue à un stade critique. Les résultats et les conclusions à tirer n'étaient pas nombreux.

— Pas de réunion cet après-midi, dit Kurt Wallander. Sauf s'il se passait quelque chose de sensationnel. Martinson s'occupera du camp de réfugiés. Svedberg! tu pourras peut-être prendre le relais de Martinson, si ça ne peut pas attendre.

— Je suis sur la piste de la voiture avec laquelle ce chauffeur de camion a failli entrer en collision, dit Martinson. Je te donnerai ce que j'ai.

La réunion terminée, Näslund et Rydberg restèrent dans le bureau de Kurt Wallander.

— Il va falloir commencer à faire des heures supplémentaires, dit Kurt Wallander. Quand est-ce que Björk rentre d'Espagne?

Personne ne le savait.

— Est-ce qu'il est au courant de ce qui s'est passé? demanda Rydberg.

— A ton avis, est-ce que ça l'intéresse? répliqua Kurt Wallander.

Il appela Ebba et elle lui fournit immédiatement la réponse. Elle savait même par quelle compagnie aérienne il revenait.

— Samedi soir, dit-il. Mais, étant donné que j'assure son intérim, j'ordonne qu'on effectue toutes les heures supplémentaires qui seront nécessaires.

Rydberg parla ensuite de la visite qu'il avait rendue à la ferme du meurtre.

– J'ai cherché partout, dit-il. J'ai tout retourné. J'ai même été regarder dans les bottes de foin, à l'écurie. Mais pas de serviette brune.

Kurt Wallander savait que c'était vrai. Rydberg ne lâchait jamais prise avant d'être sûr de son fait.

– Comme ça, on est fixés, dit-il. Une serviette brune contenant vingt-sept mille couronnes a disparu.

– On a tué des gens pour nettement moins que ça, fit observer Rydberg.

Ils restèrent muets un instant, à méditer sur ce que venait de dire Rydberg.

– Pourquoi est-ce que c'est si difficile de mettre la main sur cette voiture? demanda Kurt Wallander en tâtant du bout des doigts la bosse qui ornait son front. J'en ai donné le signalement au cours de la conférence de presse en demandant au conducteur de se mettre en rapport avec nous.

– Patience, dit Rydberg.

– Et les filles des Lövgren, qu'est-ce qu'elles ont dit? Si ça a été mis par écrit, j'en prendrai connaissance dans la voiture en allant à Kristianstad. Au fait, est-ce que l'un ou l'autre d'entre vous pense que l'attentat de cette nuit a quelque chose à voir avec les menaces dont j'ai été l'objet?

Rydberg et Näslund secouèrent tous deux la tête.

– Moi non plus, dit Kurt Wallander. Ce qui veut dire qu'il nous faut prendre des mesures en vue de vendredi ou samedi. Je me suis dit que tu pourrais réfléchir un peu à la question, Rydberg, et me faire des propositions cet après-midi.

Rydberg fit la grimace.

– Ce n'est vraiment pas mon fort.

– Tu es un excellent policier. Tu t'en tireras très bien.

Rydberg le regarda d'un air sceptique.

Puis il se leva et sortit. Sur le pas de la porte, il s'arrêta.

– La fille des Lövgren avec laquelle j'ai parlé, celle qui vit au Canada, est venue avec son mari. Il est dans la police montée. Il m'a demandé pourquoi on ne porte pas d'armes.

– Ça ne tardera peut-être plus beaucoup, maintenant, dit Kurt Wallander.

Il s'apprêtait à interroger Näslund sur le résultat de son entretien avec Herdin, lorsque le téléphone sonna. C'était Ebba qui l'informait qu'elle avait au bout du fil le chef du service de l'Immigration.

Il eut la surprise de constater que c'était une femme. Dans son esprit, les directeurs des grands services de l'État étaient toujours de vieux messieurs compassés et pleins de morgue.

Elle avait une voix agréable. Mais ses propos le firent très vite sortir de ses gonds. Il se modéra, cependant, se disant que c'était peut-être une faute grave, de la part d'un obscur fonctionnaire de police de province – de surcroît détenteur de son autorité par intérim – que de contredire les propos du grand pontife de l'une des administrations du pays.

– Nous sommes très mécontents, dit-elle. La police doit être capable de garantir la sécurité de nos réfugiés.

On croirait entendre cette nouille de directeur, pensa-t-il.

– Nous faisons tout notre possible, répondit-il, en essayant de dissimuler sa colère.

– Apparemment, ce n'est pas suffisant.

– Notre tâche aurait été grandement facilitée si

nous avions pu disposer d'informations actualisées sur le nombre de réfugiés séjournant dans les différents camps.

— Notre service maîtrise parfaitement la situation.

— Ce n'est pas vraiment mon impression.

— Le ministre est très préoccupé.

Kurt Wallander vit immédiatement l'image d'une dame rousse prenant régulièrement la parole à la télévision.

— Je suis tout disposé à entendre ce qu'elle a à me dire, lança Kurt Wallander avec une grimace à l'adresse de Näslund, qui était en train de feuilleter des papiers.

— Il me semble que la police n'affecte pas des effectifs suffisants à la protection des réfugiés.

— A moins que ce ne soient les réfugiés qui arrivent ici en trop grand nombre. Sans que vous sachiez exactement où ils se trouvent, d'ailleurs.

— Que voulez-vous dire?

La voix si aimable s'était soudain considérablement rafraîchie.

Kurt Wallander sentit la colère monter en lui.

— Ce que je veux dire, c'est ceci : l'incendie de cette nuit a donné lieu à une pagaille assez impressionnante. De façon générale, il est bien difficile d'obtenir des directives dépourvues d'ambiguïté de la part du service de l'Immigration. Il nous arrive fréquemment de recevoir de chez vous des arrêtés d'expulsion. Mais, quant à savoir où se trouvent les personnes en question, c'est une autre affaire. Et parfois, il nous faut chercher pendant des semaines pour mettre la main dessus.

Ce n'était là que la vérité. Il avait bien souvent entendu ses collègues de Malmö se lamenter sur l'incapacité du service de l'Immigration à faire face à sa tâche.

– C'est faux, dit la femme. Et je n'ai pas l'intention de perdre un temps précieux à discuter avec vous.

Fin de la conversation.

– Espèce de bonne femme, dit Kurt Wallander en raccrochant avec force.

– Qui était-ce? demanda Näslund.

– Un de ces grands chefs qui ignorent totalement la réalité, répondit Kurt Wallander. Tu veux bien aller chercher un peu de café?

Rydberg apporta le compte rendu des entretiens que Svedberg et lui avaient eu avec les deux filles des Lövgren. Kurt Wallander lui fit part du coup de téléphone qu'il venait de recevoir.

– Le ministre en personne ne va pas tarder à appeler pour nous faire part de ses préoccupations, dit Rydberg en partant d'un rire méchant.

– Dans ce cas, ce sera à toi de répondre, dit Kurt Wallander. Je vais essayer d'être revenu de Kristianstad avant quatre heures.

Quand Näslund apporta les deux tasses de café, il n'avait déjà plus envie d'en boire. Ce qu'il avait hâte de faire, maintenant, c'était de quitter le bâtiment. Ses pansements le gênaient et il avait mal à la tête. Une petite promenade en voiture ne lui ferait pas de mal.

– Tu me feras ton rapport dans la voiture, dit-il à Näslund en repoussant la tasse de café.

Näslund eut l'air bien embarrassé.

– En fait, je ne sais pas vraiment où aller. Lars Herdin en savait aussi peu sur l'identité de cette femme qu'il était bien informé sur les finances de Lövgren.

161

– Mais il savait tout de même bien quelque chose?

– Je l'ai cuisiné de toutes les façons possibles, dit Näslund. Et je crois qu'il disait la vérité en affirmant que tout ce qu'il savait à propos de cette femme, c'était qu'elle existait.

– Comment le savait-il?

– Un jour où il se trouvait à Kristianstad, il les a rencontrés par hasard dans la rue, Lövgren et elle.

– Quand ça?

Näslund feuilleta ses notes.

– Il y a onze ans.

Kurt Wallander but une gorgée de café.

– Ce n'est pas possible, dit-il. Il en sait certainement plus long que ça, beaucoup plus. Comment peut-il être aussi sûr que cet enfant existe? Comment est-il au courant des sommes versées à cette femme? Tu ne l'as pas poussé un peu dans ses retranchements?

– Il affirme que c'est quelqu'un qui l'a informé de ça par écrit.

– Qui ça?

– Il n'a pas voulu me le dire.

Kurt Wallander réfléchit un instant.

– On va tout de même à Kristianstad, dit-il. Nos collègues de là-bas pourront peut-être nous aider. Après ça, j'irai personnellement m'occuper de Lars Herdin.

Ils prirent l'une des voitures de service. Kurt Wallander s'installa sur le siège arrière et laissa Näslund conduire. Une fois qu'ils furent sortis de la ville, il s'avisa que ce dernier allait beaucoup trop vite.

– On ne répond pas à un appel d'urgence, dit-il. Modère-toi un peu. Il faut que je lise des papiers et que je réfléchisse.

Näslund réduisit sa vitesse.

Le paysage était gris et brumeux. Kurt Wallander regarda cette étendue désolée qui défilait de l'autre côté de la vitre. Autant il se sentait chez lui dans le printemps et l'été scaniens, autant il restait étranger au silence maussade de l'automne et de l'hiver.

Il se rejeta en arrière et ferma les yeux. Son corps lui faisait mal et son bras lui brûlait. Il s'aperçut en outre qu'il avait des palpitations.

Les divorcés sont facilement victimes d'attaques cardiaques, pensa-t-il. On mange trop et on grossit, et puis on se ronge de solitude. Ou bien alors on se lance tête baissée dans de nouvelles aventures sentimentales et le cœur finit par lâcher.

La pensée de Mona le rendait furieux et triste à la fois.

Il ouvrit les yeux et regarda de nouveau le paysage scanien.

Puis il lut la transcription des entretiens que la police avait eus avec les deux filles des Lövgren.

Mais elles ne contenaient rien qui puisse leur fournir une piste. Pas d'ennemis, pas de conflits refoulés.

Pas d'argent non plus.

Johannes Lövgren n'avait pas informé ses filles de l'ampleur de ses moyens financiers.

Kurt Wallander essaya de se représenter cet homme. Comment fonctionnait-il? Qu'est-ce qui le motivait? Qu'avait-il pensé faire de tout cet argent, une fois qu'il aurait disparu?

Cette idée le fit sursauter.

Il devait bien y avoir un testament quelque part.

Mais s'il n'était pas dans l'un des coffres qu'il avait à la banque, où pouvait-il bien être? Le défunt aurait-il un troisième coffre?

– Combien de banques y a-t-il à Ystad? demanda-t-il à Näslund.

– Une dizaine, répondit celui-ci.

– Demain, tu iras trouver celles auxquelles nous n'avons pas encore rendu visite. Pour savoir si Johannes Lövgren ne disposerait pas d'autres coffres. Et puis, je voudrais savoir comment il venait en ville et retournait à Lenarp. Les taxis, les autobus, tout.

Näslund enregistra cet ordre d'un signe de tête.

– Il pouvait très bien prendre l'autobus de ramassage scolaire, dit-il.

– Il n'est pas possible que personne ne l'ait vu.

Ils passèrent par Tommelilla. Là, ils coupèrent la grande route de Malmö et continuèrent en direction du nord.

– Comment se présente la maison de Lars Herdin? demanda Kurt Wallander.

– Pas à la dernière mode. Mais propre et bien entretenue. Curieusement, il prépare ses repas dans un four à micro-ondes. Il m'a même offert des petits gâteaux maison. Il a un gros perroquet en cage. Le jardin est bien entretenu et toute la ferme est en bon état. Pas de clôtures abîmées ou ce genre de choses.

– Qu'est-ce qu'il a comme voiture?

– Une Mercedes rouge.

– Une Mercedes?

– Oui. Une Mercedes.

– Je croyais qu'il disait qu'il avait du mal à joindre les deux bouts?

– Sa Mercedes à elle toute seule a dû lui coûter plus de trois cent mille.

Kurt Wallander réfléchit un instant.

– Il faut absolument qu'on en sache un peu plus long sur son compte. Même s'il n'a aucune idée de l'auteur de ces deux meurtres, il est possible qu'il le sache sans s'en rendre compte lui-même.

– Qu'est-ce que ça a à voir avec la Mercedes?

– Rien. Il se trouve seulement que j'ai l'impression que Lars Herdin est plus important pour nous qu'il ne le pense lui-même. Et puis, on peut toujours se demander comment il se fait qu'un cultivateur, de nos jours, ait les moyens de se payer une voiture coûtant trois cent mille couronnes. Peut-être détient-il un reçu sur lequel il est marqué qu'il a acheté un tracteur?

Ils pénétrèrent dans Kristianstad et s'arrêtèrent devant l'hôtel de police juste à l'instant où commençait à tomber une pluie mêlée de neige. Kurt Wallander perçut aussi, dans sa gorge, les signes avant-coureurs d'un rhume.

Merde alors, se dit-il. Je ne peux pas tomber malade à un moment pareil. Je ne veux pas aller voir Mona avec de la fièvre et le nez qui coule.

La police d'Ystad et celle de Kristianstad n'entretenaient pas des relations particulièrement étroites et ne collaboraient que lorsque la situation l'exigeait absolument. Mais Kurt Wallander connaissait certains des membres de cette dernière d'un peu plus près, après les mesures de réorganisation qui venaient d'être prises au niveau départemental. Il espérait en particulier que Göran Boman serait de service. Celui-ci était du même âge que lui et ils avaient fait connaissance autour d'un verre de whisky, un soir, à Tylösand. Ils venaient de subir une journée d'étude fort éprouvante organisée par la formation permanente de la police nationale. Il s'agissait en l'occurrence des moyens de mettre en œuvre une meilleure politique du personnel sur leurs lieux de travail respectifs. Le soir, ils avaient partagé une demi-bouteille de whisky et n'avaient pas tardé à se rendre compte qu'ils avaient beaucoup de choses en commun. En tout premier lieu l'hostilité affichée du père de chacun d'eux, lorsqu'ils lui avaient fait part de leur intention d'entrer dans la police.

Wallander et Näslund pénétrèrent dans la réception. La jeune fille du standard, qui, très curieusement, parlait avec un accent du Nord très chantant, les informa que Boman était bel et bien de service.

– Il procède à un interrogatoire, dit-elle. Mais il n'en a certainement plus pour longtemps.

Kurt Wallander en profita pour faire un tour aux toilettes. Il eut un choc en voyant l'image de lui-même que lui renvoyait la glace. Ses écorchures et ses bosses étaient maintenant d'un rouge vif. Il se rinça le visage à l'eau froide. A ce moment, il entendit la voix de Göran Boman dans le couloir.

Les retrouvailles furent cordiales. Kurt Wallander comprit qu'il était plus qu'heureux de revoir son collègue. Ils allèrent chercher une tasse de café et s'installèrent dans le bureau de Boman. Wallander constata alors qu'il était meublé exactement comme le sien, mais de façon plus agréable. Un peu comme Anette Brolin avait métamorphosé le lugubre local qu'elle tenait de son prédécesseur.

Göran Boman était naturellement au courant du double meurtre de Lenarp, de même que de l'attaque du camp de réfugiés et des exploits, quelque peu amplifiés par la rumeur, de Kurt Wallander à cette occasion. Ils s'entretinrent un moment des réfugiés. Göran Boman partageait l'avis de Kurt Wallander quant à la très mauvaise organisation de l'accueil des demandeurs d'asile. La police de Kristianstad avait, elle aussi, dû faire face à de nombreuses décisions d'expulsion qui n'avaient pu être appliquées qu'avec beaucoup de peine. Pas plus tard que juste avant Noël, on les avait avisés que plusieurs citoyens bulgares allaient devoir être reconduits à la frontière. D'après le service de l'Immigration, ils se trouvaient dans un camp à Kristianstad. Mais ce n'est qu'au bout de quelques jours de recherches qu'on avait réussi à les localiser à... Arjeplog, à l'autre extrémité du pays.

Puis ils en vinrent à l'objet précis de cette visite. Wallander fit à son collègue un compte rendu détaillé de l'affaire.

– Et tu aimerais donc qu'on mette la main sur cette femme, dit Göran Boman lorsqu'il eut terminé.

– Tu m'as parfaitement compris.

Näslund était, jusque-là. resté totalement silencieux.

– J'ai pensé à une chose, dit-il alors. Si Johannes Lövgren a bien eu un enfant de cette femme et en supposant qu'il soit né ici, on devrait en trouver trace dans les registres d'état civil Normalement, Lövgren doit bien être mentionné comme étant son père.

Kurt Wallander hocha la tête.

– En effet, dit-il. De plus, on sait à peu près quand l'enfant est né. Il est possible de concentrer les recherches sur une période de dix ans, en gros de 1947 à 1957, à en croire ce que dit Lars Herdin. Et je pense qu'il est dans le vrai.

– Combien d'enfants naissent à Kristianstad en l'espace de dix ans? demanda Göran Boman. Ça nous aurait demandé un temps fou, avant l'ère de l'informatique.

– Naturellement, il est toujours possible que cet enfant soit déclaré comme étant « de père inconnu », dit alors Kurt Wallander. Mais, dans ce cas-là, il faudra examiner de plus près toutes les naissances portant cette mention.

— Pourquoi ne lances-tu pas un avis de recherches et ne demandes-tu pas à cette femme de se faire connaître? demanda Göran Boman.

— Parce que je suis convaincu qu'elle ne le ferait pas, répondit Kurt Wallander. J'en ai le sentiment. Ce n'est peut-être pas une façon de travailler qui soit très recommandable, dans notre métier. Mais je préfère essayer comme ça d'abord.

— On va la retrouver, dit Göran Boman. Nous vivons à une époque et dans une société où il est presque impossible de disparaître. A moins de se suicider de façon ingénieuse, en éliminant toute trace du cadavre. On a eu un cas de ce genre, l'été dernier. Tout du moins, je pense que c'est ce qui s'est passé. Un homme qui était fatigué de tout. Sa femme nous a alertés après la disparition de son bateau. On ne l'a toujours pas retrouvé et je ne crois pas qu'on le reverra jamais. Je pense qu'il est parti en mer et qu'il a sabordé son bateau et a coulé avec. Mais, si la femme et l'enfant dont tu parles existent vraiment, on les retrouvera. Je mets tout de suite quelqu'un au travail.

Kurt Wallander ressentit une brûlure à la gorge.

Et, aussitôt après, il se rendit compte qu'il commençait à transpirer.

Il aurait bien voulu rester là, au calme, à parler posément de ce double meurtre avec Göran Boman. Il avait l'impression que celui-ci était un bon policier. La sûreté de son jugement lui serait précieuse. Mais il se sentait tout à coup trop fatigué.

Ils mirent fin à leur entretien et Göran Boman les raccompagna jusqu'à leur voiture.

— On la trouvera, répéta-t-il.

— Et après ça, il faut qu'on se voie, un soir. Tranquillement. Autour d'un verre de whisky.

Göran Boman accepta d'un signe de tête.

– On aura peut-être la chance d'avoir une autre de ces journées d'étude complètement stupides, dit-il.

Le temps n'avait pas changé et il tombait toujours un mélange de pluie et de neige. Kurt Wallander sentit l'humidité transpercer la semelle de ses chaussures. Il se glissa sur le siège arrière et se cala dans un coin. Il ne tarda pas à s'endormir.

Il ne se réveilla que lorsque Näslund freina devant l'hôtel de police d'Ystad. Il se sentait fiévreux et vraiment pas dans son assiette. Il continuait à neiger et il demanda à Ebba si elle n'aurait pas des comprimés contre le mal de tête. Il voyait bien qu'il ferait mieux de rentrer se coucher, mais il tenait absolument, auparavant, à savoir ce qui s'était passé au cours de la journée. Et puis il voulait également savoir ce que Rydberg avait trouvé en ce qui concernait la surveillance des camps de réfugiés. Son bureau était couvert de petits papiers portant des messages téléphoniques. Parmi les personnes qui avaient appelé se trouvait Anette Brolin. Ainsi que son père. Mais pas Linda. Ni Sten Widén. Il jeta un coup d'œil sur ces papiers et les mit tous de côté, sauf ceux d'Anette Brolin et de son père. Puis il appela Martinson.

– Bingo! s'exclama aussitôt celui-ci. Je crois qu'on a trouvé la voiture. Une bagnole correspondant à la description a été louée, la semaine dernière, à l'agence Avis de Göteborg. Et elle n'a pas été rendue. Il y a simplement une chose qui m'étonne.

– Laquelle?

– Elle a été louée par une femme.

Qu'est-ce qu'il y a d'étrange à ça?

— Il me semble difficile de penser que c'est une femme qui a commis ce double meurtre.

— Qu'est-ce que tu en sais? Il faut mettre la main sur cette voiture. Et sur son conducteur. Quel que soit son sexe. Ensuite, on verra bien s'ils ont quoi que ce soit à voir avec cette affaire. Être en mesure d'éliminer un suspect est aussi important que de voir confirmer des soupçons. Mais donne le numéro de cette voiture au chauffeur de camion et demande-lui si ça ne lui rappelle pas quelque chose.

Il mit fin à l'entretien et alla retrouver Rydberg.

— Alors? demanda-t-il.

— Ce n'est pas marrant, ce que tu m'as demandé, répondit Rydberg d'un ton lugubre.

— Qui a dit que le travail de la police était fait pour être drôle?

Mais, comme Kurt Wallander s'en doutait bien, Rydberg avait bien travaillé. Il avait établi la liste des différents camps et rédigé un bref mémento à propos de chacun d'entre eux. Pour l'instant, il suggérait que les patrouilles de nuit en fassent le tour, suivant un itinéraire assez ingénieux qu'il avait établi.

— Parfait, dit Kurt Wallander. Veille seulement à ce que ces patrouilles comprennent bien tout le sérieux de la situation.

En retour, il fit à Rydberg un compte rendu du résultat de leur voyage à Kristianstad. Puis il se leva.

— Maintenant, je rentre chez moi, dit-il.

— Tu as l'air plutôt mal fichu.

— J'ai attrapé un rhume. Mais je pense que tout doit pouvoir aller tout seul, maintenant.

Il rentra directement chez lui, se fit chauffer du thé et se fourra au lit. Quand il se réveilla, au bout de quelques heures, sa tasse de thé était toujours sur sa table de chevet, intacte. Il était sept heures moins le quart. Ce petit somme lui avait fait du bien. Il jeta ce thé imbuvable et se fit du café à la place. Puis il appela son père.

Il comprit aussitôt que celui-ci n'avait pas entendu parler de l'incendie de la nuit.

— Est-ce qu'on ne devait pas jouer aux cartes? demanda son père, non sans vivacité.

— Je ne suis pas en forme, dit Kurt Wallander.

— Tu n'es jamais malade.

— Je suis enrhumé.

— Je n'appelle pas ça être malade.

— Tout le monde ne peut pas avoir une santé de fer comme toi.

— Qu'est-ce que tu veux dire par là?

Kurt Wallander poussa un soupir.

S'il ne trouvait pas très vite quelque chose, cette conversation allait devenir insupportable.

— Je viendrai te voir demain matin, dit-il. Juste après huit heures. Si tu es levé.

— Je ne dors jamais après quatre heures et demie.

— Mais moi si.

Il mit fin à la communication et raccrocha.

En même temps, il regretta la promesse qu'il venait de faire à son père. Commencer la journée en allant le voir chez lui, c'était hypothéquer lourdement celle-ci sur le plan de l'ardeur au travail et du sentiment de culpabilité.

Il regarda tout autour de lui dans l'appartement. Partout, il y avait une épaisse couche de poussière. Bien qu'il aérât régulièrement, cela sentait le renfermé. La solitude et le renfermé.

Soudain, il se mit à penser à cette femme de couleur dont il ne cessait de rêver, ces derniers temps. Cette femme qui venait gentiment le retrouver, nuit après nuit. D'où venait-elle? Où l'avait-il vue? En photo dans un journal ou bien à la télévision, fugitivement?

Il se demanda comment il pouvait se faire qu'il connaisse, en rêve, une tout autre passion sexuelle que celle qu'il avait éprouvée envers Mona?

Ces pensées l'excitèrent quelque peu. Il hésita une nouvelle fois à appeler Anette Brolin. Mais il ne parvenait pas à se décider. Furieux, il s'assit sur le canapé à fleurs et alluma la télévision. Il était sept heures moins une. Il mit donc l'une des chaînes danoises, sur laquelle les informations allaient commencer.

Le speaker annonça d'abord brièvement les principales nouvelles. Encore une famine quelque part. En Roumanie, la terreur ne faisait que croître. A Odense, la police venait de saisir une grosse quantité de drogue.

Il prit la commande à distance et éteignit le poste. Il était incapable d'en entendre plus ce jour-là.

Il se mit alors à penser à Mona. Mais ses réflexions prirent un tour inattendu. Soudain, il n'était plus tellement certain de souhaiter qu'elle lui revienne. Qu'est-ce qui lui disait, au juste, que les choses se passeraient mieux qu'avant, entre eux?

Rien. Tout cela n'était qu'illusions dont il se berçait.

Inquiet, il se rendit dans la cuisine pour se verser un verre de jus de fruits. Puis il s'assit et fit pour lui-même le point de l'enquête. Une fois que ce fut fini, il étala toutes ses notes sur la table et les regarda comme s'il s'était agi des pièces d'un puzzle. Soudain, il eut l'impression qu'ils n'étaient pas loin de la solution. Même si bien des fils étaient encore suspendus dans le vide, un certain nombre de détails concordaient.

Il était encore impossible de désigner un coupable. Même pas un ou plusieurs suspects. Pourtant, il avait le sentiment que la police n'était plus loin du but. Cela le satisfaisait et l'inquiétait tout à la fois. Il lui était arrivé bien trop souvent d'avoir la responsabilité d'enquêtes criminelles délicates qui commençaient bien mais aboutissaient ensuite dans des culs-de-sac dont elles ne parvenaient plus jamais à sortir et, dans le pire des cas, finissaient par être abandonnées.

Patience, se dit-il. Patience...

Il était bientôt neuf heures. Une fois de plus, il eut envie d'appeler Anette Brolin. Mais il s'abstint. Il ne savait pas vraiment quoi lui dire. Et puis il risquait de tomber sur son mari.

Il s'assit sur le canapé et mit de nouveau la télévision.

A son immense étonnement, il se trouva face à face avec son propre visage. En fond sonore, on entendait une voix féminine très monocorde. D'après ce reportage, la police d'Ystad et Kurt Wallander lui-même mettaient bien peu d'empressement à assurer la sécurité des différents camps de réfugiés de la région.

Sa photo disparut de l'écran et laissa la place au visage de la femme que l'on interviewait devant un grand immeuble. Lorsque son nom apparut en incrustation, il comprit qu'il aurait dû la reconnaître plus tôt. C'était le chef du service de l'Immigration, la femme avec laquelle il s'était entretenu au téléphone dans le courant de la journée.

Ce manque d'intérêt de la part de la police ne laissait-il pas soupçonner des arrière-pensées racistes, expliquait-elle.

Son sang ne fit qu'un tour.

C'est faux – espèce de sale bonne femme, pensa-t-il. Pourquoi est-ce qu'ils ne m'ont rien demandé, avant de passer ce reportage, bon sang? J'aurais pu leur montrer le plan de surveillance qu'a établi Rydberg.

Racistes, eux? Qu'est-ce qu'elle voulait dire? Le sentiment de honte qu'il éprouvait à l'idée d'avoir été injustement montré du doigt se mêlait à un autre, celui de la révolte.

C'est alors que le téléphone sonna. Tout d'abord, il fut tenté de ne pas répondre. Puis il se rendit dans l'entrée et décrocha assez brutalement.

La voix était la même que la fois précédente. Un peu rauque et de toute évidence déguisée. Kurt Wallander eut l'impression que son correspondant avait posé un mouchoir sur le micro.

– Nous attendons des résultats, dit la voix.

– Va te faire foutre! explosa Kurt Wallander.

– Au plus tard samedi, poursuivit la voix.

– C'est vous qui avez mis le feu cette nuit, espèces de salauds? cria-t-il dans le combiné.

– Au plus tard samedi, répéta la voix sans se démonter. Au plus tard samedi.

La communication fut coupée.

Tout à coup, Kurt Wallander se sentit mal à l'aise. Il ne pouvait se défaire d'un sombre pressentiment. On aurait dit une douleur qui se répandait lentement à travers tout son corps.

Tu as peur, se dit-il. Tu as peur, Kurt Wallander.

Il retourna dans la cuisine et alla se poster à la fenêtre pour regarder dans la rue.

Soudain, il se rendit compte que le vent avait cessé de souffler. Le réverbère ne bougeait plus.

Il était persuadé que quelque chose allait arriver.

Mais quoi? Et où?

VIII

Le matin, il sortit son plus beau costume.

Il observa d'un œil triste une tache sur l'un des revers.

Ebba, pensa-t-il. C'est quelque chose pour elle. Quand je vais lui dire que j'ai rendez-vous avec Mona, elle va mettre tout son cœur à faire disparaître cette tache. Elle est d'avis que le nombre de divorces fait peser une menace bien plus grave sur notre société que l'accroissement et le durcissement de la criminalité...

A sept heures et quart, il posa son costume sur le siège arrière de sa voiture et partit. Une couche de gros nuages recouvrait la ville.

Il prit lentement la direction de l'est, traversa le bois de Sandskogen, longea le terrain de golf désaffecté et, un peu plus loin, prit la petite route menant à Kåseberga.

Pour la première fois depuis plusieurs jours, il avait le sentiment d'avoir assez dormi : neuf heures sans interruption. Sur son front, sa bosse avait commencé à désenfler et sa brûlure au bras ne lui faisait plus mal.

Il passa méthodiquement en revue le bilan de la

situation qu'il avait dressé la veille au soir. Le plus important, maintenant, était de retrouver la femme cachée de Johannes Lövgren. Et son fils. C'est à l'intérieur des cercles concentriques autour de ces deux personnes que devaient se trouver les auteurs du crime. Il était parfaitement évident que ce double meurtre était lié aux vingt-sept mille couronnes disparues, et peut-être même à la fortune de Johannes Lövgren dans son ensemble.

Quelqu'un qui était bien informé, qui savait, et qui avait pris le temps de donner du foin à la jument avant de quitter les lieux. Quelqu'un – ou plusieurs personnes – qui était bien au courant des habitudes de Johannes Lövgren.

La voiture louée à Göteborg ne cadrait pas avec le reste. Mais elle n'avait peut-être rien à voir avec cette affaire.

Il regarda sa montre. Huit heures moins vingt. Jeudi 11 janvier.

Au lieu de se rendre tout droit chez son père, il suivit la nationale sur quelques kilomètres de plus et prit la petite route en terre battue zigzaguant entre les collines, le long de la côte, en direction de Backåckra. Il laissa sa voiture sur le parking désert et monta à pied sur la hauteur d'où l'on pouvait découvrir la mer.

Là se trouvait un site mégalithique restauré quelques années auparavant, invitation au calme et à la solitude.

Il s'assit sur une pierre et se mit à contempler la mer.

Il n'avait jamais été très enclin à la philosophie ni particulièrement éprouvé le besoin de rentrer en lui-même, comme on dit. La vie était faite d'une série de questions d'ordre pratique attendant chacune sa solution. Tout ce qui se situait au-delà était inévitable et ce n'était pas le fait d'y chercher un sens qui n'existait pas, de toute façon, qui changerait grand-chose.

Mais s'offrir quelques minutes de solitude était tout différent. Le fait de ne plus penser du tout apportait un profond sentiment de paix. Se contenter d'écouter, de voir, rester immobile.

Un bateau se dirigeait vers une destination quelconque. Un gros oiseau de mer planait sans bruit sur les vents ascendants. Tout était parfaitement calme.

Au bout de dix minutes, il se leva et regagna sa voiture.

Quand il franchit le seuil de l'atelier, son père était déjà en train de peindre. Cette fois-ci, il allait y avoir un coq de bruyère, sur la toile.

Son père le regarda d'un œil torve.

Kurt Wallander constata qu'il était sale. En outre, il sentait mauvais.

— Pourquoi viens-tu?

— C'est bien ce qu'on a décidé hier, non?

— A huit heures, oui.

— Enfin quoi, bon sang, ce n'est tout de même pas à dix minutes près?

— Comment peut-on être dans la police, quand on n'est pas capable d'être à l'heure?

Kurt Wallander ne répondit pas. Au lieu de cela, il se mit à penser à Kristina, sa sœur. Il fallait absolument qu'il trouve le temps de l'appeler au téléphone. Pour lui demander si elle était consciente de l'état de plus en plus déplorable de leur père. Il avait toujours pensé que la sénilité était quelque chose qui ne survenait que petit à petit. Il comprenait maintenant à quel point il s'était trompé.

Son père prenait de la peinture sur sa palette avec son pinceau. Ses mains ne tremblaient toujours pas. Puis, avec beaucoup d'application, il posa une touche de rouge pâle sur le plumage du coq de bruyère.

Kurt Wallander s'assit sur le vieux traîneau à courses et l'observa.

L'odeur qui émanait de son corps était forte et désagréable. Elle lui rappelait celle d'un clochard étendu sur un banc qu'il avait vu un jour, dans le métro, à Paris, au cours de leur voyage de noces, à Mona et à lui.

Il faut que je dise quelque chose, pensa-t-il. Même si mon père est en train de retomber en enfance, il faut que je lui parle comme à un adulte.

Le vieil homme se concentrait toujours sur sa peinture.

Combien de fois a-t-il pu peindre ce tableau au cours de son existence? se demanda Kurt Wallander.

Une rapide évaluation de tête lui permit de parvenir au chiffre de sept mille.

Sept mille couchers de soleil.

Il se versa du café à la cafetière qui était en train de fumer sur le réchaud à essence.

— Comment ça va? demanda-t-il.

— Quand on a mon âge, on va comme on peut, répondit son père d'une voix maussade.

— Tu n'as pas envisagé d'aller vivre ailleurs?

— Où est-ce que je pourrais bien aller vivre? Et pourquoi aller ailleurs?

Ces questions le frappèrent au visage comme des coups de fouet.

— Dans une maison de retraite.

178

Son père brandit alors son pinceau dans sa direction comme s'il s'agissait d'une arme.

– Tu veux ma mort?

– Bien sûr que non! Je veux ton bien, au contraire.

– Tu crois que je ferais long feu, parmi tout un tas de vieux bonshommes et de vieilles bonnes femmes? Et puis là-bas, on n'a certainement pas le droit de peindre dans la chambre.

– Maintenant, on a le droit à un appartement indépendant.

– J'ai ma maison indépendante. Je ne sais pas si tu t'en es aperçu. Tu es peut-être trop malade pour ça?

– Je suis simplement un peu enrhumé.

Ce n'est qu'en le disant qu'il s'aperçut que son rhume ne s'était pas déclaré. Il avait disparu aussi rapidement qu'il était venu. Cela lui était déjà arrivé plusieurs fois auparavant. Quand il avait beaucoup à faire, il ne s'accordait pas le luxe d'être malade. Mais, une fois une enquête criminelle terminée, il était fréquent que l'infection se déclenche aussitôt.

– Ce soir, j'ai rendez-vous avec Mona, dit-il.

Il ne servait à rien de continuer à parler de maison de retraite ou même de résidence pour personnes âgées, il s'en rendait bien compte. Il fallait d'abord qu'il parle à sa sœur.

– Tu ferais mieux de l'oublier, puisqu'elle t'a quitté.

– Je n'ai aucune envie de l'oublier.

Son père peignait toujours. Il en était maintenant au rose des nuages. La conversation s'arrêta là.

– Est-ce que tu as besoin de quelque chose? demanda Kurt Wallander

Sans le regarder, son père lui répondit :

– Tu t'en vas déjà ?

Le reproche était à peine voilé. Kurt Wallander comprit que ce serait peine perdue que de tenter d'étouffer ce sentiment de mauvaise conscience qui venait de flamber en lui.

– J'ai du travail, dit-il. J'assure l'intérim du chef de la police et j'ai un double meurtre à tenter d'élucider. Sans compter des pyromanes à retrouver.

Le père pouffa de mépris en se grattant entre les jambes.

– Chef de la police, dit-il. Qu'est-ce que c'est que ça, je vous demande un peu ?

Kurt Wallander se leva.

– Je reviendrai, papa, dit-il. Je t'aiderai à mettre de l'ordre dans tout ce fouillis.

L'éclat de colère de son père le prit tout à fait au dépourvu.

Il jeta son pinceau par terre et alla se planter devant lui en lui brandissant l'un de ses poings au visage.

– Qu'est-ce que tu viens me parler de fouillis ? s'écria-t-il. Pourquoi est-ce que tu viens te mêler de ma vie ? J'ai une femme de ménage et une personne pour tenir la maison. Et puis d'ailleurs, je pars pour Rimini. On m'a proposé d'y exposer mes tableaux. Je demande vingt-cinq mille couronnes pièce. Et tu viens me parler de maison de retraite. Mais tu ne réussiras pas à me faire mourir. Je t'en fiche mon billet !

Kurt Wallander sortit en claquant la porte de l'atelier derrière lui.

Il est fou, se dit-il. Il faut que je mette un terme à tout ça. Il s'imagine peut-être sincèrement qu'il a une femme de ménage et quelqu'un pour tenir sa maison. Et même qu'il va exposer ses tableaux en Italie.

Il hésita un moment à retourner voir son père, qu'il entendait maintenant faire beaucoup de bruit dans la cuisine. On aurait dit qu'il jetait des casseroles à travers la pièce.

Mais il préféra reprendre sa voiture. Le mieux était d'appeler sa sœur. Sans tarder. A eux deux, ils parviendraient peut-être à faire comprendre à leur père que cela ne pouvait pas continuer ainsi.

A dix heures, il réunit le personnel disponible pour faire de nouveau le point. Ceux qui avaient vu le reportage, aux informations de la veille, partageaient son sentiment d'indignation. Après un échange de vues de quelques minutes, on décida de rédiger une mise au point très sèche et de la faire diffuser par l'agence nationale de presse.

– Pourquoi est-ce que le directeur de la police nationale ne réagit pas? demanda Martinson.

Sa question fut accueillie par un rire de mépris.

– Lui! dit Rydberg. Il ne réagit que lorsqu'il a quelque chose à y gagner personnellement. Il se fout pas mal des conditions de travail de la police de province.

Après ce commentaire, on se concentra de nouveau sur le double meurtre.

Il ne s'était rien passé de sensationnel, nécessitant un examen sérieux de leur part. Toute l'équipe en était toujours à la phase préparatoire.

On recueillait les informations et les examinait, on vérifiait et enregistrait les différentes indications fournies par le public.

Tout le monde était d'accord pour penser que la piste de la maîtresse cachée et de l'enfant naturel était la plus vraisemblable. Nul ne doutait non plus que le vol fût bien à l'origine de l'affaire.

Kurt Wallander demanda si le calme avait régné dans les différents camps de réfugiés.

– J'ai pris connaissance du rapport de cette nuit, dit Rydberg. Tout a été calme. Ce qu'on a signalé de pire, c'est un élan en liberté sur la E 14.

– Demain on est vendredi, dit Kurt Wallander. Hier soir, j'ai reçu un nouvel appel anonyme. De la même personne. Elle m'a renouvelé la menace qu'il se passera quelque chose demain, vendredi.

Rydberg proposa d'aviser la police nationale. Celle-ci verrait alors s'il convenait d'affecter des moyens supplémentaires à la surveillance des camps.

– D'accord, dit Kurt Wallander. Autant prendre le maximum de précautions. Dans notre propre secteur, on va mettre sur pied une patrouille de nuit supplémentaire exclusivement chargée des camps de réfugiés.

– Dans ce cas-là, il va falloir que tu donnes ordre de faire des heures supplémentaires, dit Hanson.

– Je sais, dit Kurt Wallander. Je veux Peters et Norén, pour cette nouvelle équipe de nuit. Et puis je veux que quelqu'un appelle les directeurs des différents camps. Sans leur faire peur, mais en leur demandant de faire preuve d'un surcroît de vigilance.

Au bout d'une bonne heure, la réunion fut terminée.

Kurt Wallander était seul dans son bureau et s'apprêtait à rédiger sa réplique à la télévision d'État.

C'est alors que le téléphone sonna.

C'était Göran Boman qui l'appelait de Kristian-stad.

– Je t'ai vu à la télé, hier soir, dit-il en riant.

– C'était un peu gros, hein?

– Oui. Tu n'as pas protesté?

– Je suis justement en train de leur écrire une lettre.

– A quoi est-ce qu'ils pensent, ces journalistes, au juste?

– Certainement pas à ce qui est vrai et à ce qui ne l'est pas. Plutôt à la grosseur du titre de leur papier.

– J'ai de bonnes nouvelles pour toi.

Kurt Wallander se sentit soudain tout excité.

– Tu l'as trouvée?

– Peut-être. Je t'envoie quelques papiers par fax. On croit qu'on a neuf candidates possibles. L'état civil, c'est une bonne invention. Tu devrais regarder un peu ce qu'on a déniché. Et puis après, tu n'auras qu'à me rappeler pour me dire s'il y en a une dont tu veux qu'on s'occupe en priorité.

– Entendu, Göran, dit Kurt Wallander. Je te rappelle.

Le fax se trouvait à la réception. Une jeune intérimaire qu'il n'avait pas encore vue était en train de sortir une feuille de papier du réceptable.

– Qui c'est, Kurt Wallander? demanda-t-elle.

– C'est moi, répondit-il. Où est Ebba?

– Je crois qu'elle est partie chez le teinturier, dit la jeune fille.

Le rouge de la confusion lui monta aux joues. C'était de sa faute, si elle n'était pas à son poste.

Göran Boman avait envoyé quatre pages en tout. Kurt Wallander regagna son bureau et les étala sur sa table. Il parcourut tous ces noms, les uns après les autres, s'attachant particulièrement à leurs dates de naissance ainsi qu'à celles de leurs enfants de père inconnu. Il ne tarda pas à éliminer quatre d'entre eux. Il ne lui resta plus alors que cinq femmes ayant eu des fils pendant les années 50.

Deux d'entre elles habitaient toujours Kristianstad. Une autre était domiciliée à Gladsax, près de Simrishamn. Des deux dernières, l'une vivait maintenant à Strömsund, tout là-haut dans le Nord, et l'autre avait émigré en Australie.

Il sourit en se disant qu'il serait peut-être nécessaire d'envoyer quelqu'un de l'autre côté du globe pour cette enquête.

Puis il appela Göran Boman.

— Bien, dit-il. Ça m'a l'air tout à fait prometteur. Si on est sur la bonne piste, on a le choix entre cinq noms.

— Tu veux que je les convoque pour les interroger?

— Non. Je veux m'en charger moi-même. Ou, plus exactement, je me suis dit qu'on pourrait peut-être le faire ensemble. Si tu as le temps.

— Je le prendrai. On commence aujourd'hui?

Kurt Wallander regarda sa montre.

— Je préfère attendre demain, dit-il. J'essaierai d'être chez toi vers neuf heures. S'il ne se passe rien de grave cette nuit.

Il raconta à Göran Boman les menaces anonymes proférées au téléphone.

— Est-ce que vous avez trouvé ceux qui ont mis le feu, l'autre nuit?

— Pas encore.

— Je vais préparer le terrain pour demain. Vérifier qu'aucune d'entre elles n'a déménagé.

– On pourrait se retrouver à Gladsax, suggéra Kurt Wallander. C'est à mi-chemin.

– A neuf heures à l'hôtel *Svea* de Simrishamn, dit Göran Boman. Ça ne fait jamais de mal de commencer la journée par une tasse de café.

– Entendu. A bientôt. Merci pour ton aide.

Bon sang, se dit Kurt Wallander après avoir reposé le combiné.

Ça commence enfin pour de bon.

Puis il rédigea sa lettre à la télévision. Il n'y mâcha pas ses mots et décida d'en envoyer une copie au service de l'Immigration, au ministre chargé de ce domaine, au responsable de la police à la préfecture et au directeur de la police nationale.

Debout dans le couloir, Rydberg parcourut ce qu'il avait écrit.

– Bien, dit-il. Mais ne crois pas que ça puisse servir à quoi que ce soit. Dans ce pays, les journalistes, surtout ceux de la télévision, n'ont jamais tort.

Il donna la lettre à taper et alla prendre une tasse de café à la cantine. Il n'avait pas encore eu le temps de penser à prendre quelque chose de solide. Il était près d'une heure et il décida de faire le ménage parmi tous les papiers lui signalant que quelqu'un l'avait appelé au téléphone, avant d'aller manger.

La veille au soir, il s'était senti mal à l'aise en recevant cet appel anonyme. Mais il avait maintenant chassé tous ces mauvais pressentiments. S'il arrivait quelque chose, la police était prête à intervenir.

Il composa le numéro de Sten Widén. Mais, au moment où cela commençait à sonner, il reposa brusquement le combiné. Ils avaient bien le temps de s'amuser à chronométrer le temps qu'un cheval mettait à manger son picotin.

Au lieu de cela, il composa le numéro des services du procureur.

La standardiste lui répondit qu'Anette Brolin était dans son bureau.

Il se leva et gagna l'autre extrémité du bâtiment. Au moment où il leva la main pour frapper à la porte, celle-ci s'ouvrit.

— Je sortais déjeuner, dit-elle.

— On y va ensemble? proposa-t-il.

Elle parut hésiter un instant. Puis elle sourit brièvement.

— Pourquoi pas?

Kurt Wallander suggéra le *Continental*. On leur indiqua une table près de la fenêtre donnant sur la gare et ils commandèrent tous deux du saumon.

— Je t'ai vu à la télévision, dit Anette Brolin. Comment peuvent-ils passer des reportages aussi bâclés et aussi tendancieux?

Wallander, qui s'était rapidement préparé à s'entendre critiquer, se détendit.

— Les journalistes considèrent les policiers comme du gibier sur lequel on peut tirer à vue, dit-il. Qu'on en fasse trop ou trop peu, on est critiqués. Et ils ne comprennent pas non plus qu'on est parfois obligés de dissimuler certaines informations pour des raisons qui tiennent au bon déroulement de l'enquête.

Sans réfléchir, il lui parla ensuite de la fuite. Et il lui dit à quel point il avait pris cela mal, lorsqu'il avait constaté que des renseignements confidentiels avaient aussitôt été portés à la connaissance de la télévision.

Il remarqua qu'elle l'écoutait. Soudain, il eut l'impression de découvrir un autre être humain, derrière le procureur et ces vêtements de bon goût.

Une fois leur repas terminé, ils commandèrent du café.

— Ta famille est venue vivre ici également? demanda-t-il.

— Non. Mon mari est resté à Stockholm. Et je n'ai pas voulu que mes enfants changent d'école pour un an.

Kurt Wallander ne put s'empêcher d'être déçu.

Il avait, malgré tout, caressé l'espoir que cette alliance ne signifiait rien de particulier.

Le serveur apporta la note et Kurt Wallander tendit la main pour la prendre.

— On partage, dit-elle.

On vint leur servir un peu de café supplémentaire.

— Parle-moi de cette ville, dit-elle. J'ai regardé certaines des affaires criminelles de ces dernières années. Il y a une grande différence avec Stockholm.

— Elle est de moins en moins grande, dit-il. Bientôt, toute la campagne suédoise ne sera plus qu'un simple faubourg des villes principales. Il y a vingt ans, par exemple, on n'avait pas de drogue ici. Il y a dix ans, on en trouvait dans des villes comme Ystad ou Simrishamn. Mais la police contrôlait encore à peu près la situation. Aujourd'hui, il y a de la drogue partout. Quand je passe devant un beau manoir à l'ancienne, il m'arrive de penser qu'il dissimule peut-être un grand laboratoire d'amphétamines.

— Les actes de violence sont plus rares, dit-elle. Et pas tout à fait aussi graves.

– Malheureusement, il n'y en a plus pour long-temps, dit-il. Il n'y aura bientôt plus de différence entre les grandes villes et la campagne. A Malmö, la délinquance organisée est déjà loin d'être négligeable. Tous ces ferries et l'absence de contrôles dignes de ce nom aux frontières font office de morceaux de sucre attirant la racaille. On a un inspecteur qui est venu de Stockholm il y a quelques années. Il s'appelle Svedberg. Il a demandé sa mutation parce qu'il ne tenait plus le coup là-haut. Mais, voici quelques jours, il m'a dit qu'il se demandait s'il n'allait pas y retourner.

– Pourtant, ça respire le calme ici, dit-elle, pensive. On ne peut plus en dire autant de Stockholm.

Ils sortirent du restaurant. Kurt Wallander avait laissé sa voiture dans Stickgatan, tout près de là.

– Tu as le droit de stationner ici? demanda-t-elle.

– Non, répondit-il. Si j'ai une contravention, je la paie, en général. Mais je commence à me demander si je ne devrais pas plutôt m'exposer aux foudres de notre procureur.

Ils rentrèrent à l'hôtel de police en voiture.

– J'avais l'intention de t'inviter à dîner, un de ces soirs, dit-il. Je pourrais te montrer le coin.

– Avec plaisir, dit-elle.

– Tu rentres souvent chez toi?

– Une semaine sur deux.

– Et ton mari? Les enfants?

– Il vient quand il a le temps. Et les enfants quand ils en ont envie.

Je t'aime, se dit Kurt Wallander.

Ce soir, j'ai rendez-vous avec Mona et je vais lui dire que j'aime une autre femme.

Ils prirent congé à la réception de l'hôtel de police.

– Je viendrai te faire un rapport lundi, dit Kurt Wallander. On commence à avoir pas mal d'indices.

– Est-ce que tu envisages de procéder à des arrestations?

– Non, pas encore. Mais les recherches auxquelles on a fait procéder à la banque ont donné pas mal de résultats.

Elle hocha la tête.

– De préférence avant dix heures, lundi. Le reste de la journée, je suis prise par des incarcérations et au tribunal.

Ils se mirent d'accord pour neuf heures.

Kurt Wallander la regarda s'éloigner dans le couloir.

En rentrant dans son bureau, il se sentait étrangement émoustillé.

Anette Brolin, se dit-il. Ne dit-on pas que tout est possible en ce bas monde?

Il consacra le reste de la journée à la lecture de différents procès-verbaux d'interrogatoires auxquels il avait simplement eu, jusque-là, le temps de jeter un coup d'œil. Le rapport d'autopsie définitif était également arrivé. Il eut un nouveau haut-le-corps devant le déchaînement de violence dont avaient été victimes les deux vieillards. Il lut le compte rendu de l'audition de leurs deux filles ainsi que des résultats du porte-à-porte à Lenarp.

Tout concordait et se recoupait.

Personne ne se doutait que Johannes Lövgren était un homme beaucoup plus complexe qu'il ne le paraissait. Ce simple cultivateur possédait une double nature bien dissimulée.

Une fois, pendant la guerre, à l'automne 1943, il avait été traîné devant le tribunal pour une affaire de voies de fait. Mais il avait été acquitté. Quelqu'un était allé rechercher les minutes de l'enquête et il en prit attentivement connaissance. Mais il n'eut pas l'impression de pouvoir trouver là un motif vraisemblable de vengeance. C'était plutôt une banale histoire de différend ayant tourné à la bagarre, dans la salle commune d'Erikslund.

A trois heures et demie, Ebba vint lui apporter son costume tout propre.

– Tu es un ange, dit-il.

– J'espère que tu vas passer une soirée vraiment agréable, lui répondit-elle avec un sourire.

Kurt Wallander en eut un instant le souffle coupé. Elle parlait sérieusement.

Avant cinq heures il eut encore le temps de remplir un bulletin de loto sportif, de prendre rendez-vous au contrôle technique des voitures et de préparer mentalement un certain nombre des importants entretiens qui l'attendaient, le lendemain. Puis il se fit un petit pense-bête à usage domestique, afin de ne pas oublier de rédiger une note à l'intention de Björk, d'ici le retour de celui-ci.

A cinq heures trois, Thomas Näslund passa la tête par l'entrebâillement de la porte.

– Tu es encore là? dit-il. Je croyais que tu étais rentré chez toi.

– Qu'est-ce qui te fait croire ça?

– C'est Ebba qui me l'a dit.

Je la reconnais bien là, se dit-il avec un sourire. Demain, il faudra que je lui achète des fleurs avant de partir pour Simrishamn.

Näslund pénétra dans le bureau.

– Tu as un moment? demanda-t-il.

– Un, mais pas deux.

– J'en ai pour très peu de temps. Il s'agit de ce type, Klas Månson.

Kurt Wallander dut réfléchir un instant avant de se rappeler de qui il s'agissait.

– Ah oui, celui qui a attaqué une boutique ouverte le soir?

– C'est ça. On a des témoins qui affirment que c'est lui, bien qu'il se soit mis un bas sur la tête, ce salaud-là. Mais son tatouage au poignet, il n'a pas pu le cacher. C'est clair comme de l'eau de roche que c'est lui. Mais le nouveau procureur n'est pas d'accord avec nous.

Kurt Wallander haussa les sourcils.

– Comment ça?

– Elle trouve que notre enquête est bâclée.

– C'est vrai?

Näslund le regarda, surpris.

– Pas plus que les autres. C'est quand même évident que c'est lui.

– Qu'est-ce qu'elle a dit, alors?

– Eh bien, que si on n'est pas capables de lui fournir des preuves plus convaincantes, elle a l'intention de le remettre en liberté. C'est quand même un peu raide, qu'une bonne femme de Stockholm vienne ici nous donner des leçons!

Kurt Wallander sentit que la moutarde lui montait au nez, mais il se garda bien de le laisser paraître.

– Avec Pelle, il n'y aurait pas eu de difficultés, ajouta Näslund. C'est l'évidence même que c'est ce type qui a dévalisé la boutique.

– Montre-moi ton rapport, dit Kurt Wallander.

– J'ai demandé à Svedberg de le relire.

– Dépose-le ici et j'en prendrai connaissance demain matin.

Näslund se prépara à partir.

– Il faudrait quand même lui dire deux mots, à celle-là, lança-t-il.

Kurt Wallander hocha la tête avec un sourire.

— Je m'en charge, dit-il. Bien sûr qu'on ne peut pas laisser un procureur venu de Stockholm bousculer toutes nos habitudes.

— J'étais sûr que tu serais de mon avis, dit Näslund en sortant.

Magnifique prétexte pour une invitation à dîner, pensa Kurt Wallander. Il enfila sa veste, prit son costume nettoyé de frais sur son bras et éteignit le plafonnier.

Après avoir rapidement pris une douche, il était à Malmö un peu avant sept heures. Il eut la chance de trouver une place de parking sur la grand-place et descendit les quelques marches du bistrot à l'enseigne de *Chez Kock*. Il avait le temps de prendre un petit verre avant d'aller retrouver Mona au buffet de la gare.

Malgré le prix, qui le fit bondir, il commanda un double whisky. Il en aurait préféré un au malt, mais dut se contenter d'une marque moins coûteuse.

Dès la première gorgée, il renversa quelques gouttes sur lui.

Allons bon, une nouvelle tache. Presque au même endroit que la précédente.

Je rentre chez moi, se dit-il, plein de mépris envers lui-même. Je rentre chez moi et je vais me coucher. Je ne suis même plus capable de tenir un verre sans en renverser.

En même temps, il était bien conscient que ce n'était là que vanité. Vanité et nervosité incurable à l'idée de retrouver Mona. C'était peut-être bien son rendez-vous le plus important depuis le jour où il lui avait proposé de se marier.

Et voilà qu'il s'était fixé pour but d'annuler un divorce qui était déjà entré en vigueur.

Mais que cherchait-il, au juste?

Il essuya le revers de sa veste avec une serviette en papier, vida son verre et commanda un nouveau whisky.

Dans dix minutes, il devrait partir.

Mais, avant cela, il lui fallait prendre une décision. Que dire à Mona?

Et que répondrait-elle?

On lui amena son verre et il l'avala d'un trait. L'alcool lui brûlait les tempes et il se rendit compte qu'il commençait à être en nage.

Il ne put parvenir à aucun résultat.

Au fond de lui-même, il espérait que ce serait Mona qui trouverait les paroles libératrices.

N'était-ce pas elle qui avait voulu ce divorce?

C'était donc à elle de prendre les initiatives qu'il convenait pour y mettre fin.

Il régla la note et partit. A pas lents, afin de ne pas arriver en avance.

En attendant le feu vert, au coin de Vallgatan, il prit deux décisions.

Il parlerait sérieusement de Linda à Mona. Et il lui demanderait conseil en ce qui concernait son père. Mona le connaissait bien. Même si les rapports entre eux n'avaient jamais été excellents, elle était bien au fait de ses sautes d'humeur.

Je devais appeler Kristina, se dit-il tout en traversant la rue. J'ai dû faire exprès de l'oublier.

Tandis qu'il franchissait le pont sur le canal, une voiture de blousons noirs arriva à sa hauteur. Un jeune en état d'ébriété passa le haut du corps par la portière et hurla quelque chose.

Kurt Wallander se rappelait être maintes fois passé sur ce pont, plus de vingt ans auparavant. A cet endroit, la ville n'avait pas changé. A l'époque, il était jeune agent de police et allait patrouiller à la gare, le plus souvent en compagnie d'un collègue plus âgé, afin de veiller à ce que l'ordre règne. Il leur était arrivé d'expulser telle ou telle personne en état d'ébriété ou dépourvue de billet. Mais il n'avait jamais, ou très rarement, fallu avoir recours à la force.

Ce monde-là n'existe plus, se dit-il. Il est irrémédiablement révolu.

Il pénétra dans la gare. Là, en revanche, bien des choses avaient changé, depuis la dernière fois qu'il était venu en patrouille à cet endroit. Mais le dallage était toujours le même. Ainsi que le grincement des roues des wagons et des locomotives quand les trains freinaient.

Soudain, il vit sa fille.

Il crut d'abord qu'il avait la berlue. Il aurait aussi bien pu s'agir de la fille qui jetait du foin du haut du grenier, chez Sten Widén. Mais ensuite, le doute ne fut plus permis. C'était bien sa fille.

Elle était en compagnie d'un Noir à la peau d'ébène et tentait d'acheter un billet à un distributeur automatique. L'Africain mesurait près de cinquante centimètres de plus qu'elle. Il avait les cheveux crépus et portait une salopette mauve.

Comme s'il était en train d'effectuer une filature, Wallander se jeta derrière un pilier pour se dissimuler aux regards.

L'Africain dit quelque chose qui fit rire Linda.

Il se dit que cela faisait bien des années qu'il n'avait pas vu sa fille rire.

Ce qu'il voyait le désespérait. Il sentait qu'elle lui échappait. Elle était là, tout près de lui, et pourtant hors de sa portée.

Ma famille, se dit-il. Je suis dans une gare en

train d'espionner ma propre fille. Pendant que ma femme, qui est également sa mère, est peut-être déjà en train de m'attendre, au restaurant, pour que nous dînions ensemble en essayant de ne pas nous disputer au point d'attirer l'attention de toute la salle.

Il s'aperçut tout à coup qu'il avait la vue trouble. Ses yeux étaient voilés de larmes.

Celles-ci étaient là, en fait, depuis le moment où il avait vu Linda rire.

L'Africain et elle se dirigèrent vers l'accès aux quais. Il voulut courir vers elle, la prendre dans ses bras. Mais elle avait disparu de son champ visuel et il dut reprendre sa filature improvisée. Restant bien soigneusement dans l'ombre, il se faufila sur ce quai balayé par un vent glacial en provenance du Sund. Il les vit alors marcher main dans la main en riant, puis les portes d'un train en partance pour Lund ou Landskrona se refermèrent sur eux avec un bruit d'air comprimé.

Il s'efforça de se dire qu'elle avait l'air heureuse. Qu'elle était toujours aussi peu embarrassée que lorsqu'elle était très jeune. Mais tout ce qu'il eut l'impression de ressentir, lui-même, ce fut à quel point il était misérable.

Kurt Wallander. Le policier pathétique à la vie de famille en lambeaux.

Et maintenant il était en retard. Mona était peut-être déjà repartie. Elle qui était tellement ponctuelle, elle détestait devoir attendre les autres.

Surtout lui.

Il se mit à courir le long du quai. A côté de lui, une locomotive d'un rouge agressif faisait le bruit d'un fauve en colère.

Il allait tellement vite que, dans l'escalier montant au restaurant, il trébucha. Le cerbère à la nuque rasée le regarda d'un œil mauvais.

– Eh bien, dit-il. Où est-ce qu'on va comme ça?

Cette question paralysa Kurt Wallander. Il n'en comprenait que trop bien la signification. Le cerbère pensait qu'il était ivre et s'apprêtait à lui interdire l'accès au buffet.

– Je vais dîner avec ma femme, dit-il.

– Oh non, dit le cerbère. Moi, je crois que tu vas rentrer bien gentiment chez toi.

Kurt Wallander sentit la colère monter en lui.

– Je suis dans la police, hurla-t-il. Et je ne suis pas ivre, contrairement à ce que tu penses. Laisse-moi rentrer, si tu ne veux pas avoir des ennuis.

– Tiens, mon œil! répondit le cerbère. Tu ferais mieux de filer, avant que j'appelle les flics.

Un instant, il eut envie de frapper. Mais il eut malgré tout suffisamment de sang-froid pour s'en abstenir et sortit à la place sa carte de sa poche intérieure.

– Je suis vraiment dans la police, dit-il. Et je ne suis pas ivre. J'ai trébuché, c'est tout. Et puis, il est exact que ma femme m'attend.

Le cerbère regarda la carte d'un œil soupçonneux.

Et soudain, son visage s'illumina.

– Mais je te reconnais, dit-il. Je t'ai vu à la télé, l'autre soir.

Kurt Wallander se dit qu'il allait enfin pouvoir se réjouir d'être passé à la télévision.

– Je suis d'accord avec toi, tu sais, dit le cerbère. Totalement.

– A quel propos?

– Qu'il faut leur tenir la dragée haute, à tous ces nègres. Qu'est-ce que c'est que toute cette racaille qu'on laisse entrer dans le pays et qui assassine des vieilles personnes sans défense? Je suis d'accord avec toi qu'il faut leur foutre des coups de pied au cul. Et plus vite que ça.

Kurt Wallander comprit qu'il ne servirait à rien de tenter de discuter avec cet homme. Il préféra arborer son plus beau sourire.

– J'ai une faim de loup, dit-il.

Le cerbère lui ouvrit alors la porte toute grande.

– On ne prend jamais trop de précautions, tu le comprends bien, n'est-ce pas?

– Bien sûr, dit Kurt Wallander en pénétrant dans la chaleur du restaurant.

Il ôta son manteau et fit le tour de la salle des yeux.

Mona était assise dans un coin, près d'une fenêtre donnant sur le canal.

Peut-être avait-elle même été témoin de toute cette scène?

Il rentra le ventre autant que faire se pouvait, se lissa les cheveux et alla la retrouver.

Tout alla mal dès le premier moment.

Il vit qu'elle avait remarqué la tache sur le revers de son veston et cela le rendit furieux. Il n'était même pas sûr de parvenir véritablement à le cacher.

– Bonsoir, dit-il, en s'asseyant en face d'elle.

– En retard, comme d'habitude, dit-elle. Comme tu as grossi!

Il se sentit aussitôt humilié. Pas la moindre gentillesse, pas la moindre tendresse.

– Toi, par contre, tu es toujours la même. Comme tu es bronzée!

– On est allés passer une semaine à Madère.

Madère. D'abord Paris, puis Madère. Leur

voyage de noces. L'hôtel perché au bord de la falaise, le petit restaurant de poisson, en bas, près de la mer. Et voilà qu'elle y était allée avec quelqu'un d'autre.

— Ah bon, dit-il. Je croyais que Madère était notre île à tous les deux.

— Ne fais pas l'enfant!

— Je suis sérieux!

— Non, tu es puéril.

— Bien sûr que je suis puéril. Quel mal y a-t-il à ça?

La conversation s'engageait mal. Quand une serveuse très aimable s'approcha de leur table, il eut l'impression qu'on venait le tirer d'un trou d'eau glacée dans lequel il était tombé. Et, lorsque le vin arriva sur la table, l'atmosphère s'en ressentit aussitôt.

Kurt Wallander regardait cette femme à laquelle il avait été marié et se disait qu'elle était très belle. Au moins à ses yeux. Il s'efforça d'éviter d'avoir des pensées qui risquaient d'éveiller en lui une pointe de jalousie.

Il s'efforça également de donner l'impression d'un calme qu'il était hélas loin de posséder.

Ils trinquèrent.

— Reviens, la supplia-t-il. Recommençons à zéro.

— Non, dit-elle. Il faut que tu comprennes que c'est fini. Terminé.

— Pendant que je t'attendais, je suis rentré dans la gare, dit-il. J'ai vu notre fille.

— Linda?

— Tu as l'air étonnée?

— Je croyais qu'elle était à Stockholm.

— Qu'est-ce qu'elle ferait à Stockholm?

— Elle devait aller se renseigner dans une Haute

École Populaire, voir s'ils n'auraient pas des cours qui lui conviendraient.

– Je ne me suis pas trompé. C'était bien elle.

– Tu lui as parlé?

Kurt Wallander secoua la tête.

– Je n'ai pas eu le temps, dit-il. Elle prenait le train.

– Quel train?

– Celui de Lund ou de Landskrona. Elle était en compagnie d'un Africain.

– Ah bon.

– Qu'est-ce que tu veux dire?

– Eh bien que Herman est ce qu'il est arrivé de mieux à Linda depuis bien longtemps.

– Herman?

– Herman Mboya. Il est originaire du Kenya.

– Il portait une salopette mauve.

– C'est vrai qu'il a parfois des tenues assez cocasses.

– Qu'est-ce qu'il fait en Suède?

– Il est étudiant en médecine. Il va bientôt être médecin.

Kurt Wallander écoutait, stupéfait, ce qu'elle lui disait. Est-ce qu'elle se moquait de lui?

– Médecin?

– Oui! Médecin! Docteur, si tu préfères. Il est gentil, plein d'humour et d'attentions.

– Ils vivent ensemble?

– Il a un petit appartement d'étudiant à Lund.

– Je t'ai demandé s'ils vivaient ensemble.

– Je crois que Linda s'est enfin décidée.

– Décidée à quoi?

– A aller vivre avec lui.

– Comment est-ce qu'elle va pouvoir suivre les cours d'une Haute École Populaire à Stockholm, alors?

– C'est Herman qui le lui a suggéré.

La serveuse vint remplir leurs verres de vin. Kurt Wallander se rendit compte que la tête commençait à lui tourner.

– Elle m'a appelé, il y a quelques jours. Elle était à Ystad. Mais elle n'est pas venue me voir. Si tu la vois, toi, tu pourras lui dire qu'elle me manque.

– Elle fait ce qu'elle veut.

– Je te demande seulement de lui dire ça!

– Bon, bon. Ne crie pas!

– Je ne crie pas!

A ce moment, on leur apporta le plat de viande. Ils le mangèrent en silence. Kurt Wallander ne lui trouva aucun goût. Il commanda une autre bouteille de vin, tout en se demandant comment il allait faire pour rentrer chez lui.

– Ça a l'air d'aller, pour toi, dit-il.

Elle hocha la tête, de façon très décidée et peut-être même avec un rien de défi.

– Et toi?

– J'ai plein d'emmerdements. Mais à part ça, ça va.

– De quoi voulais-tu me parler?

C'est vrai, il avait oublié. Oublié de trouver un prétexte à cette rencontre. Il n'avait plus aucune idée de ce qu'il pourrait bien dire.

La vérité, se dit-il, non sans ironie. Pourquoi ne pas essayer de lui dire la vérité?

– Je voulais simplement te voir, dit-il. Le reste, c'était du bluff.

Elle sourit.

– Je suis contente qu'on ait pu se rencontrer, dit-elle.

Soudain, il éclata en sanglots.

– Tu me manques affreusement, marmonna-t-il.

Elle tendit la main et la plaça sur la sienne, mais ne dit rien.

Et c'est à ce moment que Kurt Wallander comprit que tout était bel et bien fini entre eux. Leur divorce était irrémédiable. Peut-être leur arriverait-il encore de dîner ensemble. Mais leurs vies divergeaient maintenant pour de bon. Son silence ne mentait pas.

Il se mit à penser à Anette Brolin. Et à cette femme de couleur qui hantait ses nuits.

La solitude l'avait pris par surprise. Maintenant, il allait devoir se familiariser avec elle et essayer de se forger, petit à petit, cette nouvelle vie dont personne d'autre que lui ne pouvait prendre la responsabilité.

– Je voudrais te poser une seule question, dit-il. Pourquoi m'as-tu quitté?

– Si je ne t'avais pas quitté, c'est ma vie qui m'aurait quittée, moi, dit-elle. Je voudrais que tu comprennes que ce n'était pas ta faute. C'est moi qui ai senti qu'il fallait absolument que je parte, c'est moi qui ai pris cette décision. Un jour, tu comprendras ce que je veux dire.

– Je veux comprendre maintenant.

Au moment de partir, elle voulut payer sa part. Mais il refusa et elle finit par céder.

– Comment vas-tu rentrer chez toi? demanda-t-elle.

– Il y a un bus de nuit, répondit-il. Et toi?

– A pied, dit-elle.

– Je t'accompagne.

Elle secoua la tête.

– Non, séparons-nous ici. Ça vaut mieux. Mais tu peux me téléphoner, si tu veux. J'aimerais bien qu'on ne se perde pas de vue.

Elle lui donna un rapide baiser sur la joue. Il la vit franchir le canal d'un pas énergique. Une fois qu'elle eut disparu entre le *Savoy* et le Syndicat d'initiative, il se lança sur ses traces. Un peu plus tôt dans la soirée, il avait pris sa fille en filature. Maintenant, c'était au tour de sa femme.

Près du magasin de radio, au coin de la grand-place, une voiture était garée. Elle ouvrit la portière et monta sur le siège avant. Lorsque le véhicule passa à sa hauteur, Kurt Wallander se jeta rapidement dans l'entrée d'un immeuble. Il put simplement apercevoir l'homme qui était au volant.

Il regagna sa propre voiture. En fait, il n'y avait pas de bus de nuit. Il entra dans une cabine téléphonique et composa le numéro d'Anette Brolin. Lorsqu'elle répondit, il raccrocha rapidement.

Il monta dans sa voiture, mit une cassette de Maria Callas et ferma les yeux.

Le froid le réveilla en sursaut. Il avait dormi près de deux heures. Bien qu'il ne fût pas vraiment en état de le faire, il décida de rentrer chez lui au volant, en prenant de petites routes passant par Svedala et Svaneholm. Il ne risquait guère d'y tomber sur des patrouilles de police.

Ce fut pourtant ce qui arriva. Il avait tout simplement oublié la surveillance nocturne des camps de réfugiés qu'il avait lui-même ordonnée.

Après s'être assurés que tout était calme à Hageholm, Peters et Norén virent tout à coup, entre Svaneholm et Slimminge, une automobile qui zigzaguait. Ils avaient beau connaître parfaitement la voiture de Wallander, il ne leur vint pas à l'idée que ce pût être lui qui était sur les routes à cette heure de la nuit. De plus, sa plaque minéralogique était tellement sale qu'elle était illisible. Ce n'est que lorsqu'ils l'eurent arrêtée et une fois la vitre baissée, sur leur prière instante, qu'ils reconnurent leur chef par intérim.

Ni l'un ni l'autre ne sut quoi dire. La lampe de poche de Norén éclairait les yeux injectés de sang de Wallander.

— Tout est calme? demanda celui-ci.

Norén et Peters se regardèrent.

— Oui, dit Peters. On dirait.

— Parfait, dit Kurt Wallander, en s'apprêtant à remonter sa vitre.

C'est alors que Norén se décida.

— Je crois qu'il vaut mieux que tu descendes, dit-il. Tout de suite.

Kurt Wallander leva des yeux étonnés vers ce visage qu'il distinguait à peine, du fait de la lueur de la lampe.

Puis il s'inclina et fit ce qu'on lui disait.

Il descendit de voiture.

La nuit était glaciale. Il sentit qu'il avait froid.

Quelque chose venait de prendre fin.

IX

Kurt Wallander ne se sentait pas le moins du monde dans la peau d'un policier qui riait * lorsqu'il poussa les portes de l'hôtel *Svea*, à Simrishamn, juste après sept heures en ce vendredi matin. Un rideau de pluie mêlée de neige rendait la ville presque invisible et l'humidité avait eu le temps de pénétrer dans ses chaussures en l'espace des quelques pas séparant sa voiture de l'hôtel.

De plus, il avait mal à la tête.

Il demanda à la serveuse si elle n'aurait pas des cachets à lui donner. Celle-ci revint avec un verre d'eau dans lequel moussait une poudre blanche.

En buvant son café, il remarqua que sa main tremblait.

Il se dit que ce devait être tout autant le fait du soulagement que celui de l'angoisse.

Quelques heures plus tôt, lorsque Norén lui avait ordonné de descendre de voiture, sur cette petite route entre Svaneholm et Slimminge, il s'était dit que tout était terminé, qu'il allait être révoqué. Un cas aussi flagrant d'ivresse au volant ne pouvait

* Allusion au livre de Maj Sjöwall et Per Wahlöö, Union Générale d'Éditions, coll. 10/18, n° 1718. *(N.d.T.)*

motiver qu'une suspension avec effet immédiat. Et même s'il devait retrouver le service actif, après avoir purgé sa peine de prison, il ne pourrait plus jamais regarder ses anciens collègues dans les yeux.

Il avait eu le temps de se dire qu'il réussirait peut-être à trouver du travail comme responsable de la sécurité dans une entreprise quelconque. Ou bien à se faire embaucher dans une société de gardiennage pas trop sourcilleuse quant au passé de ses employés. Mais sa carrière dans la police serait terminée. Or c'était dans la police qu'il avait toujours voulu être.

Il ne lui était pas venu à l'idée de tenter de soudoyer Peters et Norén. Il savait bien que c'était hors de question. Tout ce qu'il pouvait faire, c'était d'en appeler à leurs sentiments. A un esprit de corps, à une camaraderie et une amitié qui, à vrai dire, n'existaient pas.

Mais cela ne s'était pas avéré nécessaire.

– Monte avec Peters, moi je ramène ta voiture, avait dit Norén.

Kurt Wallander se souvenait du soulagement qu'il avait éprouvé, mais aussi du mépris manifeste que trahissait la voix de Norén.

Sans dire un mot, il était allé s'asseoir sur le siège arrière de la voiture de police. Pendant tout le trajet jusqu'à Mariagatan, à Ystad, Peters n'avait pas desserré les lèvres.

Norén était arrivé juste après eux, avait garé sa voiture et lui avait rendu ses clés.

– Est-ce que quelqu'un t'a vu? avait demandé Norén.

– Personne d'autre que vous.

– Alors, tu as une sacrée veine.

Peters avait approuvé d'un signe de tête. Kurt Wallander avait alors compris que cela resterait entre eux. Norén et Peters se rendaient coupables, en sa faveur, d'une grave entorse au règlement. Pourquoi, il n'en avait pas la moindre idée.

– Merci, avait-il dit.

– Pas de quoi, avait répondu Norén.

Et, sur ces mots, ils étaient partis.

Kurt Wallander était monté chez lui et avait vidé le peu qu'il restait d'une bouteille de whisky. Puis il avait sommeillé pendant quelques heures dans son lit. Sans penser ni rêver à quoi que ce soit. A six heures et quart il avait repris le volant de sa voiture, après s'être rasé de façon très sommaire.

Naturellement, il savait bien qu'il n'avait pas encore retrouvé un état de parfaite sobriété. Mais il ne risquait plus de rencontrer Peters et Norén, qui avaient quitté leur service à six heures.

Il s'efforça de se concentrer sur ce qui l'attendait. Göran Boman allait venir le rejoindre et ils allaient tous deux se lancer à la poursuite du chaînon manquant dans l'enquête sur le double meurtre de Lenarp.

Il écarta toutes les autres pensées. Elles n'auraient qu'à attendre des circonstances plus propices, attendre qu'il n'ait plus la gueule de bois et qu'il ait pris un peu de recul.

Il était seul dans la salle à manger de l'hôtel. Il regarda la mer, qu'il entrevoyait confusément, toute grise, à travers la neige fondue. Un bateau de pêche était en train de quitter le port et il tenta de déchiffrer son immatriculation, peinte en noir sur le bordé.

Une bière, pensa-t-il. Une bonne vieille bière blonde, voilà ce qu'il me faut en ce moment.

La tentation était forte. Il se dit également qu'il pourrait essayer de faire discrètement un saut au

Monopole de vente de l'alcool afin de ne pas être à sec le soir venu.

Il sentait qu'il n'était pas capable de redevenir sobre trop vite.

Je fais vraiment un foutu policier, se dit-il.

Un flic douteux.

La serveuse remplit sa tasse de café. Un instant, il imagina qu'il prenait une chambre dans cet hôtel et qu'elle venait l'y retrouver. Derrière les rideaux tirés, il oublierait qu'il existait, il oublierait ce qui l'entourait et se laisserait tout simplement couler dans un monde n'ayant rien à voir avec la réalité.

Il but son café et prit sa serviette. Il disposait encore de quelques instants pour revoir les éléments de l'enquête.

Poussé par un soudain sentiment d'inquiétude, il se rendit à la réception et appela l'hôtel de police d'Ystad. C'est Ebba qui lui répondit.

– Tu as passé une bonne soirée? demanda-t-elle.

– Ça n'aurait pas pu être mieux, répondit-il. Encore merci pour ton aide.

– De rien. Quand tu voudras.

– Je t'appelle de l'hôtel *Svea*, à Simrishamn. Au cas où il se passerait quelque chose. Dans un moment, je vais partir faire un tour dans la région avec Boman, de la police de Kristianstad. Je vous rappellerai dans la journée.

– Tout est calme. Il ne s'est rien passé dans les camps de réfugiés.

Il raccrocha donc et alla faire un brin de toilette en évitant de se regarder dans la glace. Du bout des doigts, il tâta la bosse de son front. Elle était encore sensible. Par contre, sa brûlure au bras avait presque complètement disparu.

Il n'avait plus mal à la cuisse non plus, sauf s'il s'étirait.

207

Il regagna la salle à manger et commanda un petit déjeuner. Tout en mangeant, il feuilleta les papiers qu'il avait amenés.

Göran Boman était un homme ponctuel. A neuf heures tapantes, il fit son entrée.

— Quel temps! s'exclama-t-il.

— Ça vaut quand même mieux qu'une tempête de neige, répondit Kurt Wallander.

Pendant que son collègue buvait son café, ils dressèrent un plan de bataille pour la journée.

— On dirait qu'on a de la chance, dit Göran Boman. Il semble qu'on va pouvoir toucher la femme de Gladsax et les deux de Kristianstad sans trop de difficultés.

Ils commencèrent par la première.

— Elle s'appelle Anita Hassler, dit Göran Boman. Elle a cinquante-huit ans. Elle est remariée depuis quelques années avec un agent immobilier.

— Hassler, c'était son nom de jeune fille? demanda Kurt Wallander.

— Maintenant, elle s'appelle Johansson. Et son mari Klas Johansson. Ils habitent un quartier résidentiel, légèrement en dehors du village. On a fouiné un peu dans ses affaires. D'après ce qu'on a pu savoir, elle est femme au foyer.

Pour le reste, il se fia à ce qui était marqué sur ses papiers.

— Le 9 mars 1951, elle a donné naissance à un fils à la maternité de Kristianstad. A quatre heures treize, très précisément. Pour autant qu'on sache, c'est son seul enfant. Mais son mari en avait déjà quatre de son côté. Il a d'ailleurs six ans de moins qu'elle.

— Son fils a donc maintenant trente-neuf ans, calcula Kurt Wallander.

– Il a été baptisé sous le nom de Stefan, dit **Göran Boman**. Il habite un peu plus loin sur la côte, à Åhus, et il est contrôleur des impôts. Rien à dire sur sa situation financière. Il est marié, deux enfants, vit dans une maison mitoyenne.

– Les contrôleurs des impôts ont-ils l'habitude de commettre des meurtres? demanda Kurt Wallander.

– Pas très souvent, répondit Göran Boman.

Ils partirent pour Gladsax. La neige fondue s'était maintenant changée en pluie battante. A l'entrée de la localité, Göran Boman prit à droite.

Le lotissement tranchait très nettement sur le reste du village, avec ses maisons basses et blanches. Kurt Wallander se dit qu'il aurait aussi bien pu s'agir du faubourg aisé d'une grande ville quelconque.

La maison était située tout en bout de rangée. Devant, une énorme antenne parabolique reposait sur un socle en ciment. Le jardin était bien entretenu. Ils restèrent quelques minutes dans la voiture, à observer cette belle demeure en briques rouges. Une Nissan blanche était parquée devant l'entrée du garage.

– Le mari n'est probablement pas là, dit Göran Boman. Son bureau est à Simrishamn. Il paraît qu'il est spécialisé dans la vente de propriétés à des Allemands disposant d'un solide compte en banque.

– C'est légal? s'étonna Kurt Wallander.

Göran Boman haussa les épaules.

– Des prête-noms, dit-il. Les Allemands de l'Ouest paient bien et la transaction se fait entre Suédois. Il y a pas mal de gens, en Scanie, qui gagnent leur vie de cette façon-là, en étant nominalement propriétaires fonciers.

Soudain, ils virent une forme qui bougeait derrière un rideau. Ce mouvement était si difficilement perceptible qu'il fallait les yeux exercés d'un policier pour le distinguer.

– On dirait qu'il y a du monde, dit Kurt Wallander. On y va?

La femme qui vint leur ouvrir était vraiment séduisante. Elle portait un jogging assez informe, mais il émanait d'elle une très forte séduction. Kurt Wallander eut le temps de penser qu'elle n'avait véritablement pas l'air d'une Suédoise.

Il se dit également que la façon de se présenter pouvait avoir autant d'importance que toutes les autres questions réunies.

Comment réagirait-elle lorsqu'ils lui diraient qu'ils étaient de la police?

Tout ce qu'ils purent constater, ce fut un léger haussement de sourcils. Puis un sourire révélant une dentition sans défaut. Kurt Wallander se demanda si Göran Boman ne s'était pas trompé. Avait-elle vraiment cinquante-huit ans? Si on ne lui avait rien dit, il aurait penché pour quarante-cinq.

– Je ne m'attendais pas à cette visite, dit-elle. Si vous voulez vous donner la peine d'entrer.

Ils pénétrèrent dans une salle de séjour d'un goût très sûr. Les murs étaient couverts d'étagères abondamment pourvues en livres. Dans un coin se trouvait l'un des modèles les plus luxueux de téléviseurs Bang & Olufsen. Dans un aquarium nageaient des poissons tigrés. Wallander avait bien du mal à associer cette pièce à l'idée qu'il se faisait de Johannes Lövgren. Il était difficile de déceler le moindre lien entre eux.

– Est-ce que je peux vous offrir quelque chose, messieurs? demanda-t-elle.

Ils répondirent par la négative, tout en s'asseyant.

– Nous sommes venus vous poser quelques questions de pure routine dans le cadre d'une enquête que nous menons. Il faut tout d'abord que je me présente : Kurt Wallander, de la police d'Ystad, et voici mon collègue Göran Boman, de Kristianstad.

– Une visite de la police, comme c'est passionnant, dit la femme, toujours aussi souriante. Il se passe si peu de choses ici, à Gladsax.

– Nous aimerions vous demander si vous ne connaîtriez pas quelqu'un du nom de Johannes Lövgren, dit Kurt Wallander.

Elle les regarda, l'air très étonné.

– Johannes Lövgren ? Non, qui est-ce ?

– Vous êtes certaine ?

– Bien sûr que oui !

– Il a été assassiné, ainsi que son épouse, dans un village du nom de Lenarp, il y a quelques jours de cela. Vous en avez d'ailleurs peut-être entendu parler par les journaux.

Son étonnement paraissait très sincère.

– Je ne comprends absolument rien à ce que vous me dites, répondit-elle. Je me souviens avoir lu quelque chose en ce sens dans les journaux. Mais je ne vois pas très bien le rapport avec moi.

En effet, se dit Kurt Wallander, en regardant Göran Boman, qui paraissait du même avis. Ça n'a vraiment rien d'évident.

– En 1951, vous avez donné naissance à un fils, à Kristianstad, dit Göran Boman. D'après différents papiers que j'ai pu consulter, vous avez déclaré cet enfant comme étant de père inconnu. Et nous nous demandions si ce Johannes Lövgren ne serait pas, par hasard, le père en question.

Elle les regarda longtemps avant de répondre.

– Je ne comprends pas pourquoi vous me posez

cette question, dit-elle. Et je comprends encore moins le rapport que cela peut avoir avec ce paysan assassiné. Mais, pour vous êtes agréable, je peux vous dire que le père de Stefan s'appelle Rune Stierna. Il était déjà marié. Je n'ignorais pas à quoi je m'exposais, c'est pourquoi j'ai décidé de le remercier de cet enfant en gardant son identité secrète. Il est mort voici douze ans et Stefan a entretenu de bons rapports avec lui pendant toute sa jeunesse.

– Je comprends parfaitement que nos questions vous paraissent bizarres, dit Kurt Wallander. Mais nous sommes souvent dans l'obligation d'en poser de ce genre.

Ils prirent encore note de ses réponses à quelques autres questions, avant de s'apprêter à prendre congé.

– J'espère que vous voudrez bien nous excuser de vous avoir dérangée, dit Kurt Wallander en se levant de son siège.

– Vous me croyez, n'est-ce pas? demanda-t-elle.

– Oui, dit Kurt Wallander. Nous vous croyons. D'ailleurs, si vous mentiez, nous ne tarderions pas à en être informés.

Elle éclata de rire.

– Je vous dis la vérité. J'ai beaucoup de mal à mentir. Mais n'hésitez pas à revenir, si vous avez d'autres questions bizarres à me poser.

Ils sortirent et regagnèrent leur voiture.

– En voilà déjà une, dit Göran Boman.

– Ce n'est certainement pas elle, répondit Kurt Wallander.

– Est-ce vraiment la peine d'aller trouver son fils à Åhus?

– Je crois que non. Pour l'instant, tout du moins.

Ils allèrent chercher la voiture de Kurt Wallander et se rendirent tout droit à Kristianstad.

Lorsqu'ils parvinrent aux collines de Brösarp, la pluie cessa de tomber et les nuages commencèrent à se dissiper.

A l'hôtel de police de Kristianstad, ils changèrent de nouveau de voiture et effectuèrent le reste de leur tournée dans l'un des véhicules de la police.

– Margareta Velander, dit Göran Boman. Quarante-neuf ans, tient le magasin de coiffure *Die Welle*, dans Krokarpsgatan. Trois enfants, divorcée, remariée et divorcée de nouveau. Elle habite un lotissement, dans la direction de la province de Blekinge. En décembre 1958, elle a donné naissance à un fils prénommé Nils qui m'a l'air d'un type assez bizarre. Il est marchand forain de babioles d'importation. En outre, il est propriétaire d'une agence de vente par correspondance de sous-vêtements féminins sexy. Tu ne devineras jamais où il habite : à Sölvesborg. Qui peut bien avoir l'idée d'acheter des sous-vêtements sexy en provenance de Sölvesborg, bon sang?

– Bien des gens, crut pouvoir affirmer Kurt Wallander.

– Il a déjà été en prison pour voies de fait, reprit Göran Boman. Je n'ai pas lu le rapport, mais il en a pris pour un an. Il faut qu'il y soit allé assez fort.

– Je veux absolument consulter ce document, dit Kurt Wallander. Où est-ce que ça s'est passé?

– Il a été condamné par le tribunal de Kalmar. J'ai demandé qu'on sorte le dossier.

– De quand cela date-t-il?

– De 1981, je crois.

Kurt Wallander se mit à réfléchir, tandis que Göran Boman traversait la ville au volant.

– Elle avait donc dix-sept ans quand l'enfant est né. Au cas où Johannes Lövgren serait le père, ça fait une belle difféence d'âge.

– J'y ai déjà pensé. Mais on peut en tirer pas mal de conclusions.

Le salon de coiffure pour dames était installé au sous-sol d'un immeuble locatif tout à fait banal, à la sortie de la ville.

– On pourrait peut-être en profiter pour se faire couper les cheveux, dit Göran Boman. Où est-ce que tu vas, toi, d'habitude?

Kurt Wallander faillit répondre que c'était Mona, sa femme, qui s'en chargeait.

– Ça dépend, répondit-il évasivement.

Les trois fauteuils du salon étaient occupés, lorsqu'ils arrivèrent.

Deux des clientes étaient en train de sécher, alors que la troisième se faisait faire un shampooing.

La femme qui lui massait les cheveux les regarda, l'air étonné.

– Je ne prends que sur rendez-vous, dit-elle. Et c'est complet pour aujourd'hui. Demain aussi. Si vous venez pour vos femmes.

– Margareta Velander? demanda Göran Boman.

Il lui montra sa carte de police.

– Nous aimerions vous parler, poursuivit-il.

Kurt Wallander nota qu'elle paraissait avoir peur.

– Je ne suis pas libre en ce moment, dit-elle.

– Nous pouvons attendre, dit Göran Boman.

– Si vous voulez vous asseoir dans la salle d'attente, dit-elle. Je n'en ai pas pour longtemps.

La salle en question était toute petite. Une table recouverte d'une toile cirée et quelques chaises prenaient presque toute la place. Sur une étagère était posée toute une pile d'hebdomadaires, entre des tasses à café et une cafetière d'une propreté relative. Kurt Wallander alla regarder de près une photo en noir et blanc. Elle était floue et passée et montrait

214

un jeune homme en uniforme de marin. Kurt Wallander réussit à déchiffrer le mot *Halland* sur la bande de sa casquette.

– Le *Halland*, dit-il, c'était un croiseur ou un contre-torpilleur?

– Un contre-torpilleur. Mais il y a longtemps qu'il a été envoyé à la casse.

Margareta Velander pénétra dans la pièce. Elle s'essuyait les mains à une serviette-éponge.

– J'ai quelques minutes de libres, dit-elle. De quoi s'agit-il?

– Nous aimerions savoir si vous connaissez quelqu'un du nom de Johannes Lövgren, dit Kurt Wallander en guise d'entrée en matière.

– Vous pouvez me tutoyer, dit-elle. Vous désirez un peu de café?

Ils déclinèrent tous deux cette offre et Kurt Wallander conçut quelque humeur du fait qu'elle leur ait tourné le dos au moment où il lui avait posé sa question.

– Johannes Lövgren, répéta-t-il. Un cultivateur d'un petit village près d'Ystad. Est-ce que tu le connaissais?

– Celui qui a été assassiné? demanda-t-elle en le regardant droit dans le syeux.

– Oui, dit-il. Celui qui a été assassiné. En effet.

– Non, répondit-elle en se servant un peu de café dans un gobelet en plastique. Pourquoi le connaîtrais-je?

Les deux policiers échangèrent un rapide regard. Quelque chose dans sa voix laissait entendre qu'elle n'était pas très à l'aise.

– Au moins de décembre 1958, tu as mis au monde un fils baptisé Nils. Tu l'as déclaré comme étant de père inconnu.

Au moment où il prononçait le nom de Nils, la femme se mit à pleurer.

Elle renversa son gobelet et le café se mit à couler sur le sol.

— Qu'est-ce qu'il a fait? demanda-t-elle. Qu'est-ce qu'il a encore fait?

Ils attendirent qu'elle se soit un peu calmée avant de lui poser de nouvelles questions.

— Nous ne sommes pas venus annoncer quoi que ce soit, dit Kurt Wallander. Mais nous aimerions savoir si Johannes Lövgren ne serait pas, par hasard, le père de Nils.

— Non.

Sa façon de répondre n'était pas particulièrement convaincante.

— Dans ce cas, nous aimerions connaître son identité.

— Pourquoi ça?

— C'est important pour notre enquête.

— Je vous ai déjà dit que je ne connaissais personne du nom de Lövgren.

— Comment s'appelait le père de Nils?

— Je ne vous le dirai pas.

— Ça restera confidentiel.

Cette fois, sa réponse se fit attendre assez longtemps.

— Je ne sais pas qui c'est.

— En général, les femmes savent qui est le père de leur enfant.

— Pendant ces années-là, j'ai fréquenté plusieurs hommes. C'est pour ça que je ne sais pas qui est le père de Nils et que je l'ai déclaré de père inconnu.

Elle se leva brusquement de sa chaise.

— Il faut que j'y retourne, dit-elle. Mes clientes vont brûler, sous leur casque.

– Nous attendrons.

– Mais je n'ai rien d'autre à vous dire!

Elle avait l'air de plus en plus aux abois.

– Nous avons d'autres questions à te poser.

Dix minutes plus tard, elle était de retour. Elle tenait à la main un certain nombre de billets qu'elle fourra dans un sac accroché au dossier d'une chaise. Elle semblait maintenant avoir repris le contrôle d'elle-même et être prête à la lutte.

– Je ne connais personne du nom de Lövgren, dit-elle.

– Et tu maintiens que tu ne sais pas qui est le père de l'enfant que tu as eu en 1958.

– Oui.

– Tu es bien consciente que nous pouvons te contraindre à répondre à ces questions sous la foi du serment?

– Je ne mens pas.

– Où pouvons-nous voir ton fils?

– Il voyage beaucoup.

– D'après nos renseignements, il est domicilié à Sölvesborg.

– Eh bien, allez-y!

– C'est ce que nous avons l'intention de faire.

– Je n'ai rien d'autre à vous dire.

Kurt Wallander hésita un instant. Puis il montra la photographie accrochée au mur et demanda :

– C'est lui, le père de Nils?

Elle venait d'allumer une cigarette. Quand elle rejeta la fumée, ils crurent presque entendre un sifflement.

– Je ne connais pas de Lövgren. Je ne comprends pas de quoi vous voulez parler.

– Très bien, dit Göran Boman en mettant fin à l'entretien. Mais nous serons peut-être dans l'obligation de revenir.

– Je n'ai rien d'autre à dire. Pourquoi est-ce qu'on ne me fiche pas la paix?

– Quand la police recherche les coupables d'un double meurtre, elle ne peut laisser personne en paix, dit Göran Boman. C'est comme ça.

Quand il se retrouvèrent dans la rue, le soleil brillait. Ils restèrent debout près de la voiture.

– Qu'est-ce que tu en penses? demanda Göran Boman.

– Je ne sais pas. Mas il y a quelque chose de louche.

– Tu veux qu'on s'occupe de son fils, avant de passer à la troisième?

– Je crois bien que oui.

Ils partirent pour Sölvesborg et eurent bien du mal à trouver l'adresse qu'on leur avait indiquée. Elle correspondait à une maison en bois en très mauvais état, en dehors du centre de la ville, entourée de vieilles voitures et de machines en pièces détachées. Un berger allemand en colère tirait sur sa chaîne. La maison avait l'air abandonnée. Mais, en se penchant en avant, Göran Boman découvrit sur la porte un petit morceau de papier portant, inscrit en lettres maladroites, le nom de Nils Velander.

– C'est bien ici, dit-il.

Il frappa à plusieurs reprises. Mais personne ne répondit. Ils firent alors le tour complet de la maison.

– Quel infect trou à rats, dit Göran Boman.

Une fois revenus à leur point de départ, Kurt Wallander appuya sur la poignée de la porte.

Celle-ci n'était pas fermée à clé. Kurt Wallander regarda, interrogatif, Göran Boman qui haussa les épaules.

– Eh bien, si c'est ouvert, on peut entrer, dit-il.

Ils se retrouvèrent dans un vestibule sentant le renfermé. Ils prêtèrent l'oreille. Tout était calme, du moins jusqu'à ce qu'un chat jaillisse d'un coin sombre en poussant un miaulement de fureur, les faisant sursauter, avant de disparaître par l'escalier menant au premier étage. La pièce située à gauche faisait l'effet d'être une sorte de bureau. Elle contenait deux armoires de rangement toutes bosselées et une table sur laquelle se trouvaient une foule de papiers et d'objets divers, ainsi qu'un téléphone et un répondeur automatique. Wallander souleva le couvercle d'un carton posé sur la table. Il contenait un assortiment de sous-vêtements en cuir noir et une adresse.

– C'est destiné à Fredrik Åberg, Dragongatan, à Alingsås, dit-il avec une grimace. Je suppose que c'est sans mention d'expéditeur.

Ils passèrent dans la pièce suivante, qui servait d'entrepôt à Nils Velander pour son entreprise de vente par correspondance. Il y avait même un certain nombre de fouets et de laisses à chien.

Tout semblait avoir été jeté là au hasard, sans souci de rangement.

La pièce suivante était une cuisine dans laquelle les assiettes sales s'entassaient sur l'évier. Un poulet à moitié consommé gisait sur le plancher. Partout, cela sentait le pipi de chat.

Kurt Wallander poussa la porte de la resserre.

Elle renfermait un alambic et deux grosses dames-jeannes.

Göran Boman hocha la tête en ricanant.

Ils montèrent à l'étage et passèrent la tête dans une chambre sur le sol de laquelle gisaient des draps sales et des tas de vêtements. Les rideaux étaient tirés et ils comptèrent jusqu'à sept chats qui s'enfuirent à leur approche.

– Quel infect trou à rats, dit de nouveau Göran Boman. Comment peut-on vivre dans des conditions pareilles?

La maison donnait l'impression d'avoir été abandonnée précipitamment.

– On ferait peut-être mieux de ne pas rester là, dit Kurt Wallander. Il nous faudrait un mandat de perquisition, pour examiner tout ça sérieusement.

Ils descendirent l'escalier. Göran Boman pénétra dans le bureau et mit en marche le répondeur automatique.

La voix de Nils Velander – à supposer que ce fût lui – faisait savoir qu'il n'y avait personne, pour l'instant, chez *Raff-sets*, mais que l'on pouvait parfaitement enregistrer sa commande sur le répondeur.

Lorsqu'ils sortirent dans la cour, le berger allemand se mit de nouveau à tirer de toutes ses forces sur sa chaîne.

Tout à côté du pignon gauche, Kurt Wallander découvrit une porte presque masquée par ce qu'il restait d'une machine à calandrer et donnant accès à une cave.

Il ouvrit cette porte, qui n'était pas fermée à clé elle non plus, et s'enfonça dans les ténèbres. En tâtonnant, il finit par trouver un interrupteur. Dans un coin se trouvait une vieille chaudière à mazout. Le reste de l'espace était occupé par des cages à oiseaux vides. Il appela Göran Boman, qui vint le rejoindre.

– Des sous-vêtements en cuir et des cages à oiseaux vides. Je me demande bien ce qu'il peut faire, dans la vie, ce type-là.

– Je crois qu'il serait bon qu'on le sache, répondit Göran Boman.

Au moment où ils s'apprêtaient à quitter l'endroit,

Kurt Wallander découvrit une petite armoire métallique derrière la chaudière. Comme tout le reste, dans cette maison, elle n'était pas fermée à clé. Il plongea la main à l'intérieur et sentit un sac en plastique. Il le sortit et l'ouvrit.

— Regarde un peu ça, dit-il à Göran Boman.

Le sac contenait une liasse de billets de mille couronnes.

Kurt Wallander en compta au total vingt-trois.

— Je crois qu'il va falloir qu'on parle un peu à ce gars-là, dit Göran Boman.

Ils remirent l'argent à l'endroit où il se trouvait et sortirent de la cave sous les aboiements du berger allemand.

— On va en parler à nos collègues de Sölvesborg, dit Göran Boman, pour qu'ils nous le dénichent.

Au commissariat local, ils tombèrent sur quelqu'un qui connaissait très bien Nils Velander.

— Il n'a certainement pas la conscience tranquille, dit leur interlocuteur. Mais la seule chose dont on puisse vraiment le soupçonner, c'est d'importer illégalement des oiseaux de Thaïlande. Et puis d'être bouilleur de cru.

— Il a déjà été condamné une fois pour voies de fait, dit Göran Boman.

— En général, il n'est pas violent, répondit leur collège. Mais je vais essayer de vous le trouver. Vous croyez vraiment qu'il serait capable d'assassiner des gens ?

— On n'en sait rien, dit Kurt Wallander. Mais on veut absolument lui parler.

Ils regagnèrent Kristianstad. La pluie s'était de nouveau mise à tomber. Le collègue de Sölvesborg leur avait fait très bonne impression et ils étaient sûrs qu'il mettrait la main sur Nils Velander

Mais Kurt Wallander était sceptique.

– On n'a aucune certitude, dit-il. Des billets de mille dans un sac en plastique, ça ne prouve absolument rien.

– Mais il y a tout de même quelque chose, dit Göran Boman.

Kurt Wallander était bien d'accord avec lui. Cette coiffeuse pour dames et son fils avaient quelque chose de louche.

Ils s'arrêtèrent pour déjeuner à un motel, à l'entrée de Kristianstad.

Kurt Wallander se dit qu'il fallait qu'il téléphone à l'hôtel de police d'Ystad.

Mais, quand il voulut le faire, l'appareil était en panne.

Il était déjà deux heures et demie lorsqu'ils revinrent à Kristianstad. Avant de s'attaquer à la troisième femme de la liste, il fallait que Göran Boman passe à son bureau.

Dès la réception, la standardiste les arrêta.

– On a appelé d'Ystad, dit-elle. Il faut que Kurt Wallander les rappelle.

– Va dans mon bureau, dit Göran Boman.

Plein de sombres pressentiments, Kurt Wallander composa le numéro, tandis que Göran Boman allait chercher du café.

Sans dire un mot, Ebba lui passa Rydberg.

– Il vaudrait mieux que tu reviennes ici, dit ce dernier. Il y a un cinglé qui a descendu un réfugié somalien, à Hageholm.

– Qu'est-ce que tu me racontes là ?

– Rien d'autre que ce je te dis. Le Somalien en question était allé faire un petit tour à pied. Et quelqu'un l'a abattu avec une carabine. Je t'ai cherché partout. Où est-ce que tu étais fourré, bon sang ?

222

– Il est mort?

– Il a eu toute la tête déchiquetée.

Kurt Wallander se sentit de nouveau pris de nausées.

– J'arrive, dit-il.

Il raccrocha au moment même où Göran Boman rentrait dans la pièce, transportant avec beaucoup de précautions deux gobelets en plastique pleins de café. Kurt Wallander lui raconta brièvement ce qui s'était passé.

– Je te fais reconduire en voiture d'intervention. La tienne te sera ramenée plus tard par quelqu'un d'ici.

Tout alla très vite.

Deux ou trois minutes plus tard, Kurt Wallander quittait la ville à bord d'une voiture de police et dans un hurlement de sirènes. A Ystad, Rydberg l'attendait et ils partirent immédiatement pour Hageholm.

– Est-ce qu'on a des indices? demanda Kurt Wallander.

– Aucun. Mais, quelques minutes après le meurtre, la rédaction du *Sydsvenska Dagbladet* a reçu une communication téléphonique. Quelqu'un qui disait que c'était pour venger Johannes Lövgren. Et que, la prochaine fois, ce serait une femme, pour venger Maria.

– Mais c'est de la folie, dit Kurt Wallander. Ça fait longtemps qu'on a abandonné la piste d'un meurtrier d'origine étrangère.

– Tout le monde ne semble pas du même avis. Il y en a qui ont l'air de penser qu'on cherche à protéger des étrangers.

– Mais j'ai fait paraître un démenti.

– Ceux qui ont fait ça se foutent pas mal de tes démentis. Ils ont trouvé un excellent prétexte pour sortir leurs flingues et se mettre à faire des cartons.

223

— C'est de la folie!

— Bien sûr que c'est de la folie. Mais ça n'empêche pas que c'est vrai!

— Est-ce qu'ils ont enregistré cet appel, au journal?

— Oui.

— Alors, je veux entendre la bande. Pour savoir si c'est la même personne que celle qui m'a appelé.

La voiture traversait à toute allure la campagne scanienne.

— Qu'est-ce qu'on fait, maintenant? demanda Kurt Wallander.

— Il faut qu'on mette la main sur les auteurs du double meurtre de Lenarp, dit Rydberg. Et plus vite que ça.

A Hageholm, c'était le chaos le plus complet. Des réfugiés en colère et en larmes s'étaient rassemblés dans le réfectoire, des journalistes procédaient à des interviews et le téléphone n'arrêtait pas de sonner. Wallander descendit de voiture sur un chemin bourbeux menant à une tourbière, à quelques centaines de mètres des maisons d'habitation. Le vent s'était levé et il remonta le col de sa veste. L'accès avait été interdit sur toute une zone, le long du chemin. La victime gisait sur le ventre, la tête dans la boue.

Kurt Wallander souleva avec précaution le drap qui recouvrait le corps.

Rydberg n'avait pas exagéré. Il ne restait presque plus rien de sa tête.

— Un coup porté presque à bout portant, dit Hanson tout près de là. Celui qui a fait ça a dû sortir de l'endroit où il était caché et faire feu à un ou deux mètres de distance.

— Une seule fois? demanda Kurt Wallander.

— Le directeur du camp dit qu'il a entendu deux coups de feu l'un après l'autre.

Kurt Wallander regarda tout autour de lui.

— Des traces de voiture? demanda-t-il. Où mène ce chemin-là?

— A deux kilomètres d'ici, il rejoint la E 14.

— Et personne n'a rien vu?

— Ce n'est pas facile d'interroger des gens qui parlent quinze langues différentes. Mais on s'en occupe.

— Est-ce qu'on sait qui est la victime?

— Il avait une femme et neuf enfants.

Kurt Wallander regarda Hanson, l'air incrédule.

— Neuf enfants?

— Tu vois d'ici les titres des journaux, demain? Un réfugié innocent abattu au cours d'une promenade. Neuf orphelins d'un seul coup.

A ce moment, Svedberg descendit de l'une des voitures de police et vint vers eux en courant.

— Le patron est au bout du fil, dit-il.

Kurt Wallander eut l'air surpris.

— Je croyais qu'il ne rentrait d'Espagne que demain.

— Pas lui, le grand patron, celui de Stockholm.

Kurt Wallander monta à bord de la voiture et prit le téléphone. Le directeur de la police nationale parlait très fort et ses propos l'indisposèrent tout de suite.

— C'est très grave, dit-il. On ne veut pas de meurtres racistes dans ce pays.

— Non, répondit Kurt Wallander.

— Il faut faire passer cette affaire avant toute autre enquête.

— Bien. Mais nous avons déjà le double meurtre de Lenarp sur les bras.

— Avez-vous avancé?

— Je le pense. Mais ça prend du temps.

– J'exige que tu me remettes un rapport, à moi personnellement. Je dois participer à un débat télévisé, ce soir, et j'ai besoin de toutes les informations disponibles.

– Je m'en occupe.

Fin de la communication.

Kurt Wallander resta un moment assis dans la voiture.

Il va falloir que Näslund se charge de ça, se dit-il. Leur envoyer tous les papiers qu'ils veulent.

Il était très abattu. Sa gueule de bois s'était dissipée et il pensait à ce qui s'était passé la nuit précédente. L'arrivée de Peters à bord d'une nouvelle voiture de police se serait de toute façon chargée de lui rafraîchir les idées.

Puis il pensa à Mona et à l'homme qui était venu la chercher.

Et au rire de Linda. Et à cet homme de couleur qui l'accompagnait.

A son père qui peignait son éternel tableau.

Et finalement à lui-même.

Il est un temps pour vivre et un temps pour mourir.

Puis il se força à descendre de voiture afin de prendre part aux constatations sur place.

Ça suffit comme ça, se dit-il.

Sinon, on n'y arrivera jamais.

Il était trois heures et quart. Il s'était de nouveau mis à pleuvoir.

X

Debout dans la pluie qui tombait à verse, Kurt Wallander grelottait. Il était presque cinq heures, maintenant, et la police avait installé des projecteurs tout autour du lieu du crime. Il observa deux ambulanciers qui apportaient une civière, en pataugeant dans la boue. On s'apprêtait à enlever le cadavre du Somalien assassiné. En voyant ce bourbier, il se demanda si même un policier aussi capable que Rydberg pourrait y trouver le moindre indice.

Pourtant, il se sentait soulagé, en ce moment précis. Dix minutes plus tôt, ses hommes avaient été assaillis par une épouse hystérique et neuf enfants qui hurlaient. La femme du défunt s'était jetée par terre et ses lamentations avaient été tellement déchirantes que plusieurs des policiers n'avaient pu supporter ce spectacle et s'étaient retirés. A son grand étonnement, Kurt Wallander avait constaté que le seul qui fût en mesure d'affronter cet être éploré et ces enfants au désespoir était Martinson, le plus jeune de tous, qui n'avait encore jamais eu au cours de sa carrière le pénible devoir d'annoncer un seul décès à un membre quelconque de sa famille. Il avait pris la femme dans ses bras, s'était mis à genoux dans la boue et avait réussi à se faire comprendre d'elle malgré la barrière linguistique. En revanche, le pasteur qu'on avait appelé d'urgence n'avait été capable de rien. Finalement, Martinson était parvenu à ramener cette femme et ses enfants au bâtiment principal du camp, où un médecin était prêt à s'occuper d'eux.

Rydberg s'approcha à pas lourds. Son pantalon était taché de boue jusqu'en haut des jambes.

– Quel merdier, dit-il. Mais Hanson et Svedberg ont fait du bon boulot. Ils ont réussi à dénicher deux réfugiés et un interprète qui pensent vraiment avoir vu quelque chose.

– Quoi?

– Comment est-ce que je le saurais? Je ne parle ni arabe ni swahili. Mais ils sont en route pour Ystad, en ce moment. Le service de l'Immigration a promis de nous fournir des interprètes. Je me suis dit qu'il valait mieux que ce soit toi qui procèdes aux interrogatoires.

Kurt Wallander approuva d'un signe de tête.

– Est-ce qu'on dispose de quelque chose? demanda-t-il.

Rydberg sortit son carnet de notes en bien piteux état.

– Il a été abattu à une heure exactement. Le directeur était en train d'écouter le flash d'information à la radio quand le coup de feu a retenti. Ou plutôt : les deux coups de feu, comme tu le sais. Il était mort avant d'avoir touché le sol. Il semblerait que ce soit du plomb. Je suppose que c'est du Glyttorp Nitrox 36. Voilà, c'est à peu près tout.

– Ça ne fait pas beaucoup.

– Moi, je trouve que c'est comme si on ne savait rien. Mais peut-être que les témoins pourront nous en dire plus.

– J'ai déjà ordonné des heures supplémentaires pour tout le monde, dit Kurt Wallander. Maintenant, on va bosser vingt-quatre heures sur vingt-quatre s'il le faut.

Une fois de retour à l'hôtel de police, il fut près de sombrer dans le désespoir en procédant à l'interrogatoire du premier témoin. L'interprète connaissant soi-disant le swahili ne comprenait pas le dialecte que parlait le témoin. C'était un jeune homme originaire du Malawi. Il fallut près d'une demi-heure à Kurt Wallander pour se rendre compte que l'interprète ne traduisait absolument pas ce que disait le témoin. Puis il lui fallut encore près de vingt minutes avant de s'aviser que, pour une obscure raison, ce témoin parlait lovale, langue répandue dans certaines parties du Zaïre et de la Zambie. C'était une chance. L'un des fonctionnaires du service de l'Immigration connaissait une vieille missionnaire parlant couramment lovale. Elle avait près de quatre-vingt-dix ans et vivait dans une maison de retraite, à Trelleborg. Après avoir pris contact avec ses collègues de là-bas, Kurt Wallander obtint l'assurance qu'on allait l'amener en voiture à Ystad. Il craignait qu'une nonagénaire ne soit peut-être pas la personne la plus indiquée en ce genre de circonstance. Mais il se trompait. Cette petite dame aux cheveux blancs et aux yeux vifs n'eut pas plus tôt franchi le seuil de son bureau qu'elle se mit à bavarder sans aucune difficulté avec le jeune témoin.

Malheureusement, il s'avéra que celui-ci n'avait rien vu.

– Demandez-lui pourquoi il s'est fait porter témoin, alors, dit Kurt Wallander d'un ton las.

La vieille femme et le jeune homme se lancèrent de nouveau dans une longue conversation.

– Il a simplement pensé que c'était excitant, finit-elle par dire. Et on peut le comprendre.

– Ah bon? s'étonna Kurt Wallander.

– Tu as été jeune, toi aussi, n'est-ce pas? dit la vieille femme.

On renvoya le citoyen du Malawi à Hageholm et la vieille femme à sa maison de retraite.

Le témoin suivant, en revanche, s'avéra plus solide. C'était un interprète iranien parlant bien suédois. Comme le Somalien abattu, il était en train de se promener quand les coups de feu avaient retenti.

Kurt Wallander sortit une carte d'état-major de la région de Hageholm. Il porta une croix à l'endroit du meurtre et l'interprète put aussitôt lui indiquer où il se trouvait lui-même à ce moment-là. La distance était d'environ trois cents mètres.

– Après les coups de feu, j'ai entendu une voiture, ajouta l'interprète.

– Mais tu ne l'as pas vue?

– Non. J'étais dans le bois. De là, on ne voit pas la route.

Il indiqua la direction du sud, sur la carte. Puis il dit quelque chose qui prit Kurt Wallander totalement au dépourvu.

– C'était une Citroën, dit-il.

– Une Citroën?

– Oui, une 2 CV, celle que vous appelez « le crapaud », en Suède.

– Comment peux-tu en être sûr?

– J'ai grandi à Téhéran. Quand on était petits, on apprenait à reconnaître les différentes voitures au bruit qu'elles faisaient. Et les Citroën n'étaient pas bien difficiles. Surtout la 2 CV.

Kurt Wallander eut du mal à en croire ses oreilles. Mais il prit très rapidement une décision.

- Viens avec moi dans la cour. Mais tu vas tourner le dos et fermer les yeux.

— Il sortit sous la pluie, mit en marche sa Peugeot et lui fit faire le tour du parking, tout en observant si l'interprète ne trichait pas.

— Eh bien? dit-il ensuite. Quelle marque était-ce?

— Une Peugeot, répondit l'interprète sans l'ombre d'une hésitation.

— Bien, dit Kurt Wallander. C'est même absolument parfait.

Il renvoya le témoin et donna ordre qu'on recherche une Citroën qui aurait pu circuler en direction de l'ouest entre Hageholm et la E 14. Cette information fut également transmise à l'agence suédoise de presse.

Le troisième témoin était une jeune Roumaine. Pendant son interrogatoire, dans le bureau de Kurt Wallander, elle ne cessa d'allaiter son enfant. L'interprète parlait assez mal suédois, mais Wallander estima malgré tout pouvoir se faire une assez bonne idée de ce que cette femme avait vu.

Elle se promenait sur le même chemin que le Somalien abattu et l'avait croisé en rentrant au camp.

— Combien de temps? demanda Kurt Wallander. Combien de temps entre le moment où tu l'as rencontré et celui où tu as entendu les coups de feu?

— Trois minutes, peut-être.

— Tu as vu quelqu'un d'autre?

La femme hocha affirmativement la tête et Kurt Wallander se pencha sur le bureau, impatient d'entendre ce qu'elle avait à dire.

— Où? dit-il. Montre-moi sur la carte!

L'interprète prit l'enfant dans ses bras pendant que la femme cherchait l'endroit sur la carte.

– Là, dit-elle en montrant avec un stylo.

Kurt Wallander vit tout de suite que c'était tout près du lieu du crime.

– Raconte-moi, dit-il. Prends tout ton temps. Réfléchis bien.

L'interprète traduisit et la femme réfléchit.

– Un homme en salopette bleue, dit-elle. Il était dans le champ.

– Comment était-il?

– Il n'avait pas beaucoup de cheveux.

– Quelle taille?

– Taille normale.

– Est-ce que je suis de taille normale, moi? demanda Kurt Wallander en allant se placer au milieu de la pièce.

– Il était plus grand.

– Quel âge avait-il?

– Il n'était pas jeune. Pas vieux non plus. Peut-être quarante-cinq ans.

– Est-ce qu'il t'a vue?

– Je ne crois pas.

– Qu'est-ce qu'il faisait, dans ce champ?

– Il mangeait.

– Il mangeait?

– Il mangeait une pomme.

Kurt Wallander réfléchit un instant.

– Un homme en salopette bleue dans un champ, juste à côté du chemin. C'est bien ça?

– Oui.

– Est-ce qu'il était seul?

– Je n'ai vu personne d'autre. Mais je ne crois pas qu'il était seul.

– Qu'est-ce qui te fait dire ça?

– On aurait dit qu'il attendait quelqu'un.

– Est-ce qu'il était armé?

La femme réfléchit de nouveau.

– Je crois me souvenir qu'il y avait un paquet de couleur brune à ses pieds, dit-elle. Mais ce n'était peut-être que la terre.

– Qu'est-ce qui s'est passé une fois que tu as vu cet homme?

– Je suis rentrée aussi vite que j'ai pu.

– Pourquoi t'es-tu pressée?

– Ce n'est pas bien de rencontrer dans un bois des hommes qu'on ne connaît pas.

Kurt Wallander hocha la tête.

– As-tu vu une voiture? demanda-t-il.

– Non. Pas de voiture.

– Peux-tu nous décrire cet homme avec un peu plus de détails?

Elle réfléchit longuement avant de répondre. L'enfant dormait maintenant dans les bras de l'interprète.

– Il avait l'air assez fort, dit-elle. Je crois qu'il avait de grosses mains.

– De quelle couleur étaient ses cheveux? Le peu qu'il avait?

– De couleur suédoise.

– Blonds, c'est ça?

– Oui. Et il était chauve comme ça.

Elle dessina une demi-lune en l'air.

Après cela, elle put rentrer au camp. Wallander, lui, alla chercher une tasse de café. Svedberg lui demanda s'il voulait une pizza. Il acquiesça d'un signe de tête.

A neuf heures moins le quart, le soir, tout le monde se retrouva à la cantine pour une nouvelle réunion. Kurt Wallander fut étonné de leur trouver aussi bonne mine à tous, sauf Näslund tout de même. Celui-ci était enrhumé et avait de la fièvre. Mais, malgré cela, il refusait de rentrer chez lui.

Tandis qu'ils prenaient leurs pizzas et leurs sand-wiches, Kurt Wallander s'efforça de faire le point. Il tira un écran sur l'un des murs et leur projeta une diapositive représentant une carte du lieu du crime. Sur celle-ci, il avait porté une croix à l'endroit où avait été commis le meurtre et il avait également dessiné l'emplacement qu'occupaient les divers témoins ainsi que leurs mouvements.

— On n'est donc pas totalement dans le noir, dit-il pour commencer son exposé. On sait l'heure exacte du crime et on dispose de deux témoins dignes de foi. Quelques minutes avant les coups de feu, la Roumaine a vu un homme en salopette bleue dans un champ, juste à côté du chemin. Ça correspond exactement au temps qu'a dû mettre la victime pour arriver à cet endroit. On sait également que le meur-trier a ensuite disparu en direction du sud-ouest, à bord d'une Citroën.

L'exposé fut interrompu par l'entrée de Rydberg dans la pièce. Tout le monde éclata de rire en le voyant couvert de boue presque de la tête aux pieds. Il ôta ses chaussures sales et trempées d'un coup sec de la cheville et prit le sandwich qu'on lui tendait.

— Tu arrives bien, dit Kurt Wallander. Qu'est-ce que tu as trouvé?

— J'ai tourné en rond dans ce champ pendant près de deux heures. La Roumaine a pu m'indiquer de façon assez précise l'endroit où se trouvait l'homme. Et on a trouvé des traces de pas. Des empreintes de bottes, plus exactement. Et c'est bien ce que portait cet homme, d'après elle. Le genre de bottes de caoutchouc vertes qu'on connaît bien. Et j'ai égale-ment retrouvé un trognon de pomme.

Rydberg sortit un sac en plastique de sa poche.

— Avec un peu de chance, il y aura peut-être des empreintes digitales dessus.

– On peut relever des empreintes digitales sur un trognon de pomme? s'étonna Kurt Wallander.

– On peut en relever sur n'importe quoi, dit Rydberg. On peut aussi trouver un poil, un peu de salive, un fragment de peau.

Il posa le sac en plastique sur la table, prudemment, comme s'il s'agissait d'un vase en porcelaine.

– Ensuite, j'ai suivi les traces de pas, dit-il. Si c'est bien ce mangeur de pomme qui est l'assassin, je crois que les choses se sont passées comme ceci.

Il tira son stylo de son carnet et alla se placer tout à côté de l'écran.

– Il voit le Somalien arriver sur le chemin. Alors il jette son trognon de pomme et traverse le champ tout droit, de façon à lui barrer la route. J'ai pu constater que ses bottes ont amené un peu de terre glaise sur le chemin. Là, il tire ses deux coups de feu à environ quatre mètres de distance. Puis il fait demi-tour et court sur une cinquantaine de mètres à partir du lieu du crime. A cet endroit, le chemin tourne et, en plus, il y a là un petit renfoncement qui permet à une voiture de faire la manœuvre. Et j'ai en effet relevé des traces de pneus. Ainsi que deux mégots.

En disant cela, il sortit un nouveau sac en plastique de sa poche.

– Ensuite, il saute dans sa voiture et part en direction du sud. Je crois que c'est ainsi que ça s'est passé. J'ai d'ailleurs l'intention de me faire rembourser mes frais de nettoyage.

– Tu as mon accord, dit Kurt Wallander. Mais, pour l'instant, il faut réfléchir.

Rydberg leva la main, comme s'il était encore à l'école.

– J'ai quelques idées, dit-il. Pour commencer, je

suis sûr qu'ils étaient deux. Un qui attendait dans la voiture et un qui a tiré.

– Qu'est-ce qui te fait croire ça?

– Les gens qui croquent une pomme dans une situation critique ne sont en général pas des fumeurs. Je suis d'avis qu'il y avait quelqu'un qui attendait à côté de la voiture. Un fumeur. Et que le meurtrier, lui, croquait une pomme.

– Ce n'est pas impossible.

– Et puis j'ai l'impression que tout a été très bien organisé. Il n'est pas bien difficile de savoir que les réfugiés de Hageholm se promènent souvent sur ce chemin. Ils sont d'ailleurs le plus souvent en groupe. Mais il arrive aussi qu'ils soient seuls. Il suffit de s'habiller en cultivateur pour que personne ne soupçonne quoi que ce soit. Il me semble aussi que l'endroit a été choisi de façon à ce que la voiture puisse attendre sans qu'on la voie du camp. J'ai donc la conviction que cet acte de folie est en fait une exécution perpétrée de sang-froid. La seule chose qu'ignoraient les meurtriers, c'était l'identité de celui qui allait arriver seul sur ce chemin. Mais je ne crois que ça avait beaucoup d'importance à leurs yeux.

Le silence se fit dans la cantine. L'analyse à laquelle s'était livré Rydberg était tellement limpide que personne n'avait quoi que ce soit à objecter. Ce meurtre apparaissait maintenant dans toute sa sauvagerie.

C'est Svedberg qui finit par rompre le silence.

– Il y a quelqu'un qui vient d'apporter une cassette de la part du *Sydsvenska*.

On alla chercher un magnétophone.

Kurt Wallander reconnut aussitôt la voix. C'était bien le même homme qui l'avait déjà, à deux reprises, appelé au téléphone pour proférer des menaces.

– On va envoyer cet enregistrement à Stockholm, dit Kurt Wallander. Ils pourront peut-être nous en dire plus.

– Je pense qu'il faudrait aussi essayer de savoir de quelle variété de pomme il s'agit, dit Rydberg. Avec un peu de chance, on pourra peut-être réussir à trouver la boutique dans laquelle il l'a achetée.

Puis ils commencèrent à s'interroger sur le mobile de ce geste.

– La xénophobie, dit Kurt Wallander. Ça peut recouvrir beaucoup de choses. Mais je crois qu'il faut qu'on se mette à fouiller un peu dans tous ces mouvements nationalistes. Il semble qu'on soit au début d'une nouvelle phase. On ne se contente plus de peindre des slogans sur les murs. On jette des bombes incendiaires et on tue. Mais je ne pense pas que ce soient les mêmes qui ont mis le feu à ce baraquement, ici, à Ystad. Je penche plutôt pour l'hypothèse d'une grosse blague ou bien le geste de quelques ivrognes qui se sont monté la tête contre les étrangers. Mais cet assassinat est quelque chose de différent. Ou bien ce sont des gens qui agissent pour leur propre compte. Ou bien alors ils font partie d'un mouvement organisé. Et, dans ce cas-là, il va falloir qu'on donne un bon coup de pied dans la fourmilière. Qu'on fasse appel à la population pour qu'elle nous fournisse des tuyaux. J'ai l'intention de demander à Stockholm de nous aider à dresser un peu le tableau des mouvements dont je parlais. C'est une affaire d'importance nationale. Ce qui veut dire que les moyens ne vont pas nous manquer. Et puis, quelqu'un a bien dû voir cette Citroën, elles ne sont pas tellement nombreuses, dans le pays.

– Il existe un club de propriétaires de Citroën, dit Näslund d'une voix rauque. On peut toujours essayer de rapprocher leur fichier de celui des immatriculations. Les membres de ce club connaissent certainement chacune des Citroën en circulation par ici.

On se répartit le travail. Il était près de dix heures et demie lorsque la réunion prit fin. Mais personne ne demanda à rentrer chez lui.

Kurt Wallander tint une conférence de presse improvisée à la réception de l'hôtel de police. Il en profita pour demander de nouveau avec insistance que toute personne ayant vu une Citroën sur la E 14 se fasse connaître. Il donna également le signalement provisoire du meurtrier.

Une fois qu'il eut cessé de parler, les questions se mirent à pleuvoir.

– S'il vous plaît, dit-il. Je vous ai dit tout ce que j'avais à vous dire.

En regagnant son bureau, il croisa Hanson qui lui demanda s'il voulait venir voir un enregistrement du débat auquel avait participé le directeur de la police nationale.

– Oh non! répondit-il. Surtout pas en ce moment.

Il débarrassa sa table de tous les papiers qui l'encombraient, conservant seulement celui sur lequel il avait noté de téléphoner à sa sœur, qu'il colla sur le combiné de l'appareil. Puis il appela Göran Boman à son domicile. C'est lui-même qui lui répondit.

– Où en es-tu? demanda-t-il.

– On possède un certain nombre d'indices, répondit Kurt Wallander. Il ne nous reste plus qu'à bosser.

– De mon côté, j'ai de bonnes nouvelles pour toi.

– C'est bien ce que j'espérais.

– Nos collègues de Sölvesborg ont réussi à mettre la main sur Nils Velander. Apparemment, il possède un bateau dont il va s'occuper de temps en temps. On recevra demain le procès-verbal de son audition, mais je peux déjà t'en donner les grandes lignes. En ce qui concerne l'argent qui se trouve dans le sac en plastique, il dit que c'est le produit de la vente de ses sous-vêtements. Et il accepte qu'on échange ces billets-là contre d'autres, afin de vérifier les empreintes digitales.

– Il faudrait se mettre en rapport avec la Föreningsbanken, ici, à Ystad, pour voir si on pourrait les identifier d'après leurs numéros.

– Ils seront là demain. Mais, très honnêtement, je ne pense pas que ce soit lui.

– Pourquoi?

– Je ne sais pas.

– Je croyais que tu avais parlé de bonnes nouvelles?

– J'en ai, en effet. J'en viens à la troisième de ces femmes. Je me suis dit que tu ne verrais pas d'objection à ce que j'aille la trouver tout seul.

– Bien sûr que non.

– Comme tu t'en souviens, elle s'appelle Ellen Magnuson. Elle a soixante ans et travaille dans l'une des pharmacies de la ville. En fait, je l'ai déjà rencontrée. Il y a quelques années, elle a renversé et tué un ouvrier du service de la voirie, au volant de sa voiture. Ça s'est passé devant l'aérodrome d'Everöd. Elle a alors affirmé qu'elle avait été aveuglée par le soleil et c'est certainement vrai. En 1955, elle a donné naissance à un fils déclaré de père inconnu. Il s'appelle Erik et habite Malmö. Il travaille au conseil général. Je suis donc allé la voir chez elle. Elle avait l'air très tendue et inquiète, comme si elle attendait la visite de la police. Elle a nié que Johannes Lövgren soit le père de son enfant. Mais j'ai eu très nettement le sentiment qu'elle mentait. Si tu veux bien me faire confiance, j'ai l'intention de m'intéresser à elle d'un peu plus près. Sans perdre totalement de vue notre amateur d'oiseaux et sa mère.

– Pendant les prochaines vingt-quatre heures, je ne vais certainement pas pouvoir m'occuper de grand-chose d'autre que de ce Somalien abattu, dit Kurt Wallander. Alors, je te suis reconnaissant de tout le temps que tu pourras consacrer à m'aider à propos de l'autre affaire.

– Je te fais parvenir les papiers, dit Göran Boman. Ainsi que l'argent. Je suppose qu'il va falloir que tu signes un reçu.

– Quand tout ça sera fini, on boira un whisky ensemble, dit Kurt Wallander.

– On doit avoir une séance de travail au château de Snogeholm, au mois de mars, à propos des nouveaux circuits de la drogue dans les pays de l'Est, dit Göran Boman. Ce serait peut-être une bonne occasion?

– Excellente idée, dit Kurt Wallander.

Ils mirent fin à leur entretien et il alla retrouver Martinson afin de savoir si des informations étaient parvenues à propos de la Citroën recherchée.

Martinson secoua négativement la tête. Toujours rien.

Kurt Wallander regagna son bureau et posa les pieds sur la table. Il était maintenant onze heures et demie. Il laissa lentement ses idées se remettre en place. Il reconstitua tout d'abord mentalement le déroulement de ce meurtre. N'avait-il rien oublié? Y avait-il la moindre faille dans le raisonnement de

Rydberg, ou bien quoi que ce soit nécessitant une intervention immédiate?

Non, il avait l'impression que l'enquête se déroulait de la façon la plus efficace possible. Il n'y avait plus maintenant qu'à attendre le résultat des différentes analyses et à espérer qu'on trouverait trace de cette voiture.

Il changea de position sur son siège, défit son nœud de cravate et pensa à ce que lui avait dit Göran Boman. Il avait pleinement confiance dans le jugement de ce dernier.

S'il avait eu l'impression que cette femme mentait, il en était certainement ainsi.

Mais pourquoi attachait-il si peu d'importance à Nils Velander?

Il ôta ses pieds de la table et tira vers lui une feuille de papier vierge. Il dressa rapidement la liste de tout ce qu'il lui fallait trouver le temps de faire au cours des prochains jours. Il prit également la décision de tenter d'obliger la Föreningsbanken à lui ouvrir ses portes le lendemain, bien que ce fût samedi.

Une fois cette liste établie, il se leva et s'étira. Il était maintenant un peu plus de minuit. Dans le couloir il entendit Hanson parler à Martinson. Mais il ne réussit pas à comprendre ce qu'ils disaient.

Devant sa fenêtre, un réverbère se balançait au vent. Il se sentait sale et en sueur et envisagea un moment d'aller prendre une douche dans le vestiaire. Il ouvrit la fenêtre et respira une bouffée d'air froid. La pluie avait cessé de tomber.

Il se sentait inquiet. Comment empêcher ce meurtrier de frapper de nouveau?

La prochaine victime devait être une femme, pour venger la mort de Maria Lövgren, selon les termes du message qui avait été enregistré.

Il s'assit à son bureau et sortit le dossier contenant tout ce qui concernait les camps de réfugiés de Scanie.

Il était peu probable que le meurtrier frappe de nouveau à Hageholm. Mais ce n'étaient pas les possibilités qui manquaient, dans ce domaine. Et, s'il choisissait sa victime de façon aussi gratuite qu'à Hageholm, le champ de celles-ci s'élargissait presque à l'infini.

De plus, il était impossible d'interdire aux étrangers de sortir.

Il repoussa le dossier et glissa une feuille de papier dans sa machine à écrire.

Il était maintenant près de minuit et demi. Il se dit qu'il pourrait aussi bien consacrer le temps dont il disposait à rédiger son compte rendu à l'intention de Björk qu'à quoi que ce soit d'autre.

A ce moment précis, Svedberg poussa la porte de son bureau.

— Des nouvelles? demanda Kurt Wallander.

— D'une certaine façon, dit Svedberg, l'air bien malheureux.

— Qu'est-ce qu'il y a?

— Je ne sais pas très bien comment te dire ça. Mais on vient d'avoir un coup de téléphone d'un paysan qui habite Löderup.

— Il a vu la Citroën?

— Non. Mais il dit que ton père est en train de se promener dans les champs en pyjama. Avec une valise à la main.

Kurt Wallander fut pétrifié de stupéfaction.

— Quoi! Qu'est-ce que tu dis?

— Ce type m'avait l'air tout à fait sain d'esprit. En fait, c'est à toi qu'il voulait parler. Mais on l'a mal aiguillé et c'est moi qui ai reçu la communication. Je me suis dit que c'était plutôt à toi de décider quoi faire.

Kurt Wallander resta immobile, les yeux dans le vide.

Puis il se leva.

– Où ça, tu dis?

– D'après ce que disait ce paysan, ton père se dirigeait vers la route nationale.

– Je m'en occupe. Je reviens dès que possible. Demande qu'on me prépare une voiture-radio, pour qu'on puisse me joindre en cas de besoin.

– Tu veux que je vienne avec toi, ou bien quelqu'un d'autre?

Kurt Wallander déclina cette offre d'un simple signe de tête.

– Mon père est atteint de sénilité, dit-il. Il faut que j'essaie de le faire admettre quelque part.

Svedberg ne tarda pas à lui apporter les clés d'une voiture-radio.

Au moment où il allait franchir les portes du bâtiment, il aperçut un homme qui se tenait dans le noir, à l'extérieur. Il ne tarda pas à reconnaître un reporter de l'un des journaux du soir.

– Je ne veux pas de lui sur mes talons, dit-il à Svedberg.

Celui-ci hocha la tête d'un air entendu.

– Attends une seconde, je vais faire marche arrière avec ma voiture et caler juste devant la sienne. Tu n'auras qu'à en profiter pour filer.

Kurt Wallander alla s'asseoir au volant et attendit.

Il vit le journaliste gagner sa voiture en courant. Trente secondes plus tard, Svedberg arrivait dans son propre véhicule et en coupait le moteur. La voie était libre pour Wallander.

Il partit à vive allure – et même bien trop vive. Il ignora totalement la limitation de vitesse du bois de Sandskogen. En outre, il était presque seul sur la route. Des lièvres effrayés traversaient la chaussée encore toute luisante de pluie.

Lorsqu'il arriva au village où habitait son père, il n'eut pas besoin de chercher bien longtemps. Les phares de la voiture le lui montrèrent tout de suite, en train de patauger au milieu d'un champ, pieds nus et en pyjama bleu à rayures. Il portait son vieux chapeau et tenait une valise. Lorsque les phares l'aveuglèrent, il leva la main devant ses yeux en un geste de colère. Puis il continua à marcher. D'un pas énergique, comme s'il était en route vers un but soigneusement déterminé à l'avance.

Kurt Wallander coupa le moteur mais laissa les phares allumés.

Puis il s'élança dans le champ.

– Papa ! s'écria-t-il. Qu'est-ce que tu es en train de faire, bon sang ?

Son père ne répondit pas et continua à marcher. Kurt Wallander le suivit, mais trébucha et tomba sur le sol détrempé.

– Papa ! s'écria-t-il de nouveau. Arrête-toi ! Où est-ce que tu vas ?

Pas de réaction. Son père parut même presser le pas. Ils n'allaient pas tarder à atteindre la route nationale. Kurt Wallander se mit alors à courir pour le rattraper et le prit par le bras. Mais il se dégagea et poursuivit son chemin.

Kurt Wallander perdit alors toute patience.

– Police ! s'écria-t-il. Si tu ne t'arrêtes pas, on va procéder aux tirs de sommation.

Son père s'arrêta net et se retourna. Kurt Wallander le vit cligner des yeux sous la lueur des phares.

– Qu'est-ce que je disais, hein? s'écria-t-il. Tu vois bien que tu veux ma mort!

Puis il jeta sa valise à la face de son fils. Le couvercle s'ouvrit et il s'en échappa un mélange indescriptible de linge sale, de pinceaux et de tubes de peinture.

Kurt Wallander sentit un immense chagrin monter en lui. Son père était là, en train de marcher dans la campagne au milieu de la nuit et de se figurer qu'il partait en Italie.

– Calme-toi, papa! dit-il. Je voudrais simplement t'emmener à la gare en voiture. Pour t'éviter de faire le chemin à pied.

Son père le regarda d'un œil méfiant.

– Je ne te crois pas.

– C'est quand même naturel que je vienne chercher mon père pour l'emmener à la gare quand il part pour un voyage pareil.

Kurt Wallander ramassa la valise, referma le couvercle et se dirigea vers la voiture. Il mit la valise dans le coffre et s'installa au volant pour attendre. Son père ressemblait à un animal pris au piège d'un puissant projecteur, au milieu de ce champ. Un animal maintenant acculé qui n'attendait plus que le coup de feu fatal.

Puis il commença à s'approcher de la voiture. Kurt Wallander n'aurait pas su dire si c'était de sa part une manifestation de dignité ou bien le signe définitif de son humiliation. Il ouvrit la portière arrière et son père monta dans la voiture, s'enveloppant les épaules dans une couverture que Wallander avait sortie du coffre.

Ce dernier sursauta en voyant quelqu'un surgir soudain de l'obscurité. Un vieil homme vêtu d'une salopette pas très propre.

– C'est moi qui ai appelé, dit-il. Comment ça se passe?

– Très bien, répondit Kurt Wallander. Merci d'avoir appelé.

– Je l'ai aperçu totalement par hasard.

– Je comprends. Merci, encore une fois.

Il s'installa au volant. En tournant la tête, il s'aperçut que son père grelottait, sous sa couverture.

– On va à la gare, papa, dit-il. Il n'y en a pas pour longtemps.

Il se rendit tout droit au service des urgences de l'hôpital. Il eut la chance de rencontrer le jeune médecin qu'il avait déjà vu lorsque Maria Lövgren était à l'agonie. Il lui expliqua ce qui venait de se passer.

– On va le mettre en observation pour cette nuit, dit le médecin. Il a très bien pu prendre froid. Demain, notre assistante sociale se chargera de lui trouver une place quelque part.

– Merci, dit Kurt Wallander. Je vais rester encore un petit moment avec lui.

On l'avait essuyé et étendu sur une civière.

– Enfin, dit-il. J'y suis, sur ma couchette pour l'Italie.

Kurt Wallander était assis sur une chaise, juste à côté.

– Oui, dit-il. C'est le grand départ pour le Sud.

Il était plus de deux heures quand il quitta l'hôpital. Il n'eut pas loin à aller pour revenir à l'hôtel de police. Tout le monde, sauf Hanson, était rentré se coucher. Ce dernier était en train de regarder l'enregistrement du débat auquel avait participé le directeur de la police nationale.

– Rien à signaler? demanda Kurt Wallander.

– Non. Rien, répondit Hanson. Pas mal de gens

ont appelé pour nous faire part de telle ou telle chose. Mais rien de vraiment décisif. J'ai pris la liberté d'envoyer tout le monde dormir un peu.

— Tu as bien fait. Mais c'est curieux que personne ne se manifeste à propos de cette voiture.

— C'était justement ce à quoi j'étais en train de penser. Il n'a peut-être emprunté la E 14 que sur une petite distance, avant de prendre de nouveau une petite route. J'ai bien regardé la carte. Il y en a tout un tas, dans le secteur. Et puis une grande zone de loisirs dans laquelle il n'y a personne, à cette époque de l'année. Les patrouilles qui assurent la protection des camps vont passer toutes ces petites routes au peigne fin, cette nuit.

Wallander approuva d'un hochement de tête.

— On va envoyer un hélicoptère dès qu'il fera jour, dit-il. Elle est peut-être cachée quelque part dans la zone de loisirs, cette voiture.

Il se servit une tasse de café.

— Svedberg m'a parlé de ton père, dit Hanson. Comment est-ce que ça s'est passé?

— Très bien, dit Kurt Wallander. Il est atteint de sénilité et il est maintenant à l'hôpital. Mais tout s'est très bien passé.

— Va dormir quelques heures. Tu as l'air complètement épuisé.

— J'ai encore un peu de paperasse à faire.

Hanson éteignit le magnétoscope.

— Alors j'en profite pour piquer un petit roupillon sur le divan, dit-il.

Kurt Wallander retourna dans son bureau et s'assit à sa machine à écrire. La fatigue lui brûlait les yeux.

Pourtant, cette fatigue lui permettait aussi de voir les choses avec une lucidité inattendue. Un double meurtre a été commis, pensa-t-il. Et la chasse que nous livrons au meurtrier déclenche un autre meurtre. Qu'il va nous falloir élucider très rapidement si nous ne voulons pas en avoir bientôt un de plus sur les bras.

Tout cela s'était déroulé en l'espace de cinq jours.

Il rédigea sa note à l'intention de Björk et décida de la lui faire remettre par quelqu'un, le lendemain, à l'aéroport.

Il bâilla. Il était maintenant quatre heures moins le quart. Il était trop fatigué pour penser à son père. Il avait simplement peur que l'assistante sociale ne soit pas en mesure de trouver une solution satisfaisante.

Le morceau de papier portant le nom de sa sœur était toujours fixé sur le téléphone. Dans quelques heures, dès qu'il ferait jour, il faudrait qu'il l'appelle.

Il bâilla de nouveau et renifla ses aisselles. L'odeur lui fit froncer le nez. A ce moment, Hanson passa la tête par la porte de son bureau.

Wallander comprit qu'il devait s'être passé quelque chose.

— Je crois qu'on tient le bon bout, dit Hanson.

— Quoi?

— Un type nous a appelés de Malmö pour nous dire que sa voiture avait été volée.

— Une Citroën?

Hanson se contenta d'un hochement de tête.

— Comment se fait-il qu'il s'en aperçoive à quatre heures du matin?

— Il a dit qu'il s'apprêtait à partir pour une foire-exposition, à Göteborg.

— Est-ce qu'il a signalé cette disparition à nos collègues de Malmö?

Hanson hocha de nouveau la tête. Kurt Wallander empoigna le téléphone.

– Alors, on s'en occupe, dit-il.

La police de Malmö promit de procéder très rapidement à l'audition de cet homme. Le numéro de la voiture, sa couleur et l'année de fabrication étaient déjà en cours de diffusion dans tout le pays.

– Une 2 CV bleu clair à toit blanc, immatriculée BBM 160. Il ne doit pas y en avoir des masses de ce modèle-là dans le pays. Combien? Une centaine?

– Si elle n'est pas enterrée quelque part, on va la retrouver, dit Wallander. A quelle heure le soleil se lève-t-il?

– Dans quatre ou cinq heures, répondit Hanson.

– Dès qu'il fera jour, il faut envoyer un hélicoptère au-dessus de cette zone de loisirs. Je te charge de faire le nécessaire.

Hanson se contenta une nouvelle fois d'un hochement de tête. Il se préparait à quitter la pièce lorsqu'il se souvint tout à coup de quelque chose qu'il avait oublié, du fait de sa fatigue.

– Bon sang, c'est vrai! J'oubliais.

– Quoi?

– Le type qui a téléphoné pour dire que sa voiture avait été volée. Il est dans la police.

Kurt Wallander le regarda d'un air étonné.

– Dans la police? Qu'est-ce que tu veux dire?

– Eh bien oui, quoi. Comme toi et moi.

XI

Kurt Wallander alla s'allonger dans l'une des cellules de l'hôtel de police. Avec beaucoup de peine, il réussit à programmer le réveil de sa montre-bracelet en s'accordant deux heures de sommeil. Lorsque retentirent les petits bips, il se réveilla avec un mal de tête lancinant. Sa première pensée fut pour son père. Il alla prendre des comprimés contre la migraine dans une boîte à pharmacie qu'il trouva dans un placard et les avala au moyen d'une tasse de café tiède. Puis il resta longtemps indécis, se demandant s'il devait d'abord prendre une douche ou bien appeler sa sœur à Stockholm. Il finit par opter pour la première solution et descendre dans les vestiaires. Son mal de tête se dissipait lentement. Mais, lorsqu'il s'affala dans le fauteuil de son bureau, il était toujours perclus de fatigue. Il n'était encore que sept heures et quart, mais il savait que sa sœur était matinale. Et en effet, elle répondit presque immédiatement à son appel. En termes aussi prudents que possible, il la mit au courant de ce qui venait de se passer.

— Pourquoi ne m'as-tu pas appelée plus tôt?

demanda-t-elle vivement. Tu as bien dû t'apercevoir de ce qui se préparait?

– Oui, mais sans doute trop tard, répondit-il évasivement.

Ils se mirent d'accord pour attendre le résultat de son entrevue avec l'assistante sociale de l'hôpital avant de décider quand elle viendrait en Scanie.

– Comment vont Mona et Linda? demanda-t-elle lorsque la communication toucha à sa fin.

Il comprit qu'elle n'était pas informée des derniers événements de sa vie familiale.

– Très bien, dit-il. Je te rappelle.

Après cela, il prit sa voiture pour se rendre à l'hôpital. La température était retombée en dessous de zéro et un vent glacial du sud-ouest balayait la ville.

L'une des infirmières, qui venait de prendre connaissance du rapport de sa collègue de nuit, lui dit que son père avait mal dormi. Mais, apparemment, sa promenade nocturne à travers champs ne devait pas lui laisser de séquelles sur le plan physique.

Kurt Wallander préféra attendre de s'être entretenu avec l'assistante sociale avant d'aller le voir.

Il n'avait guère confiance dans ce genre de personnes. Il avait bien trop souvent eu l'occasion, lors de l'arrestation de jeunes délinquants, de voir celles auxquelles la police s'adressait alors suggérer des mesures tout à fait erronées. Elles se laissaient facilement influencer alors que, selon lui, elles auraient dû se montrer énergiques et intraitables. Ils lui avaient fait piquer plus d'une colère, ces services sociaux qui lui semblaient, par leur mollesse, inciter les jeunes criminels à poursuivre dans la voie sur laquelle ils s'étaient engagés.

Mais à l'hôpital, ce n'est peut-être pas pareil, se dit-il.

Après un petit moment d'attente, il fut reçu par une femme dans la cinquantaine. Kurt Wallander lui dressa le tableau du rapide déclin de son père, insistant sur ce qu'il avait d'inattendu et sur l'impuissance qui était la sienne.

– Ce n'est peut-être que passager, répondit la femme. Il arrive que les personnes âgées soient atteintes de troubles temporaires. Si cela passe, il suffira peut-être de prévoir pour lui une aide ménagère. En cas de sénilité chronique, par contre, il faudra que nous trouvions autre chose.

Ils décidèrent que son père resterait en observation jusqu'au début de la semaine suivante. Ensuite, elle verrait avec les médecins ce qu'il conviendrait de faire.

Kurt Wallander se leva. La femme qu'il avait devant lui avait l'air de savoir ce dont elle parlait.

– Il est difficile d'être sûr de faire ce qu'il faut, dit-il.

Elle acquiesça d'un signe de tête.

– Rien n'est plus difficile que d'être obligé de devenir les parents de ses propres parents, dit-elle. Je suis bien placée pour le savoir. Ma mère a fini par être dans un tel état que je ne pouvais plus la garder à la maison.

Kurt Wallander alla ensuite trouver son père, qui était couché dans une chambre où il y avait quatre autres lits. Tous étaient pris. L'un des malades était plâtré, un autre recroquevillé comme s'il avait d'affreuses douleurs au ventre. Le père de Kurt Wallander, lui, se contentait de regarder le plafond.

– Comment ça va, papa? demanda-t-il.

La réponse se fit attendre.

– Laisse-moi tranquille, finit par lâcher le vieillard à voix basse.

Mais le ton de celle-ci n'était plus celui, méfiant et hargneux, de la nuit précédente. Kurt Wallander eut surtout le sentiment qu'elle était très triste.

Il resta un moment assis sur le bord du lit. Puis il partit.

– Je reviendrai te voir, papa, dit-il. Et puis j'ai le bonjour à te dire de la part de Kristina.

Il se hâta de quitter l'hôpital, en proie à un profond sentiment d'impuissance. Le vent glacial le saisit au visage. Il n'eut pas envie de repasser par l'hôtel de police et se contenta d'appeler Hanson à partir de son téléphone de bord, malgré la piètre qualité de la liaison.

– Je pars pour Malmö, dit-il. Est-ce que l'hélicoptère est au travail?

– Oui, ça fait une demi-heure, répondit Hanson. Mais toujours rien. Il y a aussi deux patrouilles sur le terrain, avec des chiens. Si cette foutue voiture est dans le secteur, on va certainement la retrouver.

Kurt Wallander prit la direction de Malmö. La circulation était dense, malgré l'heure matinale. A plusieurs reprises, il fut victime de queues de poisson de la part d'automobilistes très pressés.

Ça n'arriverait pas si j'étais dans une voiture de police, se dit-il. Mais après tout, qui sait si ça changerait vraiment quelque chose, de nos jours?

Il était neuf heures et quart lorsqu'il pénétra dans le bureau de l'hôtel de police de Malmö où l'attendait l'homme dont la voiture avait été volée. Avant d'aller le retrouver, il s'était entretenu quelques instants avec l'agent qui avait recueilli sa plainte.

– C'est vrai que c'est un collègue? avait-il demandé.

253

– C'*était* un collègue, avait répondu l'agent. Mais il est maintenant en retraite anticipée.

– Pour quelle raison?

L'agent avait haussé les épaules.

– Des problèmes nerveux, je crois.

– Tu le connais?

– Il n'était pas du genre bavard. Bien qu'on ait travaillé dix ans ensemble, je ne peux pas dire que je le connaisse vraiment. Et, honnêtement, je crois que je ne suis pas le seul dans ce cas.

– Il y a quand même bien quelqu'un qui doit le connaître?

L'agent avait de nouveau haussé les épaules.

– Je vais voir ça. Mais ça arrive à tout le monde de se faire voler sa voiture, hein?

Kurt Wallander pénétra dans le bureau et salua cet ancien collègue du nom de Rune Bergman. Il avait cinquante-trois ans et avait bénéficié d'une mise à la retraite anticipée quatre ans auparavant. Il était maigre et avait le regard vague et inquiet. Sur l'une des ailes du nez, il avait une cicatrice faisant penser à un coup de couteau.

Kurt Wallander eut aussitôt le sentiment que l'homme qui se trouvait devant lui était sur ses gardes. Il n'aurait pas su dire pourquoi mais c'était ainsi. Et cette impression ne fit que se confirmer au fur et à mesure de l'entretien.

– Je t'écoute, dit-il. A quatre heures du matin, tu t'es donc aperçu que ta voiture avait été volée.

– Oui, je devais monter à Göteborg. Quand je vais aussi loin, j'aime partir très tôt le matin. Mais quand je suis allé chercher ma voiture, elle n'était plus là.

– Elle se trouvait dans un garage ou bien sur une place de parking?

– Dans la rue, devant ma maison. J'ai bien un garage, mais il y a tellement de bazar dedans qu'il n'y a plus de place pour la voiture.

– Où habites-tu?

– Dans un lotissement, du côté de Jägersro.

– Est-ce qu'un de tes voisins aurait remarqué quelque chose?

– Je leur ai demandé, mais personne n'a rien vu ni entendu.

– Quand as-tu vu ta voiture pour la dernière fois?

– Je ne suis pas sorti de la journée. Mais la veille au soir, elle était là.

– Fermée à clé?

– Bien sûr.

– L'antivol était mis?

– Malheureusement non, il ne fonctionne plus.

Les réponses tombaient de façon très naturelle. Pourtant, Kurt Wallander n'arrivait pas à se défendre de l'impression que cet homme était sur ses gardes.

– Qu'est-ce que c'était que cette foire-exposition à laquelle tu voulais aller? demanda-t-il.

Cette fois, son interlocuteur eut l'air surpris.

– Qu'est-ce que ça a à voir avec cette affaire?

– Rien. Je me posais seulement la question.

– Ah bon. Eh bien, il s'agit d'aviation.

– D'aviation?

– Oui, je m'intéresse aux vieux avions. Je construis des modèles réduits.

– Si j'ai bien compris, tu es en retraite anticipée.

– Qu'est-ce que ça à voir avec le vol de ma voiture, enfin merde?

– Rien.

– Alors pourquoi est-ce que tu ne la cherches pas, plutôt que de fouiller dans ma vie privée?

– On s'en occupe. Comme tu le sais, nous avons tout lieu de penser que celui qui l'a volée a commis un meurtre. Je devrais peut-être plutôt dire : a exécuté quelqu'un.

Soudain, l'homme le regarda droit dans les yeux. Plus rien de vague dans son regard.

– Oui, j'ai appris ça, dit-il.

Kurt Wallander n'avait plus de questions à poser.

– J'aimerais bien t'accompagner jusque chez toi, dit-il. Pour voir où se trouvait ta voiture.

– Ne compte pas sur moi pour t'offrir le café. C'est tellement en désordre chez moi.

– Tu es marié?

– Divorcé.

Ils partirent dans la voiture de Kurt Wallander. Le lotissement en question était déjà assez ancien et était situé derrière le champ de courses de Jägersro. Ils s'arrêtèrent devant une maison en briques jaunes avec une petite pelouse sur le devant.

– Elle se trouvait exactement à l'endroit où tu t'es arrêté, dit l'homme.

Kurt Willander fit marche arrière sur quelques mètres et ils descendirent de voiture. Il nota que l'endroit était à égale distance de deux réverbères.

– Est-ce qu'il y a beaucoup d'autres voitures qui couchent dehors, ici? demanda-t-il.

– A peu près une devant chaque maison. La plupart des gens qui habitent ici en ont deux et il n'y a de la place que pour une dans le garage.

Kurt Wallander montra de la main les réverbères.

– Ils fonctionnent? demanda-t-il.

– Oui. S'il y en a un qui est en panne, je le remarque aussitôt.

Kurt Wallander regarda tout autour de lui et se mit à réfléchir. Mais il ne réussit pas à trouver d'autre question à poser.

— Je pense que nous ne tarderons pas à avoir des nouvelles l'un de l'autre, dit-il.

— Je tiens à récupérer ma voiture, lui répondit son ancien collègue.

Soudain, Kurt Wallander s'avisa qu'il avait bel et bien une dernière question à poser.

— Est-ce que tu as un permis de port d'arme? demanda-t-il. Une arme?

L'homme parut se figer sur place.

Au même moment, une idée folle traversa le cerveau de Kurt Wallander.

Cette histoire de vol de voiture était inventée de toutes pièces.

L'homme qui se tenait près de lui était l'un des deux qui avaient tué ce Somalien, la veille.

— Qu'est-ce que tu veux dire? demanda-t-il. Un permis de port d'arme? Tu n'es quand même pas assez bête pour penser que j'aie quoi que ce soit à voir avec cette histoire, hein?

— Toi qui as été dans la police, tu dois bien savoir qu'on est parfois obligé de poser toutes sortes de questions, dit Kurt Wallander. Est-ce que tu as des armes chez toi?

— J'ai des armes, mais j'ai aussi les permis qu'il faut.

— Quelle sorte d'armes?

— J'aime bien chasser. C'est ce qui fait que j'ai un mauser pour la chasse à l'élan.

— Et puis?

— Une carabine espagnole, une Lanber Baron, pour la chasse au lièvre.

— Je vais envoyer quelqu'un les chercher.

— Pourquoi ça?

— Parce que l'homme qui a été assassiné hier a été abattu avec une carabine, presque à bout portant

L'homme le regarda d'un air de mépris.

– Tu es complètement cinglé, dit-il. C'est pas possible d'être ravagé à ce point-là.

Kurt Wallander le quitta sur ces paroles et revint tout droit à l'hôtel de police. Il emprunta un téléphone pour appeler Ystad. On n'avait toujours pas trouvé trace de la voiture. Il demanda ensuite à parler à l'officier de service à la brigade des agressions de Malmö. Il avait déjà eu l'occasion de rencontrer cet homme qu'il considérait comme suffisant et très imbu de ses prérogatives. Cela s'était produit la fois où il avait fait la connaissance de Göran Boman.

Kurt Wallander dit ce qui l'amenait.

– Je voudrais faire contrôler les armes que détient cet homme, dit-il. Je veux aussi faire fouiller sa maison. Et je veux savoir s'il a des liens avec des organisations racistes.

Son collègue le regarda attentivement pendant un bon moment.

– As-tu des raisons quelconques de croire qu'il ait pu inventer cette histoire de vol de voiture? Et qu'il puisse être mêlé à ce meurtre?

– Il détient des armes. Et nous sommes obligés d'explorer toutes les pistes.

– Il y a une centaine de milliers de carabines dans ce pays. Et tu crois vraiment qu'il est possible de lancer un mandat de perquisition à propos d'un vol de voiture?

– Cette affaire doit passer avant toutes les autres, dit Kurt Wallander, qui sentait que la moutarde commençait à lui monter au nez. Je veux bien appeler le responsable départemental de la sécurité publique. Et le directeur de la police nationale, s'il le faut.

- Je vais faire mon possible. Mais ça n'est jamais

très bien vu de fouiller dans la vie privée des collègues. Je ne sais pas si tu t'es demandé ce que diraient les journaux, si ça venait à leur connaissance ?

– Je m'en fous, dit Kurt Wallander. J'ai trois meurtres sur les bras. Et on m'en a déjà promis un quatrième. Celui-là, j'ai bien l'intention d'essayer de l'empêcher.

Sur le chemin du retour à Ystad, il s'arrêta à Hageholm. Les constatations sur place touchaient à leur fin. Il profita de son passage pour examiner d'un peu plus près, sur les lieux mêmes, la théorie de Rydberg quant à la façon dont le meurtre s'était déroulé et il conclut en lui donnant raison. La voiture était certainement garée à l'endroit qu'il avait indiqué.

Soudain, il s'aperçut qu'il avait oublié de demander à l'homme qu'il venait d'interroger s'il fumait. Ou bien s'il aimait les pommes.

Il regagna Ystad. Il était maintenant midi. En pénétrant dans l'hôtel de police, il croisa une dactylo qui sortait déjeuner. Il en profita pour lui demander de lui acheter une pizza.

Il passa la tête dans le bureau de Hanson : toujours pas trace de la voiture.

– On se réunit dans mon bureau dans un quart d'heure, dit Kurt Wallander. Tâche de mettre la main sur tout le monde. Ceux qui sont à l'extérieur, tu dois pouvoir les toucher par téléphone.

Il s'assit dans son fauteuil sans ôter son pardessus et appela de nouveau sa sœur. Ils convinrent qu'il irait la chercher à l'aéroport de Sturup, à dix heures, le lendemain matin.

Puis il tâta du doigt la bosse de son front, dont la couleur oscillait maintenant entre le jaune, le noir et le rouge.

Vingt minutes plus tard, tout le monde était présent, sauf Martinson et Svedberg.

– Svedberg est parti jeter un coup d'œil dans une carrière, dit Rydberg. Quelqu'un nous a appelés pour nous signaler la présence suspecte d'une voiture à cet endroit. Martinson, lui, est sur la piste d'un des membres de ce club de propriétaires de Citröen qui sait, paraît-il, tout sur ce genre de bagnole en Scanie. C'est un dermatologue de Lund.

– Un dermatologue de Lund? s'étonna Kurt Wallander.

– Il y a bien des putes qui collectionnent les timbres-poste, dit Rydberg. Pourquoi pas des dermatologues cinglés de Citroën?

Wallander rendit compte de son entrevue avec leur collègue de Malmö. Lorsqu'il précisa qu'il avait donné ordre qu'on examine de très près tout ce qui avait trait à cet homme, il ne put s'empêcher de penser qu'il s'aventurait sur un terrain très glissant.

– Ça ne me paraît pas très vraisemblable, dit Hanson. Un flic qui a l'intention de commettre un meurtre n'est tout de même pas assez bête pour attirer l'attention sur lui en allant porter plainte pour vol de voiture.

– C'est possible, dit Kurt Wallander. Mais nous ne pouvons pas nous permettre de négliger la moindre piste, si mince soit-elle.

La discussion tourna ensuite autour de cette voiture introuvable.

– On a vraiment très peu d'appels de la part du public. Ça me renforce dans mon idée qu'elle n'a pas quitté le secteur.

Kurt Wallander déplia la carte d'état-major et ils se penchèrent sur elle comme s'ils étaient en train de préparer une offensive.

– Les lacs, dit Rydberg. Ceux de Krageholm et de Svaneholm. Ils peuvent très bien être allés y jeter la voiture. C'est plein de petites routes, par là.

– C'est tout de même risqué, dit Kurt Wallander. Il y a des gens qui auraient pu les voir.

Ils décidèrent malgré tout de passer au peigne fin les abords de ces lacs. De même que d'aller fouiller les granges abandonnées.

Une patrouille était venue de Malmö avec des chiens, mais n'avait rien trouvé. Les recherches à partir de l'hélicoptère s'étaient révélées vaines, elles aussi.

– Ton Arabe s'est peut-être trompé? demanda Hanson.

Kurt Wallander réfléchit un instant.

– On va recommencer, dit-il. Cette fois-ci, on va lui proposer six voitures, dont une Citroën.

Hanson promit de s'en charger.

Ils passèrent ensuite à l'examen de la situation de l'enquête sur le double meurtre de Lenarp. Là non plus, aucune trace de cette voiture que le chauffeur de camion affirmait avoir croisée tôt le matin.

Kurt Wallander se rendit compte que ses hommes étaient fatigués. On était maintenant samedi et nombre d'entre eux étaient à la tâche sans discontinuer depuis plusieurs jours.

– On laisse tomber Lenarp jusqu'à lundi matin, dit-il. On se concentre sur Hageholm. Ceux qui ne sont pas absolument indispensables n'ont qu'à rentrer chez eux se reposer. La semaine prochaine risque d'être aussi dure que celle-ci.

Puis il se souvint que, le lundi, Björk serait de nouveau à son poste.

– Ce sera à Björk de prendre le relais, dit-il. Alors j'en profite pour vous remercier de l'aide que vous m'avez apportée.

– On est reçus à l'examen? demanda ironiquement Hanson.

– Avec mention très bien, répondit Kurt Wallander.

Après la réunion, il demanda à Rydberg de rester un instant. Il éprouvait le besoin de parler calmement de la situation avec quelqu'un. Et Rydberg était, comme d'habitude, celui en qui il avait le plus confiance quant à la sûreté de son jugement. Il lui fit part des efforts de Göran Boman, à Kristianstad. Rydberg hocha pensivement la tête. Kurt Vallander comprit qu'il était très sceptique.

– Ça me fait l'effet d'une bombe à retardement, dit-il. Plus j'y pense, plus ce double meurtre me plonge dans la perplexité.

– Comment ça? demanda Kurt Wallander.

– Je n'arrive pas à oublier ce que cette femme a dit avant de mourir. J'imagine que, malgré son état, elle devait être bien consciente que son mari était mort. Et qu'elle n'allait pas tarder à le suivre. Il me semble que, dans ce genre de circonstance, c'est un simple réflexe que de tenter de fournir la clé de l'énigme. Et tout ce qu'elle a dit, c'est ce mot « étranger ». Et non seulement dit mais répété, quatre ou cinq fois. Ça doit quand même bien signifier quelque chose. Et puis il y a ce nœud coulant tellement bizarre. Tu l'as d'ailleurs dit toi-même : ça sent la haine et la vengeance, cette histoire. Et pourtant, on fait porter nos recherches dans une direction toute différente.

– Svedberg a fouillé toute la famille des Lövgren, dit Kurt Wallander. Il n'a trouvé trace d'aucun étranger. Rien que des cultivateurs bien suédois et un ou deux artisans.

– N'oublie pas sa double vie, dit Rydberg.

Nyström a parlé de son voisin comme d'un type sans histoires et sans fortune. Et il ne nous a pas fallu plus de deux jours pour apprendre que, tout ça, c'était faux. Qu'est-ce qui empêche, au juste, que cette affaire ait d'autres côtés insoupçonnés?

– Qu'est-ce qu'il faut faire, selon toi?

– Ce qu'on est en train de faire. Mais également être prêts à admettre que la piste que nous suivons ne mène peut-être nulle part.

Puis ils en vinrent à évoquer le meurtre du Somalien.

Depuis qu'il avait quitté Malmö, Kurt Wallander n'arrivait pas à se débarrasser d'une idée qui lui trottait dans la tête.

– Est-ce que je pourrais te demander quelque chose? dit-il.

– Bien sûr que oui, répondit Rydberg intrigué.

– C'est à propos de notre collègue, dit Kurt Wallander. Je sais que c'est plutôt une intuition qu'autre chose. Et que l'intuition n'est pas très recommandable, dans notre métier. Mais je me suis dit qu'on devrait avoir ce type-là à l'œil, toi et moi. Au moins pendant le week-end. Ensuite, on verra s'il faut continuer et mettre les autres au courant. Mais si, comme je le pense, cette histoire de vol de voiture est inventée de toutes pièces et s'il est mouillé dans cette affaire, il ne doit pas être très rassuré, en ce moment.

– Je suis d'accord avec Hanson quand il dit que quelqu'un qui est dans la police peut difficilement être assez bête pour monter un vol de voiture bidon alors qu'il s'apprête à commettre un meurtre, objecta Rydberg.

– Je pense que vous avez tort, répondit Kurt Wallander. Et qu'il se met le doit dans l'œil, lui aussi, quand il part du principe que sa qualité de membre de la police doit le mettre à l'abri de tous les soupçons.

Rydberg frotta son genou douloureux.

— Comme tu veux, finit-il par dire. Mon avis n'a pas beaucoup d'importance, en l'occurrence, si tu estimes qu'il faut qu'on suive cette piste.

— Ce que je veux, c'est le surveiller de près, dit Kurt Wallander. Je propose qu'on se partage le travail équitablement jusqu'à lundi matin. Ça ne va pas être marrant, mais c'est possible. Je peux prendre les nuits, si tu préfères.

Il était midi. Rydberg accepta de se charger de cette surveillance jusqu'à minuit et Kurt Wallander lui donna l'adresse.

Au même moment, la dactylo entra avec la pizza qu'il avait commandée.

— Tu as mangé? demanda-t-il à Rydberg.

— Oui, répondit celui-ci d'une voix très peu convaincante.

— Prends celle-ci. Je vais aller en acheter une autre.

Rydberg ingurgita la pizza au bureau. Puis il s'essuya la bouche et se leva.

— Tu as peut-être raison, dit-il.

— Peut-être, répondit Kurt Wallander.

Le reste de la journée s'écoula sans qu'il se passe quoi que ce soit.

La voiture était toujours aussi introuvable. Les pompiers avaient dragué les lacs des alentours sans ramener quoi que ce soit d'autre que des pièces d'une vieille moissonneuse-batteuse.

Le public était toujours aussi avare de renseignements.

La presse, la radio et la télévision ne cessaient en

revanche d'appeler pour obtenir les dernières informations. Kurt Wallander ne put que renouveler auprès d'eux sa prière d'insister pour qu'on lui signale toute Citroën bleue et blanche. Les directeurs de divers camps de réfugiés appelèrent pour faire part de leur inquiétude et pour demander une surveillance policière accrue. Kurt Wallander leur répondit avec toute la patience dont il était encore capable.

A quatre heures de l'après-midi, une vieille femme fut renversée et tuée par une voiture, à Bjäresjö. Revenu de son expédition dans cette carrière, Svedberg se chargea de mener l'enquête, bien que Kurt Wallander lui eût promis qu'il serait libre cet après-midi-là.

A cinq heures, c'est Näslund qui appela, et Kurt Wallander eut très nettement l'impression qu'il avait bu. Il demanda s'il s'était passé quelque chose ou s'il pouvait aller passer la soirée chez des amis, à Skillinge. Kurt Wallander lui en donna la permission.

A deux reprises, il appela l'hôpital pour avoir des nouvelles de son père. On lui répondit qu'il était assez fatigué et plutôt absent.

Juste après l'appel de Näslund, il composa le numéro de Sten Widén et entendit, au bout du fil, une voix qu'il connaissait déjà.

— C'est moi qui t'ai aidée à décrocher ton échelle, l'autre jour, dit-il. Tu as compris tout de suite que j'étais dans la police. J'aimerais parler à Sten, s'il est là.

— Il est parti acheter des chevaux au Danemark, répondit la jeune fille répondant au nom de Louise.

— Quand est-ce qu'il rentre?

— Peut-être demain.

— Peux-tu lui demander de m'appeler?

– Entendu.

Kurt Wallander n'eut pas plus tôt raccroché qu'il eut le sentiment très net que Sten Widén n'était pas du tout au Danemark. Peut-être même était-il tout à côté de Louise, en train d'écouter.

A moins qu'ils n'aient été, tous les deux, dans le grand lit défait.

Rydberg ne donna pas de ses nouvelles.

Il remit sa note à l'intention de Björk à l'une des patrouilles du maintien de l'ordre, avec mission de la lui remettre dès sa descente d'avion, à Sturup, le soir même.

Puis il consacra quelque temps aux factures qu'il avait oublié de payer, à la fin du mois précédent. Il rédigea donc toute une série de virements postaux qu'il mit, accompagnés d'un chèque, dans une enveloppe brune. Il se rendit alors compte que ce n'était pas encore ce mois-ci qu'il aurait les moyens de s'offrir un magnétoscope ou une chaîne stéréo.

Puis il répondit à l'offre qu'on lui avait faite de participer à un voyage de groupe à l'opéra de Copenhague, à la fin du mois de février. Il accepta cette proposition, car il n'avait encore jamais vu *Wozzeck* sur scène.

A huit heures, il prit connaissance du rapport de Svedberg sur l'accident de voiture de Bjäresjö. Il comprit aussitôt qu'il n'y avait pas lieu de faire arrêter le chauffeur. La vieille avait en effet traversé la route sans regarder juste devant une voiture roulant à allure très modérée. Le cultivateur qui conduisait était irréprochable et tous les témoignages concordaient. Il nota de faire en sorte qu'Anette Brolin prenne connaissance de ce rapport, une fois qu'il aurait été procédé à l'autopsie de la victime.

A huit heures et demie, deux hommes entamèrent

un pugilat dans un immeuble locatif, à la sortie de la ville. Peters et Norén parvinrent rapidement à séparer les combattants. Il s'agissait de deux frères bien connus des services de police. Ils se battaient en général trois fois par an.

De Marsvinsholm, on signala la disparition d'un lévrier. Étant donné qu'on avait vu celui-ci partir à toutes jambes en direction de l'ouest, il transmit l'affaire à ses collègues de Skurup.

A dix heures, il quitta l'hôtel de police. Il faisait froid et le vent soufflait en rafales. Le ciel était étoilé et il ne neigeait toujours pas. Il rentra chez lui, enfila de gros sous-vêtements d'hiver et mit un bonnet de laine. Il arrosa, de façon un peu distraite, ses fleurs qui piquaient du nez devant la fenêtre. Puis il prit la direction de Malmö.

C'était Norén qui était de garde, cette nuit-là. Kurt Wallander avait promis de l'appeler une ou deux fois. Mais il était probable que Norén allait avoir suffisamment à faire avec Björk, qui allait rentrer pour apprendre immédiatement que ses vacances étaient bel et bien terminées.

Kurt Wallander s'arrêta à un motel, à Svedala. Il hésita longuement avant de décider de se contenter d'une salade. Il se demanda si c'était bien le moment de changer ses habitudes alimentaires. Car, s'il mangeait trop, il risquait fort de ne pas pouvoir rester éveillé comme il le fallait.

Une fois son repas terminé, il but plusieurs tasses de café. Une femme d'un certain âge s'approcha alors de sa table pour lui vendre la publication des Témoins de Jéhovah. Il en acheta un exemplaire, se disant que cette lecture serait suffisamment ennuyeuse pour l'occuper toute la nuit.

Peu après, il reprit la E 14 et couvrit les vingt derniers kilomètres le séparant de Malmö. Mais, soudain, il fut pris de doutes quant au bien-fondé de la tâche qu'il s'était fixée, ainsi qu'à Rydberg. Jusqu'à quel point avait-il le droit de faire confiance à son intuition? Les objections de Hanson et de Rydberg n'étaient-elles pas suffisantes pour justifier l'abandon de cette idée de surveillance nocturne?

Il se sentait très indécis. Irrésolu.

Et la salade qu'il avait mangée ne l'avait pas véritablement rassasié.

Il était un peu plus de onze heures et demie lorsqu'il vint se ranger dans une rue latérale à la maison jaune habitée par Rune Bergman. Il sortit dans la nuit glaciale en enfonçant son bonnet sur ses oreilles. Autour de lui, la lumière était éteinte dans toutes les maisons. Au loin, il entendit le crissement des pneus d'une voiture. Il resta le plus possible dans l'ombre et s'engagea dans une rue du nom de Rosenallén.

Il découvrit presque immédiatement Rydberg, debout près d'un grand marronnier. Le tronc en était si gros qu'il le dissimulait complètement. Si Wallander l'avait trouvé, c'était uniquement parce que c'était le seul endroit à l'abri des regards d'où l'on pouvait avoir vue sur la maison jaune.

Kurt Wallander se glissa à son tour dans l'ombre de ce gros arbre.

Rydberg était gelé. Il se frottait les mains l'une contre l'autre et tapait des pieds.

— Est-ce qu'il s'est passé quelque chose? demanda Kurt Wallander.

— Pas grand-chose en l'espace de douze heures, répondit Rydberg. A quatre heures, il est allé faire ses courses à la boutique du quartier. Deux heures plus tard, il est sorti refermer sa barrière, que le vent avait ouverte. Mais il est sur ses gardes. Je me demande si tu n'aurais pas raison, après tout.

Rydberg montra de la main la maison voisine de celle qu'habitait Rune Bergman.

– Elle est vide, dit-il. Du jardin, on peut voir aussi bien la rue que la porte de derrière. Pour le cas où il aurait l'idée de filer par là. Il y a un banc sur lequel on peut s'asseoir. Si on est assez chaudement vêtu.

En arrivant, Kurt Wallander avait remarqué une cabine téléphonique. Il demanda à Rydberg d'aller appeler Norén. S'il ne s'était rien passé d'important, il n'aurait qu'à rentrer chez lui directement.

– Je serai là à sept heures, dit Rydberg. Tâche de ne pas mourir de froid, d'ici là.

Il disparut sans faire de bruit. Kurt Wallander resta un instant à observer la maison jaune. Deux fenêtres étaient éclairées, l'une au rez-de-chaussée, l'autre au premier. Les rideaux étaient tirés. Il regarda sa montre. Minuit passé de trois minutes. Rydberg n'était pas revenu. De là où il était, il avait une vue bien dégagée. Pour ne pas avoir trop froid, il se mit à marcher de long en large, cinq pas dans chaque sens.

Lorsqu'il consulta de nouveau sa montre, il était une heure moins dix. La nuit allait être longue et il commençait déjà à avoir froid. Il essaya de faire passer le temps en observant les étoiles dans le ciel. Mais, quand il commença à avoir mal au cou, il se remit à marcher.

A une heure et demie, la lumière du rez-de-chaussée s'éteignit. Kurt Wallander crut entendre la radio, au premier étage.

Il n'a pas l'air d'aimer se coucher tôt, ce Rune Bergman, se dit-il.

C'est peut-être une habitude qu'on prend quand on est en retraite anticipée.

269

A deux heures moins cinq, une voiture passa dans la rue, suivie juste après par une autre. Puis le silence se fit de nouveau.

A l'étage, la lumière était toujours allumée. Kurt Wallander, lui, avait froid.

A trois heures moins cinq, la lumière s'éteignit. Kurt Wallander tenta de discerner le bruit de la radio. Mais en vain. Il se mit à battre des bras pour se réchauffer.

Il fredonnait intérieurement une valse de Strauss.

Le bruit fut si faible qu'il l'entendit à peine.

Le cliquetis d'une serrure. Ce fut tout. Kurt Wallander se figea sur place et tendit l'oreille.

Puis il aperçut une ombre.

L'homme avait dû prendre grand soin de ne pas faire de bruit. Pourtant, Kurt Wallander attendit quelques secondes, puis il enjamba prudemment la clôture. Il eut du mal à s'orienter, dans l'obscurité, mais discerna un étroit passage entre un hangar et le jardin qui jouxtait celui de Bergman. Il avança alors très rapidement. Beaucoup trop rapidement même, compte tenu qu'il n'y voyait presque pas.

Et il se retrouva dans la rue parallèle à Rosenallén.

S'il était arrivé une seconde plus tard, il n'aurait pas vu Rune Bergman disparaître par une rue transversale, sur la droite.

Il hésita une seconde. Sa voiture n'était garée qu'à cinquante mètres de là. S'il n'allait pas la chercher tout de suite et si Rune Bergman en avait une garée à proximité, il n'aurait aucune chance de le suivre à la trace.

Il courut comme un fou jusqu'à sa voiture. Ses membres gourds de froid se mirent à craquer sous l'effort qu'il leur demandait et, au bout de quelques pas, il était déjà à bout de souffle. Il ouvrit brutalement la portière, chercha un instant ses clés et décida rapidement de tenter de couper la route à Rune Bergman.

Il s'engagea dans la rue qu'il croyait être la bonne mais s'aperçut un instant trop tard que c'était une impasse. Il poussa un juron et fit marche arrière. Rune Bergman avait sans doute le choix entre bien des rues, lui. En outre, il y avait un grand parc, non loin de là.

Décide-toi, se dit-il, furieux. Décide-toi, merde!

Il prit alors la direction du vaste parking situé entre le champ de courses de Jägersro et les grandes surfaces qui se trouvent à cet endroit. Il se préparait à abandonner la partie lorsqu'il vit Rune Bergman. Celui-ci était dans une cabine téléphonique, près d'un hôtel tout neuf, juste à l'entrée de la côte menant aux écuries du champ de courses.

Kurt Wallander freina, coupa le moteur et éteignit ses phares.

Apparemment, l'homme en train de téléphoner ne s'était pas aperçu de sa présence.

Quelques minutes plus tard, un taxi vint se ranger près de l'hôtel. Rune Bergman monta sur le siège arrière et Kurt Wallander mit son moteur en marche.

Le taxi prit l'autoroute en direction de Göteborg. Kurt Wallander laissa passer un poids lourd afin de se dissimuler derrière lui.

Il regarda son compteur à essence. Il ne pourrait certainement pas suivre ce taxi plus loin que Halmstad.

Soudain, il le vit se mettre à clignoter à droite pour prendre la sortie en direction de Lund. Kurt Wallander l'imita.

Le taxi s'arrêta devant la gare. Lorsque Kurt Wallander passa à son tour devant celle-ci, il aperçut Rune Bergman en train de régler la course. Il alla se garer dans une rue latérale, sans se soucier de se trouver sur un passage clouté.

Rune Bergman marchait d'un bon pas et Kurt Wallander avait du mal à le suivre, dans l'obscurité.

Rydberg ne s'était pas trompé. Cet homme était sur ses gardes.

Soudain, il s'arrêta net et se retourna.

Kurt Wallander n'eut que le temps de se jeter sous une porte cochère. Il se cogna le front au coin d'une marche qui dépassait et sentit sa bosse s'ouvrir, au-dessus de son œil. Le sang coulait le long de son visage. Il s'essuya avec son gant, compta jusqu'à dix et reprit sa filature. Le sang commençait déjà à se coaguler.

Rune Bergman s'arrêta devant la façade d'une maison recouverte de toiles et d'échafaudages. Il se retourna de nouveau mais, cette fois, Kurt Wallander réussit à se tapir derrière une voiture en stationnement.

Puis il disparut.

Kurt Wallander attendit d'avoir entendu la porte de l'immeuble se refermer. Peu de temps après, la lumière s'alluma dans une pièce située au deuxième étage.

Il traversa la rue en courant et se faufila derrière les toiles. Sans réfléchir, il grimpa l'échelle jusqu'au premier étage de l'échafaudage.

Les planches grinçaient et gémissaient sous ses pas. Il devait également, de temps à autre, essuyer le sang qui lui obscurcissait la vue. Puis il se hissa jusqu'à l'étage suivant. Les fenêtres éclairées n'étaient plus qu'à un bon mètre au-dessus de sa tête. Il ôta son cache-col et s'en fit un bandage provisoire au front.

Il monta prudemment un nouvel étage de l'échafaudage. L'effort qu'il avait dû accomplir l'avait tellement épuisé qu'il resta allongé pendant plus d'une minute avant de trouver la force de continuer. Il se traîna alors avec beaucoup de précautions sur ces planches glaciales couvertes de débris du crépi de la façade. Il n'osait pas penser à quelle hauteur au-dessus du sol il se trouvait, car cela lui aurait aussitôt donné le vertige.

Il passa prudemment la tête par-dessus le rebord de la première des deux fenêtres. A travers les rideaux de tulle, il vit une femme en train de dormir dans un grand lit. Sur l'autre bord de celui-ci, les couvertures étaient rejetées, comme si quelqu'un s'était levé précipitamment.

Il progressa jusqu'à la fenêtre suivante.

Quand il passa de nouveau la tête par-dessus le rebord, il vit cette fois Rune Bergman en conversation avec un homme vêtu d'une robe de chambre brun foncé.

Kurt Wallander eut l'impression d'avoir déjà vu cette tête-là quelque part.

Tellement cette Roumaine avait été précise dans sa description de l'homme qui attendait dans le champ, en croquant une pomme.

Il sentit son cœur se mettre à battre.

Il ne s'était donc pas trompé. Ce ne pouvait être personne d'autre.

Les deux hommes s'entretenaient à voix basse. Kurt Wallander ne réussit pas à entendre ce qu'ils disaient. Tout à coup, l'homme à la robe de chambre disparut par une porte et Kurt Wallander se trouva face à face avec Rune Bergman, qui le regardait droit dans les yeux.

Il m'a vu, se dit-il en baissant la tête.

Ces salauds-là ne vont pas hésiter à me tuer.

Il se sentit paralysé par la peur.

Je vais mourir, pensa-t-il. Ils vont me tirer une balle dans la tête.

Mais personne ne vint lui brûler la cervelle. Et il finit par oser relever la tête.

L'homme en robe de chambre était debout et croquait une pomme.

Rune Bergman, lui, tenait deux carabines entre les mains. Il en posa une sur la table. Puis il dissimula la seconde sous son manteau. Kurt Wallander estima alors qu'il en avait assez vu. Il se retourna et commença à redescendre par le même chemin que celui qu'il avait emprunté pour arriver là.

Il ne sut jamais comment cela s'était passé.

Il avait dû se tromper, dans le noir, et, quand il voulut saisir l'échafaudage, sa main ne rencontra que le vide.

Et il bascula.

Cela se passa si vite qu'il n'eut même pas le temps de se dire qu'il allait mourir.

Juste au-dessus du niveau du sol, l'une de ses jambes resta coincée entre deux planches. Lorsque le choc survint, la douleur fut affreuse. Mais il resta suspendu en l'air, la tête à peine à un mètre au-dessus de l'asphalte.

Il tenta de se dégager. Mais son pied était bloqué. Il était accroché là, la tête en bas, sans rien pouvoir faire. Il sentait le sang lui cogner dans les tempes.

La douleur était si vive qu'il en eut les larmes aux yeux.

En même temps, il entendit la porte d'entrée se refermer.

Rune Bergman avait quitté l'immeuble.

Il se mordit les phalanges pour ne pas crier.

A travers la toile, il vit l'homme qui s'arrêtait brusquement. Juste devant lui.

Puis il vit une flamme.

Le coup de feu, se dit-il. Je suis mort.

Ce n'est qu'un instant après qu'il comprit que Rune Bergman avait simplement allumé une cigarette.

Puis les pas s'éloignèrent.

Il faillit perdre conscience, sous l'afflux de sang à sa tête. L'image de Linda lui traversa fugitivement l'esprit.

Au prix d'un effort surhumain, il réussit à empoigner l'un des montants de l'échafaudage. Au moyen de l'un de ses bras, il parvint à se hisser suffisamment pour pouvoir saisir l'échafaudage à l'endroit où son pied était resté bloqué. Puis il rassembla ses forces en vue d'une ultime tentative et tira violemment. Son pied se dégagea et il se retrouva sur le dos, au milieu d'un tas de gravats. Il resta un instant immobile, s'efforçant de déterminer s'il s'était cassé quelque chose.

Puis il se mit debout, mais fut aussitôt obligé de s'appuyer contre le mur pour ne pas s'effondrer sur le sol.

Il lui fallut près de vingt minutes pour regagner sa voiture. Les aiguilles de l'horloge de la gare indiquaient quatre heures et demie.

Il se laissa tomber sur le siège du conducteur et ferma les yeux.

Puis il rentra à Ystad.

Il faut que je dorme, se dit-il. Demain est un autre jour. Je pourrai faire ce qu'il y a à faire.

En voyant son visage dans la glace de la salle de bains, il ne put s'empêcher de pousser un cri. Puis il nettoya ses plaies à l'eau chaude.

Il était près de six heures quand il se fourra entre ses draps, après avoir mis le réveil à sept heures moins le quart. Il n'osait pas dormir plus longtemps que cela.

Il tenta de trouver la position dans laquelle il aurait le moins mal.

Au moment où il s'endormait, un claquement à la porte d'entrée le fit sursauter.

C'était le journal du matin qui tombait sur le plancher par l'ouverture de la boîte aux lettres.

Puis il s'allongea de nouveau de tout son long.

En rêve, il vit Anette Brolin venir vers lui.

Quelque part, un cheval hennissait.

C'était le dimanche 14 janvier. Le jour s'annonçait, marqué par une recrudescence du vent du nord-ouest.

Kurt Wallander dormait.

XII

Il crut qu'il avait dormi longtemps. Mais, quand il ouvrit les yeux et regarda son réveil sur la table de nuit, il se rendit compte que ce sommeil n'avait duré que sept minutes. C'était le téléphone qui l'en avait tiré. Rydberg l'appelait de Malmö, depuis une cabine.

– Rentre, lui dit Kurt Wallander. Inutile de rester te geler là-bas. Viens chez moi.

– Qu'est-ce qui s'est passé?

– C'est lui.

– Tu es sûr?

– Absolument certain.

– J'arrive.

Kurt Wallander se tira péniblement de son lit. Il avait mal partout dans le corps et le sang lui cognait dans les tempes. Tout en faisant chauffer du café, il s'assit à la table de la cuisine avec un peu de coton et un miroir de poche. Avec beaucoup de peine, il réussit à fixer une compresse sur la plaie de sa bosse. Il avait l'impression que tout son visage était violacé.

Quarante-trois minutes plus tard, Rydberg était sur le pas de la porte.

Pendant qu'ils prenaient le café, Kurt Wallander raconta ce qui lui était arrivé.

– Excellent, dit ensuite Rydberg. C'est du bon boulot sur le terrain, ça. Maintenant, on n'a plus qu'à cueillir tous ces salauds. Comment s'appelle-t-il, le type de Lund?

– J'ai oublié de regarder son nom dans l'entrée. Et puis d'ailleurs, ce n'est pas à nous de le faire. C'est à Björk.

– Il est rentré?

– Il devait revenir hier soir.

– Alors, on va le tirer du lit.

– Le procureur également. Sans oublier nos collègues de Malmö et de Lund.

Tandis que Kurt Wallander s'habillait, Rydberg s'activa au téléphone. Wallander nota avec satisfaction que son collaborateur n'admettait aucune objection.

Il se demanda si Anette Brolin avait la visite de son mari, ce week-end-là.

Rydberg revint ensuite se poster à l'entrée de la chambre à coucher et le regarda faire son nœud de cravate.

– Tu as l'air d'un boxeur, dit-il. On dirait même que tu viens de te faire mettre K.O.

– Tu as pu toucher Björk?

– Il semblerait qu'il a consacré toute sa soirée à se mettre au courant de ce qui s'est passé. Il a été soulagé d'apprendre que nous avions au moins résolu l'un de ces meurtres.

– Le procureur?

– Elle a dit qu'elle arrivait.

– C'est elle-même qui a répondu?

Rydberg le regarda d'un air étonné.

– Qui d'autre?

– Son mari, par exemple.

– Quelle importance est-ce que ça peut avoir?

Kurt Wallander ne se donna pas la peine de répondre.

– Ce que je peux me sentir mal, bon sang, dit-il à la place. Viens, on y va.

Ils sortirent dans le petit matin. Le vent soufflait toujours en rafales et le ciel était couvert de nuages noirs.

– Tu crois qu'il va neiger? demanda Kurt Wallander.

– Pas avant le mois de février, répondit Rydberg. Je le sens. Mais alors, ça ne sera pas marrant.

A l'hôtel de police régnait le calme dominical. A la permanence, Norén avait été remplacé par Svedberg. Rydberg lui fit un rapide compte rendu des événements de la nuit. Tout ce que ce dernier trouva à dire, ce fut :

– Ah ben, merde. Un flic?

– Un ancien flic.

– Où est-ce qu'il avait planqué la voiture?

– On ne le sait pas encore.

– Mais vous êtes sûrs de votre coup?

– Oui, à peu près.

Björk et Anette Brolin arrivèrent ensemble à l'hôtel de police. Le premier, âgé de cinquante-quatre ans et originaire du Västmanland, dans le centre de la Suède, affichait un bronzage du plus bel effet. Kurt Wallander avait toujours vu en lui le responsable idéal de la police d'un district de taille moyenne de ce pays. Il était affable, pas trop intelligent, et en même temps très soucieux de la bonne renommée de la police.

Il regarda Kurt Wallander, stupéfait.

— Tu es dans un de ces états.

— Ils m'ont tapé dessus, répondit Kurt Wallander.

— Tapé dessus? Qui ça?

— Les flics, tiens. Voilà ce qui arrive, quand on assure l'intérim. On se fait tabasser.

Björk éclata de rire.

Anette Brolin le regarda avec quelque chose qui ressemblait à une sincère compassion.

— Ça doit faire mal, dit-elle.

— Ça passera, répondit Kurt Wallander.

Il détourna le visage en répondant cela, car il venait de se rappeler qu'il avait oublié de se laver les dents.

Ils se réunirent dans le bureau de Björk.

Étant donné qu'on n'avait pas encore eu le temps de mettre quoi que ce soit par écrit, Kurt Wallander préféra exposer l'affaire oralement. Björk et Anette Brolin posèrent tous deux de nombreuses questions.

— Si quelqu'un d'autre que toi m'avait tiré du lit un dimanche matin pour me raconter une pareille histoire à dormir debout, je ne l'aurais pas cru, dit Björk.

Puis il se tourna vers Anette Brolin.

— Est-ce qu'on peut procéder à une arrestation sur de pareilles bases? lui demanda-t-il. Ou bien faut-il se contenter d'un simple interrogatoire?

— Je les décréterai en état d'arrestation après avoir entendu leur déposition, répondit Anette Brolin.

Elle exprima également le souhait que la Roumaine puisse identifier l'homme de Lund au cours d'une confrontation.

— Il nous faut une décision du tribunal, pour ça, fit observer Björk.

– C'est vrai, dit Anette Brolin. Mais il y a moyen de s'arranger pour que cette confrontation ait lieu de façon impromptue, non?

Kurt Wallander et Rydberg la regardèrent d'un œil curieux.

– Rien n'empêche qu'on aille chercher cette femme dans son camp et qu'ils se croisent dans un couloir, poursuivit-elle.

Kurt Wallander approuva cette idée d'un hochement de tête. Anette Brolin ne le cédait en rien à Per Åkeson quand il s'agissait de tourner une législation quelque peu paralysante.

– Très bien, dit Björk. Je prends contact avec nos collègues de Malmö et de Lund. Et, dans deux heures, on va les cueillir. A dix heures.

– Et la femme qui dormait, à Lund? demanda Kurt Wallander.

– On l'emmène aussi, dit Björk. Comment est-ce qu'on se répartit les interrogatoires?

– Je tiens à m'occuper de Rune Bergman, dit Kurt Wallander. Rydberg n'aura qu'à prendre l'amateur de pommes.

– A trois heures, nous procédons à la mise en état d'arrestation, dit Anette Brolin. Jusque-là, je serai chez moi.

Kurt Wallander la raccompagna à la réception.

– J'avais pensé te proposer d'aller dîner ensemble, hier, dit-il. Mais il y a eu de l'imprévu.

Il y aura d'autres occasions, répondit-elle. Je crois que tu as fait du bon travail. Qu'est-ce qui t'a mis sur la piste, au juste?

– Rien, en fait. Ça a été purement une question d'intuition.

Il la regarda s'éloigner en direction de la ville. C'est alors qu'il se rendit compte qu'il n'avait plus pensé à Mona depuis le soir où ils avaient dîné ensemble.

Ensuite, les choses allèrent très vite.

On dérangea Hanson au milieu de son repos dominical pour lui donner l'ordre d'aller chercher la Roumaine et un interprète.

— Nos collègues ne sont pas ravis, dit Björk, soucieux. Ce n'est jamais très agréable de devoir coffrer un des nôtres. On va passer un sale hiver, après ça.

— Comment ça, un sale hiver? demanda Kurt Wallander.

— On va encore dauber sur la police.

— Il est en retraite anticipée, n'est-ce pas?

— Oui, mais quand même. Les journaux ne vont pas manquer de crier sur tous les toits que c'est quelqu'un de la police qui a fait le coup. Et notre corporation va encore être l'objet de persécutions.

A dix heures, Kurt Wallander se retrouva devant cet immeuble entouré d'échafaudages et de toiles. Quatre policiers en civil de Lund lui prêtaient main-forte.

— Il est armé, dit Kurt Wallander, tandis qu'ils attendaient dans la voiture. Et il a déjà exécuté quelqu'un de sang-froid. Mais je crois qu'il ne faut pas s'affoler. Il ne doit pas se douter que nous sommes sur sa piste. Il suffira que deux d'entre nous sortent leurs armes.

Avant de quitter Ystad, il avait pris son arme de service.

Sur la route de Lund, il avait tenté de se remémorer quand il s'en était servi pour la dernière fois. Il parvint à la conclusion que c'était plus de trois ans auparavant, à l'occasion de la capture d'un évadé de la prison de Kumla qui s'était barricadé dans une villa sur la plage de Mossby.

Une fois devant l'immeuble, il se rendit compte qu'il était monté nettement plus haut qu'il ne l'aurait pensé. S'il avait touché le sol, il n'aurait pas manqué de se briser la colonne vertébrale.

Le matin, la police de Lund avait envoyé un commissaire déguisé en porteur de journaux reconnaître les lieux.

— On récapitule, dit Kurt Wallander. Pas d'escalier de secours derrière l'immeuble?

Le policier assis à côté de lui secoua négativement la tête.

— Pas d'échafaudage sur la façade arrière?

— Rien.

D'après les renseignements obtenus, l'appartement était occupé par un certain Valfrid Ström.

Son nom ne figurait pas dans les fichiers de la police. Mais nul ne savait non plus de quoi il vivait.

A dix heures précises, ils sortirent de la voiture et traversèrent la rue. L'un des policiers resta posté à l'entrée de l'immeuble. Il y avait un interphone, mais il ne marchait pas. Kurt Wallander dut donc ouvrir la porte en forçant la serrure avec un tournevis.

— L'un d'entre vous reste dans l'escalier. Toi et moi, on monte. Comment t'appelles-tu?

— Enberg.

— Prénom?

— Kalle.

— Alors viens, Kalle.

Devant la porte de l'appartement, ils tendirent l'oreille dans la pénombre.

Kurt Wallander dégaina son pistolet et fit signe à Kalle Enberg de faire de même.

Puis il sonna.

Une femme en robe de chambre vint lui ouvrir. Kurt Wallander la reconnut tout de suite. C'était elle qui dormait dans le grand lit.

Il tenait son pistolet caché derrière son dos.

– Police, dit-il. Nous aimerions parler à votre mari, Valfrid Ström.

La femme, qui avait la quarantaine et un visage aux traits marqués, eut l'air d'avoir peur.

Puis elle s'écarta pour les laisser entrer.

Tout à coup, Valfrid Ström se trouva devant eux, vêtu d'un survêtement vert.

– Police, dit Kurt Wallander. Nous te prions de nous suivre.

L'homme à la calvitie en forme de demi-lune le dévisagea.

– Pourquoi ça?

– Nous désirons t'interroger.

– A quel propos?

– Tu le sauras quand nous serons au commissariat.

Puis Kurt Wallander s'adressa à la femme.

– Il vaudrait mieux que tu viennes aussi, dit-il. Si tu veux bien t'habiller.

L'homme qui se tenait devant lui ne se départissait pas de son calme.

– Je n'ai pas l'intention d'aller où que ce soit si on ne me dit pas pourquoi, objecta-t-il. Vous pourriez d'ailleurs peut-être commencer par me montrer votre carte?

Lorsque Kurt Wallander voulut plonger la main dans sa poche intérieure pour sortir le portefeuille contenant sa carte, il ne lui fut plus possible de cacher qu'il tenait un pistolet à la main; il dut en effet le passer de la droite à la gauche.

Au même moment, Valfrid Ström se jeta sur lui.

Kurt Wallander reçut un coup de boule au front, juste à l'endroit de sa bosse. Il fut projeté en arrière sans pouvoir se retenir et son pistolet lui glissa des doigts. Kalle Enberg n'eut pas le temps de réagir, l'homme en survêtement vert avait déjà franchi la porte. La femme se mit à crier et Kurt Wallander chercha son pistolet à tâtons, sur le sol. Puis il s'élança dans l'escalier tout en hurlant pour prévenir les deux hommes postés un peu plus bas.

Valfrid Ström était leste. Il assena un coup de coude sur la pointe du menton du policier posté devant la porte. Quant à celui qui se tenait à l'extérieur, Ström n'eut qu'à pousser l'un des battants de la porte sur lui pour le faire tomber et avoir le champ libre. Kurt Wallander, aveuglé par le sang qui lui coulait dans les yeux, trébucha sur le collègue inanimé qui gisait en travers de l'escalier. Il tira sur le cran d'arrêt de son pistolet, qui s'était bloqué.

Puis il se retrouva dans la rue.

– De quel côté est-il parti? demanda-t-il au second de ses collègues, qui était empêtré dans les toiles de l'échafaudage.

– A gauche, lui répondit-il.

Il s'élança. Il aperçut le survêtement vert de Valfrid Ström juste au moment où celui-ci disparaissait sous un viaduc. Il ôta son bonnet et s'essuya le visage. Un groupe de femmes d'un certain âge semblant se rendre à l'église s'écarta de son chemin en poussant des cris de frayeur. Il s'engagea sous le viaduc au moment où un train passait dessus, dans un fracas assourdissant.

Lorsqu'il se retrouva dans la rue, de l'autre côté, il vit Valfrid Ström arrêter une voiture, en faire sortir de force le conducteur et s'éloigner au volant de celle-ci.

Le seul véhicule se trouvant à proximité était une grosse bétaillère. Le chauffeur était en train d'acheter des préservatifs à un distributeur automatique. Quand il vit Kurt Wallander foncer sur lui le pistolet à la main et le sang lui coulant sur le visage, il lâcha le paquet qu'il tenait à la main et s'enfuit à toutes jambes.

Kurt Wallander grimpa sur le siège du conducteur. Derrière lui, il entendit hennir un cheval. Le moteur était en marche et il lui suffit d'engager la première.

Il pensait avoir perdu Valfrid Ström de vue, mais il ne tarda pas à l'apercevoir de nouveau. Il grillait un feu rouge et s'engageait dans une rue étroite menant vers la cathédrale. Kurt Wallander s'activa sur le changement de vitesses pour ne pas perdre le contact. Derrière lui, il entendait toujours des hennissements et il sentait l'odeur chaude du fumier.

Dans un virage assez serré, il faillit perdre le contrôle de son véhicule. Il dérapa vers deux voitures particulières garées le long du trottoir, mais réussit à redresser à temps.

Les deux hommes se dirigeaient maintenant vers l'hôpital et une zone industrielle. Tout à coup, Kurt Wallander s'aperçut qu'il y avait le téléphone, à bord de cette bétaillère. D'une main, il tenta de composer le numéro d'appel d'urgence, tout en gardant le contrôle de la voiture.

Au moment où on lui répondit, il dut reprendre le volant à deux mains pour négocier une courbe. Le combiné lui échappa et il se rendit compte qu'il ne pourrait pas le ramasser sans s'arrêter.

C'est de la folie, se dit-il, complètement à bout. De la folie pure et simple.

Soudain, il se rappela qu'il aurait dû, à ce moment même, se trouver à Sturup pour accueillir sa sœur.

Au rond-point situé à l'entrée de Staffanstorp, la poursuite prit fin.

Valfrid Ström fut contraint de freiner brusquement pour laisser passer un autobus déjà engagé. Il perdit le contrôle de sa voiture et alla percuter un pilier en ciment. Kurt Wallander, qui se trouvait encore à une centaine de mètres de là, vit une grande flamme s'élever de l'automobile. Il freina tellement fort, à son tour, que la bétaillère dérapa et alla verser dans le fossé. Les portes arrière s'ouvrirent d'elles-mêmes et trois chevaux sortirent d'un bond et s'éloignèrent au galop, à travers champs.

Valfrid Ström avait été éjecté, lors de la collision. Mais il avait un pied arraché et le visage tailladé d'éclats de verre.

Avant même d'arriver à sa hauteur, Kurt Wallander savait qu'il était mort.

Des gens accoururent des maisons avoisinantes et des voitures vinrent se ranger le long de la route.

Brusquement, il s'aperçut qu'il tenait toujours son pistolet à la main.

Quelques minutes plus tard, la première voiture de police arriva, suivie par une ambulance. Kurt Wallander montra sa carte et empoigna le téléphone de bord pour demander à parler à Björk.

— Alors, ça s'est bien passé? demanda celui-ci. Rune Bergman s'est laissé arrêter sans difficulté et il arrive. La Yougoslave est déjà là, avec l'interprète.

— Tu peux les envoyer à la morgue de l'hôpital

de Lund, dit Kurt Wallander. C'est un cadavre qu'il va falloir qu'elle identifie. Je te signale d'ailleurs qu'elle est roumaine.

– Qu'est-ce que tu veux dire? demanda Björk.

– Rien d'autre que ce que je viens de dire, répondit Kurt Wallander, avant de raccrocher.

En même temps, il vit l'un des chevaux arriver au galop, dans le champ voisin. C'était une belle bête à la robe blanche.

Il se dit qu'il n'avait jamais vu un aussi bel animal.

A son retour à Ystad, il constata que la nouvelle de la mort de Valfrid Ström s'était déjà répandue. Sa femme avait été victime d'une crise de nerfs et le médecin interdisait pour l'instant que l'on procède à son interrogatoire.

Rydberg annonça que Rune Bergman niait tout en bloc. Il n'avait pas volé sa propre voiture avant de l'enterrer quelque part. Il ne s'était pas rendu à Hageholm. Il n'était pas allé rendre visite à Valfrid Ström cette nuit-là.

En outre, il exigeait qu'on le ramène immédiatement à Malmö.

– Espèce de sale rat, dit Kurt Wallander. Je vais le faire parler, moi.

Tu ne vas rien faire de la sorte, coupa Björk. Ce rodéo dans les rues de Lund nous a déjà causé suffisamment d'ennuis. Je ne comprends pas que quatre policiers adultes n'aient pas été capables de mettre la main sur un homme qui n'était pas armé, afin de l'interroger. Je ne sais pas si tu le sais, d'ailleurs, mais l'un des chevaux est mort dans l'accident de la bétaillère. Il s'appelait Super Nova et son propriétaire en exige cent mille couronnes.

Kurt Wallander sentit une fois de plus la colère monter en lui.

Björk ne comprenait donc pas que ce qu'il atten-dait de lui, c'était une aide morale? Et non pas ce genre de jérémiades.

– Maintenant, nous attendons que cette Rou-maine ait identifié le corps, dit Björk. J'interdis à quiconque de déclarer quoi que ce soit à la presse ou aux médias. Je m'en charge.

– Ce n'est pas nous qui nous en plaindrons, dit Kurt Wallander.

Il regagna son bureau, en compagnie de Ryd-berg, et ferma la porte.

– Est-ce que tu te rends compte de la tête que tu as? demanda ce dernier.

– Je préfère ne pas le savoir.

– Ta sœur a appelé. J'ai dit à Martinson d'aller la chercher à l'aéroport. J'ai pensé que tu avais oublié. Il a dit qu'il allait se charger d'elle jusqu'à ce que tu sois libre.

Kurt Wallander eut un hochement de tête de gratitude.

Quelques minutes plus tard, Björk fit une entrée remarquée dans le bureau.

– Il a été identifié, dit-il. Nous tenons notre assassin.

– Elle l'a reconnu?

– Sans l'ombre d'un doute. C'était bien l'homme qui croquait une pomme au milieu du champ.

– Qui était-ce? demanda Rydberg.

– Il avait quarante-sept ans et se faisait passer pour un homme d'affaires, répondit Björk. Mais la Säpo * n'a pas mis longtemps à satisfaire à notre demande de renseignements. Depuis les années 60, Valfrid Ström a épousé la cause de divers mouve-ments nationalistes. Tout d'abord un qui s'appelait

---

* Équivalent de la DST française. *(N.d.T.)*

l'Alliance démocratique et ensuite d'autres, nettement plus militants. Mais, quant à savoir ce qui a pu le pousser à commettre un meurtre de sang-froid, Rune Bergman pourra peut-être nous le dire. Ou bien sa femme.

Kurt Wallander se leva.

— Maintenant, on s'occupe de Bergman, dit-il.

Ils se rendirent tous trois dans la pièce où Rune Bergman était en train de fumer.

C'est Kurt Wallander qui prit la conduite des opérations. Il passa immédiatement à l'attaque.

— As-tu une idée de ce que j'ai fait, cette nuit ? demanda-t-il.

— Non. Comment le saurais-je ? répondit Bergman en le dévisageant d'un air de mépris.

— Je t'ai suivi jusqu'à Lund.

Kurt Wallander crut pouvoir distinguer un très rapide changement d'expression sur le visage de son interlocuteur.

— Je t'ai suivi jusqu'à Lund, répéta-t-il. Et je suis monté sur l'échafaudage qui est dressé devant l'immeuble où habitait Valfrid Ström. Je t'ai vu échanger ta carabine contre un autre fusil. Il est vrai que Valfrid Ström n'est plus de ce monde. Mais un témoin l'a identifié comme étant l'assassin de Hageholm. Qu'est-ce que tu dis de tout ça ?

Rune Bergman n'en disait rien du tout.

Il alluma une nouvelle cigarette et continua à regarder fixement devant lui.

— Alors, on reprend depuis le début, dit Kurt Wallander. Nous savons comment ça s'est passé. Il n'y a plus que deux choses que nous ignorons. La première, c'est ce que tu as fait de ta voiture. La seconde, c'est : pourquoi avez-vous abattu ce Somalien ?

Rune Bergman gardait toujours le silence.

Juste après trois heures, cet après-midi-là, il fut déclaré en état d'arrestation, accusé de meurtre ou de complicité de meurtre et se vit attribuer un avocat.

A quatre heures, Kurt Wallander put interroger brièvement la femme de Valfrid Ström. Elle était toujours sous le choc, mais répondit à ses questions. Elle lui apprit que son mari s'occupait d'importer des voitures de luxe. Elle ajouta qu'il était aussi violemment opposé à la politique suédoise à l'égard des réfugiés. Mais elle n'était mariée avec lui que depuis un peu plus d'un an.

Kurt Wallander eut l'impression très nette qu'elle n'aurait pas beaucoup de mal à se remettre de cette perte.

Après cette déposition, il s'entretint un moment avec Rydberg et Björk. Peu après, la femme de Valfrid Ström fut relâchée et reconduite à Lund, avec interdiction de quitter la ville.

Immédiatement après cela, Kurt Wallander et Rydberg tentèrent une nouvelle fois de faire parler Rune Bergman. L'avocat était un jeune homme énergique qui déclara tout net qu'il n'y avait pas l'ombre d'une preuve et que cette arrestation ne pouvait manquer de déboucher sur une erreur judiciaire.

A peu près à ce moment, Rydberg eut une idée.

– Où est-ce que Valfrid Ström a essayé de se réfugier? demanda-t-il à Kurt Wallander.

Celui-ci montra une carte.

– La poursuite s'est arrêtée à Staffanstorp. Peut-être disposait-il d'un local commercial à cet endroit ou bien à proximité? Ce n'est pas très loin de Hageholm, si on connaît bien toutes les petites routes.

Un bref entretien téléphonique avec la femme de Valfrid Ström confirma cette hypothèse. Celui-ci disposait en effet d'un entrepôt pour ses voitures d'importation, entre Staffanstorp et Vebe-röd. Rydberg s'y rendit à bord d'une voiture-radio et ne tarda pas à rappeler Kurt Wallander.

– Bingo! s'exclama-t-il. Il y a bien une Citroën bleue et blanche.

– On devrait peut-être entraîner nos enfants à identifier les moteurs de voitures, dit Kurt Wallander.

Il s'attaqua de nouveau à Rune Bergman, mais celui-ci persistait dans son silence.

Rydberg revint à Ystad après avoir procédé à un rapide examen de la voiture. Au cours de celui-ci, il avait trouvé une boîte de cartouches dans la boîte à gants. Pendant ce temps, la police de Malmö et de Lund avait effectué une perquisition chez Bergman et chez Ström.

– On dirait que ces deux messieurs étaient membres d'une sorte de Ku Klux Klan suédois, dit Björk. J'ai l'impression qu'on va avoir pas mal de choses à tirer au clair, car ils ne doivent pas être seuls.

Rune Bergman refusait toujours de parler.

Kurt Wallander se sentait très soulagé que Björk soit de retour et se charge des rapports avec la presse et les médias. Son visage lui brûlait et lui faisait mal et il était très fatigué. A six heures, il put enfin appeler Martinson et parler à sa sœur. Puis il alla la chercher en voiture. Elle sursauta en voyant son visage tuméfié.

– Il vaut peut-être mieux que papa ne me voie pas dans cet état-là, dit-il. Je t'attends dans la voiture.

Sa sœur avait déjà rendu visite à leur père à l'hôpital, au cours de la journée. Il était alors toujours très fatigué. Mais il s'était déridé en voyant sa fille.

– Je ne crois pas qu'il se souvienne vraiment de ce qui s'est passé cette nuit-là, dit-elle tandis qu'ils se dirigeaient vers l'hôpital. Ça vaut peut-être mieux ainsi.

Kurt Wallander resta dans la voiture pendant que sa sœur allait de nouveau rendre visite à leur père. Il ferma les yeux et écouta quelques airs d'un opéra de Rossini. Quand elle ouvrit la portière de la voiture, il sursauta. Il s'était endormi.

Ensuite, ils allèrent ensemble à la maison de Löderup.

Kurt Wallander vit sur le visage de sa sœur qu'elle était choquée par l'état de délabrement dans lequel se trouvait celle-ci. Ils firent un peu de ménage, tous les deux, jetèrent des restes de nourriture et emportèrent le linge sale.

– Comment a-t-il pu en arriver là? demanda-t-elle, et Kurt Wallander eut l'impression qu'il y avait comme un soupçon de reproche dans sa voix.

Peut-être n'avait-elle pas tort? Peut-être aurait-il pu en faire plus? Au moins s'aviser à temps de l'état dans lequel se trouvait leur père?

Après avoir fait quelques provisions, ils regagnèrent Mariagatan. Pendant le repas, ils examinèrent la situation.

– Le mettre dans une maison de retraite, ce serait sa mort, dit-elle.

– Quelle autre solution vois-tu? dit Kurt Wallander. Il ne peut pas vivre ici. Pas plus que chez toi. Et à Löderup non plus. Alors, qu'est-ce qui reste?

293

Ils tombèrent d'accord pour penser que le mieux serait que leur père puisse rester chez lui et bénéficier d'une aide ménagère régulière.

— Il ne m'a jamais aimé, dit Kurt Wallander, tandis qu'ils prenaient le café.

— Bien sûr que si.

— Pas depuis que j'ai décidé d'être dans la police.

— Il avait peut-être envisagé autre chose pour toi?

— Mais quoi? Il ne dit jamais rien!

Un peu plus tard, Kurt Wallander fit le lit pour sa sœur sur le canapé et, lorsqu'ils eurent épuisé le sujet de leur père, il lui raconta tout ce qui venait de se passer. Il se rendit vite compte que la vieille complicité qui les unissait avait disparu.

On se voit trop peu souvent, se dit-il. Elle n'ose même pas me demander pourquoi Mona et moi ne vivons plus ensemble.

Il sortit une bouteille de cognac à moitié vide. Mais elle secoua la tête en signe de refus et il se contenta de remplir son propre verre.

Le bulletin d'informations fut, ce soir-là, essentiellement consacré à l'affaire Valfrid Ström. Mais le nom de Rune Bergman ne fut pas dévoilé. Kurt Wallander n'ignorait pas que c'était dû au fait qu'il avait jadis été dans la police. Il se dit que le directeur de la police nationale devait avoir mis en place tous les rideaux de fumée nécessaires pour que l'identité de Rune Bergman soit tenue secrète le plus longtemps possible.

Mais, tôt ou tard, la vérité finirait bien par éclater.

Au moment où les informations se terminaient, le téléphone sonna.

Kurt Wallander demanda à sa sœur d'aller répondre.

— Demande qui c'est et dis que tu vas voir si je suis là, lui demanda-t-il.

— C'est quelqu'un du nom de Brolin, dit-elle en revenant de l'entrée.

Il s'arracha péniblement à son fauteuil et alla prendre l'appareil.

— J'espère que je ne te réveille pas, dit Anette Brolin.

— Pas du tout, j'ai la visite de ma sœur.

— Je t'appelle seulement pour te dire que je trouve que vous avez fait un excellent travail.

— On a surtout eu de la chance.

Pourquoi m'appelle-t-elle? s'interrogea-t-il. Puis il prit rapidement une décision.

— Un verre? proposa-t-il.

— Volontiers. Où ça?

Il nota l'étonnement que trahissait sa voix.

— Ma sœur est en train de se coucher. Alors, chez toi?

— Entendu.

Il raccrocha et retourna dans la salle de séjour.

— Je n'ai pas du tout l'intention d'aller me coucher, dit sa sœur.

— Je sors un peu. Ne reste pas à m'attendre. Je n'ai aucune idée de l'heure à laquelle je rentrerai.

La fraîcheur du soir rendait l'air plus facile à respirer. En tournant dans Regementsgatan, il se sentit soudain plus léger. Ils avaient résolu l'énigme du sauvage assassinat de Hageholm en moins de quarante-huit heures. Ils pouvaient maintenant se concentrer sur le double meurtre de Lenarp.

Il savait qu'il avait fait du bon travail. Il s'était

fié à son intuition, avait agi sans l'ombre d'une hésitation et cela avait donné de bons résultats.

Le souvenir de cette chasse à l'homme au volant de la bétaillère lui faisait encore froid dans le dos. Et pourtant, il se sentait indiscutablement soulagé.

Il appuya sur l'interphone et Anette Brolin lui répondit. Elle habitait au second étage d'un immeuble du début du siècle. L'appartement était grand, mais fort peu meublé. Le long d'un mur étaient posés plusieurs tableaux qui attendaient toujours d'être accrochés.

— Gin and tonic? proposa-t-elle. J'ai bien peur de ne pas avoir grand-chose d'autre.

— Volontiers, répondit-il. En ce moment, je peux me contenter de n'importe quoi. Du moment que c'est alcoolisé.

Elle s'assit en face de lui, sur une banquette, les jambes repliées. Il la trouva très belle.

— Est-ce que tu as une idée de la tête que tu as? demanda-t-elle en éclatant de rire.

— Tout le monde me pose la même question, répondit-il.

Puis il se souvint de Klas Månson, celui qui avait dévalisé une boutique et qu'Anette Brolin avait refusé d'arrêter. Il se dit qu'il n'avait vraiment pas la force de parler de son travail. Pourtant, il n'y avait pas moyen de faire autrement.

— Klas Månson, dit-il. Le nom te rappelle quelque chose?

Elle acquiesça d'un signe de tête.

— Hanson s'est plaint auprès de moi que tu aies qualifié notre enquête de bâclée. Et que tu aies dit que tu n'avais pas l'intention de le maintenir en détention si on n'améliorait pas ça.

— C'est vrai qu'elle était bâclée. Le rapport était

mal rédigé. Les preuves insuffisantes. Les témoignages assez flous. Ce serait une véritable faute professionnelle que de demander le maintien en détention sur des bases pareilles.

– Elle n'est pas pire que beaucoup d'autres. Et puis tu as oublié une chose.

– Quoi donc?

– Le fait que Klas Mânson est coupable. Il n'en est pas à son coup d'essai, dans ce domaine.

– Alors, fournissez-moi un rapport plus convaincant.

– Je ne vois pas ce qu'on peut reprocher à celui qu'on a déjà remis. Si on relâche ce salaud de Mânson, il va commettre de nouvelles agressions.

– On ne peut pas mettre les gens en prison aussi facilement que ça.

Kurt Wallander haussa les épaules.

– Est-ce que tu accepterais de le garder sous les verrous si je t'amenais un témoignage plus circonstancié?

– Ça dépend de ce que dira ce témoin.

– Pourquoi est-ce que tu t'obstines? Klas Mânson est coupable. Il suffit qu'on puisse le garder un certain temps pour qu'il craque. Mais s'il a le moins du monde le sentiment qu'il peut s'en tirer, il ne dira pas un mot.

– Un procureur doit être obstiné. Sinon, que deviendrait la justice de ce pays?

Kurt Wallander sentait que l'alcool lui donnait de l'audace.

– C'est une question que pourrait également poser le dernier des membres de la police judiciaire, dit-il. Il y eut un temps où je pensais que la police était là pour assurer la sécurité des personnes et des biens de tous, sans distinction. Et je le pense toujours, en fait. Mais j'ai également vu la justice se dégrader. J'ai vu plus ou moins encourager des jeunes ayant commis des délits à continuer. Personne n'intervient. Personne ne se soucie de ce que deviennent les victimes d'une violence qui ne fait que croître. Ça va de mal en pis.

— On croirait entendre mon père, dit-elle. Il est juge en retraite. Et je peux te jurer que c'est un réactionnaire bon teint.

— Peut-être. Je suis peut-être conservateur. Mais je n'en démords pas. Je dois dire qu'il y a des fois où je comprends que les gens prennent eux-mêmes les choses en main.

— Tu irais peut-être même jusqu'à comprendre que des cerveaux un peu fragiles tuent un réfugié innocent?

— Oui et non. L'insécurité ne fait qu'augmenter, dans ce pays. Les gens ont peur. Surtout à la campagne, comme dans cette région. Tu ne vas pas tarder à t'apercevoir qu'il y a un grand héros, en ce moment, par ici. Un homme qu'on approuve en secret, derrière les rideaux tirés. Celui qui a pris l'initiative d'un référendum communal interdisant aux réfugiés de venir s'installer dans la localité *.

— Qu'est-ce qui se passerait si on se plaçait au-dessus des lois votées par le Parlement? Nous avons une certaine politique, sur le chapitre des réfugiés, et il importe de l'appliquer.

— C'est faux. C'est au contraire l'absence d'une véritable politique, sur ce point, qui est à l'origine de ce chaos. En ce moment, nous vivons dans un pays où n'importe qui peut pénétrer n'importe où, n'importe quand, de n'importe quelle façon et pour n'importe quelle raison. Il n'y a plus de contrôles

---

* Sjöbo, à une trentaine de kilomètres d'Ystad. (*N.d.T.*)

aux frontières. La douane est paralysée. Il existe tout un tas de petits aérodromes non surveillés sur lesquels on débarque chaque nuit des immigrants en situation irrégulière ainsi que de la drogue.

Il sentait qu'il commençait à s'emporter. Le meurtre de ce Somalien était un crime qui était loin de revêtir un seul aspect.

— Rune Bergman doit naturellement se voir appliquer la peine la plus sévère possible. Mais le service de l'Immigration et le gouvernement doivent également assumer leur part de responsabilités.

— Cesse de dire des bêtises.

— Vraiment? Alors laisse-moi te dire qu'en ce moment il y a des gens qui ont appartenu aux services de sécurité fascistes de Roumanie qui commencent à demander l'asile ici. Tu es d'avis qu'il faut le leur accorder?

— Le principe du droit d'asile ne doit pas être remis en question

— Vraiment? Jamais? Même quand il n'est pas justifié?

Elle se leva et alla remplir leurs verres.

Kurt Wallander commençait à se sentir mal à l'aise.

Nous sommes trop différents, se dit-il.

Au bout de dix minutes de discussion, un abîme se creuse entre nous.

L'alcool le rendait agressif. Il la regarda et sentit monter en lui le désir.

Depuis combien de temps Mona et lui n'avaient-ils pas fait l'amour, au juste?

Près d'un an. Une année dépourvue de toute vie sexuelle.

Cette pensée le fit gémir.

– Tu as mal? demanda-t-elle.

Il hocha la tête. Ce n'était pas vrai du tout. Mais il céda à un obscur besoin de compassion.

– Il vaut peut-être mieux que tu rentres chez toi, dit-elle.

C'était la perspective qu'il redoutait le plus. Il n'avait plus de «chez lui», depuis que Mona en était partie.

Il vida son verre et le tendit pour qu'elle le remplisse de nouveau. Il était désormais tellement ivre qu'il perdait toute retenue.

– Encore un, dit-il. Je l'ai bien mérité.

– Mais ensuite, il faudra que tu t'en ailles, dit-elle d'une voix soudain nettement plus distante.

Mais il n'était plus en état d'y prêter attention. Lorsqu'elle vint lui apporter son verre, il la prit par la taille et l'assit de force dans son fauteuil.

– Assieds-toi là, à côté de moi, dit-il en posant la main sur sa cuisse.

Elle se dégagea et lui allongea une gifle avec la main qui portait son alliance. Il sentit celle-ci lui érafler la joue.

– Rentre chez toi, dit-elle.

Il posa son verre sur la table.

– Qu'est-ce que tu vas faire, sinon? demanda-t-il. Appeler la police?

Elle ne répondit pas. Mais il vit qu'elle était furieuse.

Quand il voulut se lever, il tituba.

Soudain, il comprit ce qu'il avait tenté de faire.

– Excuse-moi, dit-il. Je suis fatigué.

– Oublions ça, dit-elle. Mais il faut que tu rentres, maintenant.

– Je ne sais pas ce qui m'a pris, dit-il en lui tendant la main.

300

Elle ne la refusa pas.

– N'en parlons plus, dit-elle. Bonne nuit.

Il chercha quelque chose à ajouter. Quelque part, au fond de sa conscience obscurcie par l'alcool, se nichait l'idée qu'il venait de commettre un acte à la fois impardonnable et dangereux. Comme lorsqu'il était rentré au volant de sa voiture, après avoir bu, le soir où il avait rencontré Mona à Malmö.

Il sortit et entendit la porte se refermer derrière lui.

Il faut que je cesse de boire de l'alcool, se dit-il, furieux. Je ne le supporte pas.

Une fois dans la rue, il respira profondément l'air frais de la nuit.

Comment peut-on être assez bête pour se comporter de la sorte, bon sang? se demanda-t-il. Comme un jeune homme qui vient de s'enivrer et qui ne sait rien des femmes ni du monde. Ni de lui-même.

Il rentra chez lui à pied.

Le lendemain, il allait falloir recommencer à donner la chasse au meurtrier de Lenarp.

XIII

Le lundi 15 janvier, Kurt Wallander alla acheter
deux bouquets au grand marché aux fleurs qui se
trouvait à la sortie de la ville en direction de
Malmö. Il se souvint que, huit jours auparavant, il
empruntait la même route pour se rendre à Lenarp
sur les lieux d'un crime qui retenait encore toute
son attention. Il se dit que la semaine qui venait
de s'écouler avait été la plus chargée de toutes ses
années dans la police. En regardant son visage
dans le rétroviseur, il s'avisa que chaque éraflure,
chaque bosse, chacun de ces tons à mi-chemin
entre le violet et le noir en portaient la marque.

La température était tombée légèrement en dessous de zéro. Mais le vent ne soufflait pas. Le
ferry-boat blanc en provenance de Pologne s'apprêtait à entrer dans le port.

En arrivant à l'hôtel de police, juste après huit
heures, il remit l'un des bouquets à Ebba. Elle
refusa tout d'abord de l'accepter, mais il constata
qu'elle était très contente de cette attention. Il
emmena le second dans son bureau. Là, il sortit
une carte de son tiroir et resta longtemps à méditer les termes de son envoi au procureur Anette

Brolin. Un peu trop longtemps même, à son goût. Quand il finit par se décider, il avait abandonné tout espoir de trouver la formule parfaite. Il se contenta donc de lui présenter ses excuses pour sa conduite inconsidérée de la veille, demandant qu'elle soit mise au compte de la fatigue.

Je suis timide de nature, écrivit-il. Ce n'était quand même pas tout à fait vrai.

Mais il se disait que cela inciterait peut-être Anette Brolin à tendre l'autre joue.

Il se préparait à emprunter le couloir menant au bureau du procureur lorsque Björk poussa la porte du sien. Comme d'habitude il avait frappé si faiblement que Kurt Wallander ne l'avait pas entendu.

— On t'a envoyé des fleurs? demanda Björk. C'est vrai que tu l'as bien mérité. Je suis impressionné par la rapidité avec laquelle tu as résolu le meurtre de ce nègre.

Kurt Wallander n'apprécia guère d'entendre parler en ces termes du Somalien assassiné. Le cadavre allongé sous la bâche, sur ce chemin, était un être humain maintenant décédé, rien d'autre. Mais, naturellement, il se garda bien d'aborder le sujet.

Björk portait une chemise à fleurs achetée en Espagne. Il s'assit sur la chaise branlante, près de la fenêtre.

— Je suis venu pour qu'on voie ensemble cette affaire de meurtre à Lenarp, dit-il. J'ai déjà pris connaissance des éléments de l'enquête. Il y a bien des choses qui ne tiennent pas. Je me suis dit qu'on pourrait confier la responsabilité générale de la suite des opérations à Rydberg, pendant que toi, tu te chargerais de faire parler Rune Bergman. Qu'est-ce que tu en dis?

Kurt Wallander répondit par une autre question.

– Qu'en dit Rydberg?

– Je ne lui en ai pas encore parlé.

– Je crois qu'il vaudrait mieux faire l'inverse. Il y a encore pas mal de travail à faire sur le terrain et Rydberg a mal à la jambe, en ce moment.

Ce que disait Kurt Wallander n'était jamais que la vérité. Mais s'il proposait une répartition inverse des rôles, ce n'était pas vraiment parce qu'il était soucieux du sort de son collègue.

Il ne voulait pas abandonner la chasse aux meurtriers de Lenarp.

Même si le travail de police était basé sur la collaboration, il estimait que ces assassins lui appartenaient.

– Il y aurait bien une troisième solution, dit Björk. C'est que Svedberg et Hanson se chargent de Rune Bergman.

Kurt Wallander hocha la tête. Il était d'accord avec lui.

Björk se leva péniblement de sa chaise.

– Il faudrait de nouveaux meubles, ici, dit-il.

– Il faudrait surtout plus de personnel, répondit Kurt Wallander.

Une fois Björk parti, il s'installa à sa machine à écrire et rédigea un long rapport sur l'arrestation de Rune Bergman et de Valfrid Ström. Il s'efforça de le faire en des termes auxquels Anette Brolin ne pourrait rien trouver à objecter. Cela lui prit plus de deux heures. A neuf heures et quart, il tira la dernière feuille de papier de sa machine, signa et alla porter le tout à Rydberg.

Celui-ci était assis à son bureau et avait l'air fatigué. Lorsque Kurt Wallander pénétra dans la pièce, il était en train de mettre fin à une communication téléphonique.

– Il paraît que Björk veut nous séparer, dit-il. Mais je ne suis pas mécontent d'être débarrassé de Rune Bergman.

Kurt Wallander posa le rapport sur son bureau.

– Parcours-le, dit-il. Si tu n'as pas d'objection, donne-le à Hanson.

– Svedberg a effectué une nouvelle tentative auprès de Bergman, ce matin, dit Rydberg. Mais il ne dit toujours rien. Pourtant, j'ai vérifié ses cigarettes : la marque concorde bien avec celle des mégots trouvés là-bas.

– Je me demande ce qu'on va finir par trouver, dit Kurt Wallander. Qui est derrière ça? Des néonazis? Des racistes avec des ramifications dans toute l'Europe? Comment peut-on commettre un pareil crime, enfin merde? Sortir de voiture, comme ça, et aller tuer quelqu'un qu'on n'a jamais vu simplement parce qu'il se trouve être noir?

– Je ne sais pas, dit Rydberg. Mais j'ai bien l'impression que c'est quelque chose à quoi il va falloir qu'on s'habitue.

Ils tombèrent d'accord pour se retrouver une demi-heure plus tard, lorsque Rydberg aurait lu le rapport. Ils s'attaqueraient alors de nouveau à l'enquête sur Lenarp.

Kurt Wallander alla jusqu'au bureau du procureur. Anette Brolin était au tribunal. Il remit le bouquet de fleurs à la réceptionniste.

– C'est son anniversaire? demanda celle-ci.

– C'est à peu près ça, dit Kurt Wallander.

De retour à son bureau, il trouva sa sœur qui l'attendait. Quand il s'était réveillé, le matin, elle était déjà levée et sortie.

Elle lui dit qu'elle avait parlé avec un médecin et avec l'assistante sociale.

– Papa a l'air d'aller mieux, dit-elle. Ils ne pensent pas qu'il soit atteint de sénilité chronique. Ce n'est peut-être qu'un égarement passager. On s'est mis d'accord pour faire l'essai de la solution de l'aide ménagère. Est-ce que tu aurais le temps de nous emmener là-bas vers midi, aujourd'hui? Sinon, je pourrais peut-être emprunter ta voiture.

– Bien sûr que je t'emmène. Est-ce qu'on sait qui sera chargé de prendre soin de lui?

– Je vais rencontrer une femme qui n'habite pas loin de chez lui.

Kurt Wallander hocha la tête.

– Je suis heureux que tu sois là, dit-il. Je ne crois pas que j'y serais arrivé tout seul.

Ils convinrent de se retrouver à l'hôpital peu après midi. Une fois sa sœur partie, il mit de l'ordre sur son bureau et posa devant lui le gros dossier contenant l'enquête sur Maria et Johannes Lövgren. Il était temps de s'en occuper de nouveau.

Björk lui avait dit qu'ils pourraient être quatre à travailler sur cette affaire, pour l'instant. Étant donné que Näslund était alité avec la grippe, ils ne furent que trois à se réunir dans le bureau de Rydberg. Martinson avait l'air d'avoir la gueule de bois et ne desserrait pas les lèvres. Mais Kurt Wallander savait qu'il était capable de passer résolument à l'action, comme lorsqu'il s'était chargé de la vieille femme prise d'une crise d'hystérie, à Hageholm.

Ils commencèrent par revoir tout ce que l'enquête avait fait apparaître jusque-là.

Martinson put compléter au moyen de différents renseignements obtenus grâce à la consultation des fichiers centraux sur la criminalité. Kurt Wallander se sentit rassuré par cette façon patiente et méthodique d'examiner chaque détail. Un observateur non initié aurait sans doute trouvé cette façon de procéder fastidieuse et peu dynamique. Mais, pour ces trois policiers, la chose se présentait différemment. La vérité et la solution de l'énigme pouvaient se dissimuler derrière la combinaison la plus invraisemblable de détails.

Ils firent l'inventaire des fils qui étaient toujours suspendus dans le vide et qu'il convenait donc, en toute priorité, de tenter de relier à quelque chose.

– Tu t'occupes du voyage de Johannes Lövgren à Ystad, dit-il à Martinson. Il faut absolument qu'on sache comment il y est venu et comment il en est reparti. Également s'il disposait d'autres coffres dont on n'a pas encore connaissance. Et puis ce qu'il a fait au cours de l'heure qui s'est écoulée entre sa visite à ses deux coffres. Est-ce qu'il est allé faire des courses quelque part ? Est-ce que quelqu'un l'a vu ?

– Je crois que Näslund a déjà commencé à téléphoner aux banques, dit Martinson.

– Appelle-le chez lui pour le lui demander, dit Kurt Wallander. On ne peut pas attendre qu'il soit guéri.

Rydberg devait de nouveau aller voir Lars Herdin, tandis que Kurt Wallander retournait à Malmö pour parler à cet homme du nom d'Erik Magnuson, que Göran Boman soupçonnait d'être le fils caché de Johannes Lövgren.

– On laisse tout le reste de côté, pour l'instant, et on se retrouve ici à cinq heures.

Avant de se rendre à l'hôpital, il appela Göran Boman à Kristianstad pour lui parler d'Erik Magnuson.

– Il travaille pour le conseil général, lui répondit son collègue. Malheureusement, je ne sais pas ce qu'il fait. On a été plutôt débordés, ici, ce week-end, avec pas mal de bagarres et de soûlographies, alors on n'a pas eu le temps de faire grand-chose d'autre que de tirer l'oreille à certains lascars.

– Je vais certainement le retrouver, dit Kurt Wallander. Je t'appelle au plus tard demain matin.

Quelques minutes après midi, il partit pour l'hôpital. Sa sœur l'attendait à la réception et ils prirent tous deux l'ascenseur menant au service où leur père avait été transféré après la première journée d'observation.

Quand ils arrivèrent, sa sortie était déjà signée et il était assis sur une chaise, dans le couloir, en train de les attendre. Il avait son chapeau sur la tête et la valise contenant ses sous-vêtements sales et ses tubes de peinture était posée à côté de lui. Kurt Wallander ne reconnaissait pas son costume.

– C'est moi qui le lui ai acheté, dit sa sœur quand il lui posa la question. Ça doit bien faire trente ans que ça ne lui est pas arrivé.

– Comment vas-tu, papa? demanda Kurt Wallander lorsqu'il fut près de lui.

Son père le regarda droit dans les yeux. Kurt Wallander comprit qu'il était remis.

– Je suis bien content de rentrer à la maison, dit-il sèchement, en se levant.

Kurt Wallander prit sa valise, tandis qu'il s'appuyait sur sa sœur. Elle resta assise à côté de lui, sur le siège arrière, pendant tout le trajet jusqu'à Löderup.

Pressé de partir pour Malmö, Kurt Wallander leur dit qu'il reviendrait vers six heures. Sa sœur devait rester passer la nuit et lui demanda d'acheter de quoi dîner.

Dès son arrivée, leur père avait troqué son costume neuf contre la vieille salopette qu'il mettait toujours pour peindre. Il était déjà dehors, près de son chevalet, occupé à sa sempiternelle activité.

– Tu crois que ça suffira, l'aide ménagère? demanda Kurt à sa sœur.

– On verra bien, répondit celle-ci.

Il était près de deux heures de l'après-midi lorsque Kurt Wallander vint ranger sa voiture devant le bâtiment principal du conseil général du département de Malmöhus. En cours de route, il avait rapidement déjeuné dans un motel de Svedala. Il gara sa voiture et pénétra dans le grand hall.

– J'aimerais parler à Erik Magnuson, dit-il à la femme qui avait poussé la glace de sa cabine.

– Il y en a au moins trois, ici, dit-elle. Lequel cherchez-vous?

Kurt Wallander sortit sa carte de police et la lui montra.

– Je ne sais pas, dit-il. Mais, d'après mes renseignements, il est né à la fin des années 50.

La femme vit aussitôt de qui il s'agissait.

– Ce doit être celui qui travaille au dépôt central, dit-elle. Les deux autres sont nettement plus vieux. Qu'est-ce qu'il a fait?

Kurt Wallander ne put s'empêcher de sourire d'une curiosité si peu dissimulée.

– Rien, dit-il. J'ai simplement quelques questions de routine à lui poser.

Elle lui indiqua comment se rendre au dépôt central. Après l'avoir remerciée, Kurt regagna sa voiture.

Le dépôt en question se trouvait à la sortie nord de la ville, près du port pétrolier. Kurt Wallander dut malgré tout chercher un bon moment avant de trouver.

Il poussa une porte marquée « Bureau ». A travers un grand panneau vitré, il put voir des chariots élévateurs circulant en tous sens entre les innombrables rangées de marchandises.

Le bureau lui-même était vide. Il descendit donc un escalier et se retrouva dans le hall du dépôt. Un jeune homme aux cheveux lui tombant sur les épaules était en train de mettre en piles de grands sacs en plastique contenant du papier hygiénique. Kurt Wallander s'avança vers lui.

— Je voudrais parler à Erik Magnuson, dit-il.

Le jeune homme désigna de la main un chariot de couleur jaune qui venait de se ranger près d'un quai où un poids lourd était en train de décharger.

L'homme qui était assis dans la cabine avait les cheveux blonds.

Kurt Wallander se dit que Maria Lövgren aurait difficilement pu parler d'étranger, si c'était ce jeune homme qui lui avait passé le nœud coulant autour du cou.

Mais il écarta cette idée. Il allait de nouveau bien trop vite en besogne.

— Erik Magnuson! cria-t-il pour tenter de percer le vacarme du chariot.

L'homme le regarda d'un air étonné, avant de couper son moteur et de descendre d'un bond.

— Erik Magnuson? demanda Kurt Wallander.

— Oui.

— Police. J'aimerais te parler un instant.

Tout en disant cela, il observa le visage qu'il avait devant lui. Mais celui-ci ne trahissait pas le moindre embarras. Il avait tout simplement l'air étonné. Étonné de façon tout à fait naturelle.

– Pourquoi ça? demanda-t-il.

Kurt Wallander regarda tout autour de lui.

– Est-ce qu'on peut s'asseoir quelque part? demanda-t-il.

Erik Magnuson le conduisit vers un coin du bâtiment où était installé un distributeur automatique de café. Il y avait également une table assez sale et quelques bancs très branlants. Kurt Wallander inséra deux pièces d'une couronne et obtint un gobelet de café. Erik Magnuson, lui, se contenta de prendre un peu de tabac à priser.

– Je suis de la police d'Ystad, commença-t-il par dire. J'ai quelques questions à te poser à propos d'un meurtre assez sauvage qui a été commis dans un village du nom de Lenarp. Tu en as peut-être entendu parler dans les journaux?

– Je crois que oui. Mais qu'est-ce que j'ai à voir là-dedans?

Kurt Wallander était justement en train de se poser la même question. Erik Magnuson n'avait pas l'air inquiet du tout de voir la police lui rendre visite sur son lieu de travail.

– Je suis dans l'obligation de te demander le nom de ton père.

Le front d'Erik Magnuson se fronça.

– Mon père? dit-il. J'en ai pas.

– Tout le monde a un père.

– En tout cas, je le connais pas.

– Comment ça se fait?

– Ma mère était pas mariée, quand elle m'a eu.

– Et elle ne t'a jamais dit qui était ton père?

– Non.

– Tu ne le lui as jamais demandé?

– Bien sûr que si. J'ai pas arrêté de lui casser les oreilles avec ça pendant toute mon enfance. Après, j'ai renoncé.

311

— Qu'est-ce qu'elle te disait quand tu lui posais la question?

Erik Magnuson se leva et alla à son tour prendre un gobelet de café à la machine.

— Pourquoi est-ce que tu veux le savoir? demanda-t-il. Est-ce qu'il a un rapport avec ce meurtre?

— Attends une seconde, dit Kurt Wallander. Qu'est-ce que te répondait ta mère quand tu lui demandais qui était ton père?

— Ça dépendait.

— Ça dépendait?

— Y avait des moments où elle en était plus très sûre elle-même. Parfois c'était un voyageur de commerce qu'elle n'avait jamais revu. Parfois quelqu'un d'autre.

— Et tu t'es contenté de ça?

— Qu'est-ce que tu voulais que je fasse, bon sang? Si elle voulait pas me le dire, elle voulait pas.

Kurt Wallander réfléchit un instant à ces réponses. Pouvait-on vraiment être aussi peu curieux de savoir qui était son père?

— Avec ta mère, ça va bien? demanda-t-il.

— Qu'est-ce que tu veux dire par là?

— Tu la vois souvent?

— Elle m'appelle de temps en temps au téléphone. Et puis je vais la voir à Kristianstad en voiture. Mais je m'entendais mieux avec mon beau-père.

Kurt Wallander sursauta. Göran Boman ne lui avait rien dit à propos d'un beau-père quelconque.

— Ta mère est remariée?

— Pendant mon enfance, elle vivait avec un homme. Ils se sont jamais mariés. Mais je l'appelais quand même papa. Ils se sont quittés quand j'avais quinze ans, à peu près. Et l'année d'après, je suis venu ici, à Malmö.

— Comment s'appelle-t-il?

— Il s'appelle plus. Il est mort. En voiture.

— Et tu es certain que ce n'est pas ton vrai père?

— Ça serait difficile de trouver plus différents que lui et moi.

Kurt Wallander se livra à une nouvelle tentative.

— L'homme qui a été assassiné à Lenarp s'appelait Johannes Lövgren. Ce ne serait pas ton père, par hasard?

L'autre le regarda d'un air étonné.

— Mais enfin, comment veux-tu que je le sache? Tu n'as qu'à aller demander ça à ma mère.

— C'est déjà fait. Mais elle le nie.

— Demande-lui encore, alors. Moi, j'aimerais bien savoir qui est mon père. Assassiné ou pas.

Kurt Wallander le crut sur parole. Il nota cependant l'adresse et le numéro de téléphone d'Erik Magnuson, avant de prendre congé.

— Nous reprendrons peut-être contact avec toi, dit-il.

L'homme remonta dans la cabine du chariot.

Kurt Wallander regagna Ystad. Il se gara sur la place centrale et descendit la rue piétonne pour aller acheter des compresses dans une pharmacie. L'employé regarda non sans compassion son visage tuméfié. Il fit ses provisions dans le grand magasin situé sur la place. En allant reprendre sa voiture, il fut soudain pris de remords et revint sur ses pas pour aller acheter une bouteille de whisky au Monopole. Il alla même jusqu'à s'en offrir une au malt.

A quatre heures et demie, il était de retour à l'hôtel de police. Ni Rydberg ni Martinson n'étaient dans leur bureau. Il enfila donc le couloir menant chez le procureur. La jeune réceptionniste l'accueillit avec un sourire.

– Elle a été drôlement contente des fleurs, dit-elle.

– Elle est dans son bureau?

– Non, elle est au tribunal jusqu'à cinq heures.

Kurt Wallander revint sur ses pas. Dans le couloir, il tomba sur Svedberg.

– Comment ça se passe, avec Bergman? demanda Kurt Wallander.

– Il est toujours aussi peu bavard, répondit Svedberg. Mais il va finir par flancher. Les preuves s'accumulent. Je pense qu'on va pouvoir prouver que le crime a été commis avec son arme.

– Et à part ça?

– Il semble que Ström et Bergman aient tous deux eu des activités au sein de groupes hostiles aux immigrés. Mais on ne sait pas encore s'ils agissaient pour leur propre compte ou bien pour celui d'une organisation quelconque.

– En d'autres termes, tout le monde est content?

– Pas vraiment, non. Björk dit qu'il se réjouit qu'on ait arrêté le meurtrier, mais qu'il y a erreur sur la personne. J'ai l'impression qu'il va minimiser l'importance de Bergman et tout mettre sur le dos de Valfrid Ström. Étant donné que celui-ci ne peut plus rien dire. Pour ma part, je crois bien que Bergman n'a pas seulement eu un rôle passif dans cette affaire.

– Je me demande si c'est Ström qui m'a appelé au téléphone, la nuit, dit Kurt Wallander. Je n'ai pas eu le temps de beaucoup lui parler et je ne suis pas parvenu à me faire une opinion sur ce sujet.

Svedberg le regarda, l'air d'en attendre plus.

– Ce qui veut dire?

– Que, dans le pire des cas, il y en a d'autres qui sont prêts à terminer le travail laissé en plan par Bergman et Ström.

– Je vais demander à Björk de ne pas mettre fin à la surveillance des camps de réfugiés, dit Svedberg. Par ailleurs, d'après certains renseignements, ce serait une bande de jeunes qui aurait mis le feu ici, à Ystad.

– N'oublie pas le vieux qui a pris un sac de raves sur la tête, dit Kurt Wallander.

– Et à Lenarp, quoi de neuf?

Kurt Wallander répondit de façon évasive.

– Pas grand-chose, dit-il. Mais on a repris l'affaire en main de façon sérieuse.

A cinq heures dix, Martinson et Rydberg pénétrèrent dans son bureau. Rydberg lui faisait toujours l'impression d'être vraiment très fatigué. Quant à Martinson, il était mécontent.

– La façon dont Lövgren est allé à Ystad, le vendredi 5 janvier, et en est revenu reste une énigme, dit-il. J'ai parlé au chauffeur de l'autobus qui fait la ligne. Il m'a dit que Johannes et Maria le prenaient habituellement pour aller en ville. Ensemble ou bien chacun de son côté. Mais il était absolument certain que Johannes ne l'avait pas pris depuis le Nouvel An. Les taxis ne sont pas non plus allés à Lenarp. D'après Nyström, ils prenaient l'autobus, quand ils avaient besoin d'aller quelque part. Et on sait bien qu'il était près de ses sous.

– Ils buvaient toujours le café ensemble, dit Kurt Wallander. Dans l'après-midi. Les Nyström doivent donc savoir si Johannes Lövgren est allé à Ystad ou non.

– C'est bien ça qui est bizarre, dit Martinson. Tous deux affirment qu'il n'est pas allé en ville ce jour-là. Et pourtant, on sait qu'il a rendu visite à deux banques différentes entre onze heures et demie et une heure moins le quart. Il a donc bien dû s'absenter de chez lui pendant trois ou quatre heures.

– Curieux, dit Kurt Wallander. Continue de travailler là-dessus.

Martinson reprit ses notes.

– En tout cas, il n'avait pas d'autre coffre en ville.

– Bien, dit Kurt Wallander. C'est toujours ça de sûr.

– Mais il pouvait très bien en avoir un à Simrishamn, à Trelleborg ou à Malmö, objecta Martinson.

– Concentre-toi d'abord sur la façon dont il est venu à Ystad, dit Kurt Wallander en tournant les yeux vers Rydberg.

– Lars Herdin ne démord pas de son histoire, dit celui-ci après avoir jeté un coup d'œil sur son carnet de notes en piteux état. Il affirme toujours avoir rencontré par hasard Johannes Lövgren en compagnie de cette femme, à Kristianstad, au printemps 1979. Et que c'est une lettre anonyme qui lui a appris l'existence de cet enfant.

– Est-il en mesure de donner un signalement de cette femme?

– De façon très vague. Il va peut-être falloir qu'on finisse par les mettre toutes en rang et lui demander de nous dire laquelle c'est. Si tant est qu'elle soit parmi elles, ajouta-t-il.

– Tu as l'air d'en douter.

Rydberg referma son carnet de notes d'un geste qui traduisait un rien d'humeur.

– Rien ne colle, dit-il. Tu le sais parfaitement. Je sais bien qu'on est obligés de suivre les indices dont on dispose. Mais je ne suis pas du tout sûr qu'on soit sur la bonne piste. Ce qui me contrarie, c'est que je n'arrive pas à en trouver d'autres à suivre.

Kurt Wallander lui raconta son entrevue avec Erik Magnuson.

– Pourquoi ne lui as-tu pas demandé s'il avait un alibi pour la nuit du meurtre? s'étonna Martinson quand il en eut fini.

Kurt Wallander se sentit rougir, sous ses bosses et ses bleus.

Il avait complètement oublié.

Mais il se garda bien de le dire.

– J'ai préféré attendre, dit-il. Parce que je désire avoir un prétexte pour le revoir.

Il se rendit compte à quel point c'était peu convaincant. Mais ni Rydberg ni Martinson ne parurent s'étonner de cette explication.

La conversation s'enlisa, chacun restant plongé dans ses pensées.

Kurt Wallander se demanda combien de fois il s'était déjà trouvé dans une semblable situation : cette sorte de point mort. L'impression de monter un cheval qui ne veut plus avancer. Ils allaient devoir le faire bouger de force.

– Qu'est-ce qu'on fait, maintenant? demanda Kurt Wallander, lorsque le silence finit par devenir un peu trop pesant.

C'est lui-même qui répondit à cette question.

— Toi, Martinson, il faut absolument que tu trouves comment Lövgren a pu aller à Ystad et en revenir sans que quiconque s'en aperçoive. Il faut qu'on le sache très vite, maintenant.

— Dans un des placards de la cuisine, on a trouvé une boîte de tickets de caisse. Il peut très bien être allé faire des achats dans une boutique quelconque, ce vendredi-là. Un employé pourrait l'avoir vu.

— Il disposait peut-être d'un tapis volant, ironisa Martinson. Je vais continuer à chercher.

— La famille, dit Kurt Wallander. Il faut voir ce que ça peut nous donner.

Il sortit une liste de noms et d'adresses de son gros dossier et la tendit à Rydberg.

— L'enterrement est pour mercredi, dit Rydberg. Dans l'église de Villie. Je n'aime pas les enterrements. Mais celui-ci, je crois que je vais y aller.

— Moi, je retourne à Kristianstad dès demain, dit Kurt Wallander. Göran Boman a des soupçons à l'égard d'Ellen Magnuson. Il pense qu'elle ne dit pas la vérité.

Ils levèrent la réunion, peu avant six heures, en décidant de se retrouver le lendemain après-midi.

— Si Näslund est remis, il faudra qu'il se charge de cette voiture de location volée, dit Kurt Wallander. Et cette famille de Polonais, au fait, est-ce qu'on a fini par savoir ce qu'elle fait à Lenarp?

— Lui, il travaille à la sucrerie de Jordberga, dit Rydberg. En fait, il est en règle. Mais je crois qu'il en a été le premier surpris.

Une fois Rydberg et Martinson partis, Kurt Wallander resta dans son bureau. Il y avait devant lui toute une pile de documents dont il fallait qu'il

318

prenne connaissance. C'étaient les conclusions de l'enquête sur cette histoire de voies de fait sur laquelle il travaillait pendant la nuit du Nouvel An. Il y avait également d'autres rapports sur tout un tas de choses, depuis de jeunes taureaux échappés jusqu'à ce camion qui s'était renversé au cours de la récente nuit de tempête. Tout en dessous de la pile, il trouva même un papier lui annonçant une augmentation de salaire. Il fit rapidement le calcul : elle allait lui valoir trente-neuf couronnes de plus par mois.

Cela terminé, il était près de sept heures et demie. Il appela Löderup et dit à sa sœur qu'il arrivait.

– On commence à avoir faim, dit-elle. Est-ce que tu travailles aussi tard que ça tous les soirs?

Il prit une cassette contenant un opéra de Puccini et alla chercher sa voiture. Il aurait bien voulu s'assurer au préalable qu'Anette Brolin avait oublié l'incident de la soirée précédente. Mais il n'en avait pas le temps. Cela attendrait.

Sa sœur lui dit que la personne qui allait se charger de s'occuper de leur père était une femme de caractère d'une cinquantaine d'années qui ne devrait pas avoir trop de mal à venir à bout de lui.

– Il n'est pas possible de trouver mieux, dit-elle en venant à sa rencontre dans la cour.

– Qu'est-ce qu'il fait, en ce moment?

– Il peint.

Pendant que sa sœur préparait le repas, Kurt Wallander resta assis dans l'atelier à regarder le tableau prendre forme sous ses yeux. Son père semblait avoir tout oublié de ce qui s'était passé ces derniers jours.

Il faut que je vienne le voir régulièrement, se dit

Kurt Wallander. Au moins trois fois par semaine et de préférence à heure fixe.

Après le repas, ils jouèrent tous les trois aux cartes pendant quelques heures. A onze heures, leur père alla se coucher.

– Demain, il faut que je rentre chez moi, dit sa sœur. Je ne peux pas rester plus longtemps.

– Merci d'être venue, dit Kurt Wallander.

Ils convinrent qu'il viendrait la chercher le lendemain matin à huit heures pour l'emmener à l'aéroport.

– Oui, mais à Everöd, parce qu'il n'y avait plus de place au départ de Sturup.

Cela tombait très bien pour Kurt Wallander, puisqu'il devait se rendre à Kristianstad, de toute façon.

Peu après minuit, il poussa la porte de son appartement. Il se versa un grand verre de whisky qu'il emmena dans la salle de bains. Il resta longtemps dans sa baignoire à laisser ses membres se délasser dans l'eau chaude.

Malgré ses efforts, la pensée de Rune Bergman et de Valfrid Ström n'arrêtait pas de lui trotter dans la tête. Il essaya de comprendre. Mais la seule conclusion à laquelle il put parvenir, ce fut celle qu'il avait déjà retenue bien des fois auparavant : un nouveau monde était né sans qu'il s'en rende véritablement compte. En tant que policier, il vivait toujours dans un autre monde, plus ancien. Comment apprendre à vivre dans le nouveau ? Que faire de cet immense sentiment d'insécurité qu'on éprouve envers tous les grands changements, surtout si, par-dessus le marché, ils interviennent beaucoup trop rapidement ?

Le meurtre de ce Somalien constituait un nouveau type de meurtre.

Celui de Lenarp, par contre, était beaucoup plus traditionnel.

Était-ce si sûr que ça, malgré tout? Sa sauvagerie et ce nœud coulant...

Il ne savait plus.

Il était près de minuit et demi quand il se glissa enfin dans la fraîcheur de ses draps.

Mais la solitude au fond de ce lit lui parut plus dure que jamais à supporter.

Ensuite, il ne se passa plus rien pendant trois jours.

Näslund revint et réussit à résoudre l'énigme de la voiture volée.

Un homme et une femme avaient procédé à une tournée de cambriolages et avaient ensuite laissé la voiture à Halmstad. La nuit du meurtre, ils se trouvaient dans une pension de famille de Båstad. Le propriétaire de celle-ci confirmait cet alibi.

Kurt Wallander alla s'entretenir avec Ellen Magnuson. Mais celle-ci niait obstinément que Johannes Lövgren soit le père de son fils Erik.

Il rendit également une nouvelle fois visite à Erik Magnuson et lui réclama l'alibi qu'il avait oublié de lui demander lors de leur première rencontre.

Erik Magnuson était en compagnie de sa fiancée, ce soir-là. Il n'y avait aucune raison de mettre sa parole en doute.

Martinson n'arrivait toujours pas à savoir comment Lövgren avait bien pu se rendre à Ystad.

Les Nyström étaient catégoriques, de même que les chauffeurs d'autobus et les propriétaires de taxis.

Rydberg alla assister à l'enterrement et s'entretint avec dix-neuf membres différents de la famille des Lövgren.

Mais toujours pas le moindre élément nouveau.

La température se maintenait aux alentours de zéro. Un jour le vent se calmait, le lendemain il se levait de nouveau.

Kurt Wallander rencontra Anette Brolin dans un couloir. Elle le remercia pour les fleurs. Pourtant, il n'était pas bien sûr qu'elle ait vraiment tiré un trait sur ce qui s'était passé cette nuit-là.

Rune Bergman persistait à garder le silence, bien que les preuves contre lui fussent accablantes. Divers mouvements nationalistes paramilitaires tentèrent de prendre sur eux la responsabilité de l'organisation de leur crime. Un débat passionné prit naissance, dans la presse et les autres médias, sur l'immigration en Suède. Le calme régnait maintenant en Scanie, mais des croix se mirent à brûler, dans d'autres parties du pays, devant divers camps de réfugiés.

Kurt Wallander et ses collaborateurs chargés de résoudre l'énigme du double meurtre de Lenarp se coupèrent de tout cela. Il était très rare qu'ils en viennent à échanger des idées qui fussent pas directement liées à cette enquête en train de s'enliser. Mais Kurt Wallander comprit qu'il n'était pas le seul à éprouver ce sentiment d'inquiétude et de vertige face à la société de l'avenir qui était en train de se dessiner devant eux.

Nous vivons comme si nous pleurions un paradis perdu, se dit-il. Comme si nous regrettions le bon vieux temps des voleurs de voitures et des perceurs de coffres-forts qui soulevaient bien poliment leur casquette quand on venait les arrêter. Mais cette époque est irrémédiablement révolue et toute la question est de savoir si elle était vraiment aussi belle qu'on a tendance à le penser en se fiant à ses souvenirs.

Le vendredi 19 janvier, tout se produisit en même temps.

La journée avait pourtant mal commencé pour Kurt Wallander. A sept heures et demie, il conduisit sa voiture au contrôle technique et faillit bien se voir signifier une interdiction d'utilisation du véhicule. En parcourant le bilan de l'examen, il constata qu'il en aurait pour plusieurs milliers de couronnes de réparations.

Il gagna l'hôtel de police la mort dans l'âme.

Il n'avait même pas eu le temps d'ôter son manteau, dans son bureau, que Martinson entrait en coup de vent.

— Bon sang, dit-il. Ça y est. Je sais maintenant comment Johannes Lövgren est allé à Ystad et en est revenu.

Kurt Wallander oublia instantanément l'histoire de sa voiture et sentit la passion le reprendre.

— Il ne s'est pas vraiment servi d'un tapis volant, poursuivit Martinson. C'est le ramoneur qui l'a emmené.

Kurt Wallander se laissa tomber dans son fauteuil.

— Quel ramoneur?

— Artur Lundin, ramoneur de Slimminge. Il faut te dire que Hanna Nyström s'est soudain souvenue que le ramoneur était passé le vendredi 5 janvier. Il avait nettoyé les cheminées des deux propriétés et était reparti. Quand elle m'a dit qu'il avait terminé par celles de Lövgren et qu'il était reparti vers dix heures et demie, ça a commencé à faire tilt. Je viens de parler à ce ramoneur. J'ai pu le trouver pendant qu'il était en train de travailler au centre de soins de Rydsgård. Il s'avère que ce type n'écoute jamais la radio, ne regarde jamais la télé et ne lit même pas les journaux. Il ramone les cheminées et passe le reste de son temps à boire de l'eau-de-vie et à élever des lapins. Il n'avait pas la moindre idée que les Lövgren avaient été assassinés. Mais ce qu'il a pu me dire, par contre, c'est que Johannes Lövgren est allé avec lui à Ystad. Comme il a une camionnette et que Lövgren était assis à l'arrière, là où il n'y a pas de vitres, ce n'est pas étonnant que personne ne l'ait vu.

– Mais les Nyström ont quand même bien dû le voir revenir.

– Eh non, triompha Martinson. C'est ça la clé du mystère. Lövgren avait demandé à Lundin de le déposer sur la route de Veberöd. De là, il y a un chemin de terre qui aboutit sur le derrière de la maison des Lövgren. Il n'y a pas plus d'un kilomètre. Même si les Nyström étaient à leur fenêtre, ils pouvaient penser que Lövgren revenait de l'écurie.

Kurt Wallander fronça les sourcils.

– Je trouve ça bizarre, tout de même.

– Lundin est quelqu'un de très ouvert. Il m'a dit que Lövgren lui avait promis une flasque de vodka s'il le ramenait également. Il l'a donc déposé à Ystad et est allé ramoner deux maisons au nord de la ville. Puis il a repris Lövgren à l'heure convenue et l'a déposé sur la route de Veberöd. Et il a eu sa bouteille de vodka.

– Parfait, dit Kurt Wallander. Les heures concordent bien?

– Exactement.

– Lui as-tu parlé de la serviette?

– Il croit se rappeler, en effet, que Lövgren avait une serviette.

– Avait-il autre chose?

– Il ne le pense pas.

– Est-ce qu'il a vu si Lövgren avait rendez-vous avec quelqu'un, à Ystad?

– Non.

– Lövgren lui a-t-il dit ce qu'il allait faire en ville?

– Rien du tout.

– Il est donc peu probable que ce ramoneur ait pu savoir que Lövgren transportait vingt-sept mille couronnes dans sa serviette?

– En effet. D'ailleurs, il n'a pas vraiment la tête d'un braqueur. Il me fait l'effet d'un ramoneur célibataire qui est très content de son sort, avec ses lapins et son eau-de-vie. Et rien d'autre.

Kurt Wallander réfléchit.

– Est-ce que Lövgren pourrait avoir donné rendez-vous à quelqu'un, sur ce chemin de terre? Puisqu'on n'a pas retrouvé la serviette.

– Peut-être. Je crois que je vais le passer au peigne fin, ce chemin, avec des chiens.

– Fais-le tout de suite, dit Kurt Wallander. On va peut-être finir par arriver à quelque chose.

En sortant, Martinson faillit rentrer dans Hanson, qui arrivait en sens inverse.

– Tu as un moment? demanda-t-il.

Kurt Wallander fit oui de la tête.

– Qu'est-ce que ça donne, avec Bergman?

– Toujours aussi muet. Mais il n'y coupera pas. La Brolin va le coffrer dans la journée.

Kurt Wallander ne jugea pas bon de relever la façon cavalière dont Hanson parlait du procureur.

– Qu'est-ce que tu voulais? se contenta-t-il de demander.

Hanson alla s'asseoir sur la chaise, près de la fenêtre, l'air un peu gêné.

– Tu sais peut-être que je joue un peu aux courses, commença-t-il. Au fait, le canasson que tu m'as indiqué a terminé bon dernier, l'autre jour. Qui est-ce qui t'avait donné ce tuyau?

Kurt Wallander se souvenait vaguement, en effet, d'avoir lancé quelque chose en ce sens, un jour qu'il était dans le bureau de Hanson.

– Je plaisantais, dit-il. Continue.

– J'ai appris que vous vous intéressez à un certain Erik Magnuson, qui travaille au dépôt central du conseil général, à Malmö. Or, il se trouve qu'il y a un Erik Magnuson qui fréquente le champ de courses de Jägersro. Il joue gros, perd beaucoup et travaille, d'après ce que je sais, au conseil général.

Kurt Wallander dressa aussitôt l'oreille.

– Quel âge a-t-il? Comment est-il?

Hanson lui donna son signalement. Kurt Wallander comprit aussitôt que c'était bien l'homme qu'il avait déjà rencontré à deux reprises.

– Il paraît qu'il a des dettes, dit Hanson. Et les dettes de jeu, c'est mauvais.

– Bien, dit Kurt Wallander. C'est exactement le genre de renseignement dont on avait besoin.

Hanson se leva.

– On ne sait jamais, dit-il. Le jeu, c'est un peu comme la drogue. Je veux dire : sauf si on est comme moi et qu'on joue uniquement pour le plaisir.

Kurt Wallander repensa à quelque chose que lui avait dit Rydberg. Sur les gens qui pouvaient être prêts à n'importe quelle forme de violence du fait de leur dépendance.

– Bien, dit-il. Très bien.

Hanson quitta le bureau. Kurt Wallander réfléchit un court instant avant d'appeler Göran

Boman, à Kristianstad. Il eut la chance de pouvoir le joindre immédiatement.

— Qu'est-ce que tu veux que je fasse? demandat-il lorsque Kurt Wallander lui eut fait part de ce que Hanson venait de lui rapporter.

— Avoir sa mère à l'œil, dit Kurt Wallander.

Göran Boman lui promit qu'il allait placer Ellen Magnuson sous surveillance policière.

Il tomba sur Hanson juste au moment où il s'apprêtait à quitter l'hôtel de police.

— Tu m'as parlé de dettes de jeu, dit-il. Sais-tu à qui Erik Magnuson doit de l'argent?

Hanson connaissait la réponse à cette question.

— Il y a un quincaillier de Tågarp qui prête de l'argent, dit-il. Si Erik Magnuson en doit à quelqu'un, ça ne peut être qu'à lui. Il prête à des taux usuraires à pas mal de gros joueurs de Jägersro. Et je crois même savoir qu'il a à sa disposition un certain nombre de types pas très tendres qu'il envoie à ceux qui ont tendance à ne pas s'acquitter en temps utile.

— Où est-ce qu'on peut le trouver?

— Il tient la quincaillerie de Tågarp. C'est un petit gros dans la soixantaine.

— Comment s'appelle-t-il?

— Larson. Mais il est plus connu sous le nom de Nicken.

Kurt Wallander retourna dans son bureau. Il tenta de joindre Rydberg, mais en vain. Comme toujours, Ebba savait pourquoi. Rydberg n'arriverait pas avant dix heures, parce qu'il était à l'hôpital.

— Il est malade?

— C'est certainement ses rhumatismes, dit Ebba. Tu n'as pas vu comme il boite, depuis quelques semaines?

Kurt Wallander décida de ne pas attendre Rydberg. Il mit son manteau et alla prendre sa voiture pour se rendre à Tågarp.

La quincaillerie se trouvait au milieu de l'agglomération.

En ce moment, il y avait des brouettes en solde.

L'homme qui sortit de l'arrière-boutique, lorsque retentit la cloche de la porte d'entrée, était en effet petit et gros. Comme il était seul dans le magasin, Kurt Wallander décida de ne pas s'embarrasser de précautions oratoires. Il sortit sa carte de police et la montra. L'homme connu sous le nom de Nicken la regarda de près, mais sans paraître affecté le moins du monde.

— Ystad, dit-il. Qu'est-ce que la police de là-bas peut bien me vouloir?

— Est-ce que tu connais quelqu'un qui s'appelle Erik Magnuson?

L'homme qui se tenait derrière le comptoir était bien trop malin pour mentir.

— C'est bien possible. Pourquoi ça?

— Quand as-tu fait sa connaissance?

Erreur, se dit Kurt Wallander. Je lui offre une porte de sortie.

— Je ne m'en souviens pas.

— Mais tu le connais?

— On a des intérêts communs.

— Comme par exemple les courses de trot et les paris?

— Peut-être bien.

Kurt Wallander fut très agacé par l'assurance de cet homme.

— Écoute-moi bien, dit-il. Je sais que tu prêtes de l'argent à des gens qui n'ont pas vraiment les moyens de jouer aussi gros qu'ils le voudraient.

Pour l'instant, je n'ai pas l'intention de te demander quels taux tu pratiques. Je ne m'occupe pas de savoir si cette activité est légale ou pas. Ce qui m'intéresse, c'est quelque chose de totalement différent.

L'homme répondant au nom de Nicken l'observait, l'air intrigué.

– Je veux savoir si Erik Magnuson te doit de l'argent et, si oui, combien, dit Kurt Wallander.

– Rien, répondit l'homme.

– Rien?

– Pas un centime.

Nouvelle erreur, se dit Kurt Wallander. La piste de Hanson n'était qu'une impasse de plus.

Mais, aussitôt après, il se rendit compte que c'était exactement l'inverse. Ils étaient enfin sur la bonne piste.

– Mais, si tu veux le savoir, il m'en a dû.

– Combien?

– Pas mal. Mais il a remboursé. Vingt-cinq mille couronnes.

– Quand ça?

L'homme réfléchit rapidement.

– Il y a huit jours. Jeudi dernier.

Jeudi 11 janvier, eut le temps de se dire Kurt Wallander.

Trois jours après le meurtre de Lenarp.

– Comment a-t-il payé?

– Il est venu ici.

– En billets de combien?

– De mille et de cinq cents.

-- Dans quoi est-ce qu'il transportait l'argent?

- Dans quoi est-ce qu'il transportait l'argent? Oui : dans une valise? Une serviette?

– Dans un sac en plastique. De chez ICA, je crois.

— Il était en retard pour payer?

— Un peu.

— Qu'est-ce qui se serait passé s'il n'avait pas payé?

— J'aurais été obligé de lui rafraîchir la mémoire.

— Sais-tu comment il s'était procuré cet argent?

L'homme connu sous le nom de Nicken haussa les épaules. A ce moment, un client pénétra dans la boutique.

— Ce n'est pas mes oignons, dit-il. Autre chose?

— Non, merci. Pas pour l'instant. Mais peut-être par la suite.

Kurt Wallander alla reprendre sa voiture.

Le vent s'était levé.

Ça y est, se dit-il. On le tient.

Qui aurait pu se douter qu'il sortirait quelque chose de bon de la misérable passion de Hanson pour les courses?

Kurt Wallander regagna Ystad avec le sentiment d'avoir tiré le gros lot à la loterie.

Il sentait qu'il était sur la bonne piste.

Tiens-toi bien, Erik Magnuson, se dit-il. On arrive.

XIV

Kurt Wallander et ses collaborateurs étaient maintenant prêts au combat, après une séance de travail très intense qui s'était prolongée tard dans la soirée, en ce 19 janvier. Björk avait assisté à toute la réunion et, lorsque Kurt Wallander l'avait demandé, il avait accepté de décharger Hanson de son travail sur l'assassinat de Hageholm pour qu'il puisse se joindre au groupe de Lenarp, comme on les appelait maintenant. Näslund était toujours malade, mais avait fait savoir par téléphone qu'il serait de retour le lendemain.

Bien que ce fût le week-end, l'ardeur au travail ne devait souffrir aucun relâchement. Martinson avait procédé, assisté de maîtres-chiens, à une inspection minutieuse du chemin reliant la route de Veberöd à l'arrière de l'écurie des Lövgren. Il avait passé au peigne fin ces 1 912 mètres qui traversaient deux petits bois, délimitaient deux propriétés, puis couraient parallèlement au lit d'un cours d'eau presque asséché. Il n'avait rien trouvé de sensationnel, bien qu'étant rentré à l'hôtel de police avec un sac en plastique plein d'objets divers. Parmi ceux-ci, il y avait une roue de voiture de poupée toute rouillée, un morceau de tissu couvert de cambouis et une boîte de cigarettes vide de marque étrangère. Tout ceci allait être analysé, mais Kurt Wallander doutait fort que cela puisse apporter quoi que ce soit à l'enquête.

La principale décision prise au cours de cette réunion fut de placer Erik Magnuson sous surveillance constante. Il était locataire d'une maison dans l'ancien lotissement de Rosengård. Hanson ayant annoncé qu'il y avait des courses de trot ce dimanche-là à Jägersro, on s'arrangea pour l'avoir à l'œil pendant toute la réunion.

— Mais l'administration ne rembourse aucun pari, tenta de plaisanter Björk, sans grand succès.

— Alors je propose qu'on se cotise, répondit Hanson. Pour une fois qu'une enquête peut nous rapporter de l'argent.

Mais le sérieux l'emportait, malgré tout, au sein du groupe, dans le bureau de Björk. Chacun avait le sentiment qu'on approchait du moment décisif.

La question qui suscita le plus de discussion fut celle de savoir s'il convenait de laisser Erik Magnuson se douter de quelque chose. Rydberg et Björk étaient hésitants. Mais Kurt Wallander, lui, était d'avis qu'ils n'avaient rien à perdre à ce qu'Erik Magnuson s'aperçoive qu'il était l'objet de l'attention de la police. Bien sûr, il fallait que la surveillance soit discrète. Mais il n'y avait pas lieu de prendre des mesures supplémentaires afin de dissimuler cette vigilance.

— Qu'il s'inquiète un peu, dit Kurt Wallander. S'il a de bonnes raisons pour ça, j'espère qu'on ne tardera pas à les connaître.

Il leur fallut trois heures pour examiner tout ce dont ils disposaient et qui pouvait avoir un certain rapport avec Erik Magnuson. Mais ils ne trouvèrent rien, et rien non plus pouvant s'opposer à ce qu'il ait été présent à Lenarp cette nuit-là, en dépit de l'alibi de sa fiancée. De temps en temps, Kurt Wallander ressentait une vague inquiétude à l'idée de s'engager dans une nouvelle impasse, malgré tout.

Mais c'était principalement Rydberg qui paraissait le plus dubitatif. Il ne cessait de se demander si un homme seul pouvait vraiment avoir commis ce double crime.

— Je ne peux pas m'empêcher de me dire qu'il y a quelque chose, dans cette boucherie, qui implique une certaine collaboration.

— Rien n'empêche qu'Erik Magnuson ait eu un complice, répondit Kurt Wallander. Il faut prendre les choses les unes après les autres.

— S'il a commis ce crime afin de rembourser une dette de jeu, il est peu probable qu'il se soit embarrassé d'un complice, objecta Rydberg.

— Je sais, dit Kurt Wallander. Mais il faut bien aller de l'avant.

Une rapide démarche de Martinson leur permit de disposer d'une photo d'Erik Magnuson figurant dans les archives du conseil général. Elle était reproduite dans une brochure présentant les nombreuses activités de celui-ci et destinée à un public qui était censé tout en ignorer. Björk, qui était d'avis que chaque institution, aussi bien nationale que municipale, avait besoin d'un service spécialement chargé de présenter sa défense en chantant ses mérites dès que le besoin s'en faisait sentir, estimait que cette publication était excellente. Quoi qu'il en soit, elle montrait bel et bien Erik Magnuson, à côté de son chariot jaune, vêtu d'une salopette blanche. Il souriait

Les policiers étudièrent ce visage et le comparèrent ensuite à certaines photos en noir et blanc de Johannes Lövgren. Ils en disposaient d'une, en particulier, le montrant près de son tracteur, dans un champ labouré de frais.

Ce conducteur de tracteur et ce conducteur de chariot élévateur pouvaient-ils être père et fils?

Kurt Wallander avait du mal à se pénétrer de ces deux photos et à les laisser n'en faire plus qu'une.

Tout ce qu'il lui semblait voir, c'était le visage ensanglanté d'un vieil homme auquel on avait coupé le nez.

Vers onze heures du soir, le vendredi, ils avaient définitivement arrêté leur plan de bataille. Mais, à cette heure-là, Björk les avait déjà quittés pour prendre sa place à un dîner organisé par le club de golf local.

Kurt Wallander et Rydberg devaient consacrer leur samedi à une nouvelle tentative auprès d'Ellen Magnuson, à Kritianstad. Martinson, Näslud et Hanson se chargeraient, à eux trois, de surveiller Erik Magnuson et d'interroger sa fiancée quant à l'alibi qu'il avait fourni. Le dimanche, la surveillance continuerait et on passerait de nouveau en revue les résultats de l'enquête. Le lundi, Martinson, qui avait été promu, sans le mériter véritablement, à la dignité d'expert en informatique, devait tirer au clair les affaires d'Erik Magnuson. Celui-ci avait-il d'autres dettes? Avait-il déjà eu maille à partir avec la justice?

Kurt Wallander demanda à Rydberg d'examiner seul tous ces éléments, afin de procéder à ce qu'il appelait une « croisade » : tenter de « croiser », de relier des événements et des personnes qui n'avaient apparemment rien en commun. Existerait-il malgré tout des rapports qui seraient jusque-là passés inaperçus? C'était ce que Rydberg devait tenter de tirer au clair.

Ils sortirent ensemble de l'hôtel de police. Kurt Wallander se rendit soudain compte à quel point son collègue était fatigué et il se souvint alors qu'il était allé passer une visite à l'hôpital.

— Comment ça va? lui demanda-t-il.

Rydberg haussa les épaules et marmonna une réponse incompréhensible.

— Les jambes? demanda Kurt Wallander.

— Ça va comme ça peut, répondit Rydberg, apparemment peu désireux de s'étendre sur les maux dont il était affligé.

Kurt Wallander rentra chez lui et se servit un verre de whisky. Mais il le laissa intact sur la table basse et alla se coucher. La fatigue prit le dessus. Il s'endormit et perdit de vue toutes ces idées qui se bousculaient dans sa tête.

Au cours de la nuit, il rêva de Sten Widén.

Ils assistaient ensemble à la représentation d'un opéra chanté dans une langue inconnue.

Une fois réveillé, il fut incapable de se souvenir de quel opéra il s'agissait.

En revanche, il se souvint dès son réveil de quelque chose dont ils avaient parlé la veille.

Le testament de Johannes Lövgren. Ou plutôt ce testament inexistant.

Rydberg s'était entretenu avec l'avocat auquel les deux filles des Lövgren avaient confié la succession, homme à qui s'adressaient souvent les organisations agricoles de la région. Il n'y avait pas de testament. Cela signifiait que les deux femmes allaient hériter de la totalité de la fortune insoupçonnée de leur père.

Erik Magnuson pouvait-il savoir que Johannes Lövgren était à la tête d'une petite fortune? Ou bien celui-ci s'était-il montré aussi avare de confidences envers lui qu'envers sa femme?

Kurt Wallander se leva, bien décidé à savoir définitivement, avant la fin de la journée, si Johannes Lövgren était, oui ou non, celui de qui Ellen Magnuson avait eu ce fils clandestin.

Il prit un rapide petit déjeuner et retrouva Rydberg à l'hôtel de police juste après neuf heures. Martinson, qui avait passé la nuit dans une voiture devant la maison d'Erik Magnuson, à Rosengård, avant de transmettre le relais à Näslund, avait laissé un message disant qu'il ne s'était absolument rien passé au cours des dernières heures. Magnuson était chez lui. La nuit avait été calme.

Le temps était brumeux. La terre était couverte de givre, dans les champs. Rydberg était assis à côté de Kurt Wallander, sur le siège avant de la voiture, mais n'avait pas l'air décidé à desserrer les dents. Ce n'est que lorsqu'ils approchèrent de Kristianstad que la conversation put s'amorcer.

A dix heures et demie, ils retrouvèrent Göran Boman à l'hôtel de police de Kristianstad.

Ils relurent ensemble le procès-verbal de l'audition d'Ellen Magnuson.

– On ne peut rien retenir contre elle, dit Göran Boman. On a fouillé tout ce qui la concerne et on n'a rien trouvé. Il ne faut pas plus d'une feuille de papier pour résumer l'histoire de sa vie. Elle travaille dans la même pharmacie depuis trente ans. Pendant quelques années, elle a fait partie d'un ensemble vocal, mais elle a maintenant cessé. Elle emprunte beaucoup de livres à la bibliothèque. Elle passe ses vacances chez une sœur, à Vemmenhög, ne va jamais à l'étranger, n'achète jamais de vêtements neufs. C'est quelqu'un qui, au moins en apparence, mène une vie sans histoires, réglée presque comme du papier à musique. Le plus étonnant, c'est encore qu'elle supporte ce genre d'existence.

Kurt Wallander le remercia pour le travail qu'il avait effectué.

– Maintenant, à notre tour, dit-il.

Ils partirent chez Ellen Magnuson.

Quand elle vint leur ouvrir, Kurt Wallander se fit la réflexion que son fils lui ressemblait beaucoup. Il n'arrivait pas à savoir si elle s'attendait à leur visite. Son regard avait quelque chose d'absent, comme si elle était en fait bien loin de là.

Kurt Wallander fit des yeux le tour de cet appartement dans lequel il n'était encore jamais venu. Ellen Magnuson leur avait demandé s'ils voulaient une tasse de café. Rydberg avait décliné, mais lui, il avait accepté.

Chaque fois qu'il pénétrait dans un nouvel appartement, il avait l'impression d'avoir devant les yeux la couverture d'un livre dont il venait de faire l'acquisition. L'appartement lui-même, les meubles, les tableaux, les odeurs, tout cela constituait le titre. Maintenant, il allait se mettre à lire. Mais l'appartement d'Ellen Magnuson était dépourvu d'odeurs. Kurt Wallander avait l'impression de se trouver dans un logement inhabité, respirant une sorte de désolation, de résignation de couleur grise. Sur un fond de tapisserie passée étaient accrochés divers chromos représentant des motifs abstraits assez difficiles à identifier. La pièce était remplie de meubles démodés, aux formes lourdes. Des nappes de dentelle étaient soigneusement disposées sur des tables pliantes en acajou. Sur une étagère accrochée au mur, il y avait la photographie d'un enfant assis devant un rosier. Kurt Wallander ne put s'empêcher de remarquer que la seule photo de son fils que cette femme voulût bien montrer datait de son enfance. En tant qu'adulte, il n'était absolument pas présent.

Le séjour donnait sur une petite salle à manger. Kurt Wallander poussa avec le bout du pied la porte entrouverte. A sa grande stupéfaction il découvrit, accroché au mur, l'un des tableaux de son père.

C'était la version sans coq de bruyère.

Il resta à le regarder jusqu'à ce qu'il entende, derrière lui, le bruit caractéristique d'un plateau chargé de tasses à café que l'on apportait.

Il avait l'impression de voir ce tableau pour la première fois.

Rydberg s'était assis sur une chaise, près de la fenêtre. Kurt Wallander se dit qu'il devrait penser à lui demander, un jour, pourquoi il s'asseyait toujours près des fenêtres.

A quoi tiennent nos habitudes? s'interrogea-t-il. Quelle usine secrète les fabrique, les bonnes aussi bien que les mauvaises?

Ellen Magnuson lui servit une tasse de café.

Il se dit qu'il ne pouvait plus reculer, maintenant.

– Göran Boman, de la police de Kristianstad, est déjà venu vous poser quelques questions, dit-il. Ne vous étonnez pas si nous venons à notre tour vous poser les mêmes.

– Ne vous étonnez pas non plus si je vous fais les mêmes réponses, dit-elle.

A cet instant, Kurt Wallander comprit que la femme qu'il avait en face de lui était bien celle dont Johannes Lövgren avait eu un enfant clandestin.

Il le savait sans vraiment savoir pourquoi.

Pris de panique, il décida en toute hâte de mentir

afin de connaître la vérité. Ou bien il se trompait fort, ou bien Ellen Magnuson ne devait guère avoir l'habitude de la police. Elle penserait sans doute qu'ils cherchaient à savoir la vérité en la disant eux-mêmes. C'était à elle de mentir, pas à eux.

— Madame Magnuson, dit Kurt Wallander. Nous savons que Johannes Lövgren est le père de votre fils Erik. Il ne sert à rien de le nier.

Elle le regarda, l'air effrayé. Ce qu'il y avait d'absent dans son regard avait disparu. Maintenant, elle était de nouveau très présente dans cette pièce.

— Ce n'est pas vrai, dit-elle.

Un mensonge qui demande grâce, pensa Kurt Wallander. Elle ne va pas tarder à craquer.

— Bien sûr que si, dit-il. Vous savez aussi bien que nous que c'est vrai. Si Johannes Lövgren n'avait pas été assassiné, nous n'aurions jamais eu besoin de vous poser ce genre de question. Mais, dans ces conditions, il nous faut absolument en avoir la certitude. Et si vous ne nous la fournissez pas tout de suite, vous serez obligée de répondre à ces mêmes questions sous serment, devant un tribunal.

Les choses allèrent plus vite qu'il ne l'aurait cru.

— Pourquoi voulez-vous le savoir? s'écria-t-elle. Je n'ai rien fait. On n'a pas le droit d'avoir des secrets?

— Personne n'interdit les secrets, dit lentement Kurt Wallander. Mais, tant qu'il y aura des assassins, la police devra tenter de découvrir les coupables. Et pour cela, il lui faut poser des questions. Et obtenir des réponses.

Ils l'écoutèrent tous deux raconter son histoire. Kurt Wallander la trouva d'une tristesse indicible. La vie qu'elle déroulait devant lui était aussi désolée que le paysage couvert de givre qu'ils avaient traversé le matin même.

Elle était la fille d'un couple de cultivateurs assez âgés d'Yngsjö. Mais elle avait réussi à s'arracher à la terre et à devenir préparatrice en pharmacie. Johannes Lövgren était entré dans sa vie en tant que client de celle dans laquelle elle travaillait. Elle se souvenait même que la première fois qu'il était venu, c'était pour acheter du bicarbonate. Il était ensuite revenu et avait commencé à la poursuivre de ses assiduités.

Son histoire à lui, c'était celle de l'agriculteur solitaire. Ce n'est qu'après la naissance de l'enfant qu'elle avait appris qu'il était marié. Elle avait alors été accablée de douleur, mais jamais pleine de haine. Il avait acheté son silence au moyen de ces sommes versées régulièrement, plusieurs fois par an.

Mais c'était elle qui avait élevé son fils. Il était à elle et bien à elle.

— Qu'est-ce que tu as pensé, quand tu as appris qu'il avait été assassiné? demanda Kurt Wallander quand elle se tut.

— Je crois en Dieu, dit-elle. Je crois donc en une justice qui venge les offenses.

— Qui les venge?

— Combien de personnes Johannes a-t-il trompées? demanda-t-elle. Il nous a tous trompés. Moi, son fils, sa femme et ses filles.

Et elle ne va pas tarder à apprendre que son fils est un assassin, pensa Kurt Wallander. Peut-être se le représentera-t-elle sous la forme d'un archange venu accomplir un châtiment divin? Aura-t-elle la force de supporter cela?

Il continua à poser ses questions. Rydberg changea de position, sur sa chaise, près de la fenêtre. Dans la cuisine, on entendit une pendule sonner.

Quand ils finirent par quitter l'appartement, Kurt

340

Wallander se dit qu'il avait maintenant la réponse à toutes les questions qu'il se posait.

Il savait maintenant qui était la femme cachée. Et le fils clandestin. Il savait qu'elle attendait de l'argent de Johannes Lövgren. Mais ce dernier n'était pas au rendez-vous.

Il avait également obtenu une réponse inattendue à une autre de ses questions.

Ellen Magnuson n'avait jamais remis à son fils l'argent que lui donnait Johannes Lövgren. Elle le versait sur un compte en banque. Il ne pourrait y toucher qu'une fois qu'elle serait morte. Peut-être avait-elle peur qu'il le dissipe au jeu.

Mais Erik Magnuson savait bel et bien que Johannes Lövgren était son père. Sur ce point, il avait menti. Peut-être savait-il donc aussi que ce même homme ne manquait pas d'argent?

Rydberg était resté muet, pendant tout cet entretien. Au moment où ils avaient été sur le point de s'en aller, il avait demandé si elle voyait souvent son fils, s'ils s'entendaient bien et si elle connaissait sa fiancée.

Elle avait répondu de façon évasive.

– Il est adulte, maintenant. Il a sa propre vie. Mais il est gentil et il vient me voir. Bien sûr que je sais qu'il est fiancé.

Nouveau mensonge, pensa Kurt Wallander. Elle n'était pas au courant de l'existence de cette fiancée.

Ils s'arrêtèrent pour manger à l'auberge de Degeberga. Rydberg semblait être sorti de sa torpeur.

– Tu as mené cet interrogatoire de main de maître, dit-il. Il faudrait donner ça en exemple à l'école de police.

– Et pourtant, j'ai menti, dit Kurt Wallander. Et ce n'est pas considéré comme un procédé très honnête.

Au cours du déjeuner, ils discutèrent de la conduite à tenir. Ils furent d'accord pour attendre les résultats des enquêtes en cours sur Erik Magnuson. Une fois celles-ci terminées et leurs résultats connus, ils le convoqueraient pour l'interroger.

– Tu crois que c'est lui? demanda Rydberg.

– Bien sûr que oui, répondit Kurt Wallander. Seul ou bien avec d'autres. Et toi, qu'est-ce que tu en penses?

- J'espère que tu as raison.

Ils furent de retour à l'hôtel de police d'Ystad à trois heures et quart. Näslund était dans son bureau, en train d'éternuer. Il avait été relevé par Hanson à midi.

Au cours de la matinée, Erik Magnuson avait acheté des chaussures et était allé déposer des bulletins de PMU dans un bureau de tabac. Puis il était rentré chez lui.

– Est-ce qu'il a l'air d'être sur ses gardes? demanda Kurt Wallander.

– Je ne sais pas, dit Näslund. Il y a des moments où je le pense. Et d'autres où je me dis que je me fais des idées.

Rydberg rentra chez lui et Kurt Wallander s'enferma dans son bureau.

Il se mit à feuilleter distraitement un nouveau tas de papiers que quelqu'un avait déposé sur son bureau.

Il avait du mal à se concentrer.

Il était inquiet de ce qu'Ellen Magnuson leur avait raconté.

Il se disait qu'il n'était pas si éloigné lui-même, avec son existence assez douteuse, de la réalité que connaissait cette femme.

Quand ceci sera terminé, je me mettrai en congé,

se dit-il. Avec toutes les heures supplémentaires que j'ai faites, je dois pouvoir prendre une semaine. Sept jours à ne m'occuper que de moi-même. Sept jours pour sept années difficiles. Après ça, je serai un autre homme.

Il se demanda s'il ne devrait pas aller passer ces sept jours dans un établissement de santé où on pourrait l'aider à maigrir. Mais l'idée le rebuta. Il préférait prendre sa voiture et partir vers le sud.

Peut-être pour Paris ou pour Amsterdam. A Arnhem, aux Pays-Bas, il connaissait un policier qu'il avait rencontré lors d'un séminaire sur la drogue. Peut-être pourrait-il aller le trouver?

Mais il faut d'abord résoudre le meurtre de Lenarp, se dit-il. Ce sera pour la semaine prochaine.

Ensuite, je déciderai où aller...

Le jeudi 25 janvier, la police alla chercher Erik Magnuson afin de l'interroger. Son interpellation eut lieu juste devant sa maison. C'est Rydberg et Hanson qui y procédèrent, tandis que Kurt Wallander regardait, depuis la voiture dans laquelle il était resté assis. Erik Magnuson les suivit jusqu'au véhicule de police sans protester. Ceci se passait le matin, au moment où il partait pour son travail. Kurt Wallander, voulant que les premiers interrogatoires se déroulent sans trop éveiller l'attention, lui permit d'appeler son lieu de travail et de fournir une explication pour son absence.

C'est Björk, Wallander et Rydberg qui se chargèrent de l'interrogatoire. Mais, en fait, Björk et Rydberg restèrent à l'arrière-plan, laissant Wallander poser toutes les questions.

Au cours des journées qui s'étaient écoulées auparavant, la police avait été confortée dans son opinion que c'était bien Erik Magnuson qui était l'auteur du double meurtre de Lenarp. Diverses enquêtes avaient fait apparaître qu'il avait de lourdes dettes. A plusieurs reprises il n'avait évité que d'extrême justesse le sort réservé à celui qui ne paie pas ses dettes de jeu. Hanson avait également pu constater à Jägersro qu'il jouait gros. Sa situation financière était désespérée.

L'année précédente, il avait été l'objet des soupçons de la police d'Eslöv à propos d'une affaire de hold-up. Mais on n'avait jamais pu réunir contre lui des preuves suffisantes. En revanche, il avait probablement été mêlé à un trafic de stupéfiants. Sa fiancée, qui était au chômage, avait été condamnée à plusieurs reprises pour diverses infractions en la matière et une autre fois pour escroquerie postale. Il était donc établi qu'Erik Magnuson avait de lourdes dettes. Pourtant, il semblait par moments rouler sur l'or. Et ce n'était pas son salaire d'employé du conseil général qui pouvait expliquer cela.

Ce jeudi matin devait donc marquer un tournant dans l'enquête. L'énigme de Lenarp allait enfin être résolue. Ce matin-là, Kurt Wallander s'était réveillé de bonne heure, avec un sentiment très puissant d'attente dans tout le corps.

Dès le lendemain, vendredi 26 janvier, il comprit qu'il s'était trompé.

Les soupçons portant sur Erik Magnuson, au moins en tant que coauteur du crime, étaient réduits à néant. Cette piste n'était qu'une impasse de plus. Le vendredi matin, ils comprirent qu'ils ne réussiraient jamais à prouver qu'Erik Magnuson était coupable du double meurtre de Lenarp – pour la bonne raison qu'il en était innocent.

Son alibi pour la nuit du meurtre avait été

confirmé par la mère de sa fiancée, en visite chez lui. Personne ne pouvait mettre sa parole en doute. C'était une vieille dame qui dormait mal la nuit. Et elle pouvait attester que, la nuit où Johannes et Maria Lövgren avaient été si sauvagement assassinés, Erik Magnuson n'avait pas cessé de ronfler.

L'argent avec lequel il avait réglé sa dette au quincaillier de Tågarp provenait de la vente de sa voiture. Il pouvait même montrer le reçu de l'opération, et l'acheteur de la Chrysler, un menuisier de Lomma, confirmait qu'il avait payé comptant et en billets de mille et de cinq cents couronnes.

Il y avait également une explication plausible au fait que Magnuson ait menti au sujet de la paternité de Johannes Lövgren. Il l'avait fait par égard pour sa mère, pensant qu'elle désirait la tenir secrète. Lorsque Kurt Wallander lui avait dit que Johannes Lövgren était fortuné, il avait eu l'air sincèrement étonné.

Il ne restait donc plus rien.

Lorsque Björk demanda si quelqu'un s'opposait à ce qu'Erik Magnuson soit renvoyé chez lui et lavé de tout soupçon, personne n'eut quoi que ce soit à objecter. Kurt Wallander se sentait très coupable du tour qu'il avait fait prendre à toute cette affaire. Seul Rydberg paraissait impassible. Il est vrai que c'était lui qui avait été le plus réticent depuis le début.

Leur enquête était réduite en miettes, il n'en restait plus rien.

Il n'y avait plus rien d'autre à faire qu'à tout reprendre à zéro.

C'est à ce moment-là que la neige fit son apparition.

La nuit du samedi 27 janvier, une violente tempête de neige arriva du sud-ouest. Au bout de quelques heures, la E 14 était bloquée. La neige tomba pendant six heures sans désemparer. La violence du vent rendait les chasse-neige inopérants. Ils n'avaient pas plus tôt fini de dégager une route que celle-ci était de nouveau recouverte de neige par le vent.

Pendant vingt-quatre heures, la police ne put rien faire d'autre qu'empêcher la situation de tourner au chaos pur et simple. Puis la tempête s'éloigna, aussi vite qu'elle était arrivée.

Le 30 janvier, Kurt Wallander eut quarante-trois ans. Il fêta son anniversaire en changeant ses habitudes alimentaires et en recommençant à fumer. Il eut aussi la joie de recevoir un coup de téléphone de sa fille. Linda était à Malmö et elle lui annonça qu'elle avait décidé de suivre les cours d'une Haute École Populaire près de Stockholm. Elle promit de venir le voir avant de partir.

Kurt Wallander organisa ses journées de façon à pouvoir rendre visite à son père au moins trois fois par semaine. Il put écrire à sa sœur, à Stockholm, que l'aide ménagère avait fait des merveilles. Il ne restait plus trace de cet égarement qui l'avait incité à partir à pied pour l'Italie au beau milieu de la nuit. La venue régulière de cette femme avait été son salut.

Un soir, quelques jours après son anniversaire, Kurt Wallander appela au téléphone Anette Brolin et proposa de lui faire faire une promenade en voiture à travers la Scanie hivernale. Il la pria de nouveau de l'excuser pour sa conduite, ce soir-là, chez elle. Elle accepta sa proposition et, le dimanche suivant, 4 février, il lui montra le site d'Ales stenar et le château de Glimmingehus. Ils dînèrent à l'auberge de Hammenhög et Kurt Wallander commençait à se dire qu'elle avait vraiment décidé qu'il était quelqu'un d'autre que cet homme qui l'avait prise si brutalement sur ses genoux.

Les semaines passèrent sans que quoi que ce soit de nouveau intervienne dans le cadre de l'enquête. Martinson et Näslund furent affectés à d'autres tâches, permettant à Kurt Wallander et à Rydberg de continuer à concentrer leurs efforts sur le double meurtre de Lenarp.

Au milieu du mois de février, par une belle journée froide et ensoleillée mais sans un souffle de vent, Wallander reçut dans son bureau la visite de la fille de Johannes et Maria Lövgren qui vivait et travaillait à Göteborg. Elle était revenue en Scanie voir poser la pierre tombale de ses parents, dans le cimetière de Villie. Wallander lui dit la vérité, à savoir que l'enquête piétinait totalement. Le lendemain de cette visite, il se rendit lui-même dans ce cimetière et resta un moment devant cette dalle noire à lettres d'or, plongé dans ses pensées.

Le mois de février se passa à élargir et à approfondir l'enquête.

Rydberg, qui était toujours aussi renfermé et souffrait beaucoup de sa jambe malade, utilisait surtout le téléphone, alors que Kurt Wallander se rendait souvent sur le terrain. Ils ne laissèrent pas une seule agence bancaire de Scanie de côté, mais ne trouvèrent pas d'autre coffre au nom de Johannes Lövgren. Wallander interrogea plus de deux cents personnes apparentées aux deux époux ou bien les connaissant. Il se livra même à certains retours sur divers éléments de cette volumineuse enquête, reprenant des points estimés établis depuis longtemps, mettant sens dessus dessous des rapports jugés définitifs et les examinant de nouveau de près. Mais nulle part il ne put trouver la moindre ouverture.

Par une froide et venteuse journée de février, il alla chercher Sten Widén et l'emmena à Lenarp. Ensemble, ils se rendirent près de cette jument qui cachait peut-être un secret et la virent manger son picotin, suivis partout comme leur ombre par le vieux Nyström. Les filles des Lövgren lui avaient fait cadeau de l'animal.

La maison elle-même, muette et claquemurée, avait été mise en vente auprès d'un agent immobilier de Skurup. Kurt Wallander resta un moment debout dans la bourrasque à contempler les fenêtres de la cuisine, qui n'avaient pas été réparées mais simplement bouchées avec un morceau de contre-plaqué. Il tenta de renouer le contact avec Sten Widén, mais l'ami pas plus que l'entraîneur ne lui parut guère s'en soucier. En le raccompagnant chez lui, il comprit que c'était fini pour toujours.

L'enquête préliminaire sur le meurtre du réfugié somalien fut menée à bien et Rune Bergman présenté au tribunal d'Ystad, envahi par des représentants du monde des médias. Il avait pu être établi que c'était Valfrid Ström qui avait tiré le coup fatal, mais Rune Bergman fut tout de même condamné pour complicité et l'examen psychanalytique auquel il fut soumis le déclara totalement responsable.

Kurt Wallander fut cité comme témoin et il eut à plusieurs reprises l'occasion d'assister aux interrogatoires menés par Anette Brolin, ainsi qu'à son réquisitoire. Rune Bergman ne fut pas très bavard, même s'il avait fini par sortir de son mutisme systématique. Les débats permirent de mettre au jour tout un paysage raciste clandestin dans lequel les idées politiques du Ku Klux Klan jouaient le rôle principal. Rune Bergman et Valfrid Ström avaient à la fois agi seuls et été affiliés à diverses organisations racistes.

Kurt Wallander se fit de nouveau la réflexion que quelque chose d'important était en train de se passer en Suède. Il eut même fugitivement l'occasion de constater qu'il nourrissait personnellement des opinions parfois bien contradictoires quant à certains arguments hostiles aux immigrés qui furent agités dans la presse ou dans le débat public au moment du procès. Le gouvernement et le service de l'Immigration étaient-ils vraiment bien informés quant à l'identité des gens qui arrivaient en Suède ? Qui méritait d'être qualifié de réfugié et qui n'était qu'un aventurier ? Était-il même possible de faire vraiment la différence ?

Combien de temps pourrait-on continuer à pratiquer une politique libérale en matière de droit d'asile sans risquer d'aboutir au chaos ? Existait-il une limite à ne pas dépasser ?

Kurt Wallander effectua diverses tentatives assez peu convaincantes en vue de s'informer sur ces questions. Il comprit alors qu'il nourrissait les mêmes inquiétudes diffuses que tant d'autres gens envers l'étranger, envers ce qu'il ne connaissait pas.

A la fin du mois de février, Rune Bergman fut condamné à une lourde peine de prison. Au grand étonnement de tout le monde, il ne fit pas appel de ce jugement qui devint alors exécutoire.

La neige ne tomba plus, cet hiver-là, en Scanie. Un matin de mars, de bonne heure, Anette Brolin et Kurt Wallander firent ensemble une longue promenade le long de l'isthme de Falsterbo. De concert, ils regardèrent les premiers oiseaux migrateurs revenir des contrées éloignées qu'éclaire la Croix du Sud.

Soudain, il lui prit la main et elle ne la retira pas, du moins pas immédiatement.

Il réussit à maigrir de quatre kilos. Mais il comprit qu'il ne retrouverait jamais le poids qui était le sien lorsque Mona l'avait quitté si brutalement.

De temps en temps, leurs voix se croisaient le long des fils du téléphone. Il nota que sa jalousie était en train de se dissiper lentement. La femme de couleur qui avait hanté ses rêves, peu auparavant, ne se manifestait plus, elle non plus.

La première chose à se passer au mois de mars fut que Svedberg manifesta de nouveau son désir de retourner à Stockholm. En même temps, Rydberg prit un congé de maladie de deux semaines. Tout le monde pensa d'abord que c'était à cause de sa jambe malade. Mais un jour Ebba confia à Kurt Wallander que Rydberg était probablement atteint d'un cancer. Elle ne précisa pas comment elle le savait ni de quelle forme de cancer il s'agissait. Lorsque Wallander lui rendit visite à l'hôpital, Rydberg lui dit qu'il était là simplement pour un examen de routine. Une tache sur une radio avait laissé penser qu'il pouvait avoir quelque chose au gros intestin.

Kurt Wallander éprouva une vive douleur à l'idée que Rydberg était peut-être gravement malade. C'est avec un sentiment croissant d'impuissance qu'il continuait à travailler à son enquête. Un jour, il jeta de colère ses gros dossiers contre le mur et le sol fut jonché de papiers. Il resta longtemps assis à contempler ce désastre. Puis il se mit à quatre pattes pour trier toutes ces feuilles et reprendre à zéro.

Quelque part, il y a quelque chose que je ne vois pas, se dit-il.

Un rapport, un détail, qui est précisément la clé qu'il faut que je tourne. Mais faut-il la tourner vers la droite ou vers la gauche?

Il téléphonait souvent à Göran Boman pour s'épancher dans son giron.

De sa propre initiative, Göran Boman avait fait procéder à des investigations très poussées sur la personne de Nils Velander et d'autres coupables possibles. Mais nulle part la montagne ne s'ouvrait. Kurt Wallander passa même deux jours entiers en compagnie de Lars Herdin sans progresser d'un pouce.

Mais il se refusait toujours à admettre que ce crime puisse rester non élucidé.

Au milieu du mois de mars, il réussit à persuader Anette Brolin de l'accompagner à Copenhague pour assister à un opéra. Au cours de la nuit, elle fit ce qu'elle put pour atténuer sa solitude. Mais, quand il lui dit qu'il l'aimait, elle se déroba.

Les choses étaient comme elles étaient. Rien de plus.

Le samedi 17 et le dimanche 18 mars, sa fille vint lui rendre visite. Elle arriva seule, sans cet étudiant en médecine kenyan, et Kurt Wallander alla la chercher à la gare. La veille, Ebba avait envoyé une de ses amies faire le ménage de fond en comble dans l'appartement de Mariagatan. Et il eut enfin l'impression de retrouver sa fille. Ils firent une longue promenade en voiture autour de la pointe est de la Scanie, déjeunèrent à Lilla Vik et restèrent ensuite à bavarder jusqu'à cinq heures du matin. Ils rendirent visite à son père, le grand-père de Linda, et il les étonna bien en leur racontant des histoires drôles datant de l'époque où Kurt Wallander était enfant.

Le lundi matin, il l'emmena prendre son train.

Il lui semblait avoir regagné un peu de sa confiance.

Une fois de retour dans son bureau, penché sur ses documents, il eut la surprise de voir Rydberg entrer en coup de vent. Celui-ci alla s'asseoir sur la chaise, près de la fenêtre, et lui dit sans détour qu'on lui avait annoncé qu'il avait un cancer de la prostate. Il allait devoir subir un traitement de radiothérapie et de chimiothérapie qui risquait d'être à la fois long et inopérant. Mais il n'était pas venu mendier la compassion, simplement rappeler à Kurt Wallander le dernier mot prononcé par Maria Lövgren. Ainsi que le nœud coulant. Puis il se leva, serra la main de son collègue et partit.

Ce dernier resta seul avec sa douleur et son enquête. Björk considérait qu'il devait y travailler seul, car la police était débordée, pour l'instant.

Au cours du mois de mars, il ne se passa rien. En avril non plus.

Les nouvelles de la santé de Rydberg étaient très variables. C'était toujours Ebba qui les donnait.

L'un des premiers jours de mai, Kurt Wallander alla trouver Björk pour lui proposer de confier l'enquête à quelqu'un d'autre. Mais son supérieur refusa. Kurt Wallander devait continuer, au moins jusqu'à l'été et aux vacances. Ensuite, on aviserait.

Il reprit tout à plusieurs reprises, revint en arrière, tourna ses documents dans tous les sens, essayant de les faire vivre. Mais les pierres sur lesquelles il marchait restaient toujours aussi froides.

Au début du mois de juin, il changea sa Peugeot et prit une Nissan à la place. Le 8 juin, il partit en vacances et prit la direction de Stockholm, afin de rendre visite à sa fille.

Ensemble, ils se rendirent au cap Nord en voiture. Herman Mboya était retourné au Kenya, mais devait revenir au mois d'août.

Le lundi 9 juillet, Kurt Wallander était de nouveau à son poste.

Björk lui avait laissé un mot lui disant qu'il devait poursuivre l'enquête jusqu'à son retour, début août. Ensuite, ils verraient tous les deux ce qu'il conviendrait de faire.

Des nouvelles de Rydberg l'attendaient également. Celui-ci allait mieux. Les médecins avaient bon espoir, malgré tout, de guérir son cancer.

Le mardi 10 juillet fut une belle journée, à Ystad. Kurt Wallander descendit déjeuner à pied, dans le centre de la ville, et flâna un peu. Il entra dans le magasin de la place du marché et se décida presque à acheter une nouvelle chaîne stéréo.

Puis il se souvint qu'il avait toujours dans son portefeuille, depuis son voyage au cap Nord, des billets norvégiens qu'il n'avait pas encore changés. Il se rendit à la Föreningsbanken et se plaça dans la queue du seul guichet qui était ouvert.

Il ne reconnut pas la femme qui se tenait de l'autre côté du comptoir. Ce n'était ni Britta-Lena Bodén, celle qui avait si bonne mémoire, ni une autre de celles qu'il avait déjà vues. Il se dit qu'il devait s'agir d'une remplaçante pour les mois d'été.

L'homme qui se trouvait devant lui procédait à un gros retrait en espèces. Kurt Wallander se demanda en passant à quoi cette somme allait bien pouvoir lui servir. Tandis que l'autre comptait ses billets, il lut distraitement le nom inscrit sur le permis de conduire qu'il avait posé près de lui, sur le comptoir.

Ce fut ensuite son tour et il put procéder à l'échange de ses billets. Derrière lui, dans la queue, il entendit un vacancier qui parlait italien ou espagnol.

Ce n'est qu'une fois dans la rue que l'idée lui vint.

Il s'immobilisa, comme figé sur place par cette soudaine inspiration.

Puis il retourna à la banque. Il attendit que les touristes aient fini de changer leur argent et montra alors sa carte à la caissière.

— Est-ce que Britta-Lena Bodén est en vacances? demanda-t-il avec un sourire.

— Elle doit être chez ses parents, à Simrishamn, dit la caissière. Il lui reste deux semaines.

— Ses parents s'appellent bien Bodén, n'est-ce pas?

— Oui. Son père tient une station-service à Simrishamn. Je crois qu'elle porte maintenant l'enseigne de Statoil.

— Merci, dit Kurt Wallander. Je désire simplement lui poser quelques questions de routine.

— Je te reconnais, dit la caissière. Vous n'avez pas encore pu résoudre cette affreuse histoire, hein?

— Oui, dit Kurt Wallander. C'est assez affreux, en effet.

Il courut presque jusqu'à l'hôtel de police, prit le volant et partit pour Simrishamn. Le père de Britta-Lena Bodén lui dit que celle-ci passait la journée sur la plage, à Sandhammaren, avec quelques amis. Il dut chercher longtemps avant de la trouver, bien cachée derrière une dune. Elle jouait au backgammon avec ses amis et tous regardèrent Kurt Wallander d'un air étonné quand ils le virent approcher en marchant difficilement dans le sable.

— Je ne te dérangerais pas si ce n'était pas aussi important, dit-il.

Britta-Lena Bodén comprit apparemment tout le sérieux de la chose et se leva. Elle portait un simple bikini et Kurt Wallander détourna les yeux. Ils allèrent s'asseoir légèrement à l'écart des autres, afin de pouvoir parler librement.

- C'est au sujet de cette journée de janvier, dit Kurt Wallander. Je voudrais te demander d'y repenser et d'en reparler avec toi. Et, en particulier, que tu essaies de te souvenir s'il y avait quelqu'un d'autre que Johannes Lövgren dans la banque, quand il a procédé à ce gros retrait d'argent.

Elle avait toujours aussi bonne mémoire.

– Non, dit-elle. Il était seul.

Il savait que ce qu'elle disait était vrai.

– Réfléchis bien, dit-il. Johannes Lövgren est sorti en poussant la porte et celle-ci s'est refermée derrière lui. Qu'est-ce qui s'est passé ensuite?

Sa réponse fut aussi catégorique que rapide.

– La porte n'a pas eu le temps de se refermer.

– Un autre client est arrivé?

– Deux.

– Tu les connaissais?

– Non.

La question suivante était capitale.

– Parce que c'étaient des étrangers?

Elle le regarda, très surprise.

– Oui. Comment le sais-tu?

– Je ne le savais pas il y a encore très peu de temps. Mais continue.

– C'étaient deux hommes. Assez jeunes.

– Qu'est-ce qu'ils voulaient?

– Changer de l'argent.

– Tu te rappelles de quelle monnaie il s'agissait?

– Des dollars.

– Ils parlaient anglais? C'étaient des Américains?

Elle secoua négativement la tête.

– Non, pas anglais. Je ne sais pas quelle langue ils parlaient.

– Qu'est-ce qui s'est passé ensuite? Essaie de revoir la scène.

355

– Ils sont venus au comptoir.

– Tous les deux?

Elle réfléchit bien avant de répondre. Le vent chaud lui ébouriffait les cheveux.

– L'un des deux est venu poser les billets sur le comptoir. Je crois qu'il s'agissait de cent dollars. Je lui ai demandé s'il voulait les changer. Il m'a répondu en hochant la tête.

– Que faisait l'autre, pendant ce temps-là?

Elle réfléchit de nouveau.

– Il a laissé tomber quelque chose par terre et s'est baissé pour le ramasser. Je crois que c'était un gant.

Pour la question suivante, il revint légèrement en arrière.

– Johannes Lövgren venait de sortir. Il avait mis une assez grosse somme d'argent dans sa serviette. Est-ce que tu lui avais donné autre chose?

– Le récépissé de son retrait.

– Et il l'a également mis dans sa serviette?

Pour la première fois, elle parut hésiter.

– Je crois bien, dit-elle.

– Supposons qu'il ne l'ait pas mis dans sa serviette. Qu'est-ce qui s'est passé, ensuite?

– Il n'y avait pas de papier sur le comptoir. Ça, j'en suis sûre. Parce que je l'aurais pris et je l'aurais jeté.

– Est-ce qu'il a pu tomber par terre?

– C'est possible.

– Et l'homme qui s'est penché pour ramasser son gant a très bien pu le prendre?

– En effet.

– Qu'est-ce qu'il y avait de marqué, sur ce récépissé?

– Le montant. Le nom. L'adresse.

Kurt Wallander retint sa respiration.

– Tout ça? Tu es sûre?

– Il avait rédigé son bordereau de retrait en écriture script. Je me souviens qu'il avait également inscrit son adresse, bien que ce ne soit pas nécessaire.

Kurt Wallander revint de nouveau en arrière.

– Nous disons donc que Lövgren a pris son argent et s'en est allé. A la porte, il rencontre deux inconnus. L'un d'entre eux se baisse et ramasse un gant et peut-être également son récépissé. Et, à l'extérieur, il y a Johannes Lövgren avec ses vingt-sept mille couronnes. C'est bien ça?

Soudain, elle comprit.

– C'est eux qui ont fait le coup?

– Je ne sais pas. Continue.

– J'ai changé l'argent et il a mis les billets dans sa poche. Et puis ils sont partis.

– Combien de temps est-ce que ça a pris?

– Trois ou quatre minutes, pas plus.

– Il doit bien y avoir une trace de cette opération, à la banque?

Cette fois, elle fit oui de la tête.

– Je suis allé changer de l'argent, aujourd'hui. Il a fallu que je donne mon nom. Est-ce qu'ils ont indiqué une adresse, eux?

– Peut-être. Je ne me souviens pas.

Kurt Wallander hocha la tête. Enfin, une lueur qui s'allumait.

– Tu as une mémoire formidable. Est-ce que tu as revu ces deux hommes?

Non. Jamais.

– Tu les reconnaîtrais?

– Peut-être. Je le crois bien.

Kurt Wallander réfléchit quelques instants.

– Je vais peut-être être obligé de te demander d'interrompre tes vacances pendant quelques jours.

– Mais on va à Öland, demain!

Kurt Wallander prit instantanément sa décision.

– Impossible, dit-il. Peut-être après-demain. Mais pas avant.

Il se leva et secoua le sable de ses vêtements.

– Arrange-toi pour que tes parents sachent où on peut te joindre, dit-il.

Elle se leva et se prépara à rejoindre ses amis.

– Est-ce que je peux leur dire? demanda-t-elle.

– Invente quelque chose, répondit-il. Je te fais confiance.

Peu après quatre heures de l'après-midi, le récépissé de l'opération de change fut retrouvé dans les archives de la banque.

La signature était illisible. Aucune adresse n'était indiquée.

A son grand étonnement, Kurt Wallander ne fut même pas déçu. Il se dit que c'était sans doute dû au fait qu'il savait désormais, malgré tout, comment les choses avaient pu se passer.

De la banque, il se rendit directement à l'hôpital, où Rydberg était en convalescence.

Lorsque Kurt Wallander frappa à la porte, il était assis sur son balcon. Il avait maigri et il était très pâle.

Ils prirent tous les deux place sur le balcon et Kurt Wallander fit part de sa découverte à son collègue.

Rydberg hocha pensivement la tête.

– Tu as sans doute raison, dit-il lorsque Kurt Wallander cessa de parler. C'est certainement comme ça que ça s'est passé.

– Toute la question est de savoir comment les

retrouver, dit Kurt Wallander. Des touristes de passage en Suède il y a plus de six mois de ça.

— Ils sont peut-être toujours là, dit Rydberg. Comme réfugiés, demandeurs d'asile, immigrants.

— Par où commencer? demanda Kurt Wallander.

— Je ne sais pas, répondit Rydberg. Mais tu vas certainement trouver quelque chose.

Ils restèrent près de deux heures sur le balcon de Rydberg.

Peu avant sept heures, Kurt Wallander regagna sa voiture.

Les pierres sur lesquelles il marchait n'étaient plus aussi froides.

Les jours suivants, Kurt Wallander devait toujours se les rappeler comme ceux pendant lesquels *la Carte avait pris forme*. La seule base dont il disposait, c'était les souvenirs de Britta-Lena Bodén et une signature illisible. Il y avait là la matière de tout un scénario et les dernières paroles de Maria Lövgren constituaient un des morceaux de ce puzzle qui trouvait enfin sa place. Mais il fallait également prendre en considération ce nœud coulant tellement curieux. Ensuite, il dessinerait sa carte. Le jour même de sa conversation avec Britta-Lena Bodén, dans les dunes écrasées de soleil de Sandhammaren, il était allé trouver Björk chez lui, l'avait arraché à son repas et avait immédiatement obtenu de lui la promesse d'affecter Hanson et Martinson à temps complet à cette enquête qui devait être relancée et se voir de nouveau accorder la priorité.

Le mercredi 11 juillet, on procéda à une reconstitution, à la banque, avant l'ouverture des guichets. Britta-Lena Bodén reprit sa place derrière le comptoir. Hanson joua le rôle de Johannes Lövgren et Martinson et Björk celui des deux étrangers venus changer leurs dollars. Kurt Wallander exigea que tout se passe exactement comme cette fois-là, six mois plus tôt. Le directeur de l'agence finit par consentir à ce que Britta-Lena Bodén remette les vingt-sept mille couronnes en grosses coupures diverses a Hanson, auquel Ebba avait prêté une vieille serviette.

Kurt Wallander resta sur le côté, à observer ce qui se passait. A deux reprises, il demanda que l'on recommence, à la suite d'une remarque de Britta-Lena Bodén se souvenant que tel ou tel détail n'était pas parfaitement exact.

C'était pour raviver ses souvenirs que Kurt Wallander avait souhaité procéder à cette reconstitution. Il espérait que cela lui permettrait d'ouvrir une case de plus dans sa mémoire si étrangement précise.

Une fois l'opération terminée, elle hocha la tête. Elle avait dit tout ce dont elle se souvenait et n'avait plus rien à ajouter. Kurt Wallander la pria de bien vouloir retarder son voyage à Öland de quelques jours encore et la laissa ensuite seule dans une pièce où on lui demanda de regarder les photos de certains criminels d'origine étrangère qui, pour une raison ou pour une autre, avaient été pris dans les filets de la police suédoise. Comme cela ne donnait pas non plus de résultats, on l'emmena en avion à Norrköping afin qu'elle puisse procéder de même sur les importantes archives photographiques du service de l'Immigration. Au bout de dix-huit heures passées à regarder des photographies en quantité industrielle, elle fut de retour à l'aérodrome de Sturup, où Kurt Wallander l'accueillit en personne. Le résultat était négatif.

La démarche suivante consistait à faire appel à Interpol. On mit toutes les données du crime sur des ordinateurs qui procédèrent ensuite, au quartier général européen, à des analyses comparatives. Mais il ne se passa toujours rien qui vînt modifier sensiblement la situation.

Pendant que Britta-Lena Bodén suait sur toutes ces photographies, Kurt Wallander interrogeait longuement, à trois reprises, Artur Lundin, le ramoneur de Slimminge. On procéda à une reconstitution de leur aller et retour entre Lenarp et Ystad et on le chronométra, avant de l'effectuer de nouveau. Kurt Wallander continuait à dessiner sa carte. De temps en temps, il allait voir Rydberg, qui restait assis, toujours aussi pâle et sans forces, sur son balcon, afin d'examiner avec lui les derniers développements de l'enquête. Rydberg disait que cela ne le dérangeait pas et ne le fatiguait pas non plus. Mais, chaque fois, Kurt Wallander le quittait avec très mauvaise conscience.

Anette Brolin revint des vacances qu'elle avait passées avec son mari et ses enfants dans une villa, à Grebbestad, sur la côte ouest. Sa famille était revenue avec elle à Ystad et Kurt Wallander crut bon d'adopter le ton le plus officiel possible lorsqu'il l'appela pour lui faire part des progrès inattendus réalisés dans cette enquête déjà considérée comme presque enterrée.

Mais, après une première semaine assez fébrile, le rythme ralentit notablement.

Kurt Wallander regardait sa carte. Ils étaient de nouveau embourbés.

– Il faut un peu de patience, dit Björk. Avec Interpol, la pâte ne lève jamais bien vite.

Kurt Wallander ne put s'empêcher de grimacer intérieurement en entendant cette métaphore d'un goût douteux.

En même temps, il comprit que Björk avait raison.

362

Lorsque Britta-Lena Bodén revint d'Öland et s'apprêta à reprendre son travail à la banque, Kurt Wallander obtint pour elle quelques jours de congé supplémentaires. Puis il lui fit faire le tour des camps de réfugiés de la région d'Ystad. Ils rendirent même visite aux camps flottants installés dans le port pétrolier de Malmö. Mais nulle part elle ne reconnut le visage des deux hommes.

Kurt Wallander fit alors venir de Stockholm un dessinateur.

Mais, en dépit de leurs efforts répétés à tous les deux, Britta-Lena Bodén ne parvint pas à lui faire dresser un portrait dont elle fût satisfaite.

Kurt Wallander commençait à perdre espoir. Björk lui enjoignit de rendre sa liberté à Hanson et de se contenter de Martinson comme seul et unique adjoint.

Le vendredi 20 juillet, Kurt Wallander fut de nouveau sur le point de renoncer.

Tard le soir, il rédigea une note suggérant que l'enquête soit provisoirement mise en sommeil, en l'absence d'éléments susceptibles de faire progresser de façon décisive le travail de la police.

Il posa la feuille de papier sur son bureau et décida de la remettre à Björk et à Anette Brolin le lundi matin.

Il passa le samedi et le dimanche dans l'île danoise de Bornholm. Il pleuvait et ventait et, pour comble de malheur, il eut mal au ventre à cause de quelque chose qu'il avait mangé sur le ferry-boat. Il passa la soirée du dimanche au lit, se levant à intervalles réguliers pour vomir.

Le lundi matin, à son réveil, il se sentit mieux. Il se demanda pourtant s'il devait rester au lit ou non.

Il finit malgré tout par se lever et prendre sa voiture. Il arriva à son bureau juste avant neuf heures. En l'honneur de l'anniversaire d'Ebba, un gâteau attendait tout le monde à la cantine. Il était donc près de dix heures lorsque Kurt Wallander put enfin relire sa note à l'intention de Björk. Il s'apprêtait à se lever pour aller la déposer lorsque le téléphone sonna.

C'était Britta-Lena Bodén.

– Ils sont revenus. Venez vite!

– Qui ça? demanda Kurt Wallander.

– Ceux qui changeaient de l'argent. Tu ne comprends donc pas?

Dans le couloir, il buta sur Norén qui revenait d'un contrôle routier.

– Viens avec moi! lui cria Kurt Wallander.

– Pour quoi faire, bon sang? demanda Norén, qui mâchait un sandwich.

– T'occupe pas. Viens!

Lorsqu'ils arrivèrent devant la banque, Norén tenait toujours son sandwich à moitié consommé à la main. En chemin, Kurt Wallander avait grillé un feu rouge et roulé sur une plate-bande pour couper court. Il laissa sa voiture au milieu des étals du marché, devant l'hôtel de ville. Cela ne les empêcha pas d'arriver trop tard. Les deux hommes avaient eu le temps de disparaître. Britta-Lena Bodén n'avait pas eu la présence d'esprit de demander à quelqu'un de les suivre.

Mais elle avait en revanche pensé à mettre en marche la caméra de surveillance.

Kurt Wallander examina de près la signature figurant sur le récépissé de change. Elle était toujours aussi illisible. Mais c'était bien la même. Aucune adresse n'était indiquée, cette fois non plus.

– Bien, dit Kurt Wallander à Britta-Lena Bodén,

qui tremblait de tous ses membres dans le bureau du directeur de l'agence. Qu'est-ce que tu leur as dit, quand tu es allée téléphoner?

– Qu'il fallait que j'aille chercher un tampon.

– Est-ce que tu crois qu'ils se sont doutés de quelque chose?

Elle secoua négativement la tête.

– Bien, dit de nouveau Kurt Wallander. Tu as fait exactement ce qu'il fallait.

– Tu crois que vous allez pouvoir leur mettre la main dessus? demanda-t-elle.

– Oui, dit Kurt Wallander. Cette fois, on les tient.

La bande vidéo de la caméra de la banque montra deux hommes dont l'apparence n'était pas particulièrement méridionale. L'un d'entre eux avait des cheveux blonds coupés court, l'autre était chauve En jargon policier, ils furent aussitôt baptisés Lucia et Boule-de-billard.

Après avoir écouté divers enregistrements de langues étrangères, Britta-Lena Bodén parvint à la conclusion que les deux hommes parlaient entre eux une langue slave, probablement le tchèque ou le bulgare. Le billet de cinquante dollars qu'ils avaient changé fut immédiatement transmis aux services techniques pour examen approfondi.

Björk convoqua une réunion dans son bureau.

– Six mois après, ils refont surface, dit Kurt Wallander. Pourquoi retournent-ils dans la même petite agence? Tout d'abord et tout naturellement, parce qu'ils habitent à proximité. Ensuite, parce que l'une de leurs visites précédentes leur a si bien réussi. Mais, cette fois-ci, ils n'ont pas eu de chance. Celui qui était devant eux dans la queue ne retirait pas d'argent, il en déposait. Mais c'était un homme d'un certain âge, comme Johannes Lövgren. Ils croient peut-être que tous les hommes âgés qui ont l'air de cultivateurs procèdent toujours à des retraits importants?

– Des Tchèques, dit Björk. Ou des Bulgares.

– Ce n'est pas tout à fait sûr. L'employée peut se tromper. Mais ça cadre assez bien avec leur allure.

Ils passèrent quatre fois encore la bande vidéo et décidèrent quelles images faire tirer et agrandir.

– Il faut absolument interpeller tous les Européens de l'Est de la ville et de la région, dit Kurt Wallander. C'est très déplaisant et ça va nous valoir d'être accusés de discrimination raciale, mais on s'en fout. Il faut bien qu'ils soient quelque part. Je vais appeler le responsable de la police à la préfecture de Malmö et de Kristianstad et leur demander ce qu'ils pensent qu'ils doivent faire à leur niveau.

– Il faut passer cette bande à toutes les patrouilles, dit Hanson. Puisqu'ils se promènent dans la rue.

Kurt Wallander n'oubliait pas le spectacle dont il avait été témoin à la ferme.

– Après ce qu'ils ont fait à Lenarp, il faut les considérer comme dangereux, dit-il.

– Si c'était bien eux, dit Björk. On n'en est pas encore sûrs.

– C'est vrai, dit Kurt Wallander. Mais tout de même.

– Alors, on met toute la gomme, dit Björk. Kurt, tu diriges les opérations et tu répartis le travail comme bon te semble. Tout ce qui n'est pas absolument urgent attendra. Je vais appeler le procureur pour lui annoncer la bonne nouvelle.

Mais rien ne se passa.

Malgré l'ampleur des moyens mis en œuvre et la petite taille de la ville, les deux hommes restaient introuvables.

Le mardi et le mercredi s'écoulèrent sans aucun résultat. Les responsables de la police des deux départements avaient fait le nécessaire, chacun de son côté. La bande vidéo avait été copiée et diffusée. Jusqu'au dernier moment, Kurt Wallander hésita à communiquer les photos à la presse. Il avait peur que les deux hommes ne soient encore plus introuvables s'ils savaient qu'ils étaient recherchés. Il demanda son avis à Rydberg, qui n'était pas d'accord avec lui.

– Les renards, il faut les forcer à sortir de leur terrier, dit-il. Attends encore quelques jours. Mais ensuite fais publier ces photos.

Ils restèrent longtemps à contempler les épreuves que Kurt Wallander avait apportées.

– Un «visage de meurtrier», ça n'existe pas, dit-il. On s'imagine toujours le contraire, on pense à un certain profil, une certaine dentition, une certaine ligne de cheveux. Mais non, ça ne colle jamais.

Le mardi 24 juillet fut très venté, en Scanie. Des lambeaux de nuages traversaient le ciel à vive allure et les rafales atteignirent la force 10. A son réveil, à l'aube, Kurt Wallander resta longtemps allongé sur son lit à écouter souffler la tempête. Quand il monta sur sa balance, dans la salle de bains, il constata qu'il avait encore maigri d'un kilo. Cela lui fit un tel effet qu'il n'éprouva plus du tout son habituelle répugnance lorsqu'il vint ranger sa voiture sur le parking de l'hôtel de police.

Cette enquête est en train de tourner à la défaite personnelle, s'était-il dit. Je n'arrête pas de harceler mes collaborateurs, mais pour finir on se retrouve une fois de plus devant le néant.

Il faut pourtant bien qu'ils soient quelque part, ragea-t-il en claquant la portière de sa voiture. Quelque part, mais où?

Il s'arrêta à la réception pour échanger quelques mots avec Ebba. Près du standard téléphonique, il aperçut soudain une boîte à musique à l'ancienne.

– Ça existe encore? demanda-t-il. Où as-tu trouvé ça?

– Je l'ai achetée à la foire de Sjöbo, répondit-elle. On trouve parfois des choses intéressantes, au milieu de tout le fatras.

Kurt Wallander sourit et continua son chemin. En gagnant son bureau, il passa la tête dans celui de Hanson et de Martinson et leur demanda de venir le rejoindre.

Toujours pas la moindre trace de Boule-de-billard et de Lucia.

– Encore deux jours, dit Kurt Wallander. Si nous n'avons rien jeudi, je convoque une conférence de presse et je leur communique les photos.

– On aurait dû le faire tout de suite, dit Hanson.

Kurt Wallander ne répondit pas.

Ils étudièrent de nouveau la carte. Martinson devait continuer à s'occuper d'inspecter divers terrains de camping où les deux hommes avaient pu trouver refuge.

– Les auberges de la jeunesse, ajouta Kurt Wallander. Et toutes les chambres louées par des particuliers.

– C'était plus facile, jadis, dit Martinson. Les gens ne se déplaçaient pas, en été. Maintenant, ils ont tous la bougeotte.

Hanson, pour sa part, devait aller rendre visite à certaines entreprises de travaux publics pas très à cheval sur la réglementation et bien connues pour avoir recours à de la main-d'œuvre clandestine en provenance de divers pays de l'Est.

Kurt Wallander, enfin, se proposait d'aller faire

un tour à la campagne. Il n'était pas impossible que les deux hommes aient trouvé refuge chez un gros producteur de fraises, par exemple.

Mais tous ces efforts furent vains.

Quand ils se retrouvèrent, tard dans l'après-midi, ils n'avaient rien à signaler.

— Tout ce que j'ai trouvé, dit Hanson, c'est un plombier algérien, deux maçons kurdes et un nombre incalculable de manœuvres polonais. J'ai bien envie de mettre un mot à Björk à ce sujet. Si on n'avait pas eu ce foutu meurtre, on aurait pu nettoyer un peu tout ça. Ils sont payés comme les enfants qui travaillent pendant l'été pour se faire un peu d'argent de poche et ils ne sont pas assurés. En cas d'accident, le patron dira qu'il ne les connaissait pas et qu'ils n'avaient rien à faire sur son chantier.

Martinson ne ramenait pas de bonnes nouvelles non plus.

— J'ai bien trouvé un Bulgare chauve, qui aurait pu mériter de s'appeler Boule-de-billard, dit-il. Malheureusement, il est médecin à l'hôpital de Mariestad et il aurait pu nous fournir n'importe quel alibi.

Kurt Wallander se leva pour ouvrir la fenêtre, car l'air était étouffant, dans ce bureau.

Soudain, il se souvint de la boîte à musique d'Ebba. Bien qu'il n'ait pas entendu sa mélodie, celle-ci avait trotté dans son inconscient pendant toute la journée.

— Les foires, dit-il soudain en se retournant. On devrait s'y intéresser. Laquelle est la prochaine?

Hanson et Martinson connaissaient bien la réponse.

Celle de Kivik, bien sûr; la célèbre foire de Kivik.

— Elle commence aujourd'hui, dit Hanson. Et se termine demain.

– Alors, je vais y aller demain, dit Kurt Wallander.

– C'est grand, objecta Hanson. Tu devrais emmener quelqu'un.

– Je peux y aller, si tu veux, dit Martinson.

Hanson eut l'air soulagé. Kurt Wallander se fit la réflexion qu'il devait y avoir des réunions de trot, le mercredi soir.

Ils mirent fin à leur réunion, se saluèrent et se séparèrent. Kurt Wallander resta assis à son bureau pour trier tout un tas de messages téléphoniques. Il les mit de côté pour le lendemain et se prépara à partir. Soudain, il vit un morceau de papier qui était tombé sous la table. Il se pencha pour le prendre et vit que c'était le directeur d'un camp de réfugiés qui avait tenté de le joindre.

Il composa le numéro et laissa sonner dix fois. Il allait raccrocher lorsque quelqu'un lui répondit au bout du fil.

– Ici Kurt Wallander, de la police d'Ystad. Je voudrais parler à quelqu'un du nom de Modin.

– C'est moi.

– Ah bon. Tu m'as appelé?

– Oui. Je crois que j'ai quelque chose d'important à signaler.

Kurt Wallander retint son souffle

– C'est à propos de ces deux hommes que vous recherchez. Je suis rentré de vacances aujourd'hui. Et j'ai trouvé sur mon bureau les photos que la police nous a fait parvenir. Je connais ces deux hommes, parce qu'ils ont séjourné ici pendant un certain temps.

– J'arrive, dit Kurt Wallander. Attends-moi dans ton bureau, j'arrive.

Il lui fallut dix-neuf minutes pour gagner ce camp

situé près de Skurup. Il était installé dans un ancien presbytère et n'était utilisé qu'en cas de besoin, lorsque tous les autres camps permanents étaient pleins.

Le directeur était un petit homme d'environ soixante ans. Il attendait au milieu de la cour lorsque Kurt Wallander y fit une entrée remarquée au volant de sa voiture.

— Le camp est vide, pour l'instant, dit Modin. Mais on attend un certain nombre de Roumains, la semaine prochaine.

Ils pénétrèrent dans son petit bureau.

— Reprends tout depuis le commencement, dit Kurt Wallander.

— Ils ont logé ici entre le mois de décembre de l'année dernière et le milieu du mois de février, dit Modin en consultant ses papiers. Puis ils ont été transférés à Malmö. Plus précisément au camp de Celsiusgården.

Modin montra la photo de Boule-de-billard.

— Celui-ci s'appelle Lothar Kraftzcyk. Il est citoyen tchécoslovaque et a demandé l'asile politique parce qu'il se considère comme persécuté du fait qu'il appartient à l'une des minorités ethniques du pays.

— Il y a des minorités, en Tchécoslovaquie? s'étonna Kurt Wallander.

— Je crois qu'il se considérait comme tzigane.

— Se considérait?

Modin haussa les épaules.

— Je n'en suis pas persuadé, dit-il. Les réfugiés qui savent qu'ils n'ont pas de très bons motifs de rester en Suède ne tardent pas à apprendre que c'est une excellente façon d'améliorer leur dossier que de prétendre qu'ils sont tziganes.

Modin prit ensuite la photo de Lucia.

— Andreas Haas, dit-il. Tchécoslovaque lui aussi. Je ne sais plus trop quel motif il a invoqué pour justifier sa demande d'asile. Ses papiers sont partis à Celsiusgården avec lui.

— Et tu es certain que ce sont bien ces deux hommes qui sont sur ces photos?

— Oui, j'en suis sûr.

— Continue, dit Kurt Wallander. Je t'écoute.

— Qu'est-ce que tu veux savoir?

— Eh bien : comment étaient-ils? Est-ce qu'il s'est passé quelque chose de particulier pendant la période où ils ont séjourné ici? Avaient-ils beaucoup d'argent? Enfin, tout ce dont tu peux te souvenir.

— J'ai essayé, dit Modin. Mais ils ne se faisaient guère remarquer. Il faut que tu saches que la vie dans un camp de réfugiés est sans doute l'une des choses les plus déprimantes que l'être humain puisse connaître. Ils passaient leurs journées à jouer aux échecs.

— Est-ce qu'ils avaient de l'argent?

— Pas que je me souvienne.

— Comment étaient-ils?

— Très réservés. Mais pas hostiles.

— Autre chose?

Kurt Wallander vit que Modin hésitait à parler.

— A quoi penses-tu? demanda-t-il.

— Ici, c'est un petit camp, dit Modin. La nuit, il n'y a personne, ni moi ni qui que ce soit. Pendant la journée, il n'y a pas toujours quelqu'un non plus. Mis à part une cuisinière qui vient préparer à manger En général, il y a une voiture qui est garée dans la cour. Les clés sont dans mon bureau, qui est également fermé à clé. Mais ça n'empêche pas que, plusieurs fois en arrivant le matin, j'ai eu l'impression que quelqu'un s'était servi de la voiture au cours de la nuit. Comme si on avait pénétré dans mon bureau, pris les clés et était parti au volant.

— Et tes soupçons portaient sur ces deux hommes?

Modin hocha la tête de haut en bas.

— Je ne sais pas pourquoi, dit-il. C'est une simple impression.

Kurt Wallander réfléchit.

— La nuit, dit-il. Personne sur place. Et certains jours non plus. C'est bien ça?

— Oui.

— Le vendredi 5 janvier, dit Kurt Wallander. Il y a plus de six mois de ça. Est-ce que tu te souviens s'il y avait quelqu'un ici ce jour-là?

Modin feuilleta l'almanach posé sur sa table.

— Ce jour-là, j'ai été convoqué à une réunion d'urgence à Malmö. Il y avait un tel afflux de réfugiés qu'il a fallu trouver des lieux d'hébergement provisoires.

Maintenant, les pierres commençaient vraiment à chauffer sous les pieds de Kurt Wallander.

Sa carte s'était mise à vivre. Elle lui parlait, désormais.

— Il n'y avait donc personne ici, ce jour-là?

— Mis à part la cuisinière. Mais la cuisine est située sur le côté. Elle a fort bien pu ne pas se rendre compte que quelqu'un prenait la voiture.

— Aucun des réfugiés ne t'a rapporté quoi que ce soit?

— Les réfugiés ne mouchardent pas. Ils ont trop peur. Y compris les uns des autres.

Kurt Wallander se leva.

Il était soudain très pressé.

— Appelle ton collègue de Celsiusgården pour lui

373

dire que j'arrive, dit-il. Mais ne lui parle pas de ces deux hommes. Assure-toi simplement que je vais pouvoir rencontrer le directeur.

Modin le regarda.

— Pourquoi veux-tu les retrouver? demanda-t-il.

— Il se peut qu'ils aient commis un crime. Un crime grave.

— Le meurtre de Lenarp? C'est bien ça?

Kurt Wallander ne trouva pas, sur le coup, de raison de ne pas répondre.

— Oui, dit-il. Nous pensons que c'est eux.

Il arriva à Celsiusgården, dans le centre de Malmö, peu après sept heures du soir. Il gara sa voiture dans une rue latérale et gagna à pied l'entrée principale, qui était surveillée par un gardien. Au bout de quelques minutes, un homme vint le chercher. Il s'appelait Larson, avait été marin et répandait autour de lui une odeur de bière sur laquelle il était impossible de se méprendre.

— Haas et Kraftzcyk, dit Kurt Wallander une fois qu'ils furent assis dans le bureau de Larson. Deux demandeurs d'asile tchèques.

La réponse de l'homme qui sentait la bière ne se fit pas attendre.

— Ah oui, les joueurs d'échecs, dit-il. Ils logent ici.

Bon sang, se dit Kurt Wallander. Ça y est.

— Ils sont ici?

— Oui, dit Larson. Enfin : non.

— Non?

— Ils logent ici. Mais ils ne sont pas là.

— Qu'est-ce que tu veux dire?

— Qu'ils ne sont pas là.

— Où est-ce qu'ils sont, alors?

— Je n'en sais rien.

— Mais tu viens de me dire qu'ils logent ici?

– Oui, mais ils ont mis les bouts.

– Mis les bouts?

– Oui, ça arrive très souvent, ici.

– Mais je croyais qu'ils demandaient l'asile?

– Ça n'empêche pas.

– Et qu'est-ce que vous faites, dans ce cas-là?

– On le signale, bien entendu.

– Et qu'est-ce qui se passe, alors?

– La plupart du temps, rien du tout.

– Rien du tout? Des gens qui attendent de savoir s'ils vont pouvoir rester dans ce pays ou bien s'ils vont être expulsés prennent la poudre d'escampette et personne ne s'en soucie?

– Je suppose que la police doit essayer de les retrouver.

– C'est absolument ahurissant Quand est-ce qu'ils ont disparu?

– Ils sont partis au mois de mai. Je suppose qu'ils commençaient à se douter, tous les deux, que l'asile allait leur être refusé.

– Où peuvent-ils bien être passés?

Larson écarta les bras.

– Si tu savais combien de gens vivent dans ce pays sans permis de séjour, dit-il. Il y en a je ne sais pas combien. Ils logent les uns chez les autres, ils falsifient leurs papiers, ils échangent leurs noms entre eux, travaillent au noir. Tu peux passer ta vie entière en Suède sans que personne se soucie de toi. Personne ne veut le croire. Mais c'est ainsi.

Kurt Wallander était sans voix.

– Mais c'est dingue, finit-il par dire. C'est complètement dingue.

– Je suis bien d'accord avec toi. Mais ça ne change rien.

Kurt Wallander poussa un gémissement.

– Il me faut absolument tous les documents dont tu peux disposer sur ces deux hommes.

– Je ne peux pas te les remettre comme ça.

Kurt Wallander ne put se contenir plus longtemps.

– Ces deux hommes ont commis un meurtre, dit-il. Et même deux.

– Ça n'empêche pas que je ne peux pas te remettre ces papiers.

– Je te jure que je les aurai demain. Même s'il faut que le directeur de la police nationale vienne les chercher en personne.

– Le règlement, c'est le règlement. Je n'y peux rien.

Kurt Wallander retourna à Ystad. A neuf heures moins le quart, il frappa à la porte de la maison de Björk et le mit rapidement au courant de ce qui venait de se passer.

– Demain, on lance l'avis de recherche officiel, dit-il.

Björk approuva d'un signe de tête.

– Je convoque une conférence de presse à deux heures, dit-il. Le matin, j'ai une réunion de concertation avec les responsables départementaux de la police. Mais je vais faire en sorte qu'on oblige ce directeur à nous remettre les documents concernant ces deux hommes.

Kurt Wallander alla voir Rydberg, à l'hôpital, et le trouva assis sur son balcon, dans l'obscurité.

Il comprit soudain que Rydberg avait mal.

Celui-ci parut lire dans ses pensées et lui dit :

– Je ne vais jamais m'en tirer. Je vais peut-être vivre jusqu'à Noël, mais ce n'est pas sûr.

Kurt Wallander ne savait pas quoi répondre.

– Il faut tenir le coup, dit Rydberg. Mais dis-moi plutôt pourquoi tu viens.

Kurt Wallander lui raconta. Il entrevoyait tout juste le visage de Rydberg dans l'obscurité.

Puis ils gardèrent tous deux le silence.

La soirée était fraîche. Mais Rydberg ne semblait rien remarquer, assis là dans sa vieille robe de chambre, avec ses pantoufles aux pieds.

– Ils ont peut-être quitté le pays, dit Kurt Wallander. On ne leur mettra peut-être jamais la main dessus.

– Dans ce cas, il faudra accepter de vivre avec l'idée que nous connaissons la vérité, malgré tout. La justice, ce n'est pas seulement le fait que les gens qui commettent des crimes soient punis. Pour nous, c'est aussi le fait de ne jamais renoncer.

Rydberg se leva péniblement et alla chercher une bouteille de cognac. D'une main tremblante, il en remplit deux verres.

– Il y a de vieux policiers qui meurent en pensant toujours à des énigmes qu'ils n'ont pas réussi à résoudre. Je suppose que je suis de ceux-là.

– As-tu jamais regretté d'être entré dans la police? demanda Kurt Wallander.

– Jamais. Pas une seule fois.

Ils burent leur cognac. Ils bavardèrent un peu, entrecoupant cela de périodes de silence. Ce n'est que sur le coup de minuit que Kurt Wallander se leva pour partir. Il avait promis de revenir le lendemain soir. Lorsqu'il quitta la pièce, Rydberg était toujours assis dans le noir, sur son balcon.

Le mercredi 25 juillet au matin, Kurt Wallander examina, en compagnie de Hanson et Martinson, ce qui s'était passé depuis leur réunion de la veille. Étant donné que la conférence de presse ne devait avoir lieu que l'après-midi, ils décidèrent d'aller malgré tout faire une petite visite à la foire de Kivik.

Hanson se chargea de rédiger le communiqué de presse avec Björk. Wallander pensait que Martinson et lui seraient de retour au plus tard à midi.

Ils passèrent par Tommelilla et, juste au sud de Kivik, se retrouvèrent pris dans une longue file de voitures. Ils quittèrent la route et allèrent se garer dans un champ où un paysan cupide leur réclama vingt couronnes de droit de stationnement.

Au moment précis où ils arrivaient sur le terrain où se déroulait la foire, avec vue magnifique sur la mer, il se mit à pleuvoir. Ils regardèrent ce fourmillement de gens et de baraques, ne sachant pas quoi faire. Les haut-parleurs hurlaient, imités par des jeunes gens en état d'ébriété, et ils étaient bousculés en tous sens par la foule.

— On se donne rendez-vous quelque part au milieu? suggéra Kurt Wallander.

— On aurait dû apporter des talkies-walkies, au cas où il se passerait quelque chose, dit Martinson.

— Il ne se passera rien, dit Kurt Wallander. On se retrouve dans une heure.

Il vit Martinson s'éloigner en traînant les pieds et disparaître dans la foule. Pour sa part, il remonta le col de sa veste et partit dans la direction opposée.

Au bout d'une bonne heure, ils se retrouvèrent. Ils étaient tous les deux trempés et d'assez mauvaise humeur, du fait de la bousculade.

— Y en a marre, dit Martinson. On va prendre un café quelque part.

Kurt Wallander montra du doigt une tente sous laquelle se déroulait un spectacle dit de « cabaret ».

— Tu y es allé? demanda-t-il.

— Tout ce qu'il y a à voir, c'est un gros tas de viande qui se met à poil. Le public hurle, on se croirait à un meeting d'obsédés sexuels. Pouah.

On fait le tour, dit-il. Je crois qu'il y a encore quelques baraques, par-derrière. Après, on s'en va.

Ils se glissèrent entre une caravane et quelques piquets de tente tout rouillés, en pataugeant dans la boue.

Il y avait en effet quelques marchands forains, à cet endroit, tous installés sous des bâches tendues par des barres de fer peintes en rouge.

Kurt Wallander et Martinson virent les deux hommes en même temps.

Ils se tenaient près d'un étal recouvert de vestes de cuir. Le prix était marqué sur un panneau et Kurt Wallander eut le temps de se faire la réflexion qu'elles étaient incroyablement bon marché.

Derrière ce comptoir improvisé se tenaient les deux hommes, en train de dévisager les deux policiers.

Kurt Wallander comprit trop tard qu'ils l'avaient reconnu. Sa photo avait si souvent été publiée dans les journaux et montrée à la télévision qu'on pouvait dire que son signalement était connu de tous, dans le pays.

Ensuite, tout se passa très vite.

L'un des deux hommes, celui qu'ils avaient pris l'habitude d'appeler Lucia, glissa la main sous les vestes de cuir posées devant lui et sortit une arme. Martinson et Wallander se jetèrent tous deux de côté. Mais Martinson se prit les pieds dans les ficelles de la tente hébergeant le spectacle de cabaret, tandis que Wallander se cognait la tête contre l'arrière d'une caravane. L'homme fit feu sur Wallander. La détonation fut à peine perceptible, au milieu du vacarme causé par les « cavaliers de la mort », sur leurs motos rugissantes, dans une tente voisine. La balle alla se ficher dans la caravane, à quelques centimètres à peine de la tête de Wallander. L'instant d'après, il s'aperçut que Martinson tenait un pistolet à la main. Alors qu'il était venu désarmé, son collègue avait donc pris son arme de service.

Martinson tira. Kurt Wallander vit Lucia sursauter et porter la main à l'épaule. Son arme lui glissa des doigts et tomba sur la partie de l'étal la plus éloignée de lui. Martinson se dépêtra des cordes de la tente en poussant un hurlement et se jeta sur ce comptoir improvisé, droit vers le blessé. Tout s'effondra sous son poids et il se retrouva au milieu d'un amas de vestes de cuir. Pendant ce temps, Wallander s'était précipité pour aller ramasser l'arme qui gisait dans la boue. Simultanément, il vit Boule-de-billard s'enfuir et disparaître dans la foule. Personne ne semblait avoir remarqué l'échange de coups de feu. Les vendeurs des stands voisins regardèrent donc Martinson d'un air étonné lorsque celui-ci effectua son bond de félin.

— Suis l'autre, s'écria-t-il du milieu de son tas de vestes. Je m'occupe de celui-ci.

Kurt Wallander s'élança, le pistolet à la main. Boule-de-billard se trouvait quelque part dans cette foule. Effrayés, les gens s'écartaient de son chemin en le voyant se précipiter vers eux, le visage couvert de boue et le pistolet dégainé. Il pensait avoir perdu de vue celui qu'il poursuivait lorsque, tout à coup, il l'aperçut de nouveau en train de fuir à toutes jambes au milieu des badauds de la foire. Il frappa une femme d'un certain âge qui lui barrait le passage et celle-ci s'effondra sur un étal de pâtisseries. Kurt Wallander trébucha sur ce fatras, renversa une voiture de bonbons, et s'élança à ses trousses.

Soudain, l'homme disparut à ses yeux.

Merde! se dit-il. Merde!

Puis il le vit de nouveau en train de s'éloigner vers le pourtour de la foire, du côté descendant en pente raide vers la mer. Kurt Wallander le suivit. Deux gardiens accoururent dans sa direction, mais s'écartèrent en le voyant agiter son arme et en l'entendant leur crier de le laisser passer. L'un des deux alla s'affaler dans une tente où l'on vendait de la bière, tandis que l'autre renversait un stand de bougies maison.

Kurt Wallander courait aussi vite qu'il pouvait et sentait son cœur battre comme un piston dans sa poitrine.

Soudain, l'homme disparut derrière le haut d'une butte, en direction de la mer. Kurt Wallander n'était plus guère qu'à une trentaine de mètres de lui. Mais, en atteignant la crête à son tour, il trébucha et tomba la tête la première. Surpris, il lâcha l'arme qu'il tenait à la main et elle tomba dans le sable. Un instant, il se demanda s'il ne devait pas s'arrêter et tâcher de la retrouver. Puis il vit Boule-de-billard qui s'éloignait en courant, le long de la grève, et il s'élança de nouveau à sa poursuite.

Celle-ci prit fin lorsque les deux hommes furent totalement à bout de forces. Boule-de-billard s'appuya contre une barque noire de goudron posée à l'envers sur le sable. Kurt Wallander se tenait à dix mètres de lui, essoufflé au point d'avoir l'impression qu'il allait s'effondrer.

C'est alors qu'il vit Boule-de-billard sortir un couteau et commencer à s'approcher de lui.

C'est avec ce couteau-là qu'il a tranché le nez de Johannes Lövgren, se dit-il. Et qu'il l'a obligé à révéler l'endroit où il avait caché son argent.

Il chercha des yeux quelque chose pour se

défendre. Mais tout ce qu'il trouva, ce fut un vieil aviron.

Boule-de-billard se rua en avant avec son couteau. Kurt Wallander para maladroitement le coup au moyen de l'aviron.

Lorsque son adversaire renouvela son assaut, il frappa plus violemment. Cette fois, il le toucha à la clavicule. Kurt Wallander entendit celle-ci se briser sous le coup. L'homme chancela. Kurt Wallander lâcha alors l'aviron et frappa à la pointe du menton avec le poing droit. Il ressentit une vive douleur à la phalange.

Mais l'homme s'effondra.

Kurt Wallander, lui, tomba à la renverse sur le sable mouillé.

Peu après, Martinson arriva à toutes jambes.

La pluie avait soudain cessé de tomber à verse.

– On les tient, dit Martinson.

– Oui, c'est vrai, dit Kurt Wallander.

Il alla jusqu'au bord de l'eau se rincer le visage. Loin à l'horizon, il vit un cargo qui faisait route vers le sud.

Il se dit qu'il était content de pouvoir apporter une bonne nouvelle à Rydberg, dans sa détresse.

Deux jours plus tard, celui qui s'appelait Andreas Haas avoua que c'étaient eux qui avaient commis le double meurtre. Mais il en rejeta toute la responsabilité sur son complice. Lorsqu'on fit part à Kraftczyk de cet aveu, il abandonna la partie à son tour. Mais se déchargea naturellement sur son compatriote.

Tout s'était bien passé comme Kurt Wallander se l'était imaginé. Les deux hommes s'étaient rendus dans plusieurs banques et, sous le prétexte de changer de l'argent, s'étaient efforcés de repérer un client procédant à un gros retrait en espèces. Et ils avaient suivi le ramoneur lorsque celui-ci avait ramené Johannes Lövgren chez lui. Ils l'avaient pris en filature le long du chemin de terre et, deux jours plus tard, ils étaient revenus dans la voiture du camp de réfugiés.

— Il y a une chose que je ne comprends toujours pas, dit Kurt Wallander, qui procédait à l'interrogatoire de Lothar Kraftzcyk. Pourquoi avez-vous donné à manger à la jument?

L'homme le regarda, l'air étonné

— L'argent était caché dans le foin, dit-il. Alors on en a peut-être jeté un peu devant le cheval en cherchant la serviette.

Kurt Wallander hocha la tête. La solution de l'énigme n'était donc pas plus compliquée que cela.

— Autre chose, dit-il. Le nœud coulant?

Mais, cette fois, il n'obtint pas de réponse. Aucun des deux hommes ne voulait admettre qu'il était l'auteur de ce procédé barbare. Il répéta sa question, mais en vain.

La police tchécoslovaque put cependant leur faire savoir que Haas et Kraftzcyk avaient déjà été condamnés dans leur pays, tous les deux, pour divers actes de violence.

Après avoir quitté le camp de réfugiés, ils avaient loué une petite maison délabrée près de Höör. Les vestes qu'ils vendaient étaient le produit d'un cambriolage opéré chez un marchand de cuir de Tranås.

Les formalités d'arrestation ne prirent que quelques minutes.

Personne n'avait le moindre doute quant à la culpabilité des deux hommes, même s'ils persistaient à rejeter la faute l'un sur l'autre.

Assis dans la salle du tribunal, Kurt Wallander

regardait ces deux hommes qu'il avait traqués pendant si longtemps. Il se souvenait de ce petit matin de janvier où il avait pénétré dans la ferme de Lenarp. Même si l'énigme était maintenant résolue et les deux coupables en voie d'être châtiés, il se sentait mal à l'aise. Pourquoi avaient-ils étranglé de la sorte Maria Lövgren? Pourquoi cette violence gratuite?

Il frissonna. Il n'avait pas la réponse à cette question. Et c'était bien cela qui l'inquiétait.

Tard le soir du 4 août, Kurt Wallander prit une bouteille de whisky et se rendit chez Rydberg. Le lendemain, Anette Brolin devait aller avec lui rendre visite à son père.

Kurt Wallander pensait à la question qu'il lui avait posée.

Accepterait-elle de divorcer pour lui?

Elle avait naturellement répondu non.

Mais il savait qu'elle n'avait pas pris cette question en mauvaise part.

En se rendant chez Rydberg, il écouta Maria Callas sur son radiocassette. La semaine suivante, il serait en congé afin de rattraper toutes ses heures supplémentaires. Il irait à Lund rendre visite à Herman Mboya, revenu du Kenya. Le reste du temps, il le mettrait à profit pour repeindre son appartement.

Peut-être pourrait-il même s'offrir une nouvelle chaîne haute-fidélité?

Il gara sa voiture devant l'immeuble dans lequel habitait Rydberg.

Une grosse lune jaune brillait dans le ciel. Il sentit l'approche de l'automne.

Rydberg était assis sur son balcon, dans le noir, comme d'habitude.

Kurt Wallander servit deux verres de whisky.

– Tu te souviens des soucis que nous ont donnés les dernières paroles de Maria Lövgren ? dit Rydberg. On se voyait déjà obligés de rechercher les coupables parmi les étrangers. Quand Erik Magnuson est venu sur le tapis, ensuite, ça nous a fait l'effet d'être du pain bénit. Mais ce n'était pas lui. C'était quand même des étrangers. Et il y a un pauvre Somalien qui est mort pour rien.

– Tu le savais, n'est-ce pas ? demanda Kurt Wallander. Tu étais sûr que c'étaient des étrangers.

– Je n'en étais pas sûr, dit évasivement Rydberg. Mais je le pensais bien.

Ils s'entretinrent longuement de cette enquête, comme si elle n'était déjà plus qu'un lointain souvenir.

– On a commis bien des erreurs, dit Kurt Wallander, pensif. J'ai commis bien des erreurs.

– Tu es un bon policier, dit Rydberg avec force. Je ne te l'ai peut-être jamais dit. Mais je trouve que tu es drôlement bien.

– J'ai commis bien des erreurs, répéta Kurt Wallander.

– Tu n'as pas lâché prise, dit Rydberg. Tu n'as jamais renoncé. Tu voulais absolument mettre la main sur ces types. C'est ça qui est important.

Peu à peu, ils eurent épuisé tous leurs sujets de conversation.

Je suis assis près d'un homme qui va mourir, se dit vaguement Kurt Wallander. Je ne me suis sans doute pas encore vraiment rendu compte que Rydberg allait mourir.

Il se souvenait de la fois où il avait reçu un coup de couteau, dans sa jeunesse.

Il se rappelait également que, à peine six mois plus tôt, il avait pris le volant en état d'ébriété. En fait, il ne devrait plus être dans la police, maintenant.

Pourquoi est-ce que je ne le dis pas à Rydberg? se demanda-t-il. Pourquoi est-ce que je ne lui dis rien? Mais, au fond, peut-être le sait-il déjà?

Et il repensa à la parole bien connue : *Il est un temps pour vivre et un temps pour mourir.*

— Comment vas-tu? demanda-t-il prudemment.

Il ne pouvait pas voir le visage de Rydberg, dans le noir.

— En ce moment, je ne souffre pas, répondit celui-ci. Mais je sais que les douleurs reviendront demain. Ou après-demain.

Il était près de deux heures du matin, lorsqu'il quitta Rydberg, qui s'obstinait à rester assis sur son balcon.

Kurt Wallander préféra rentrer à pied.

La lune s'était cachée derrière un nuage.

De temps en temps, il faisait un faux pas.

Il ne cessait d'entendre la voix de Maria Callas, dans sa tête.

Une fois rentré chez lui, il resta un long moment couché dans le noir, les yeux ouverts, avant de s'endormir.

Il repensa à cette violence sans bornes. L'ère nouvelle qui s'annonçait exigeait une nouvelle sorte de policiers.

Nous vivons à une époque où on étrangle les gens avec des nœuds coulants, se dit-il. Les temps seront de plus en plus angoissants.

Puis il se força à écarter ces pensées et se mit à rechercher la femme de couleur de ses rêves.

L'enquête était terminée.

Il pouvait enfin s'accorder le repos.

La Société secrète
Flammarion, 1998
Castor Poche, n° 656

Le Secret du feu
Flammarion, 1998
Castor Poche, n° 628

Le Guerrier solitaire
Prix Mystère de la Critique 2000
Seuil Policiers, 1999
et « Points », n° P 792

La Cinquième Femme
Seuil Policiers, 2000
et « Points », n° P 877

Le chat qui aimait la pluie
Flammarion, 2000
Castor Poche, n° 518

Les Morts de la St Jean
Seuil Policiers, 2001
et « Points », n° P 971

La Muraille invisible
Seuil Policiers, 2002
et « Points », n° P 1081

Comédia Infantil
Seuil, 2003
et « Points », n° P 1324

L'Assassin sans scrupules
théâtre
L'Arche, 2003

Le Mystère du feu
Flammarion, 2003
Castor Poche, n° 910

Les Chiens de Riga
Seuil Policiers, 2003
et « Points », n° P 1187

IMPRESSION : SOCIÉTÉ NOUVELLE FIRMIN-DIDOT AU MESNIL-SUR-L'ESTRÉE
DÉPÔT LÉGAL : SEPTEMBRE 2003. N° 55554-4 (74419)
IMPRIMÉ EN FRANCE

Collection Points

SÉRIE POLICIERS

Collection Points

DERNIERS TITRES PARUS